监狱里的图书馆

[以色列] 阿维·施泰因贝格 著

张玫瑰 译

Running the Books

四川文艺出版社

一个误打误撞的图书管理员，

一只只放飞人生的风筝。

—— **阿维·施泰因贝格**

献给我的家人

2 月 19 日：希望？

2 月 20 日：平凡的生活。非凡的失败。

2 月 25 日：一封信。

—— 1922 年《卡夫卡日记》

Contents
目录

UNDELIVERED

—— 上卷 ——

不曾放飞的风筝

第一章　狱海沉浮

要说管理图书，皮条客①最厉害，杀人狂和骗子半斤八两，属于最差劲的。黑帮流氓、军火走私商、银行抢劫犯……这些人具备图书管理员的基本素质——精于操控群众，善于小团队协作，行动有计划，滴水不漏，从不意气用事……除此之外，黄牛党和放高利贷的本事也不小，但他们身上总归少了些什么。这东西不好形容，皮条客会怎么叫它呢？哦，是"热爱"！

你要是皮条客，一定会爱上图书馆；如果不爱，肯定是因为你还没去过。不管你是重刑犯，还是短期关押者，你一定会走进监狱里的图书馆，惬意地徜徉在书架之间，呼吸着浓郁的书香。在那儿，你会找到一本梦寐以求的书，然后感叹道："世上竟有此等好书！"你会在不经意间遇见它——如骗子必不可少的韵脚词典——就像遇见了失散多年的亲人，将它紧紧地搂在怀中，如饥似渴地学习新词汇。你会发现，馆内藏书包罗万象，涵盖众多领域——有人类学、生物学、哲学和心理学，当然也有性别学、乐理学、艺术史学、药理学、经济学和诗歌学，还有法语书、研究原生黏菌②的书、介绍同性恋动物倭黑猩猩③的书，详注版的《弱肉强食录》。除了这些，还有众多名人逸事，如卢梭④搂着威尼斯妓女小口吃冰激凌的故事。

----

① 皮条客：一般指妓女和嫖客之间的中介人。

② 原生黏菌：一群类似霉菌的原生生物，可任意改变体形，故又被称为"变形菌"。

③ 倭黑猩猩：黑猩猩属的动物，爱好和平，会用性交处理冲突。

④ 卢梭（1712—1778）：让-雅克·卢梭，法国18世纪启蒙思想家、哲学家，著有《爱弥儿》《忏悔录》等。

囚犯来图书馆并不总是为了看书，当劳改任务不多时，图书馆就成了他们的"休闲场所"。在这里，犯人们可以给自己放放风，闲适地东张西望，或不自觉地成为别人偷窥的对象。在琳琅满目的书架间，你会遇到一些年长的狱友，他们定期聚在这里，回忆前尘往事、谈天说地、探索新知、结交新友；有时，还会斗斗嘴，切磋嘴皮子功夫。你会看到一些入狱已久的老囚犯正埋头写着自己的回忆录，还有一些踌躇满志的监狱新人，欲大施拳脚，谱写属于年轻一代皮条客的伟大剧作。

在这里，你会碰到几个兼任图书管理员的囚犯，如戴斯。他会向你讲述自己曾经在沃拉沃拉①监狱的小号②里关了两年，之所以没有发疯，靠的就是背诵偷来的《莎士比亚戏剧选集》。为了向人证明自己没有吹牛，他会立马滚瓜烂熟地背出几大段来。戴斯总是戴着一副墨镜，颇有思想家风范地向你鼓吹"恶中有善"的思想。他会告诉你，"监狱里的图书馆不是让你学习怎样变好，而是让你学习怎样变坏"；他还会威逼利诱，逼你读雪莱的《弗兰肯斯坦》③，逼你相信书中写的就是"我们的故事"。他所谓的"我们"是指皮条客——一个能说会道的独特群体，是顺应自然法则而生的人，如传教士一般的存在。

戴斯做事非常认真。许多皮条客都沉迷于古老的问题，他也不能免俗。他喜欢钻研古籍，崇尚爱默生④的自立思想。后来，他在《高等教育纪事报》⑤上看到许多美国大学已经将莎士比亚和古典文学从大学课程中除名，这令他十分愤怒。"老天在跟我开玩笑吗？"他一边自言自语，一边像着急上班的通勤者般将报纸折了起来，墨镜上方的眉头都纠结地挤到一块儿了，"我明白了，这个国家要亡了！"

---

① 沃拉沃拉：美国华盛顿州东南部城市。

② 小号：监狱里处罚犯人的禁闭室，蹲小号即关禁闭。

③《弗兰肯斯坦》：英国女作家玛丽·雪莱于1818年创作的长篇小说，又被译为《科学怪人》，被称为"世界第一部真正意义上的科幻小说"。

④ 爱默生（1803—1882）：拉尔夫·沃尔多·爱默生，美国思想家、文学家、诗人，确立美国文化精神的代表人物。

⑤《高等教育纪事报》：美国著名的教育周报，主要报道学院、大学和学生事务。

像戴斯这样的人会孜孜不倦地教导你如何欣赏古典传统，因为马修·阿诺德[1]说过，传统就是经前人"反复思考和口口相传的精华"。最后，你也会发现，学习前人的精华的确很重要，否则你如何超越前人呢？

这些都是我听来的，毕竟我也没拉过皮条，也不知道这里头的学问这么深。我只是个管书的，全名叫阿维·施泰因贝格。在这里，他们一般喊我"管书的小哥"，这个小绰号是"肥猫"起的。肥猫的本名叫哈马尔·里奇蒙，曾是一个臭名昭著的流氓，偶尔也会拉拉皮条。不过，他现在是一名出色的图书管理员。肥猫虽然刚三十岁，还很年轻，但已是挨过两枚子弹的资深犯人了。他块头儿很大，身高约一百七十五厘米，体重二百七十多斤。他在监狱里连一件合身的狱服都找不到，所以狱方只好给他发了别的 T 恤衫。在肥猫的监区里，别人都穿褐色，只有他穿蓝色，非常显眼。不过呢，一个人越重越高，就越给人稳重、庄严的感觉。所以，这个胖家伙的 T 恤象征着他的地位。在监狱里，他是我的得力助手，不过有时也是捣蛋能手。

有些慕名而来的狱友，为了见肥猫一面，会在他前面大排长龙，可他却总是说："去去去，找管书的小哥去，他才是图书馆的大总管。""大总管"这个称号深得我心，叫人难以抗拒，对于一个体弱多病且患有哮喘的犹太男孩而言，这称号威风霸气，好极了！

我受雇于波士顿监狱，负责管理图书馆，同时也是创意写作课教师。在这里，我将会实现一个疯狂而远大的梦想：做一个图书馆馆员，佩戴着警察徽章，却散发着街头老大的气息，以书为械，既是书呆子，又是大坏蛋。这个黑白通吃的复杂身份，必将助我平步青云，跻身上流社会的各大酒会。

在监狱里，肥猫和戴斯这些人属于高智商精英，所以担任图书馆的管理员。但这里面向的读者不是精英，如果你想进来，门槛很低，犯个法就行——至少在我们这里是这样，因此大多数重刑犯都成功进来了。

---

[1] 马修·阿诺德（1822—1888）：英国诗人、评论家。

很多犯人甚至每天都来，有些囚犯几乎不识字，但热情不减。图书馆总是人满为患，人多的时候吵得像一家地下酒吧，闹哄哄的，没有一个阅览室该有的安静。监狱本是鱼龙混杂之地，这里的图书馆也不例外。19世纪，州政府就在报告中指出：监狱图书馆专为"各种地痞流氓、无业游民、靠奇门异术行骗江湖的，各种非法设赌局、设剧场的，街头吹风笛、拉小提琴的，离家出走、各种叛逆、酗酒闹事、夜间游荡伺机作案的，偷东西、卖淫、猥亵、骂街、打架斗殴的人"而设。报告里说的那些人，我只遇到过拉小提琴的。至于吹风笛的人，不管是街头风笛手，还是已经成名的风笛大师，我从没遇见过。不过，我倒是遇到好多说唱歌手、主持名嘴、持枪劫匪、毒贩子……所以，这份19世纪的罪犯名单还是相当准确的。

这么说吧，监狱的图书馆和外面的大不相同。当然，那里也有读书会、诗歌朗诵会，人们偶尔也会沉思，但鲜有安静的时候，当然没什么人提醒你保持安静。图书馆作为监狱的一个枢纽站，有成百上千的犯人会到这里来处理他们的要务，狱警和其他职员也会到这里晃悠，偶尔给我添乱。所以，在监狱图书馆这样的社交场所，工作节奏还是比较快的，我经常跑着办事。

而且，人潮说来就来，让你忙得飞起，脚不沾地。早晨，当你走进图书馆，迎接你的第一件事，是二十五个身穿清一色狱服来借书的囚犯。当他们浩浩荡荡地朝你走来，即便睡眼惺忪也会被吓得一激灵，脑子瞬间清醒，这可比闹钟还管用。

囚犯见囚犯时，打招呼就要半天，握手方式更是千奇百怪，称呼也是花里胡哨，相对正式的有：大哥、小弟、老铁、哥们、宝贝男孩、禽兽、兄弟、狗子、痞子、老七、老爹、小皮、老黑、汉子、暴徒、孙子、儿子、老乡……另外，还有一些绰号：冒失鬼、帽子男、小海地佬、救世主、白鬼、孟买猫、闪亮哥、排骨、瑞士佬、土车、乌鸦嘴、黑鬼、船叔、四十、五十（没有六十）、吉兹、伊兹、瑞兹、费兹、西斯、小西斯、法国佬、波多黎各佬、乡巴佬、迪罗、土耳其佬、T哥、非洲佬……

对了，大家偶尔叫我"管书的小哥"。除了这个，我还有些不常被叫的外号，如猴哥、哈佛男、犹太卷毛（然而我的头发又粗又直）。大多数时候，大家管我叫小维或阿维。

言归正传。每个囚犯来这里都想借一本杂志或一份报纸。大多数囚犯也想借"街头文化书"——那种广受欢迎的"嘻哈小说"，书名大多带有"妓女"之类的字眼。关于这类特殊的需求，我全权交由肥猫处理。于是，他自己经营着一个私密的书架，靠这些书干起了小买卖。出于个人原因，我对此事睁一只眼闭一只眼，毕竟我们是利益共同体。

有时，我会收到一堆囚犯突如其来的请求，有的合理，有的无理。比如说，有人要我违反规定，给法院、假释委员会、"外面的兄弟"、老妈、孩子他妈、老婆和情人打电话，当然最后都被我一一拒绝了；也有人悄悄地向我打听艾滋病的信息，打听尿中带血是什么病，或者请我帮忙看一封信，这些我倒是答应了，白纸黑字地用小本本记下来。有的囚犯请求用我的电脑"上一会儿网"，我没有同意。有一个犯人指控我是以色列间谍，最后却被我四两拨千斤地转移了话题，变成问我"真的去哈佛念过书吗"，我言之凿凿地说去过；对方又问，如果真是哈佛毕业的，为什么会沦落到来监狱工作，这个问题被我跳过了。还有一个囚犯要我搜索他的饶舌唱片网站，身为监狱自封的"CGO"（首席谷歌搜索官），这个请求引起了我的高度重视。

我还担任法律顾问。有人问我蓄意杀人和过失杀人在法律上有何区别，让我给他们找保释条例和刑期指南；甚至还有囚犯向我要绑架儿童、引渡和持手榴弹抢劫等相关的法律条文。监狱里不乏机灵的罪犯，有个要小聪明的犯人想学马萨诸塞州有关古枪支和古军火的法律条文，希望这些条文不那么严谨，最好漏洞百出。透过眼角的余光，我注意到另一个囚犯正在炫耀他脸上那个用油性笔画的胡子——古代火枪手才会蓄的那种，他还一脸沾沾自喜地用英国人的口音说话。有人可能需要吃药了——像这种琐事我也会细心记下。

一个囚犯感谢我建议他去听"谢伯特"（他想说的其实是舒伯特[①]）的

[①] 舒伯特（1797—1828）：弗朗茨·舒伯特，奥地利籍作曲家。

音乐；有囚犯来找我借涅槃乐队①的书，想从中参悟涅槃的境界；还有不少人来借瑜伽书、"如何做一名好爸爸"的自助书、关于"如何混合化学物"的书以及房地产指导书。想借"如何混合化学物"的那几个，我没有把书给他们，反而建议他们去看零门槛的"傻瓜书"，先入门再说。先前，有些囚犯很敏感，怕我喊他们傻瓜，所以我只好委婉点。有一个社工突然冒出来，想借一本关于老虎的书。她是一个疯婆子，总是捏造自己和欧洲王室约会的谣言，一讲就停不下来。在后面耐心等着的是甜哥，他是一个皮条客传记作家，头顶的毛发稀疏，为人机灵善变，想请我校对他改过的自传。

尽管与骗子和流氓的谈话十分有趣，偶尔还能引发精彩的讨论，但我现在的重点是专心做好手头的工作，而不是和他们聊个没完。一次，我无意中听到一个年纪大点的皮条客对一个新来的囚犯说："我不是从娘胎里生出来的，我是孵出来的……"我正心痒痒地想听下文，就看到泰挤到队伍前面来，礼貌地要求与我谈谈，并且立刻就谈。

泰是一个十八岁的小伙子，长着一张婴儿脸，个子很高，下颚刚毅有力，仿佛一口就能咬开一颗核桃。但他今天像只彷徨的兔子，我刚把门关上——平时我很少关门，但今天却一反常态——他就哭了。他的母亲上个月去世了，葬礼在其他州举办，所以他参加不了。昨天，与他许久未见的父亲也被关进了监狱。这种状况很少见，虽然我以前也经历过几次，但今天却不知怎么安慰他。

在他讲述自己的故事时，我透过办公室的窗户，望向图书馆的方向。心想："我不在的时候，那里是不是已经鸡飞狗跳了？"我把这种注意力分散的情况称为"监狱注意力缺失症②"，就是如果我在图书馆以外的地方，注意力就难以集中，总担心我的离开会导致坏事发生。

伤心欲绝的泰。

---

① 涅槃乐队：20 世纪 90 年代美国最流行的摇滚乐队。

② 监狱注意力缺失症：该症状实则为注意力缺失症（ADD），文中特别添加"监狱"一词，以表达当时的情境。

在他哭的时候，我努力拉回思绪。我在办公桌旁的墙上贴了一张纸，那是一个囚犯制作的字谜游戏，他以五十美分的价格卖给了其他囚犯，又买了一首流行歌。在一堆乱无章法的字母中有三十八个单词，以字母顺序排列着。这些词汇形成了我的人生格言，每当碰到今天的这种情形，我就会用它们为自己指引方向。

这个游戏名叫"监狱寻宝"，其中列出的词汇有：

态度、保释担保人、预订、违禁品、点名时间、食堂、室友（即同监室的狱友）、戏剧、沮丧、家庭、销赃犯、申诉、流言蜚语、饥饿、人保法（人身拘禁保护法的简称）、手铐、贫穷、身份证、隔离、律师、药物、静坐、邮件、噪声、狱警、囚犯编号、祈祷、隔离区、消遣、规矩、拖鞋、警长、孤独、电话、眼泪、狱服、担忧、操场

然而，我不得不和泰另外约时间谈话，因为有另一个家伙比他早到，而这个家伙真的会拿着手榴弹去抢酒行——他从心里觉得这主意妙极了——我现在必须去点化他。毕竟，监狱图书馆有个不成文的规矩：谁先到，就先服务谁。

……饥饿、人保法、手铐、贫穷……

一小时的阅览时间结束，穿着绿色狱服的囚犯终于离去，回到各自的监区下棋，或者去看《法官朱迪》[3]和《我们的日子》[4]；另一拨囚犯则在到来的路上。图书馆分两大班次，白天一班，晚上一班。一直到晚上九点，犯人才会完全离馆，回到自己的监区，自行按种族分开坐，聚在电视机前面，津津有味地看着《越狱》[5]。这时，我深深地吸了一口监狱里循环着的空气。

……规矩、拖鞋、警长、孤独、电话、眼泪……

---

③《法官朱迪》（*Judge Judy*）：1996 年开始播出的美国电视剧。

④《我们的日子》（*Days of Our Lives*）：1965 年开始播出的美国电视剧。

⑤《越狱》（*Prison Break*）：2005 年开始播出的美国电视剧。

在下一拨囚犯到来之前，狱警马龙晃了进来，准备和我一起做例行检查。说是例行检查，其实就只是巡视各个书架和各个偏僻的角落，看看有没有私藏的违禁品、丢失的东西，尤其是那些可以改造成凶器的东西。这样往往意味着所有的东西都要看一遍，包括犯人私藏在书本中的小字条——这些大多是留给女囚犯的，因为囚犯们被关押的监区不同，所以他们来图书馆的时间段也不同。每天，我都能搜出一堆深情款款的告白信，内容文采斐然，堪称"文学巨著"。这些告白信仿佛向我打开了一扇可以窥见犯人们私密生活和内心世界的窗户。当然，我如果碰到佳作，也会网开一面。

马龙和我经常会同时跪下，匍匐在地，就像正在祷告的虔诚教徒。当然，我们不是真的在祷告，而是趴在地板上，看书架底下有没有违禁品。

……邮件、噪声、狱警、囚犯编号、祈祷……

马龙这个人很健谈，经常给我讲他当兵的往事，还有在造纸厂工作的事情。他建议我把自行车卖掉，换一辆和他一样的福特 S150。他还谈到比自己聪明、再次回到学校念书的妻子。这几个月来，他一直不停地说要帮我转到一个待遇更好的岗位。他觉得我是个好人——他说这话时耸了耸肩——我应该加薪，享受更多的假期，领更多的退休金。他还说我的工会太差，劝我加入他的工会，做一名狱警。

他甚至还说，我其实已经是一名真正的狱警了。

牢灾热

这确实是我面临的困境。在监狱工作了近两年后，我才后知后觉地意识到：其实，自己是一个狱警。"借书警长"这个名号，也许在酒会上还是能给我增加一点魅力值，但现实却开始令我反感。我不是这座监狱的访客，而是手握这里钥匙的一员，并慢慢地被它影响，被它同化。坦白地说，现在的我身心俱疲，临近崩溃的边缘。

如果连犯人都开始同情你，那你就知道自己过得有多糟了。布鲁·莱恩是一个眼袋很重的小伙子。十三岁开始沉迷于毒品，不可自拔。对他而言，出入福利院、教管所、戒酒所、收容所和监狱是家常便饭。他身上有无数条伤疤，每条都在向人诉说着他可怜的过去。如果布鲁飞快地瞥你一眼，然后对你说："哥们儿，你没事吧？你看起来印堂发黑啊，是不是最近不太顺心啊？"一旦你听进去了，就会知道自己要出问题了。

他只是好心提醒我，而且我确实诸事不顺。虽然我嘴上不曾承认，但这份工作确实给我带来了不小的打击。起初，我接受这份工作，看中的是医疗保险。老实说，我以前身体好得很，根本用不上医疗保险，但一到监狱后反而大小毛病都来了。现在全靠一支由各种保健人员组成的"梦之队"支撑着，什么过敏症专家、传染病专家、眼科医生、皮肤科医生、骨科医生、不当班的护士、按摩师、网络庸医，还有专治背痛、脸痛和头痛的医生，就连妇产科医生我也向其求医问药过。

每天下班后，虽然我的身体走出了监狱大门，但灵魂却困在高墙和铁丝网之内。剧烈的背痛折磨着我。我的女房东是一位妇产科医生。有一次，她状似无意地告诉我，男人有时也会有更年期的症状。当时，她喝了一小口茶，认真地对我说："很少见，但真有。"

她为什么要同我讲这个？

监狱里的人并不喜欢我，我的朋友也嫌我无趣。玛丽·贝丝——既是我的朋友，也是监狱的同事——说："每次跑来看你，感觉像在看望我爷爷。"我以前的房东给我的电话留言也阴阳怪气的，她指责我没有多陪陪她；交往多年的女友远在他乡，我们之间的联系也越来越少了。怪不得布鲁·莱恩会说，我看上去过得"不太顺心"。

最让我心烦意乱的是，一个脾气暴躁的狱警正处心积虑地想找我麻烦，我每时每刻都要提防着他。我和这个狱警之间有过校园恶作剧般的冲突，甚至愈演愈烈。某天，我莫名就面临违纪处分，只因我的手"碰到"了他。

我这样一个小小的监狱图书馆管理员居然被指控袭击一个徒手就能制服暴徒的资深狱警！这简直是天方夜谭！但在监狱里，一切皆有可能。指控是假的，至少大部分内容是假的，但这重要吗？监狱里的冤假错案多了去了，现在我也荣幸地加入了这个行列，成为另一个惹上官司的傻瓜。

惹上官司在监狱里是稀松平常的事，就像"流感"一样难以避免，只能被动接受，而且一不小心就会中招。对许多在监狱里的人而言，哪怕屁大点事也是大问题，什么私藏枪支、蓄意谋杀，或是在监狱里售卖毒品、袭击狱警，在这里都很难蒙混过关，因为这是"错误的地点"和"错误的时间"。刑事案件就像空气中弥漫的病毒，可能随时把你传染。人非圣贤，孰能无过。犯错是我们日常生活的一部分，就跟染上流感一样普遍，就连我也犯过一点小事。监狱总能制造它自己独特的传染病，近代早期有一种被称为"牢灾热"的病，它会在囚犯和狱卒之间传播，甚至会传染给前来修建监狱的工人，无人幸免。

我感染的"热症"倒不是什么疑难杂症，只是症状顽固，难以消退罢了。有个心理学医生对我说，我的病因归根到底在于"难以将工作和生活分开"。他信誓旦旦地告诉我，我这个病"差不多是心病"，医嘱就是多放松。

于是，在一月的特别寒冷的一个星期，上完最后一天班后，我决定去看场电影，逃离现实的纷扰。那天我运气很好，《蠢蛋搞怪秀 2》正好在一家便宜的电影院上映。我约了当时认识的最傻的人一起去看，说好在电影院门口碰头，结果他费了好大劲才找对地方。

这场电影确实让我放松了许多，我想也许是因为监狱工作让我筋疲力尽，或者我对电影本来也不抱什么期望；要不就是那天晚上我朋友太热情了，他毫无戒备的孩子般的大笑声感染了我。电影想表达的虚无主义暂且忽略不计，那天晚上，我完全置身于一群傻瓜的无理取闹中，欣然度过了一段脑洞大开、不可思议的疯狂时刻。说实话，谁会跟一群疯子讲道理呢？电影里，有人踩着滑板全速冲向一面墙；有人只穿一条内裤，蒙着双眼在一个布满捕鼠器的大房间里爬来爬去；还有一群瘾君子开着高尔夫车，在高尔夫球场上横冲直撞，越开越快，不停地碰撞，疯狂得酣畅淋漓。它把一个人的"本我"和"超我"扔到一片森林——那

①《蠢蛋搞怪秀 2》（*Jackass2*）：2006 上映的喜剧电影。
② 超我：在精神结构学说中，弗洛伊德将精神结构分为本我、自我和超我三个阶层。本我是先天的本能；自我位于人格结构的中间层；超我是由社会规范、伦理道德、价值观念内化而来，追求完善的境界。

里没有道德，没有监狱，犯了罪也不会被抓。

　　电影结束后，我准备坐地铁回家，非常幸运地赶上了末班车。车上全是快乐的酒鬼、热恋的情侣。我坐地铁橙色线，在格林街站下车，一路上心情都很愉快。每当这种时刻，我的脑子里就会突然浮现出囚犯和狱警的身影：当我在市中心享受美好的夜晚，自由地穿梭在城市的大街小巷中时，他们只能待在那里寸步不离，日复一日地坐在同一盏灯光下，面对着同一面被粉刷成"监狱颜色"的煤渣砌块筑成的高墙，坐在从不打烊的监狱里，呼吸着牢房的空气，浑噩地又过了几个小时，看着时间像一滴水般掉进了大海。

　　我突然想起船叔对我说过的话。船叔是个年长的波士顿人，以前抢过银行，混过帮派，最近才被聘为馆员，与肥猫、戴斯及其他人一起工作。他总是喜欢给我一些忠告。一天，我们在给新到的图书盖章时，他说："小伙子，这里的糟心事真是太多了。你瞧，这里的窗户全都关得死死的，空气完全无法流通。你和我们一样，呼吸着同样污浊的空气，荼毒人啊。"实际上，我真没必要听这些，可他依然自顾自地往下说，"你在这里工作的时间够长了。你真想一辈子呼吸这种空气？它会渗入你的每个细胞，一辈子寄生在你的身体里，让你永远摆脱不了它。"我非常感谢他像一个社工一样为我提供这些信息。我想，他只是好心想点醒我。

　　一出地铁站，我就感受到夜晚的寒气。我刚搬到牙买加平原街区不到两个月。隔着冬天冷冽的空气，东边波士顿的市中心灯光摇曳，其中有一个招牌很显眼——保诚大厦^①的英文名字"Prudential"——在摩天大楼的楼顶像灯塔般照耀着夜空。"Prudence"是一个古老的名词，它的本意是"审慎"，高度概括了我家乡的传统：心怀畏惧，悲观处世。想到这儿，我立即裹上围巾，整了整帽子，拉上大衣拉链。就在我向左转，准备往公寓的方向走时，身后传来了一个声音，声音很低沉，勉强能听见。

　　"到公园里去。"那个声音低声威胁道，随后又推了我一把。

　　"别跑！"那个声音说，"我有枪，正常走路。进公园后把钱给我。"

<hr>

① 保诚大厦：波士顿第二高摩天大楼。

我尽量不去看他。街角就有一个警察岗亭，这个家伙这么胆大包天，我真替他担心。想到这里，我深吸了一口气，然后故作镇定；他也是，至少暂时是。

"我现在就把钱拿出来。"我说着，把手伸进口袋里。

然而，兜里居然没钱！我故作镇定的外表下渗出了冷汗。接着，我伸手去翻另一个口袋，里面有四十美元！是我之前在电影院外面的 ATM 机上取的。谢天谢地！

"兄弟别冲动，好吗？"我看似在跟他说，其实是给自己压惊。他没有回应我。

我在公园停下，然后把钱拿出来给他，两张崭新的二十美元钞票，加上一些零钱，折成厚厚的一沓，不仔细看的话，还以为很多。我表面镇定，手却抖个不停。我低头看地面，瞥见了他的武器，不是一把枪，而是一把约十五厘米长的刀，正藏在破烂的袖管里，刀刃的部分有点儿生锈。我能感觉到他正在看我，他拿走了钱，却没有挪动半步。

"他为什么还不走？"我想着。

"嘿！你在湾区工作？"他声音里带着难以辨认的音色，说话也不再刻意压低嗓音了。

听到他的问题，我紧张了起来，喉咙像是被什么东西卡住。看来，我的工作不只是心病那么简单，还会给我带来血光之灾！

我当时应该装傻道："湾区？什么湾区？吃海鲜的地方吗？从没听说过。"

但事实上我没有，而是朝他转过身去。他高高瘦瘦的，胳膊很长，肩膀结实，戴着一个蓝色滑雪面罩，外面还套着破旧的黑色卫衣帽。

"是的。"我说，"我是那里的图书管理员。"

"就是你！"他带着浓重的西班牙口音说，"我记得你，臭家伙，你就是那个管书的！"

"对。"我叹了口气，"我就是那个管书的。"

如果这是一部励志的监狱片，那么接下来的场景应该是这样的：

他把钱还给我，跪在我面前痛哭，感谢我选择相信他（就像电影《铁腕校长》①里演的那样），我也感动得热泪盈眶。正当他准备离开时，我一把抓住他的手，劝他以后不可再如此糊涂了。接着，两人哭得更厉害，他会迷途知返，洗心革面；我也从中学到重要的一课——人性本善，书可以改变人生……最后的镜头应该是我穿着花呢外套，脸上沟壑纵横，头发半白，出席联合国的人道主义事业终生成就奖的颁奖仪式，因为我成功改造了一个抢劫犯。

但事实上什么也没发生。

漫长的一秒钟过去了。我能强烈地感觉到，他在面罩下窃笑。他向远处的同伙打了个手势，带着我的四十三美元，敏捷地跑进了公园里。那是我在曾囚禁过他的那座监狱里赚的，也许这就是现世报，我无话可说。

不过，他却有话要说。

"喂！"他从六米远的地方喊了一声，"我还欠你两本书呢。"

然后，他就大笑着消失在夜色中。

后来的几周里，船叔一直用他那如教父帕西诺②般沧桑而沙哑的声音嘲笑我（真不该告诉他们我被抢的事，我现在悔得肠子都青了）。只要一有机会，他就会使劲挖苦我："嘿！你在湾区工作吗？"他会拄着拐杖，拖着被枪打瘸的双腿穿过图书馆，打断正在工作的我，假装认真地问："嘿，你在湾区工作吗？"

他还告诉我，别总想着被抢这件事，也别介意别人嘲笑我。

"这个混蛋至少还有底线。"船叔拄着拐杖，突然一本正经地说，"他没有割破你的喉咙，对吧？要是他以前在监狱里和你有任何过节，一定会毫不犹豫地这么做，相信我。所以你就放宽心，往好处去想。"

他的话我难以苟同。不过很快，我就会有新的烦恼，也将没有时间再去想这件事。后来也确实如此，事情就发生在某天下午的图书馆。当

---

①《铁腕校长》（*Lean on me*）：讲述了主人公瑞克被派往一所因暴力犯罪而臭名昭著的学校，担任校长的故事。

② 帕西诺：美国电影演员，代表作有《教父》《闻香识女人》等。

时，我正在搬运几箱书，突然后背严重痉挛，膝盖一下子发软弯了下去，人无力地瘫坐在地上，整箱书总共几十本，哗啦啦地从我手上掉了下去。这些书原本是要搬过去，放到我最喜欢的经典名著区的。可我的后背偏偏像一只愤怒的拳头，紧紧地收缩起来，一呼吸就会引起灼热的疼痛，骤然传遍四肢百骸，从腰蔓延到腿、胳膊，一直到手指尖、脚趾。我伸出手去，却够不着掉到身旁的眼镜，整个人都无法移动半步。在监狱工作了一年半，这就是我的下场——坐冷地板。

我抬起头，看见一个穿着褐色狱服的年轻囚犯。他正含着一根私卖的棒棒糖看我，眼里流露出事不关己的好奇。

"天——哪——"他转动着嘴里的棒棒糖，似乎还同情地摇了摇头，"啧啧，摔得不轻啊，哥们儿。"

我是被人捅了一刀吗？——你可能会这样想。

是啊，我的背如被刀捅了一般疼。在监狱里，捅人的事不是没发生过，但我这如刀捅般的疼痛是内在和自我生成的。不用假借外力，大脑就能化为利匕。我那位曾经的朋友，那位那晚在车站前抢劫我的朋友，他根本不需要亲自动手，只要一声令下，我的身体就会替他效命，推入那把刀。在船叔、戴斯、肥猫或其他忠心的馆员发现我，扶我站起来之前，我身体往后一仰，平躺在地板上，独自思考了一会儿。

现在我终于明白为什么那些失意的信徒要谦卑地匍匐在地板上祷告，因为教义让人无力反驳，让人不得不对自己诚实。我想起最近某个囚犯告诉我的一件事。1990 年，他作为建筑工人，曾亲自参与建设这座监狱，为三号楼——如今关押他的牢房——铺设钢筋。

"我真是脑子被门夹了。"他告诉我，"每天被关在这个该死的小牢房里，过得浑浑噩噩的，整个人都快发疯了，脑子里还不停地想：老天爷啊，这牢房居然是我亲手盖的！"

我们常在不经意间，造了一座牢，关押着自己。现在，我躺在监狱脏兮兮的地板上，身体动弹不得，眼镜还掉在地上，像个瞎子似的什么也看不见，周围散落着一堆伟大而经典的作品。这一切使我不得不思考：自己为什么会在这里？对于监狱职员而言，这是一个不同寻常的问题。

和囚犯不一样，监狱职员是自愿到监狱里来的。这个看似简单却复杂的问题，同样出现在了西尔维娅·普拉斯①的诗作《狱警》里。而收录了这首诗的诗集，此时就躺在我身边。

"我怎么到了这里？"诗人问。

兔八哥

两年前，四月里的一个温暖的午后，阳光洒在马萨诸塞湾殖民地的土地上，留下了斜长的影子。街上的树林伸出纤细的枝条，上面点缀着粉红色的花蕾和嫩白的花簇。我来到剑桥城的凯悦酒店，参加一个高中同学的婚礼。我的老同学几乎都结婚了，许多人的孩子都能在地上爬了。而我呢？一谈到我，大家要么谈论我的发型，说它像一顶廉价的假发；要么谈论我的一部难产的小说——《去得快》。说到这本小说的名字，我可是深思熟虑了好几个礼拜，才最终决定用"去得快"替换掉之前的"来得容易"。为了致敬维吉尔《埃涅伊德》②的开篇语"我歌颂武器和男人"，我这本小说开篇第一句是"我歌颂大腿和女人"。这是全书唯一值得看的一句话了。

然而，隐藏在一头假发般的密发下的，是我那永远躁动不安的大脑。大脑中滚动着千奇百怪的念头，比如：创办一家每天不间断播放带有解说的犹太男孩成人礼录像的有线电视网，开一家帮助客人取悦异性的宠物钟点租赁公司，给《去得快》增加几段曲折复杂的情节……总之，我的大脑里充斥着各种计划，使我心力交瘁，身体也出现了初老症状。

那个春天的下午，我恍恍惚惚地走进了酒店。这座大楼沿查尔斯河③而建，外形酷似金字形神塔。这般宏伟壮观的建筑，即使是头脑不清醒，或是精神恍惚的人见了都会惊叹不已——不幸的是，我既头脑不清醒，

---

① 西尔维娅·普拉斯（1932—1963）：美国著名女诗人。

②《埃涅伊德》（Aeneid）：维吉尔所著的十二卷拉丁文史诗，被誉为"欧洲文学史诗的开山之作"。

③ 查尔斯河：马萨诸塞州东部的河流，源自霍普金顿。

又精神恍惚。如今，我都大学毕业几年了，却还在思考自己的前途。或者可以这样说：我正处于药物引起的"未来恐慌症"的早期阶段。在这陌生的环境里，我的"广场恐惧症①"发作了，心中涌起了万千惊恐和无助，让我一时难以呼吸。我从皱巴巴的夹克口袋里，掏出了同样皱巴巴的圆顶小帽，扣在自己的一头"假发"上。今晚，我决定给自己设定一个小目标：回避我之前的拉比②。

我一直在自欺欺人，其实我很期待出现在以前圈子的聚会上。过去，这些聚会让我觉得自己是个跳梁小丑，是一个不被接受的人。作为一个公然违背犹太教义的人，我不再被邀请参加朋友的正统派婚礼，以及一些严肃、具有法律约束力的仪式；也不再被允许以证婚人的身份签署犹太人的婚约。要知道，放在以前，我一定能在好哥们儿的婚礼上当证婚人，但现在他们只分配给我一些无关紧要的活。与其说这是为了给我一些参与感，倒不如说他们是在时刻提醒着我：我是一个不受欢迎的人。我的地位就相当于《塔木德》③中的二等下人——儿童、奴隶、阴阳人、疯子和妇女。

但是，在我所处的圈子里，最深重的罪孽不是背叛宗教，而是没有一份正当的工作。我所读的犹太高中的篮球队队名不是猛虎队或者雄鹰队，而是"MCATS"，大家都说它是"医学院入学考试（Medical College Admission Test）"的缩写。这是句玩笑话，但也不尽然。如果你不努力成为一个律师、商人或者医生，如果你不努力考上研究生，或者毕业后去银行工作，那么你的罪过就比崇拜邪神巴力的还大（这好歹也算是一个远大的志向）。在过去的几个月里，我参加过好几场婚礼，早已轻车熟路，知道大家会寒暄些什么。几个月前，我跟一位同学的父亲有过简单的交流，内容大致如下：

---

① 广场恐惧症：焦虑症的一种，特指在公共场合或者开阔的地方停留的极端恐惧。

② 拉比：神职人员。

③《塔木德》（*Talmūdh*）：犹太教口传律法的汇编。

秃头的富豪："你现在做什么工作？写死讯通告？"

我："讣闻。"

秃头的富豪："不是一样的吗？"

我："讣闻是文章，死讯通告只是列出死者的名字。"

秃头的富豪："但是，文章内容不也是在讲死者吗？"

我："话是这么说没错。"

秃头的富豪："嗯，你看上去是个不错的小伙子，以后一定会干出些名堂来。"

我："谢谢叔叔夸奖。"

秃头的富豪："写死讯通告能养活自己吗？"

我："是讣闻。"

秃头的富豪："哦，对，讣闻。"

我："呃……"

秃头的富豪："将来你能让孩子上得起犹太学校吗？"

我："我不知道，也许我不会要孩子，更不会要犹太孩子。"

这个惊世骇俗的回答恰到好处地吓跑了对方，但我不知道我还能忍受多少次这样的精神折磨。在餐前小吃被端出来之前，我打算效仿乞丐，举着一块板子，在会场里游荡，板子上啰里啰唆地写着：

各位叔叔阿姨好，我是一个罪人，生活充满罪恶，我背弃了《托拉》^①的教诲，远离了正统派的社区。我的拉比们说的没错，哈佛是令人堕落的地方。我在那儿不学无术，整天拈花惹草，浑噩度日。本人的毕业论文是关于"兔八哥"的，我自以为论证仔细，却满是拼写错误。我在论文上写道："本论文将探讨战时电影院背景下，兔子的图像学和能指，即在战时戏剧中的资本主义和美学意识形态的展示。"我没有稳定的工作，靠写讣闻挣着微薄的工资。我知道，我的头发该剪了。

———————————

①《托拉》（*Torah*）：犹太教的主要诫命与教义。

　　我在大学的生活就像一部"道德剧"，各种警世寓言输到我的脑子里，还图文并茂地解释着为什么"世俗的大学"不圣洁或者不洁净。是啊，我本是托拉学子，一个有学识的虔诚的犹太孩子，曾怀着崇高的理想去上大学，并下定决心每天祷告三次；我只吃犹太教允许的食物，遵守安息日①及其他节日的传统，在斋月里守斋戒，每天废寝忘食地学习《托拉》；我自豪地戴着圆顶小帽，穿着带有流苏的披肩，远离女人，尤其是不遵守犹太教教规的女人。然而不久前，我这个托拉学子也曾在某个周五晚上，在赎罪日②喝得烂醉如泥，在邓斯特宿舍楼③里，解开一个大三女生高贵而神圣的文胸。这个女孩来自宾夕法尼亚的乡村，是我在一堂关于伊斯兰教的核心课上认识的。就像拉比说的："剩下的全是注解，你自己去学吧。④"

　　其实，这些苗头早在我身上浮现出来了。大三放假去看爷爷奶奶时，我听见亲爱的爷爷——一个出生于犹太小镇的杂货店店主——用好听的中西部口音"悄悄"对奶奶说："你瞧！他在看莎士比亚的书，我担心他会迷失方向。"

　　"你的担心很有道理。"奶奶埃德娜说着，随手翻着一本哈达萨杂志。

　　爷爷紧接着补充道："而且，他穿得像垮掉的一代。"

　　有些苗头其实出现得更早。在我犹太高中学校年度鉴定的"人生目标"一栏里，写着这样一句话："阿维……将成为一个内盖夫沙漠的牧羊人。"作为一个十七岁的宗教狂热分子，这句话让我感到温暖，是对我青少年时期精神追求的肯定。现在回想起来，这句话其实是暗示着：我是个不太合群的浪漫主义者，注定在 21 世纪找不到赚大钱的工作，或是实用

---

① 安息日：犹太教每周的休息日，从星期五日落开始，到星期六晚上结束。对于犹太人而言，安息日即为圣日，在这一天任何人都不许工作。

② 赎罪日：犹太教节日，在九月或十月，人们禁食并忏悔祈祷。

③ 邓斯特宿舍楼：哈佛大学的一座宿舍楼。

④ 引用自犹太大拉比希勒尔。一天，一个异教徒来到希勒尔面前，表示愿意皈依犹太教，条件是在他一脚独立的瞬间将整部《托拉》解释清楚，希勒尔回答道："己所不欲，勿施于人。剩下的全是注解，你自己去学吧！"

的工作。

　　我的近况着实令人担忧，就连好朋友尤尼也开始为我担心，不知我未来将何去何从——实际上，他比我还要缺少方向。出席婚礼前，我们在一起坐着吸了会儿烟，他问我讣闻写得开不开心。

　　我认真地琢磨着如何回答这个问题。可能思考得有点儿久，尤尼等得有些不耐烦了。

　　他说："我的意思是，这明显不是你真正想做的，不是吗？我猜你不会做一辈子。"

　　我原以为，只有秃头的富豪才会这么问。尤尼，这个家伙在阿姆斯特丹滞留期间，曾给我发过一些颠三倒四的邮件，其中有一封是这样写的：

　　　我没有时间概念了。如果你昼夜颠倒，没有好好睡觉，每天只在公园椅子上眯半个钟头，就会出现这种情况。我身心疲惫。我需要尊严。凡·高博物馆太妙了。有些画真不怎么样，但有些却很好。我得写下来要去哪里，要不真的会迷路。我还得时刻提醒自己，自己还不是临床意义上的疯子。我要坐两点五十分的航班，赶上的概率有95%。

　　关于尤尼的问题，我不知该说些什么，便沉默以对。显然尤尼对我的沉默并不满意，他提到几个和我一样的撰写讣闻的朋友，而且这些人做得都比我出色。他还详细地列出：谁的工作更好、谁的医保待遇更高、谁出人的聚会更高级、谁获得的奖项更知名、谁出的书多、谁的剧本被大片商买了、谁被《纽约时报》盛赞……他注意到，我作为自由撰稿人，写的都是些翘辫子的无名小卒。

　　他说："你不是在'实现梦想'。这种感觉如何？糟糕吗？"

　　关于尤尼这个人——他的确不太善于察言观色，不太善于猜测什么话题是敏感的。但他没有恶意，只是单纯的好奇。他每天坚持喝六到二十杯咖啡，吃旺火煸炒的罐装四季豆，还要配味道奇怪的牧场沙拉酱，加上多到吓人的干辣椒。在哈佛念书时，他几乎每天都在课上打瞌睡，平时也很少洗澡，穿着脏兮兮的亮橙色运动长裤在校园里晃悠，而且还要把裤子弄得像灯笼裤一样，将裤脚往上拉。目前，他在美国深南部^①的高中任职，担任美式足球教练。身高一米八三的他，穿着美洲狮球服，在比赛中躲避中学生们如神风特工队一般的疯狂攻击。尤尼一直深受痔疮的困扰，而且深信是因为自己"肛门异常小"——这是小时候他奶奶给出的诊断。他曾因在棒球比赛中起哄，被保安赶出芬威球场；曾在失业时到地铁卖唱，还被自己清唱的舒缓版 *Ob—la—di，Ob—la—da*^② 感动得潸然泪下。

尤尼不会对别人评头论足，也从不遮遮掩掩。他不耐烦的个性、言语里的暗示以及他的热情，刺激了我的神经，让我终于说出实话。

"是啊！"我说，"太糟糕了。"

"哎，哥们儿。这是个严肃的问……"他深深地吸了一口水烟筒，把最后一个字给吞了。

我不得不承认，这是个问题。我是一个自由撰稿人，每篇稿子的收入都很微薄，若想付得起房租，就必须拼命地接稿。除此之外，我既没有失业保险，也没有医疗保险，跟破产没两样。

更糟糕的是，最近我察觉自己有点儿被降职了。以前，我一直为本地报纸《波士顿环球报》撰写都市新闻和专题报道，由于一些不切实际的原因（我更喜欢写讣闻），我决定专心写本市死者的文章，不再写城市见闻——即使收入低，我也乐意。这真是个奇怪而又令人费解的职业转变。

另外，业内也传来一些坏消息，说是报社不再雇人了。有人好心提醒我，不管我工作得多卖力，都不要指望在《波士顿环球报》得到晋升。报纸行业是一艘早就支离破碎的船，正在迅速下沉。每个人都告诉我，趁你还能全身而退，赶紧离开这个行业。一个编辑对我说，如果我继续待下去，最后可能只有两则讣闻可写——《波士顿环球报》的和我自己的。

---

① 深南部：尤指佐治亚州、亚拉巴马州、密西西比州、路易斯安那州和南卡罗来纳州。
② *Ob-La-Di，Ob-La-Da*：披头士乐队的一首歌曲。

我用自己一贯的淡定和因压力太大引发的轻度荨麻疹，回应着他的玩笑。

写讣闻不是长久之计，我早就心里有数。因为我享受写讣闻，所以迟迟没有去找新工作。后来有一天，家里的一个朋友请我帮忙找工作。他是个年轻的无政府主义者，性格温和，只是做事毫无条理。就在帮他找工作的时候，我无意中看到一则不同寻常的招聘启事，很简短：

> 波士顿，监狱图书管理员，全职，工会待遇。

我从来都不知道，监狱也招全职的图书管理员。在我的字典里，图书馆和监狱是两个风马牛不相及的地方，甚至是相互矛盾的，就像在海军新兵训练营开设烘焙班一样。这条广告看起来太可疑了。在好奇心的作祟下，我打电话进行了咨询。

关于这份工作，我知道得越多，就越感兴趣。起初，从存在主义的观点来看，我以为从研究死人转向监狱工作，不过是职业上的横向移动，不会有什么区别。但一位在监狱工作的女士在电话里向我介绍完这个岗位后，我才意识到这份新工作有着许多我现在的工作所欠缺的东西：它的社交面很广，我将会成为一支庞大的职工队伍中的一员，而且还要承担教课任务。而整天写讣闻的工作让我离群索居，逐渐失去了与外界的联系。

最重要的是，这份工作有失业保险和医疗保险。只不过我还是有点儿犹豫，这该不会又是我脑中另一个不成熟的计划吧？就像之前想过的犹太男孩成人礼录像网站一样。

当我在婚礼会场四处走动时，这些问题一直萦绕在我兴奋的大脑中。现在是餐前小吃时间，这在正统派圈子里被亲切地称为"自助餐"，但实际上却是十五道按荤素比例分配好的菜。

我透过那不修边幅的刘海，看到了以前的同班同学。他们正在成为银行家、博士、律师、教授、拉比；他们都已经结婚生子，许多人已初为人父母；他们是房地产大亨、初露头角的慈善家、各自社区的顶梁柱。这些人家底殷实，孩子刚出生时就把他们的大学学费准备好了；这些人退休以后，还会领着丰厚的退休金；他们都有正经的工作，而且是虔诚的信徒。

看到他们，我既自卑又惶恐，却也坚守着自己的承诺——不去当一个正统派的犹太医生或律师。巴鲁赫·戈尔德斯坦是这几年最臭名昭著的犹太恐怖分子，他在希伯仑①开枪打死了二十九个正在祷告的人；还有我以前的大学同学伊戈尔·埃米尔，他暗杀了以色列前总理伊扎克·拉宾。这两个杀人犯，一个是正统派的犹太医生，一个是正统派的犹太律师。然而，从来没有听说哪个正统派的讣闻作家会开枪打人。

除了不从事因宗教而起的政治暴力活动，我不知道自己想干什么。而且令人绝望的是，这些正统派人士料事如神，在年度鉴定里对我的评价十分精准："阿维将成为一个内盖夫沙漠的牧羊人。"我在毕业的七年后，就被"放逐"了，过着勉强糊口的日子。更让我不安的是，这种比喻还真可能成为现实。如果真有牧羊人这个职位，我可能也会投简历应聘。

不过，眼前这一道道丰盛的自助餐品，正好给了我些许安慰，让我暂时忘记连日来的焦虑。在这相当于纽约中等公寓大小的房间里随处可见美国犹太人不受拘束、执迷不悟的乐观主义。看看自助餐的菜品就知道了：沾满芥末酱的鸡尾酒会牛肉熏香肠，寿司大船，"摩天大楼"般的摆盘，一小碟薄薯片、菠菜、蘑菇，韩国烤肉串，夏威夷鸡肉串，腊牛肉、五香牛肉和火鸡冷盘，各式面包、蛋卷、薄饼、通心粉、沙拉、鱼、豆腐、果篮，等等，当然也少不了美酒。每当有人谈论起平时去哪个会堂，或者哪些是洁净食物时，我就会不由自主地紧张。这些美食安抚了我的心情，连耳边的八卦都变得有趣了，比如有人在讨论某个已婚妇女戴的正统派规定的假发（你想象不出她为这个花了多少钱）。如果没有它们，在这个周日的夜晚中，我可就过得太糟心了。

尽管美食当前，我依然遵循着我的计划——避开拉比。之前，我曾参加过大大小小的活动，与多位拉比激烈地争执过，也因背弃宗教被严厉谴责。

---

① 希伯伦：巴勒斯坦南部的一个城市。

　　我也曾让许多老师失望过——其中不乏我至今仍十分敬仰的老师——因为我一条犹太律法也不曾遵守过（一条也没有）。我就是一个彻头彻尾的异教徒。曾几何时，我也是一个前途似锦的犹太学生，是一个一心只读圣贤书的犹太学生。正因为如此，他们才对我尤其不满。

　　当我还是个犹太教的狂热分子时，也曾做过几件可圈可点的大事。十四岁那年，我退出了校篮球队，就是那支强大的 MCATS 队，全身心地投入对《托拉》的学习中。不论走到哪儿，我都会随身携带一本袖珍版的《密西拿》。这是犹太教的核心律法，编于公元 3 世纪。每天只要一有空闲，我就会拿出来翻翻，当时那本书已经被我翻烂了。我不是在夸大其词，而是真的充分利用了每一秒钟去看《密西拿》。在走廊里走路的时间、在车站等车的时间、课间休息的五分钟、老师翻书停顿的五秒钟……任何空闲的时间我都不会放过。拉比教导我们"学习《托拉》刻不容缓"，我也切实地谨遵教诲。

　　我的狂热还不止于此。学校的课程时间是从早晨八点持续到下午六点，这样算下来，每天学习《塔木德》的时间只有一个半小时。我对此深表不满，最后成功地说服老师在每周三的晚上另外开设一个《塔木德》兴趣班，让感兴趣的同学自主参加，直到七点半结束；为了参加每周六晚上的《托拉》讨论班（我组织的），我曾把鲍勃·迪伦[①]音乐会的门票转让出去；我一手创办了《托拉》学习校刊；我从不与女人握手；毕业时获得了《托拉》学习成就奖……在那情窦初开的岁月里，我无怨无悔地将青春献给了祷告。

　　暑假时，我会飞往位于西岸定居点[②]的学校，每天苦读经书十四个小时。"《塔木德》夏令营"是我的天堂，它开设在古老的朱迪亚中心区，那里也被称作"被占领土"。当时，我狂热到了令人不安的地步，就连虔诚的父母也为我担心。

　　高中毕业时，我没有去报社或实验室实习，也没有去贫民救助站当

----

① 鲍勃·迪伦：美国摇滚乐、民谣歌手，美国艺术文学院荣誉成员。
② 西岸定居点：约旦河西岸的犹太人定居点。

志愿者，而是独自研读《塔木德》中关于肉刑的章节。正如那直白的标题"鞭刑"所示，这一卷律法用冰冷的语言详细地记录了数十宗案子，讲述拉比如何行使逮捕违法者的权力，并将犯人鞭笞至失禁（详见民事卷的第三章）。在学习"鞭刑"这一章节时，我一点儿也不觉得它奇怪。我的拉比也是如此，事实上他还挺支持这么做的。

高中毕业后我又上了两年神学院，第一年在西岸，第二年在纽约。如今的我却藐视一切律法。我是正统派最大的失败。

在婚礼会场的洗手间里，我的计划夭折了。当时，一个小隔间的门突然被拉开，布卢门撒尔拉比从里面走了出来。以前，我从未仔细打量过这位拉比的外貌，没想到他竟与山鹡鸰如此相像。他矮小而结实，精心修剪的胡子与精心修剪的头发融为一体，在他圆圆的脸上形成一圈白色的光环，衬托着他黝黑的小脸、一双从不眨动的大眼和又小又尖的鼻子。要不是长相凶恶，别人只会当他是个憨态可掬的小老头而已。他的嘴小得几乎看不见，眼睛不停地扫射四周，不放过任何一个角落。

几年前，他教过我们先知以赛亚的诗篇，那部诗篇充满了仁义道德。他的课堂一片嘈杂，没人认真听。学生们无所事事，有些甚至背对着拉比坐着，放肆地聊天大笑。大家随意地走来走去，完全不在意教室前面还有一位老师坐着。

唯一在听课的只有两位同学：我和另一个男孩子——他也叫阿维，是一个《托拉》神童，还是一个数学天才。我们这两个同名的狂热者总是并排坐在教室最前面，课桌也和拉比的讲台挨在一起，像一棵长着三个球茎的"托拉植物"，在风中摇曳。

此时，布卢门撒尔拉比就在洗手间里，和往常一样若有所思地看着我，眼睛一眨也不眨。他一边像个外科大夫似的一丝不苟地洗着手，一边谨慎地和我寒暄，打探我高中毕业后的境况。我告诉他，我写了一篇关于兔八哥的毕业论文，现在以写讣闻为生，未来前途不明。在大麻的作用下，我还说了些不着边际的怪话，比如既然太阳终究会灰飞烟灭，这世上就没什么大不了的事。最后我还告诉他，我可能会去监狱工作。

拉比眯起了眼睛，用他那山鹬鹇般锐利的眼神盯着我，开口说道："监狱？为什么你想去那里？别去。"

"为什么？"我问道。

"你应该找点犹太社区的事做，为什么把时间浪费在那种地方？"

他虽然生气，却还是保持着为人师表的风范，向我提出了一连串的疑问，我都一一做出答复。是，我承认我不做祷告，也不再戴护符匣①；是，我不再遵守安息日的规定，也不按教规进食。而且，我还主动说，我喜欢吃虾，超级喜欢！今天的餐前小吃应该有虾。

"你出了什么事？"他问道。

出了什么事？这是记者试图回答的第一个问题。对于一个专门写讣闻的作者而言，他要问的是：讣闻中主人公的这一生都发生什么事？事实是怎样的？这些事实意味着什么？每天早上，我的电子邮箱里都会出现一条死讯，邮件的标题很简单，就是死者的名字，如麦克马洪、科瓦尔-斯莱登、蒙塔古、古卡西安。在接下来的一整天，我会穿梭于他们的世界，直到睡觉时才会停下来。可即使是睡着了，我还会梦见他们。

编辑经常在邮件中这么写："此人生平有点儿意思，你可以查查他。"在他的眼里，人的一生就这样被简化为了"有点儿意思"。这样的一封邮件，也是我一日痛苦的开端。我会去访问与死者认识的人，越多越好。每次访谈后，都会扩充死者生前的故事，增加了新的情节。其中有哭，有笑，有痛苦，有隐情，有遗憾。人们会不由自主地向我倾诉，最后的用时远远超出他们原本所预期的。有时，当我登门拜访他们时，我会觉得自己是个拉比或者牧师，帮助人们克服生离死别。我会与哀悼者坐在一起，翻看以前的旧照片，阅读以前的旧信件，试图通过这些东西，拼凑起已逝之人的一生。

就这样，我的截稿日期转眼就到了。我不得不缩短谈话时间，坐下

---

① 护符匣：装有摩西五经章节的羊皮纸，在犹太教平时晨祷时穿戴，一个绑于上臂，一个绑在前额。

来整理逝者众说纷纭的生平，整理未公开或半公开的秘密，厘清虎头蛇尾的情节、谜团和各种巧合，找出事情的真相，最后用一千字说清逝者完整的一生。讣闻就是一个人一生的故事，结尾处往往会列一份逝者生前亲朋好友的名单，看似简单中立，但这份名单的取舍和长短，比任何引语都更能够说明一切。

当你写讣闻时，总会不由自主地联想到死亡，更准确地说是思考整个人生：为什么他的人生会走到这一步？怎么做才能改变这样的人生轨迹？他不经意间做的一件事，如何引发了下一件事？他这一生面临过哪些重大的决定？他给别人留下了什么？虽然我拼凑出了许多人的人生，却唯独不敢思考自己的。

酒店的舞厅里响起了音乐。

正统派犹太婚礼喜庆到了极点。没过多久，气氛就变得疯狂起来，开始还只是一两个人，接着变成了一群人的狂欢，直到大家都开始放浪形骸时，整个舞会达到高潮，最后催生出了一些小规模的暴力行为。婚礼极大地释放了这个民族几千年来最大的恐惧：一种被他人迫害的惶恐。这种感觉从来不曾中断过，强烈到变成了一种精神上的自我迫害。犹太婚礼是为了庆祝一个年轻新家庭的诞生，并且希望其为犹太民族添丁增口。他们会成为新一代的犹太卫士，逆转历史的潮流，遏制那些臭名昭著的反犹主义者发起的种族大清洗。不幸的是，偏偏有一些不肖子孙仇视自己的民族，为这项邪恶的事业推波助澜，与外族通婚，吃鲜虾开胃菜，批评以色列右翼，拿大屠杀开玩笑。

在酒精的作用下，这些个子不高且平时滴酒不沾的人，夸张地发泄着情绪，而且场面一度失控。

这场西式婚礼很快就脱去它华丽的外衣，原形毕露：犹太婚礼其实就是乡巴佬的狂欢，原始部落里大汗淋漓的土风舞。当婚礼气氛到达高潮时，那些为月光下的露台酒会设计的正装很快就变得束手束脚。男人们解开黑领结，脱去外套；女人们（矜持地）提起长袍；受人爱戴的医生和 CEO 变身杂技舞演员，轮流扛起对方抛到空中，大跳霹雳舞，勾肩搭背地吆喝，甚至拥抱陌生人；服务员们则站在一边，面面相觑。

音乐是民间的犹太舞曲，歌词出自《圣经》。舞者仍按性别分开，仿佛有人在他们中间画了条"三八线"似的，男人站在一侧，女人站在另一侧。舞蹈开始后气氛非常狂热，舞者们围成一个圆圈，所跳的舞蹈不是文质彬彬的绕圈舞，也不是周日早晨的公园里的犹太民族舞，而是狂野的劲舞。舞姿中散发着浓浓的雄性荷尔蒙。

在这种情况下，是免不了推搡的，圈子也越转越小。大家你推我，我推你。如果你想挤进最里面的圈子，更要拼命地推来推去。出于物理学、心理学和神学等错综复杂的原因，内圈是人体所能表现的最具挑逗性和花哨的舞蹈。为了让内圈移动，你只能用推的。

我想说的不是这些年轻人太闹腾，而是他们太卖力了。不管做什么事，他们总是全力以赴。当拉比说"大家一定要让新郎、新娘开心起来"时，他的潜台词其实是大家一定要让新人跳得尽兴，把他们折腾到只剩一口气。我太清楚这些套路了，因为我以前是干这些事的积极分子。

在我还是虔诚教徒的岁月中，我比十个大胡子哈西德①教徒都要厉害。我参加过几十场正统派婚礼，在舞会上推过人，也被别人推过。这么算起来，我推过几百个甚至几千个正统派同胞。我在安息日推过人，也在工作日推过人。有时我是被推过来的人撞到，有时是将别人推出去。我被小孩推过，也被老人推过；我推过小孩，也推过老人。婚礼就该这样，我从不后悔这么做。如果可以的话，我还会这么做。可惜的是，很久以前，我就已经失去了这种兴致。

也许是因为大麻的劲儿过了；也许是因为见到以前的拉比和同学让我压力倍增；也许是因为对一神论的厌恶到了忍无可忍的地步，那天我突然失去了与人推撞的力气——你也可以说我是软弱——总之，我放松了警惕，结果酿成大错。

一记拳头突然从我右边飞来，让人始料不及。就在这一瞬间，一只汗淋淋的毛手握着罪恶的拳头，打中我的脸颊，接着是鼻子，发出骨头

---

① 哈西德：犹太教徒中的极端正统群体。

相撞的闷响、关节击中面部的脆响，啪地一下把我头都打歪了。突然，整个房间在我眼前倒了过来。下一秒，我的脸贴在镶木地板上，与世界成九十度角。

没人管我的死活，不是他们冷血无情，而是根本没人注意到我。他们在一个无限循环的圆圈里，踏着统一的舞步，沿着同一方向转动。无数时髦的裤子和闪亮的皮鞋在我身边重重地跺着地板，有些还踩在我身上。跳舞的人太多了，他们丧心病狂地推搡着，根本无暇对我伸出援手。如果有人从这疯狂的旋转中停下来，就有可能被其他人推倒，甚至像我这样被打得鼻青脸肿。所以，谁会愿意冒这个险呢？

规矩我是懂的：在雄性荷尔蒙泛滥的舞会上必有输赢之分。适者生存，我输了，这是我罪有应得。道理我都懂，可心里依然不好受。

我抬头向上望去，正好看见布卢门撒尔拉比在我身前，面无表情地跳着舞。我突然怀疑刚才是不是他下的毒手，把我打趴到地上。拉比有一句名言叫："打断他的狗牙……"这是专门用来对付坏小孩的，我想他是在执行这一条。当时我真想一跃而起，拉住他往死里揍。但我很快意识到，这样做是不理智的，我怎么能有这么歹毒的想法？随后我又想，他打我也许是有道理的。

我必须承认，这一拳把我给打醒了。以前，我也曾有过类似的教训。

高三那一年，学校组织去多伦多旅行，我们在那里玩起了激光枪战游戏。（要不然在多伦多还有什么可玩的？）多伦多激光游戏场的主要规则就是"游戏一旦开始就不准跑"。老师一遍又一遍地叮嘱我们：千万不要跑！我听了之后，在心里仰头大笑：我才不听呢。多伦多已经够无聊了，既然有机会撒野，我就要浴血奋战。我迫不及待地想投入战斗，找一两个掩护点，开始大开杀戒，来一场激光枪中途岛战役 [①]！

当时，我左右开弓，杀遍全场，像一个脾气火爆的得克萨斯人，一边狂奔，一边射击。游戏快结束时，幸存者所剩不多。我看到一个绝佳的高地，要求队友掩护。在得到队友同意后，我便想当然地飞奔而去，

---

① 中途岛战役：爆发于 1942 年 6 月 4 日，是第二次世界大战的一场重要战役。

完全忘记了禁跑规则。

当我意识到危险时，已经为时已晚。有个一往无前的家伙，正全速朝我跑过来。在和他一头撞上之前，我心想："老天爷啊！这个朝我跑过来的疯子是谁？"下一秒，我四脚朝天地摔在地上，脸上的眼镜也被压碎了，鼻血从鼻腔中喷涌而出。在与敌人正面相撞之后，我的感应器嗡嗡地发出警报。我抬头望去，只见一张同样血流满面的脸在瞪着我。求胜心切的我，被胜负欲冲昏了脑袋，忘记了基本的光学原理，直直地撞上了一堵镜子墙。原来那个朝我跑过来的疯子就是我自己。

这就是我的学习方法：不撞南墙心不死。坦白地说，我很感谢那堵墙。

我回到婚礼会场的洗手间，透过镜子看着自己的脸。那一拳打下去，脸上的血并不多。我擦去残留的血迹，虽然头痛欲裂，却很清醒。这是这么长时间以来，也许是这么多年以来，我难得清醒的一次。我迫切地想要重整旗鼓。

"去理个发，检查下牙齿；去健身塑体，把生活过得更像样；按时缴税，好好规划自己的人生；不要再像个垮掉的一代，打起精神好好做人；还有，那本《去得快》可能得断更了。"

看着镜子里的自己，我这样想着，眼前突然浮现出一句过去最喜爱的祷词。当弥赛亚终于来了，当你遇见一个失联已久的朋友时，你会由衷地念出这句祷词：

感谢主，感谢让人重生的主。

不管打到脸上的这一拳是来自拉比还是其他人，都打醒了我，让我不再举棋不定。清醒的时刻虽然短暂，却让我清楚地认识到我知道什么，不知道什么。

布卢门撒尔拉比曾尽心地教育我，要我以犹太的先知为学习榜样。在婚礼上，早些时候他就对我说过"你应该找点犹太社区的事做"。他还质问我：为什么要在监狱里浪费人生？那是一个正派的犹太孩子该去的地方吗？

　　但他应该知道，先知们也曾与边缘人和罪犯打过交道，而且许多先知也曾犯过罪。当然，这不全是因为反动的思想。和许多伟大的传道者一样，以赛亚有一个有伤风化的缺点——暴露癖。只因别人嘲笑他的头发，以利沙便蓄意杀害对方。亚伯拉罕坐过牢，约瑟夫坐过牢，耶利米坐过牢，但以理坐过牢，参孙也坐过牢。雅各是个大半辈子都在潜逃的诈欺犯；摩西和以利亚是杀人逃犯；大卫也是如此，只不过后来带着一群忠心耿耿的亡命之徒回到了家乡；先知何西阿以狎妓闻名……自古以来，几乎每个先知都犯过罪，或者与罪犯为伍过。显然，先知们认为监狱也是一所学校，虽然布卢门撒尔拉比并不这么认为。

　　我决定申请监狱图书馆的管理员岗位这件事，在我心里已经藏了好几个礼拜了，现在是时候向自己承认，这是我想做的事，或必须做的事了。我虽然不知道为什么，但这可能与我受过的教育有关。我毕业的哈佛大学是一个充满爱心的辅助机构，如我的同学们，一个个又傻又自负。当我思考要不要读研深造时，脑海里浮现出的是我那篇兔八哥毕业论文里长篇大论的胡萝卜图标学分析。一思及此，我就知道自己对学校毫无用处，而学校对我亦是如此。这样下来，摆在我面前的选择就只有两个：要么去法学院，要么去监狱。我究竟该选哪一个，已一目了然。

　　我跑回会场，找到了尤尼。他戴着犹太人特有的头饰，浑身都是汗，礼服也被人撕烂了。此刻，尤尼正扯着嗓子唱一首难听的希伯来战歌，歌词大意是："请求救世主弥赛亚到来，重建耶路撒冷圣殿山上的神庙。"

　　"我想申请那个工作。"我说。

　　"什么？"音乐声太大了，他扯着嗓子问。

　　"我想去监狱工作！"我对着他的耳朵大喊。

　　他露出了一个大大的笑容。

　　"不错！"他大声地在我耳边吼回来，"你不是骗我的吧，哥们儿？说不定这是个好工作。"

头发检测

我在求职信里这么写道："虽然我没有图书馆管理学的学位，但我有成为一名成功的监狱图书管理员所应具备的技能和动力。"只不过这是简历上的措辞，实际上我从未去过监狱，也不曾当过图书管理员。在看到那份招聘广告之前，我甚至不知道还有这样的工作。

现场的面试官有三位，监狱教务处主任（监狱教育部给了我一种不祥的预兆）、工会领导和人事主任。

工会领导查理（波士顿人的发音是"恰理"）的问题较为直接。

"你在哪儿长大的？"他问。

"在克利夫兰待过一阵。"我答道，"但大部分时间是在波士顿。"

"哦，波士顿哪里？"

"剑桥市①。"

他眯起眼睛说："剑桥？那里可不是波士顿。"

查理是一个骄傲的工会男人，在多尔切斯特的爱尔兰住宅区出生、成长。他的评价显然是话中有话：他把我归为剑桥市的富家子弟，觉得我要么不知道常春藤名校联盟飞地和工人阶级聚集的波士顿市之间的区别，要么就是故意装作城市人的样子。

"没错。"我说，"但从我们的小公寓里，可以看到波士顿的美景。"

查理似乎对这个回答很满意。

"我们不喜欢新闻记者，"他说，"尤其是《波士顿环球报》那些无所不知的记者。我们为什么要聘用你？"

尽管他面带微笑，可语气却是认真的。这是个棘手的问题，我没有正面回答，只是说我最近不再报道活人了，所以不会构成任何威胁。

查理问完后，轮到教务处主任。她提出了几个假设的情景，问我会如何应对这些情况。我的答案都是一样的：服从安保人员的安排。

"我们需要的是有团队精神的人。"她说。

---

① 剑桥市：哈佛大学的所在地。

"这我可以做到。"我立刻回答道，却又马上意识到，这无意间透露出一个更深层次的真相。从心理学的角度来讲，我刚才委婉地承认了，我是个没什么团队精神的人。

终于，我的面试迎来了最后一个问题：你还有什么要向我们介绍的？

在这个充满诱惑的问题面前，我尽量不让自己兴奋得两眼放光。这个问题可以有无数种走向。他们会不会想知道我平日里爱看《宠物猫》杂志？我是个扁平足，走起路来像鸭子？我的姓名首字母缩写就是ASS？还是说，他们其实是变相地在问，我是不是一个同性恋，或者犹太复国主义者？我决定不要贸然回答，于是鼓起勇气说："没有了，我想我已经介绍得很全面了。"

这招果然管用。我被录用了，将承担两份工作，图书管理员及创意写作课教师，只不过前提是我的背景调查没问题，而且要通过毒品检测。

"没问题。"我答复道。

我原以为没问题，但其实我错了。面试结束后，我想起大概两个月前，我和尤尼在婚礼前吸过大麻。这可能会给我带来一些麻烦。

如果没有通过毒品检测会怎么样？毕竟这不是普通的雇主，而是司法机关。那个卖给尤尼大麻的家伙，这会儿说不定就在这所监狱里蹲着。这给了我一种不祥的预感。

当人事部主任打电话过来，与我沟通福利和薪资方案时，她直截了当地问我："你想通过那项检测吗？"

"想。"我几乎不假思索地回答，"当然想了。"

我琢磨着她怎么会问这个问题。难道是有人向他们告密？还是我这颓废的拖把头让他们起了疑心？她真的想公开与我讨论这个问题吗？幸亏我当时不知道监狱有内部调查部门，也不知道他们有监听电话的习惯。我决定向她坦白，希望她能放我一马。

我说："是这样的，我以前……吸过大麻。只有一次。就在不久前，有一段时间了，在一次聚会上，我是说在一个婚礼上，其实是在婚礼开始前吸的，确切地讲是在婚礼的一个舞会上。"我惴惴不安地问，"这应该没关系吧？"

一阵安静。

"喂？"我说。

"这是头发检测①。"对方终于说话了。

这回答完全出乎我的意料，而且因为是在电话里，我没太听懂对方的波士顿口音。

"什么检测？"我问道。

我听见她叹了一口气。她不想再讨论这个问题了。

"头发检测。"她又说了一遍，很快就将话题转移到牙科保险的选项上。

当天晚上，我上网查找了与毒品检测有关的信息。才点了几下鼠标，我就明白了那位人事部女士的暗示：我面临的是头发检测。于是，我又查找了这种检测方法的各种细节。这种方法不仅惊人地准确，而且毒品在头发里的留存时间比在尿液中要长得多。尿检不仅不准确，还容易作假。总之，头发显然比尿液更能暴露其主人的恶行。

这点我倒不奇怪。我一直怀疑头发总有一天会出卖我，它就像恶魔一样，既魅惑又邪恶。人死后头发还会继续生长，真叫人毛骨悚然。所以，我一直觉得它不值得信任。

现在，是时候清理门户了。犯罪的证据就藏在我的每根发丝里，我必须把它们揪出来，消灭这些证据，在监狱里有个光明的开端。但是，万无一失的办法只有一个，那就是剃光头。可我从小被教育要懂礼貌，所以我深知顶着一颗光溜溜的头去接受头发检测是十分失礼的行为。只能冒一次险了，我告诉理发师曼尼剪得越短越好，暗自希望能把所有的证据都留在理发店里。

我走出理发店，暴露在冷空气中的头皮冷飕飕的，心里也拔凉拔凉的。即使我通过毒检，也会被打上犯罪的标签。到了头发检测那天，只要一看见我这判若两人的新发型，我未来的上司自然就明白了。我就是一个申请去监狱工作的罪犯，脖子上挂着超大的美元吊饰项链，T恤上

---

① 指毛发检测，通常以检测头发为主，可检测出六个月内的吸毒情况。

印着"我爱毒品"的字样。去监狱的路上，我戴着一顶棒球帽，仿佛自己的丑行已经暴露在所有人面前。我有一种挥之不去的感觉，好像选择这份工作是错误的。或许人事部那位女士其实是在暗示我安静地自动退出。

快到正门入口时，我不由自主地想转身逃走。还没来得及权衡逃跑与留下的利弊，我就已经鬼使神差地走进了接待大厅。一名狱警马上让我摘下帽子，显然这里的规定是不能戴帽子。监狱里没有隐姓埋名者，也没有躲躲闪闪之人。

我坐在一条长椅上，帽子握在手里。这是维多利亚时代的标准坐姿，莫名地让人心安。我镇定地等待着我的上司到来，想看她对我这判若两人的新发型会有何反应。她会对我微笑吗？怎样的微笑呢？她会不会一句话也不说？这是好还是不好呢？不管怎么说，这都不是开始新工作的好方法。

这位上司倒是不着急，我正好利用等待的时间，观察四周的环境。接待大厅里有许多粗壮的灰色柱子，像是阴沉的烛台，在钢筋水泥之下，承受着巨大的重量。这是一栋沉重的建筑，从你进门的那一刻起，你就被监视了。它就是要让你知道，你的一举一动都被监视着。你能够隐约地意识到，在接待大厅另一头的深色玻璃窗后面就是一个监控室，里头有无数监控画面在闪烁着。旁边是监狱大门，或者是通往监狱大门的大门？一位狱警镇守着这道门，姓名牌上写着"格兰姆斯"。他有点儿坐立不安，手里摆弄着枪套和金属探测器，哨位上放着一本被翻烂了的书，是关于佛教禅宗的。

现在是下午三点钟，正是换岗的时间，大批狱警来来往往，一边大声地开着玩笑，一边躲避着那些四处乱跑的孩子们。孩子们跳着蹩脚的舞步，开心地玩着捉迷藏，旁边坐着他们一脸紧张的母亲或奶奶。孩子们似乎对监狱的接待大厅很熟悉，毫不怕生地在粗壮的柱子之间玩耍。我想，这里就是他们见爸爸或妈妈的地方。

几个狱警就站在边上，紧挨着一块写着"严禁吸烟"的告示，在台阶上边吞云吐雾，边给女人们抛媚眼。他们用半明半暗的语言，聊着工会的事儿。

"嘿，你听说菲茨挨批了吗？"

"真的？就因为……"

"是啊，就因为那事儿。"

"这太扯了吧？"

"对啊，太扯了……"

两人不约而同地笑了。

一个狱警走过来通知我，我的上司取消了会面，并让我跟他走。这是什么情况？难道我的上司从监控视频里看到我的板寸头，便给我判了"死刑"？如果真是这样，他们要把我带去哪里？我忐忑不安地跟在狱警身后，走进了大厅后面的一个走廊。他告诉我去找一个叫欧谢的人，此人负责头发检测。原来我的上司只是太忙了，没时间见我。除此之外，什么情况也没有。真是天助我也，正好躲过了一次别扭的会面。

这条走廊通向狱警工会所在的 419 室，里面有几台投币售货机。工会房间里空无一人，墙上画着一个巨大的警徽；电视里放着白天的脱口秀节目，节目中的演播室里坐着一群观众，正目不转睛地观看一部闹哄哄的家庭剧。

再往里头去，是几间没有标识牌的办公室和男女更衣室。旁边的健身房也没有人，一台晶体管收音机大声地播放着经典摇滚乐。一个玻璃展柜陈列着鹿岛旧监狱用过的物品和照片：一副锈迹斑斑的 19 世纪的手铐和脚镣，让人不由自主地联想到哈里·胡迪尼[①]；一个老式的犯人编号牌，上面是犯人刚入狱时拍的入案照片；还有从新石器时代存留至今的警棍和催泪瓦斯。展柜一旁摆放着大大小小的荣誉牌匾，是颁发给这所监狱曾经参战的光荣狱警的。牌匾边上有一句手写的语录："囚犯必须服从命令。"

我在欧谢的办公室门口等了几分钟，帽子还攥在手里。走到这一步，我已经无路可退。门终于被推开了，一个留着寸头的大个子走了出来，一脸不怀好意的笑。从我身边走过时，他朝我挤了挤眼，说了句"祝你

[①] 哈里·胡迪尼（1874—1926）：匈牙利裔美国魔术师，享誉国际的脱逃艺术家。

好运"。看来，这是个刚做完发检的人。

办公室小得逼仄，也没什么家具。欧谢个头儿不高，长着一张天生的苦脸。简单地打过招呼后，他从我头上剪下几根头发，封在一个袋子里。这真是一个亲密到诡异的行为，仿佛他是我的爱侣，剪下我的一撮头发留作信物。也许正是因为这层关系，我们才越聊越熟，甚至聊到了体育上。我们讨论了红袜队的前景，我的乐观受到了欧谢赤裸裸的鄙视。

虽然红袜队去年拿到了美国职业棒球大联盟的总冠军，但他依然不抱希望地说："白痴都会有走运的一天，不管去年成绩多好，他们永远都是红袜队，总爱在关键时刻掉链子。"

头剃得跟光头差不多，忐忑不安地坐在办公室里的我，十分认同他的观点。我就是这么一个白痴，希望这次也能走运。

后来，两周过去了，等得还不算太煎熬，我接到了人事部的电话，通知我尽快到岗。电话里没有谈及头发检测的结果，也没有说"恭喜你通过毒检"，只是一些官方的通知，平铺直叙。这简直天助我也！从今以后，我将成为人见人爱的警察叔叔、电影《热血警花》里的热血条子、身穿蓝色制服的英俊警官！

就在那一瞬间，我完成了身份的转换。整个周末我都激动不已，时不时冲到镜子前，绷着一张脸，故作严肃地说："我是警队的。"或者只是说："看什么看？"刚开始，我是表演给我的女朋友凯拉看，后来人戏太深，没人的时候也在演。

"我听见了！"有一次，我又在自娱自乐地对自己表演，惹得凯拉在隔壁房间大喊，"你别再在我面前发疯，我清楚你的底细。"

每到星期一，我就进监狱了，或者应该说是去监狱上班，这样更恰当些。我的口袋里揣着崭新的警徽，上面的照片还是发检那天欧谢为我拍的。当时我还不知道检查结果是什么，有种做贼心虚的感觉，拍照时总觉得是在拍犯人照片，而不是员工照片。照片上的我剃着寸头，笑容很不自然。只要是在监狱里，我必须时刻佩戴这张照片，它将是我在监狱里的正式形象。

参观监狱

波士顿的司法界有一对著名的夫妻搭档。丈夫鲍勃负责把人扔到监狱，帕蒂负责从那里接手，因为她是监狱的教务处主任，也是我的上司。她的丈夫是波士顿警界二把手，多年以来一直都是警察局局长的备胎人选，但始终没有被扶正。大家普遍觉得鲍勃"稍欠火候，太过街头警察，没有政治家的气质"。对于这一点，帕蒂也表示认同。她说这话时有些无奈，但更多的是自豪。

帕蒂本人要懂得变通得多。她很亲和，穿着讲究，留着波波头，引人注目，一看就是多尔切斯特五十岁以上的时尚女人，每周都会换新潮的时装。上班第一天，我是个参观者，帕蒂是我的导游。走马观花地看过几间教室后，我们终于走进了图书馆。这时，我们撞上了一个囚犯，或者说他差点儿把我们给撞倒。他从后面的小房间走出来，腋下夹着厚厚一摞纸，步履轻快地走着。帕蒂狐疑地看了他一眼。

"喂，柯立芝先生！"她喊道。

柯立芝又高又壮，见人会飞快地咧嘴一笑，嘴唇上还留着一细绺小胡子，配着他那又大又方的脑袋，十分不协调。一双狡黠的大眼睛，每眨一下都似乎若有所思。他穿着褐色的狱服，像是穿着正装，来自3-2监区。一副老花眼镜垂在胸前，又方又大的脑袋上散发出一股香气。这难道是……？监狱里可以用香水？

他一看见我，就像一个卡通人物般夸张地刹住脚步，差点儿将腋下的纸甩出去。他做作地把头往后仰，发出短促而尖细的笑声，让我吃了一惊。帕蒂狠狠地瞪了他一眼。

他极力想镇静下来，但还是难以置信地叫道："这是在开玩笑吗？"接着，他对我说，"你多大了？还在上学吧？"

"不是的。"我答道，"我已经毕业了。"

"毕业了？嘿，恭喜你！"

帕蒂用胳膊肘轻轻地推了我一下，示意我此地不宜久留。柯立芝注意到了这个小动作。

“好了，好了。”他赶紧转变话题，“咱们说点正经的。你对黑人怎么看？和黑人打过交道吗？”看来他今天是要从我身上找点乐子。

“嗯，打过交道。”没想到经历过初面后，监狱里还有更加尖锐的二面等着我，我显然对此毫无准备，满脸尴尬地说，“我在克利夫兰长大，社区里什么种族的人都有，偶尔会和黑人打交道。在我当记者之后，和黑人的往来就更频繁了。”

我感觉到帕蒂有些不耐烦了。我落入了敌人的圈套，泄露了太多个人信息。

我迅速地总结道:“虽然我还很年轻，但还是见过一点世面的。”

柯立芝不再捉弄我。

“只是和你开个玩笑。”他说着伸出手，“我叫罗伯特·柯立芝……”

就在我们握手时，帕蒂转过身去，这样的画面明显让她感到不舒服。柯立芝注意到了吗？他是故意做给她看的吗？一丝温暖且专业的微笑划过他的嘴角，这职业的做派让我觉得，他接下来将会介绍说，他是一名律师。实际上，他说的是“我在图书馆工作，负责法律事务”，但这和我刚才想的也八九不离十了。

帕蒂朝天翻了个白眼。

柯立芝开始向我介绍图书馆的业务，包括图书分类和摆放规则，图书馆后半部分是法律图书区，柯立芝称其为“图书馆最重要的部分”。

谈到法律图书区时，他说：“这是法律所规定的，改天我会给你介绍判例法。我把它们全记在脑子里了。”接下来，他又给我们详细介绍了图书馆的图书借还系统，介绍了每天的时间安排。正当他要继续走向隔壁的房间，他口中所谓的“他的办公室”时，帕蒂停下脚步说：“行了，柯立芝先生。我会带他四处转转的，你回去忙吧。”

柯立芝不悦地噘了噘嘴，气得胡子都快要打结了。我从他紧绷的肩膀，能明显地感觉到，他正在极力地克制自己的怒火，而且火气还不小。后来我才知道，多年的磨难让他学会了权衡，不要轻易与人冲撞，虽然这很难。这一次，他保持了冷静，朝我们敷衍地笑了一下。

“好的。”他说，“如果你们不介意的话，我就先走一步了，有些材料还等着我去填。有空再聊。你是叫阿尔维？"

"是阿维。"我说。

"哈维？"

"不是，是阿——维——"我一字一顿地说。

"原来是阿维，我知道了。这是什么名字，法语吗？"

"不，是个希伯来语，这是个犹太名字。"

"哟！以后有机会，你可要好好给我讲讲。"

后来，帕蒂带我去了图书馆以外的地方，介绍了教务处的其他办公室。柯立芝身上的香水味，一直萦绕在我的鼻尖。他喷的百分百是古龙香水，方才握手时留在我的右手上了。在监狱里才待了一会儿，我就染上了这里的气味。

上岗培训

上班第一周，帕蒂指派不同的同事轮流到图书馆指导我。他们全都打着自己的小算盘：赚补休时间。

我的第一个师傅是琳达，她是个意大利裔，长得像一只幼小的臭鼬，头发染成了妩媚的金黄色，身穿一件豹纹长大衣，内衬是假的毛皮。她说她的前男友是黑手党，原话是这样的："哦，迪诺，迪诺。别人都不知道，他虽然脾气暴躁，却是个可爱的泰迪熊男孩。"她跟你说话时，会用较为顺耳的方式，缓缓地将各种闲言碎语，温柔地吹进你耳朵。她对囚犯既无不满，也无多大兴趣，她在这里的工作是负责他们的阅读测试。

戴安娜则坐在远处监督着我。她岁数较大，是一位严厉的教师，祖上是阿尔巴尼亚人。20世纪70年代，她曾是一位叱咤风云的女权主义者，现在却穿着印有如何为人父母的口号的防风夹克。她像个古怪的女家长，平时脸上总是挂着笑，一旦被惹毛了，就会变身喷火龙；她总是持中立态度，从不抨击与她相反的观念，也不吹捧与她相同的意见；她说话时总会拉住我的胳膊，快说到关键之处时，还会突然用力掐住我的手腕，像练柔道似的把我往下拽。

我刚上班那几天，戴安娜会时不时冒出来"查看我的情况"。我想她是来看一下，我有没有被人打了，或者被人捅了。其实被分派来带我的人是琳达，可一旦囚犯们成群结队地进来了，她就会立马变得冷若冰霜。她坐在图书馆前台后面的椅子上，旁边放着一摞《明星杂志》和《美国周刊》等小报，全神贯注地读着女明星托蕊一夜爆肥的文章，把我扔在一边，让我自己摸索。

第二天，一个新来的职员过来帮我。她看上去很和善，中等身高，脸上总是笑嘻嘻的。她的装扮偏男性化，干练立领的马球衫，束在肥大的卡其布裤子里，脖子上挂着证件卡，手里总是捧着一个塑料咖啡杯。从一百米开外的地方，你就可以认出她是一个监狱社工。虽然她身着商务休闲风格的衣服，但她与人握手时坚定而有力，不过至少她不会死拽着你的胳膊，跟你大聊以前的情感史。我猜她喜欢的不是流氓那类的，而是学校校长那种类型。她几乎不向我透露自己的私事，只是告诉我如果想做好这份工作，就必须比狱警还要狠。

"你在这里的处境很尴尬。"她告诉我，"你不像狱警有一套制服，所以你的威信完全来自你自己及自身的行为。我认为，任何在这里工作的人都应该发一套制服。"

她还告诉我，每到监狱图书馆向犯人开放的时间段，最初的那几秒是最关键的，那是树立威信的绝佳时机。她教我如何站立，背部要挺得笔直，吸气使劲挺胸，双臂交叉抱在胸前。

"不要笑。"她说，"这不是在演戏。"

这句话反倒把我给逗笑了。

她让我多加练习。于是，我摆出一副凶恶的表情，这是我在家里反复练习过的条子的表情。她挑剔地看着我的表情，给出了一条建议。

她批评道："我让你严肃点，不是让你悲伤点。你看上去像要哭了，这可不行。"

另外，她对我的身高也颇为不满，还说我可以考虑穿鞋底很厚的木屐，或者内增高鞋。我想："如果我无视她的警告，穿便装和平底鞋来监狱，后果是什么？"当看到囚犯们朝图书馆走来，她马上收起了脸上的笑容。她拍了拍我，我立马就知道该做什么了。准备开战！

当囚犯们蜂拥而入时，我们已经摆好了阵势迎接他们。我们肩并肩地站立着——准确地说，我的肩膀比她还矮个十厘米左右——双臂交叉抱在胸前。第一批犯人一过来就吃了个闭门羹。因为他们跑着冲进图书馆，她便请他们回监室去。当他们提出抗议时，她咬着牙根，恶狠狠地说："不想回去的，就去关禁闭！"

一个小时的战斗就此拉开帷幕。她对一个囚犯馆员大发雷霆，原因是他把狱服上衣的里面穿到外面了。她当着其他囚犯的面，大声命令他马上换过来。因为不想在大家面前丢脸，这个囚犯告诉她，回牢房以后再换。但是她说："不行，现在就换。"

两人大眼瞪小眼，就这么僵持不下了一分钟，最后她威胁道："你想关禁闭吗？"他依旧怒气冲冲地瞪着她。我听见他小声地嘟囔着："你不能把我当三岁小孩对待。"

"口袋里装的什么？怎么不拿出来给我瞧瞧？"她指着他胸口鼓鼓的口袋说。因为衣服穿反了的关系，那只口袋也被藏了起来。

他将手伸进上衣里，掏出一小本《诗篇》①，沾沾自喜地笑着，还没来得及得意，她就开口了："到后面去，把你的上衣穿好，现在就去。"

但他并没有去后面，而是走到图书馆的正中央，在几十个囚犯的注视下脱去上衣，赤裸着上半身，可怜地站了一会儿，无声地抗议着，然后才把衣服翻过来穿上。他的抗议并没有到此结束。他离开前台的岗位，走到图书馆的另一边，愤怒地把书扔到书架上。我能看得出来，他根本没有按顺序摆，而是乱放一通。此时，我的社工老师仍站在原地，双臂交叉抱于胸前，下颚绷得紧紧的，脸上的红晕暴露出她的愤怒。

许多人向我提了不少建议。在第一周的某一天，友善的工会老板查理突然出现了。名义上他是帕蒂的助手，但实际上他是议会制政体中所谓的"三不管部长"，一个来去自由的机动人员，旧体制遗留下来的员工。

---

① 《诗篇》：《圣经·旧约》的一卷书，包括一百五十篇可用音乐伴唱的赞美诗。

他刚到监狱工作时，这里的人员队伍还未实现专业化，全是政府养着的闲人。当时讲究的是人脉，而不是经验或技能。查理是一个讨喜的老绅士，像爷爷一样和蔼可亲，但他在政治上可就不那么讨喜了。他什么人都认识，很能拉拢人心，在警察和市民中都很有人缘。

我上班的第三天，查理将我拉到一旁，说他在楼道里透过玻璃窗看见我忙来忙去。出于安全考虑，监狱里的每样东西都必须尽可能透明，因此，每个房间都有大片朝向楼道的落地窗。

他失望地朝我摇了摇头并说道："我看你老是走来走去的，而且走得太快了。你是想创敬业纪录吗？用不着这么卖力。"

查理平时总爱开玩笑，但这不全是玩笑。我的工作时间由工会安排，薪酬标准也由工会规定。不管我工作得再认真，表现得再好，我的薪水都不会变。对于他而言，只要我一秒不差地准时上下班，从不迟到早退，就够了。他并不关心我在这里做了什么。

"别想些有的没的。"他对我说，"做好你该做的，别累出病来，也别惹事。"

他还说，工间休息是受工会保护的，要懂得充分享受应得的休息时间。在初次面试时，查理就身体力行地向我展示了这一点。不久前，他曾带我在监狱里转来转去，还带着我在前门站了一会儿。当时，我只是无聊地盯着围栏和天空，不明白为什么要停下来。纳闷了大约一分钟后，他才开口说："这是你工间休息的地方，劳动合同里有这条规定，所以你得遵守。"除此之外，我的合同并没有要求我要像服务员一样忙进忙出，也没有要求我去创什么"敬业纪录"。

那时正好在图书馆外值夜班的狱警吉尔摩也给了我一些建议。

"在这里你要时刻瞪大双眼。"他说，"就跟拳击一样，打败你的往往是你没看到的那一拳。"

他告诉我，他已经替我勘测过地形了。馆里安装了好几面巨大的安全反射镜，只要站在借书处的某个地方，就可以一览无遗地看到馆内的每个角落，而且几乎没有死角。他甚至给了我几节胶带，让我贴在地板上，把那地方标记出来。

他说:"从今以后,这就是你的革命根据地。只要在这个地方站上三十年,你就能幸福地退休了。"随后热心地拍了拍我的背。

我所收到的各种建议,全都指向了一个更大的问题:图书馆在监狱里究竟起到了什么作用?最初几周里,我问过的人几乎各执一词。有人认为它是个空壳子。往好处想,它毫无用处;往坏处想,它纵容了囚犯,为他们提供了谋划和实施犯罪的地方。也有人认为它有效地麻痹了囚犯,抚慰焦虑不安的神经,让他们接受了被囚禁的事实。有人告诉我,图书馆让监狱变得更安全了,不管对谁这都是一件好事。一位资深的狱警说,图书馆是个收集囚犯信息的好地方。他们在那里的一举一动同样受到监视,然而他们对此浑然不知。但是,正如柯立芝之前指出的,监狱图书馆的核心是法律图书:法律赋予了囚犯获得这些文献的权利。

一些职员认为,图书馆不会使囚犯麻木,而会唤醒他们的良知。有些囚犯可以学到知识,做一些有意义的事,从此改变人生。虽然能做到的人很少,但马尔科姆·艾克斯就是个典范。他待过的监狱也在马萨诸塞州,和我工作的监狱同属一个体系。正是在监狱的图书馆里,他完成了人生的蜕变。他的自传就摆在我们的书架上,书中写着这么一段话:"哪怕是来了十个狱警和监狱长,也不能让我与这些书分开。好几个月过去了,可我丝毫感觉不到自己在坐牢……我这一生从未如此真正自由过。"

一个年轻的黑人狱警告诉我,哪怕对于 99.9% 的囚犯而言,监狱图书馆一点用也没有,但只要再感化出一个马尔科姆,它也值了。

当然,也有反面案例出现。詹姆斯·巴尔杰,一个凶残的波士顿爱尔兰黑帮老大,绰号"白毛"。他是 FBI 第二大通缉要犯,仅次于奥萨马·本·拉登,赏金高达两百万美元。他在监狱图书馆里仔细研读军事史,从而改进了他那些臭名昭著的残忍策略和野蛮的镇压手段。这同样发生在监狱的图书馆里。FBI 的通缉令上特别指出:他是一个对历史有着浓厚兴趣的人,是图书馆的常客。白毛和马尔科姆一样,在这里和书有了第一次的邂逅,从此就在安静的书架之间,开始了勤勉的知识之旅。

两人刚进图书馆时，都是从来不读书的街头小混混，出狱后却成了领袖，只是一个为白，一个为黑。

刚到监狱工作的那段日子里，我发现这里的人经常谈起白毛和马尔科姆。大家都想读关于他们的书，读他们曾经读过的书，或者只是谈论他们。像马尔科姆这样的人，读书是为了寻找精神上的指引，或者培养政治意识；而像白毛这样冷酷的唯物主义者，读书是为了研究如何更有效地使用暴力手段，进行残酷的犯罪活动。

狱警吉尔摩和其他人都告诉我要"时刻提防着"。这是吉尔摩的原话，我们问他什么意思，他说没有特别的意思，只是泛泛而谈。

"我知道，整天防着别人肯定很麻烦。"他耸了耸肩说，"即使再麻烦，你也得适应。这是躲不掉的。这里没有隐私可言，如果有人试图隐藏什么，反而会是个问题。"

在没有隐私的监狱里，阅读是一种可以接受的自我隔离方式。然而，几天之后，我发现独自沉浸在书海里其实是一种抽象的隐私，就连这样的隐私也是一个问题，因为至少我无法一眼看出，那个沉浸在书海里的人将会是下一个白毛，还是马尔科姆。

这正好印证了我的一些同事对监狱图书馆的质疑，而这些质疑早已存在。监狱编史家乔治·霍尔福德在 1821 年写道，他无法确定"囚犯们是在工作，还是在赌博；是在读历史书、监狱教士给的《诗篇》，还是在读内容大相径庭的传说和歌谣"。书与监狱的关系由来已久，甚至从监狱设立之初就已存在。

在职工餐厅吃午餐时，我问戴安娜监狱图书馆的意义是什么。她笑了。

她抓住我搁在桌上的手腕说："别想太多了，傻孩子。那些家伙有大把的时间。读书只是他们消磨时间的一个好方法。这是监狱一直以来的常态。"

她捏住我的手腕，越捏越紧，银戒指慢慢地压迫着我的桡动脉①。我

---

① 桡动脉：肱动脉的终支之一，临床中触摸脉搏的部位。

用力地点头，表示完全同意。但她的回答似乎太随意，也让我的好奇心更盛。

霍布斯笔下的女人

给女囚犯们上创意写作课时，那些关押在塔楼牢房的女犯人给我的第一印象不太好。坐在讲台下的是一帮粗鲁野蛮的女人，有三个人脖子上都有疤痕。我看着她们，一度以为自己走错教室，误入了疤痕爱好者的社团。有一个脖子上没有疤痕，却有个文身。难得有一个脖子上干干净净的，却留着粗俗的锅盖头，看上去凶巴巴的。

此情此景令我不禁想起了《利维坦》中的名言。托马斯·霍布斯在书中描绘了一个没有强大中央集权的残酷世界，那里上演着"人人相互为敌的战争"，每个人的生命都是"孤独、贫困、龌龊、野蛮和短暂的"。现在，书中描绘的那些人就聚在同一间房间里，就坐在我面前：孤侠、穷鬼、龌龊鬼、蛮女和矮冬瓜。

第一个说话的是矮冬瓜。她又矮又瘦，宽松的狱服穿在身上，比她至少大了五个号码，显得她更瘦小了。她总觉得别人在欺负她，这是矮子们经常有的错觉。当我请她坐到围成小圈的座位里时，她气得跳脚，抬起下巴，挑衅地说："我不坐的话，你要强迫我吗？"

我模棱两可地"呃"了一声。

见我这反应，她反而笑了，收起身上的刺。

"开个玩笑而已。"她说完，跳着坐进圈子里。

她才不是在开玩笑。我早就知道矮冬瓜爱寻衅滋事，一言不合就大打出手。之前在备课的时候，我看过她长篇累牍的惩罚报告，好多次起因都是她乱骂人。我不禁有些欣慰。这女人口才这么好，真是太适合这门课了。

接着是龌龊鬼，她理了一个丑不拉几的锅盖头，看着确实很龌龊，但其实她只是比较孤僻而已。她总是目空一切地盯着前方，半小时也不说一句话。每过一秒钟，她的面孔就会更狰狞一分。我可以通过她表情有多狰狞，判断一堂课上了多久。她每次上课只说一句话，一般会在快下课的时候说，有点儿像总结语，而且总是很恶毒。

我承认自己对蛮女有些心软。她确实很粗鲁，作风有点儿像大学兄弟会的男生，跟谁都能称兄道弟的。她常常一屁股坐到椅子上，将手深深地插入监狱发的裤子里，略微调整一下坐姿，偷偷地摸一把。她是个直肠子，想到什么就说什么，不管是下流的、愚蠢的还是伤人的话。她会说"你的衣服太老气了"或者"你的头发像一坨屎"（至少她对我说过这话）。所有东西都可以用"屎"来形容，屎就是她的人生指南。不好的事情是烂屎，好的事情是好屎。她形容"冬天像××一样冷，夏天像××一样热"。她挖鼻孔，放臭屁，口无遮拦，但这些不过是她无处安放的幽默感。她没有害人之心，于是大家从不跟她计较，只当她是传统集市上哗众取宠的迷你猪。

她和穷鬼是好姐妹，两人组成了一对风格迥异的组合：蛮女又肥又肉，穷鬼则瘦得像竹竿似的，但是很结实；蛮女每时每刻都在找东西吃。穷鬼总是提心吊胆的，眼神里流露着一种万念俱灰的绝望。蛮女很会利用穷鬼对她的依赖，但也会很义气地罩着她，至少表面上是这样。

孤侠引起了我的注意。她总是坐在最后排，一个人孤零零地盯着窗外。即使经历了后来的事，但令我印象最深刻的，依然是第一次见到她时的模样：她双腿交叉，坐得笔直，双手乖巧地放在大腿上，在阳光下眯着眼，双眉紧蹙，若有所思，像认真工作时的贝琪·罗斯[①]（假如罗斯女士也曾是个从良的脱衣舞女）。孤侠冷傲且拘谨，我们第一次见面时，她一句话也没说。

然而，孤侠第一次开口，就令我印象深刻。在最初的两节课上，我介绍了三篇短小精悍的文章，分别是菲利普·拉尔金和阿米利·巴拉卡的诗歌，以及托妮·莫里森的小说《宠儿》里的一个段落。我让她们在课堂上阅读并讨论，希望借此了解这些女人的阅读能力怎么样，还有她

---

① 贝琪·罗斯（1752—1836）：美国女裁缝和室内装潢师，被普遍认为是第一面美国国旗的制造者。

们喜欢读些什么。讨论时有点儿冷场，但不至于毫无收获。轮到孤侠发言时，她依旧惜字如金。

最后，我决定提高要求。我布置了一项家庭作业，让她们阅读弗兰纳里·奥康纳的一篇短篇小说。穷鬼纠正道，这应该叫牢房作业，而不是家庭作业。

就在这时，孤侠举起了手。

"能让我们先看看她的照片吗？"

"不看照片你就不读了？"我问道。

"没错。"她面无表情地回答。

我打开美国文库版的《奥康纳全集》，翻到作家照片那一页，将书递给了孤侠。她仔细地端详着照片里的那张脸。

"行了。"看完之后她将书还给我，"我会读的。"

我很好奇作者的长相哪里打动了孤侠。

"我不知道。"她说，"她看上去有点儿落魄，你不觉得吗？她长得不太漂亮，但让人心安，我相信她是个好作家。"

囚犯馆员

我在图书馆单干的第一天，就要独自面对五个身穿狱服的人，其中一个穿着监狱给大胖子单独发的 T 恤，他们全都等候着我发落。直到这时，我才意识到自己的工作是什么，不免有些手足无措。首先，我是一个监狱小老板。我的主要任务不是整理书或教书，而是管理囚犯馆员。我以前从未当过任何人的上司，更别说管理一帮服刑人员了。虽然初次面试时，我已被告知有此项职责，但我当时根本没有真正领会它背后的深意。

原来这话的意思是：首先，我要一人独自站在囚犯身后，监督他们的工作。图书馆的囚犯管理员团队由六至八个犯人组成，男性占四至五名，女性占两至三名。男女的上班时间段是错开的，绝不会被安排在同一时间。囚犯每天可领两美元的补贴，直接存入囚犯的个人账户（或抵扣欠款）。囚犯可以用这个账户的钱去监狱食堂买东西，支付医疗保险的自费部分，以及法庭判处的各类罚款。如果他们乐意，也可以将钱转给监狱外面的人，让别人在外面帮他们存着。但是，这个账户也可能沦为非法交易的渠道。

监狱图书馆的工作无疑是最舒服的，主要就是整理图书、杂志和碟片，还有其他人做伴，比牢房里孤独地擦洗地板好多了。不过，这份工作对教育背景有一定要求，或至少要有相关的技能。监狱里有这么一位警官，专门负责图书分类工作（某一天他突发奇想，开始利用空闲时间写以监狱为背景的色情恐怖小说）。按他的话说，监狱图书馆拥有的是一批精英囚犯。囚犯馆员往往是其他馆员推荐过来的，也有自己提出申请的。

我上的是下午一点半至晚上九点的晚班。负责白班的是福里斯特，他从早晨七点半开始工作。和我不一样，他是图书馆专业毕业的，曾在纽约公共图书馆工作过。图书馆每天的日程以一个小时或一个半小时为单位，划分成若干个时间段，每个时间段只接待一个监区，比如从 3-1 区（3 号楼 1 层）到 4-1 区（4 号楼 1 层）。1 号楼是塔楼，每层不止一个监区，所以编号为 1-2-1 或 1-11-2。在各自分配的时间段内，一个监区一次最多只允许 30 名囚犯进入图书馆，也就是说他们必须提前报名。有时报名的人太多了，有些囚犯需要等待一两天才能轮到。

到了下午三点钟，福里斯特和大部分文员就下班了，一秒也不差，就像查理要求的那样。福里斯特偶尔会和我调班，一般是他出于好意和我交换，因为星期五晚上我要参加社交活动。但下午、傍晚和晚上的大部分时间，我都泡在监狱里。上晚班让我觉得更自在些，而且后来在监狱里遇到的一些不快也都发生在为数不多的几次白班里，或者至少是因白班而起的。

因为上晚班的缘故，我每天都会和女囚犯接触。每晚六点半，男囚犯会被锁在各自的牢房，女囚犯则从塔楼下来。出于后勤方面的考虑，说白了就是因为人数少，女囚们很少被允许出来，放风的时间也很短。一旦从牢房里放出来，她们就会像脱缰的野马一样兴奋。在每晚那特殊的一个半小时内，图书馆里都会拥进一群活泼的女犯。

女人比男人更善交际，也更健谈。你可以在方格纸上，画下男女对空间的使用，记录不同性别之间的文化差异。女人喜欢坐到一块儿，围成两三个大圈子；男人则分散在各个僻静的角落里，只有少数人会围在前台。女人有强烈的集体感，不像男人喜欢拉山头；同性交往是很普遍的事，也被大家所接受；和不同种族的人交朋友是常态，女性群体中很少存在帮派斗争；和男人不同，女人总喜欢插手别人的私事，聊八卦更是她们的家常便饭。这些差异十分明显，我一眼就能识别。曾有女犯人躲在书架后面做爱或者打架，有几次被我发现并制止了；男犯人就不会公开做这种事，尤其是在图书馆里。

某天，当我到图书馆时，正好轮到两个女犯人来馆里值班，一个是年轻的孕妇，一个是年纪较大的"妈妈桑"——她的名字就叫 D 妈。在我上班的第一周，那个孕妇就试图说服我，让她的一位朋友来图书馆工作。她还威胁我，要是我敢办事不力，就给她的孩子取和我一样的姓。

"你不想以后都被别人指指点点的吧？"她说，而我只当她在开玩笑。

为了向我推销她的朋友，她还谄媚地对我说"妓女会是最好的图书馆馆员"。"为什么呢？""因为她们知道怎么讨你欢心，但要是你敢做什么出格的事，她们就能踢烂你的屁股。"对此，我表示认同，一个合格的图书馆馆员就应该具备这样的素质。但是，偷听到我们对话的 D 妈却提出了反对意见，她认为老鸨才是最好的图书馆馆员，因为她们深谙"经营之道"。我觉得她俩说的都很有道理。

当我准备上班时，男馆员们也都到位了。柯立芝是一个惯偷和诈骗犯，图书馆的"法务助理"，自封"男馆员队伍的元老"。初来乍到时，是他助我掌舵。柯立芝十分健谈，曾经四次皈依不同的宗教，辗转于基督教和伊斯兰教的不同派别之间。他是个自学成才的人，获得了监狱颁发的文凭。真正负责本监狱法律事务的持证律师告诉我，柯立芝对法律的精通程度确实令人惊艳。他的词汇量很大，大到过犹不及。一和别人聊天，他很快就会夸夸其谈。刚来监狱那会儿，我还挺喜欢和他说话的。

他对监狱和图书馆了如指掌，这是必不可少的知识。他比我的几位上司都要清楚，图书馆每天是如何运作的，而且愿意花时间传授给我。因此，他偏激的想法或多或少影响到了我。

他警告我："当心点。这里的每个人都恨不得教训你。"

当我问他这是什么意思时，他只轻描淡写地说："以后你就会知道了。"

除了现有的判决外，柯立芝还面临另一项抢劫指控，一旦罪名成立，作为成年囚犯，他数不清的刑期上又会再加上几十年。现在，他正忙着准备辩护词，进行全面有力的反击。

在我们等待打印案情摘要时，他说："阿维，这不是法律上的防守，而是法律上的进攻。这一切令我很生气，你明白吗？这将会是一场长征，就像拿破仑远攻俄国，不过最后胜出的人将是我。"

一个身高一米八以上的男人，却有着深深的拿破仑情结，我不知道这会碰撞出怎样的火花，但我相信时间会告诉我答案的。

柯立芝全身心地投入备战，忙于应对他的法律问题，渐渐疏离了其他馆员。这对每个人似乎都是好事。他一个人泡在图书馆后面的电脑机房里，别的囚犯也从不到后面去打扰他。不过，他还是很乐于助人，经常在办公时间帮助囚犯，解答他们的法律疑问。

肥猫比柯立芝小十几岁，两人却像隔了至少一代。他出道于20世纪80年代，波士顿最腥风血雨的时候，是猖狂贩卖街头毒品和枪支的第一代人。20世纪90年代，波士顿掀起扫黑除恶的历史浪潮，他和同伙们被联邦调查局一网打尽（同时，波士顿南区的爱尔兰黑帮老大巴尔杰却奇迹般地安然无恙，继续风生水起地干着他的勾当。他是警方的卧底，也是黑帮的内鬼）。肥猫的许多朋友，要么已经坐完牢，要么还在坐牢中。有的已经准备重返街头，重操旧业。肥猫还得再等两年。

柯立芝和肥猫走得很近，他们对判例法都有浓厚的兴趣。柯立芝曾告诉我，他把肥猫当儿子一样看待。我不知道肥猫对他是否也有着同样的感情。

柯立芝和肥猫两人都长得人畜无害，脑子也同样聪明。不同的是，肥猫从不刻意张扬，也从不刻意隐藏自己的志向。他会告诉你，哪家时装店为哪个 NBA 球星量身定制了加大码的皮革燕尾服。他会头头是道地向你解释，款式、纽扣和饰物之间是如何搭配的；也会有理有据地告诉你，加一层黏合衬是为了做好撞色拼接。肥猫收藏了几百双时尚运动鞋，对游艇也如数家珍。但是，每当他如行家般炫耀着自己的见识时，总会突然想到自己的出身，最终以哀伤收尾。

"我小时候很穷。"他叹了一口气对我说，"我需要这些东西，至少我觉得我需要。"

肥猫还提到，他想退出"那种游戏"，金盆洗手。但能否摆脱这些物欲，就是个未知数了。如果有办法能帮助他摆脱，他相信自己一定会做到的。他幽默风趣，是个素食主义者，喜欢看《国家地理》杂志，梦想是隐居到魁北克的深山老林里。他的为人和想法颠覆了我们对街头黑帮的死板印象，难怪囚犯和馆员都如此尊重他。

伊利亚四十来岁，沉默寡言，做事不徐不疾，举止优雅，彬彬有礼。他把头发向后梳成一个小马尾，前额布满了皱纹，笑起来有些羞涩。他的门牙全掉了，给人一种淡淡的忧郁感。他出生在阿拉巴马州，年轻时移居波士顿，曾和哈佛广场的音乐艺术家们交往甚密，在那里帮助别人创办了一份街头小报《零钱》，由流浪汉供稿和销售。他告诉我，住在收容所里没什么难为情的，还说他也曾努力戒酒，想和妻子重修旧好。他说，他很怀念妻子拉着自己的手去看芭蕾舞、歌剧。他们有一个漂亮的四岁女儿，女儿的照片永远放在他的狱服口袋里。

我从监狱的惩罚报告中了解到他的一系列暴力行为。尽管他平时很安静——我从未见过他发飙的样子——但我知道他的内心一定隐藏着一座愤怒的火山。可以想象，一旦他脆弱的自尊受到伤害，会做出怎样过激的行为。即便是微不足道的伤害，也会像蝴蝶效应一样，掀起巨大的风暴。

伊利亚说话时总是低声细语的，从不在图书馆前台逗留，那里是活跃分子聊天的地方。他们大声吵闹，探讨政治话题，讨论宗教问题，边下棋边口出狂言，满嘴跑火车，皮条客也会在那里切磋口才。而他却躲到图书馆的书架后面，安静地整理图书。

皮茨和他完全相反，哪儿热闹就往哪儿去。哪怕是朴实无华的狱服，也能被他穿出花样来。他长相英俊，娇生惯养，挥金如土。他在北卡罗来纳州长大，小时候在地里采摘烟叶。现年三十五岁，当过海军，却从没结过婚，也没有孩子。他说，他绝不会要孩子，除非哪天他想不开结婚了。他这是在践行自己和兄弟姐妹们的誓言——杜绝他们家的家族病史。

皮茨最亲密的酒友都是些爱玩的警察。他们教会了他很多本事，比如在醉驾时如何应付酒精测试。要说他这个人有什么缺点，无非就是吃喝嫖赌。第一次到拉斯维加斯机场时，他几乎喜极而泣。

"不骗你，哥们儿。"他说，"当时泪水真的模糊了我的双眼。"

皮茨正在研究早期教会的本质。他仔细阅读《次经》及《圣经》的修订版，探索什么才是真正的教义。不过，那些书都不能令他满意。作为一个天生的推销员，他拒绝犹太教，理由是"它没有提供一个良好的救赎套餐"。当我提醒他，宗教不是移动电话公司时，他的回答却是"也许它就应该是"。

皮茨经常坐在图书馆前台，一头扎进厚厚的神学巨著里，完全不理会其他囚犯读者的世俗问题。最后，他会"砰"地合上书，摇头说一句："狗屁不通的书。"显然，他没有从书里得到自己想要的答案。

皮茨也是监狱的理发师，专为黑人囚犯服务，机智且热情。于是，我们很快就聊到一块儿，经常在一起讨论宗教信仰的本质，饶有兴致。他极力想弄清楚受洗礼的意义，甚至想去神学院好好学习学习，并征求我的意见。说起来有点儿惭愧，我自己也是个离经叛道的神学院学生。后来，他追寻《圣经》真理的热情逐渐消退，并将一部分兴趣转移到了下象棋和胡言乱语上。

托马斯长着一颗圆脑袋，为人正直，性子急躁，个子也不高，每天戴着厚厚的圆形眼镜，总是一副苦大仇深的表情。他是一个多年的虔诚的穆斯林，胡子也剃得一干二净，十分讲究礼数，称大一点的囚犯为"大哥"，小一点的囚犯为"小哥"。他从不向别人透露他的生平，至少对我是只字未提。他和肥猫、皮茨一起在前台当班。

约翰是个整天乐呵呵的白人，一张叽叽喳喳的嘴从没闲过。他会跟你胡侃八聊，说他听过大大小小的音乐会，参加过各种各样的体育盛事。他会告诉你，他什么毒品都吃过，有时甚至会把他嗑药的过程，从头到尾描述得一清二楚。每当说起过去的日子，说起那段他"有点儿懵懂"的岁月时，他的瞳孔就会瞬间放大，眼里发出亮光。这个时候你就会知道，在讲述过去的人生故事时，那些飘飘欲仙的快感也从记忆深处复苏了。他重新"吸"了一把昔日的快感，尽管如游丝般细微。真正的瘾君子，就算是烟灰也会让其甘之如饴。 不过，他的故事总是跌宕起伏，充斥着惊心动魄的英勇事迹、虽败犹荣的战斗，到了尾声尽是对他个人的赞赏。他把自己塑造成一个孤独的白人，试图引发我的共鸣，和我套近乎。他法律学得很快，经常和柯立芝凑在一起，讨论法律知识。

这就是图书馆里的众生相。这些家伙在图书馆的角色，既符合他们的性格，也符合他们的罪恶：经营者和罪犯大佬掌管着前台。诈骗犯经营着自己的小型律师事务所。吸毒犯居无定所，四处扎堆，任人差遣。无家可归的忧郁酒鬼在无人的角落里做着白日梦……图书馆似乎大得足以容下各路人马。

然后就是我了，双手交叉抱胸，站在所有囚犯的身后，将一切都看在眼里，思考着自己是什么角色。

戴安娜说过，"图书馆不是复杂之地"。囚犯们来这里，只是想看一会儿书，打发多得用不完的时间。这在过去的几百年里也许是对的，因为那时的监狱是由狱卒将书直接送到囚犯的牢房里。但是今非昔比，图书馆是一个场所，一个人来人往的社交场所。人们到这里来，与他人产生联系，亲自探索这个地方，不假他人之手。

这一点在我看来很重要，尽管我还不确定它意味着什么，但总有一天我会知道的。

伟大的阿马托

到了不怎么忙的时候，吉尔摩警官会暂时离开过道的岗位，偷偷地溜进图书馆，有时是来翻翻体育新闻，有时是来通知我监狱安保上的新动作，有时是来提醒我哪位大老板要过来了，有时是来借本字典写事件报告，或者纯聊天。但大多数时候，他不会只做一件事。某个星期二的下午，他正在努力回想某个英文单词——那个单词几乎快把他给逼疯了。在《罗格同义词词典》里翻了一分钟后，他终于找到了那个词：Precarious！这时，他的神志才从崩溃的边缘被拉了回来。

"我爱死这本书了！"他将词典塞回书架上，"从来没让我失望过。"

这时，过道里有了些动静，吸引了他的注意力。他身子向后仰，拍拍我的肩膀，朝那个方向扬扬下巴。

"顺便告诉你一声，那个人就要来了。"他说。

"那个人？"

"没错，就是那个人，大名鼎鼎的唐·阿马托。"

这位阿马托就是前任图书馆馆长。我不是没听说过他的大名，只是没想到他竟是如此……"闪耀"。和其他图书馆馆员一比，他穿得就像是黑手党的老大——银灰色双排扣西装、闪闪发光的精致袖扣、一丝不苟的油头——无疑是全巴勒莫[1]最炫的图书馆馆员。他穿着硬皮鞋底的巴莫洛鞋，走在监狱的油毡地面上，发出"咔嗒、咔嗒"的脆响。他会边走边微微点头，好像在不经意地向众人表达他的赞许。阿马托在图书馆里巡视一圈，双手插在裤兜里，抿着嘴不苟言笑。

"你确定是他？"我问吉尔摩。

"那当然。"他不屑地哼了一声，"除了他还能有谁？"

我不知道的是，大名鼎鼎的阿马托居然还在监狱上班。很快我就发现，正因为他升了囚犯职业培训主任，图书馆馆长的职位才会空出来。我曾在路上见过他，但从没想过他就是阿马托。这个戴袖扣的男人是有真才实学的，拿过图书馆管理学的硕士学位。这也许与他的外表十分不符，但是在监狱图书馆里，狠戾的外表或许就和学位证书一样，都是一张专业执照。

---

[1] 巴勒莫：意大利西西里岛第一大城，曾是黑手党的老巢。

　　在监狱里设图书馆是近些年来才有的事。一直到了 20 世纪 80 年代，鹿岛旧监狱才腾出一个房间来，囚犯第一次可以进入一个像样的地方看书。现在的这所监狱建成于 1991 年，当时的设计图里包含了永久性的图书馆设施。

　　但是，一旦监狱辟出一块地来建图书馆，安全隐患就会接踵而来。在安全隐患这个问题上，图书馆尤其令人头疼。除了监狱的操场，图书馆是少数几个会有大量囚犯逗留的地方，而它的布局又使得它很难被监控。每个书架都可以作为隐蔽物，每本书都可以成为犯人的交接点，有些书架甚至是落地式的，从地板延伸到天花板。因此，如果有犯人想做坏事，图书馆是十分合适的地方，比如留个字条、夹点私货，或者向囚犯馆员说三道四，由他们传回各自的监区。

　　也正因为如此，图书馆总是由铁腕型的人物来管理。鹿岛监狱的图书馆是已退休的福-吉奥·邦瑟吉建立的，他是个有学者风度的人，从不大声呵斥他人，也不尖酸刻薄，十分受人尊重。为了了解图书馆是如何运作的，我曾经联系过他。从他发来的语音信息中，我得到了我需要的答案。他用浓浓的刚果口音，严肃地说了两个字："简洁。"他低沉的嗓音，简短的留言，令人敬畏，让你不由自主地想要言简意赅。

　　之后就是阿马托。他是邦瑟吉的继任者，也是图书馆的第二位铁腕人物。邦瑟吉不怒自威，而阿马托则是一个张扬的独裁者。大家都说，阿马托有时会大声训人，说话总是不留情面，时常与人争执。从囚犯和同事那里，我听到了不少关于阿马托的事。他们经常会说，他是个有地盘意识的人，攻击性很强。事实上，他是个传奇人物。光是提到他的名字，就会让人露出赞赏的微笑，或是回忆起一段心惊胆战的故事。一位社工毫不夸张地告诉我，以前只要一听到地毯上传来那种脚步声，她就会吓得躲到办公桌底下。如果有一天，阿马托出现在你的办公室门口，这意味着你马上要大难临头了。他会不停地找你的碴儿，而且不费吹灰之力。亲眼见到他本人之后，我终于明白这一切不是谣传，他就是个毫不留情的绅士。

　　不过，按照囚犯馆员的说法，是阿马托让图书馆步入了正轨，大大地丰富了馆内的藏书量，将一切打理得井然有序。尽管他沟通能力较为欠缺，但制定秩序的能力却是一流的，让你不得不佩服。福里斯特和我都是菜鸟，以前没有在监狱工作过。更糟糕的是，我们两人都很温和，天生就是书呆子。福里斯特很容易害羞，心地十分善良，而我则是个羸弱的书生，我们都没有那种强硬的气质。

阿马托时期的铁腕统治，实际上就是推行各种规章制度。他的规定全用大写字母打印出来，而且是打印在工业用的粘纸上，贴满图书馆的各个角落，根本撕不掉。可惜从上班的第一天起，福里斯特和我就忘了要遵守这些规定。阿马托留下的那一条条难以撕去的标语，像是一座座不朽的纪念碑，镌刻着过去黄金时代的行为规范，鲜明地衬托出这个"新统治时期"的懈怠，十分讽刺。

吉尔摩警官向我指出哪位是阿马托后，才过一周他就亲自来拜访我了。透过图书馆的落地窗，我看见他穿过大门，从容地走在过道里。听见硬皮鞋底踩在地毯上，咔嗒咔嗒地朝我的方向迫近，我的心就像在打鼓一样怦怦狂跳，真想钻到桌子底下。还没得及采取任何有力的躲避措施，阿马托就已经站在我面前了，监狱的灯光照在他发亮的衣服上。他站在那里，沐浴在日光灯的光辉下，调整了一下袖扣。

其实，他不是来找我的，而是来图书馆里找一份法律文书。他说是帮"他的一个手下"找的。我们简单地聊了几句。

"你就是那个新来的？"

"是的。"

"感觉怎么样？"

我耸了耸肩，说："我觉得还行。"

这个回答似乎勾起了他的忧虑。

他说："让我给你一点建议。要想管好这个地方，你就得先做好自己的工作。"

"我正在学。"我说。

"别忘了你是在什么地方工作。"他接着说，"我是在认真地告诉你，不要把这里变成随便乱来的地方。我知道你是个刚出校门的孩子，但你必须把控全局，否则会出大乱子的。你一刻都不能忘记，这里是监狱。"

　　接着，阿马托讲起了一个图书馆失于防范的故事。这个故事里出现了帮派、刀剑、护盾，可能还有长矛，我记不清了。实际上，我当时一个字也没听进去，注意力全在那个人的头发上。我们离得很近，所以我可以公正地说：他的发质真好。他的头发偏软，软得像猫咪的毛一样，却梳得坚挺有型，令人叹服。这才配得上"造型"这个词，而且一看就是个专业活儿。要不是怕过于唐突，我当时一定会想办法向他打听，这是出自哪位造型师之手，或者用了什么造型剂。

　　他的说教终于来到了尾声，说完他重重地点了一下头，跺了几下鞋子，然后走了。

　　危险解除后，我走到他的一句标语前，试图将它撕下来。这句标语是在警告囚犯们不要在前台偷懒，我加大力气去扯这该死的东西，可它就是纹丝不动，毫发无损。看来，阿马托遗留下来的东西，不是那么容易就能甩掉的。

孤侠退课

　　话题再回到塔楼。我给女囚犯们上的写作课进展还不错。审阅作者照片已经成为阅读其作品前的一项例行工作。我会复印一份作者的照片，让她们互相传阅，并在一堂课最前面或最后面的五分钟里，让她们写一篇简短的评论，在结尾处给出自己的投票意见。这变成了一项写作练习。

　　关于托妮·莫里森，矮冬瓜写道："这就是我眼中的阿维。"在评论洛尔卡年轻时的照片时，她写道："这孩子一脸衰相，所以我投赞同票。"蛮女对马尔克斯很有意见，她写道："这人是个骗子。"龇龊鬼更干脆，就一个"不"字。关于惠特曼，蛮女的看法是："牛啊！！"

　　这些女人尤其喜欢阿瑟·费利格（他的昵称是维基）的肖像照——从超高速照相机后面露出眼睛，嘴里叼着一根点着的雪茄。

　　"这是个很滑头的浑蛋。"矮冬瓜端详着说。

　　这是句夸奖的话，是句维基很可能会喜欢的话。他的照片反映了20

世纪 30 年代纽约的午夜街头——妓女、脱衣舞女、交际花、马戏团里的怪人、犯罪现场以及一系列公寓火灾。其中一张照片拍的是一个男人，只穿着四角内裤从消防通道往下跑，手里还拎着一条裤子。镜头精准地捕捉到了这个男人无比惊恐的脸，同时他又似乎对自己的好运感到庆幸。另一张照片是两位妇女在为火灾中丧生的亲人哭泣，被我很快地翻了过去。

最后一张照片是两位消防队员，手里抓着一个天使雕塑，是从一座着火的教堂中抢救出来的。它目视着天空，手里演奏着扬琴。我让她们围绕着这一系列火灾照片写一篇作文，重点放在最后这张照片——维基给它取的标题是《拯救天使的两名消防队员》，冲印于 1939 年。这些女人们似乎很喜欢这项作业，很快就动笔了。

但孤侠似乎提不起兴致。课后，她走到我身边，说了声抱歉。

"为什么说抱歉？"我问。

她耸耸肩，只是觉得抱歉，仅此而已。

也许她是为对我的作业不感兴趣而道歉，这我可以谅解。让我真正生气的是她的冷漠。如果一个囚犯只是为了逃离牢房而来上课，我不会有什么意见。在我看来，一直闷在牢房里不见得是好事。尽管如此，我是老师，我要管理我的课堂。要是我任由一个囚犯孤立自己，整天只盯着窗外发呆，我就很难维持课堂秩序。

不久后，就连窗外发呆也给我带来了麻烦。

"为什么她可以坐在窗边？"蛮女抱怨道。

"她坐在那里的唯一原因就是看帅哥，回去之后好有个念想……"龌龊鬼一边说，一边做了一个龌龊的手势，她说的帅哥就是楼下操场上的男囚犯。

蛮女笑着说："是啊，是啊！就是这个意思！我也想坐窗边！"

穷鬼是这群人的非正式发言人，她用悲伤的语气向我提议："要不每次开始上课时，你让我们在窗边看五分钟吧？这样我们一定会更认真的。"

我不假思索地说："不行。"仅仅上了几次课，我就很有心得了。这几个女人说的话，只能反着听。如果真让她们去看了，接下来她们会魂不守舍，七嘴八舌地说个不停，课也不用上了。

"妈的！"矮冬瓜叉起她的小胳膊，"我知道你不是坏人，但你真该考虑做个器官移植，换掉你这颗冷酷无情的心脏。"

这句话说得太有水准了，连我都说不出这么有创意的话。经过这次谈话，我只能请孤侠离开窗边，与大家坐在一起。现在，她坐到了远离窗户的一端，却依然盯着窗外，或者空旷的天空，更加孤僻了。

像往常一样，课后蛮女会从我身边走过，没头没尾地说一句抱歉。于是，她翘了下一堂课，因为要去见她的律师；下下堂课她也翘了，因为有人来探视（这个时间段不太可能有人探视）；之后的课又翘了，因为要去医务室，或者要去洗澡……总之借口越来越离谱。蛮女连续几个星期没来上课了，于是我把她的名字从花名册上除去。原本我想先调查清楚再说，可最后还是决定直接除名。反正从一开始她就不感兴趣，只会破坏班上仅存的一点学习氛围。没有了她，我们的主题升华到了"贫困、龌龊、野蛮和短暂"，也许这算是个进步吧。

孤侠自从退出写作课之后，连图书馆也不来了。这真是太遗憾了，但事情就是如此。监狱里的每件事，从来都是个人的决定，与旁人无关，女人更是如此。她们大多是性格极端之人，要么爱你入骨，要么恨你入骨，而且以为男人也和她们一样。她觉得自己应该低调，而且要躲着我，于是图书馆就成了她的禁地，哪怕这是监狱里少数几个可以放松的地方。后来，我让一个还算信得过的囚犯帮我传话给她：不必为了躲我，连图书馆都不来了；我没有生她的气，也不会找她麻烦。再后来，我又通过一个社工给她传了同样的话，但全都没用。

不过，女犯人之间是藏不住秘密的。总有一天，我会从其他人口中得知，孤侠女士究竟怎么了。

日常

囚犯可以向监狱图书馆借阅图书，一次最多借三本。每次借阅时，他们会收到一式两份的收条，作为要求他们归还图书的契约。对于逾期归还或未能归还的读者，我们从来不会收取罚款，因为这是公然藐视阿马托立下的规矩。

这倒不是因为我们玩忽职守，而是借出去的书常常有去无回，有的是被怀恨在心或冷漠无情的狱警没收了，有的是被同室的狱友偷走了。惩罚那些把书弄丢的人，只会挫伤他们的积极性，甚至误伤一部分诚实的读者，让他们再也不敢借书。令人觉得讽刺的是，监狱图书馆面向的读者是一群盗贼，却没有任何防盗报警系统，这是外面任何图书馆都不可能碰到的情况。总之，这里工作条件十分恶劣，书架上的每本书都有被偷走的风险。

图书馆既有平装书，也有精装书。帕蒂坚持认为，监狱应该允许我们出借精装书。这遭到许多狱警的强烈反对。一天，某个狱警走进图书馆，看到书架上堆满了可以用作武器的精装书，顿时气得不得了。

"这是在逗我吗？"他说，"这些书绝对不能外借！"

在许多监狱里，这样的书确实不能外借，但是在这所监狱里却可以，谁也说不清为什么。同时，狱方也忽视了这一条，没有将它写进规章制度里。因此，这些书到底能不能外借，一直是见仁见智。狱警经常将此视为"灰色区域"，肆无忌惮地没收图书，有时还会将它们扔掉。这场纷争一直没有停息过。

其他规则可就清晰多了。比如说，囚犯可以邮购图书，但只能直接向出版社购买。私人地址寄来的图书，不允许进入监狱。狱方还规定，囚犯最多可在牢房里放六本书。因此，邮购图书的囚犯经常要处理掉一些旧书，才不会超过这个限额。有些囚犯会把书卖给别的囚犯（这是非法的），有的则会将书捐给图书馆。

图书馆的经费不多，而政府又不允许我们从便宜的网上书店采购图书，我和福里斯特只好偷偷去地摊、自助洗衣店或旧书店淘书，而且经常要自掏腰包。图书馆的藏书主要来自无名人士的慷慨捐赠，形形色色的捐赠者都有，如打扮成狗的嬉皮士、满脸微笑的福音派信徒，还有一些当地的怪人。他们真的什么怪事都做得出来，比如有人曾主动向我提供三十分钟的讲座，向我讲解错综复杂的日本鞠躬礼仪（很像打高尔夫球时的挥杆动作），然后会逼迫你在监狱大门前，当着出来抽烟放松的同事的面，尴尬地练习鞠躬之礼。不过，我还是很感激他们的善意。当他们将要捐赠的书从车上卸下来时，我和福里斯特就像收到圣诞大礼一样开心。

监狱是个物资匮乏的地方，每个人只能拥有几样小东西，因此书被赋予了不同的功能。书似乎有无数种用法：精装的可以拿来当防弹衣，放在包里挥舞就能变成飞锤，绑在一起可以用来举重，夹带违禁品，用作写字或绘画的纸，还可以用来垫牢房里的家具。正因为有许多用途，图书才成了以物易物的对象。

一位女囚犯向我透露，她睡觉时总会在床上放一本书，这样才能睡得踏实。

也有人会好好地读它，从中学习知识，寻找乐趣，治愈心灵，认识世界。坐在图书馆的借书处，我曾见到不止一位女犯人，红着眼眶向我借一本儿时读过的儿童文学读物，比如《夏洛的网》或《好奇小猴乔治》。对于许多囚犯而言，他们的童年是苦涩的，或者根本就没有童年。

借书也是一种与别人交流的方式。囚犯或职员之间经常就某个政治或宗教问题争执不下，有时他们会当场气呼呼地向对方列一张书单，请他们去书中寻找答案，以此解决争端。我到监狱上班的第一个礼拜，遇见了一个叫罗伯特·乔丹的囚犯。他认为我说的一些话冒犯了他，要求我去读杜波伊斯的《黑人的灵魂》，否则就不再跟我说话。我告诉他，这本书我早就看过了。

"那就再看一遍。"他告诉我，"因为你根本没看懂。"

下次他再来馆内时，直接将书也带了过来，放到我手上。我这才明白，原来他不是要我去了解书的作者，而是要我去了解他这个人，即罗伯特·乔丹。知道这层意图之后，我再次翻开了那本书。既然要以书交流，我也礼尚往来，给他布置了一项阅读作业，让他去读卡夫卡的《犹太会堂里的动物》。那本书主要讲了一只灰不溜秋的动物，住在破败的会堂阁楼里，是我最喜欢的书之一。

我与许多囚犯都有过这种以书会友的往来，结果却读了大量阴谋家的作品。

总的来说，监狱读者的喜好与大多数美国人差不多。我们有一个书架专门摆放奥普拉的"读书俱乐部"节目推荐的书。詹姆斯·帕特森、丹·布朗和詹姆斯·弗雷的书只要一上架，不到十五分钟就会被人借走。为了防止这些热门读物被偷，我们特意将它们摆放在前台正后方，好时刻看牢它们。囚犯也喜欢看炒房和创业这类的书。还有些人会看一些相对没那么有趣的书。解梦书籍在监狱里是大热门，这个题材很早就有了，而且与监狱相关。在《圣经》中，约瑟曾在狱中为狱友解梦，从而声名大噪。这些人身陷囹圄，便对未来颇为关注。也有人看占星术的书。之前那位抢劫我的前科犯，曾大言不惭地说还欠我两本书。回到图书馆后，我特意查了下有没有这样一个拉美男人——身高大概一米七八，最近才刚出狱，还有两本书没还。这一查还真找到了一个条件相符的男人。这人叫埃内斯托·卡萨诺瓦，他欠的两本书正是《占星术导论》和《人际关系占星学》。

犯罪纪实类书籍显然也很受欢迎，每天都有人排着队要借。除此之外，经常有各路豪杰来找我借孙武的《孙子兵法》，还有罗伯特·格林的《权力的48条法则》。美国有一位遇刺身亡的说唱巨星，他的本名叫图派克·沙库尔，昵称是马基雅维利。经常有人找我借马基雅维利[①]的书，因为图派克有一首歌叫《交换战争故事》，歌中是这么唱的：

……我旋律中的传奇

黑人兄弟们将会低声说

马基雅维利是我的导师

[①] 尼可罗·马基雅维利（1469—1527）：意大利政治思想家和历史学家，代表作有《君主论》。

大多数借阅《君主论》的囚犯还书时都有些失望，因为 16 世纪的书籍不如他们想象的那么好读。

"都市文学"是另一个受欢迎的题材，可惜在这里几乎找不到。这让囚犯很是挫败，于是他们会不高兴地嘟囔，图书馆里"没啥好书"。站在摆放着几万本图书的书架前，有些囚犯甚至会对我说："你这里啥书也没有。"

后来，我学聪明了，还充分利用资源匮乏这一点。我委婉地怂恿囚犯们，如果想私下买卖街边小书，应该把那些书搬到图书馆来。不管他们是想找书，还是想读书，总归是要来图书馆的。正如黑帮出身的肥猫所说："我们不要留下任何竞争对手，我们要杀他个片甲不留。"这个说法我很赞同。在监狱里，只要和书有关，我们就要独家垄断。

有些监区被禁止来图书馆，我和福里斯特每周会过去几次，用手推车装着几箱平装书和报纸杂志，亲自送上门。那边是移民犯监区，大得相当于一座监狱，里面有审前拘留区、患病犯人区、初犯区。首次犯法的罪犯会被关在初犯区，一直到罪犯类型最终确认，才会转移到别的监区。

去那些地方送书，正好可以四处看看。我们通常会走到一个监区前，在厚重的大门外向值勤的狱警招手，接着要等到天荒地老，那扇门才会慢吞吞地打开。这时，我们会把车推进去，将书放在指定的地方。刚来送书的那几次，我们到的时候监区是开着的，犯人们正在活动室里放风。

这个时候来真是太失策了。平时，这些囚犯几乎完全与世隔绝，空气中到处弥漫着渴望的气息。出于动物原始的渴望，某种类似于电磁感应的作用，囚犯们一看见我们来送货，就激动地从四面八方扑过来。有的人会直接将书从我们手中抢走，仿佛看不见我们这两尊大活人，或者将我们当透明人。他们眼中只看得见自己想要的，犹如饿虎扑食般猛扑上去。短短几秒内，这群彪悍且饥渴的囚犯就将我们团团包围住，让人忐忑不安。

狱警们看了，只觉得好笑，远远地站在边上看着。或许是挺好笑的，只要我们一到初犯区，当值的狱警就会开始幸灾乐祸。在帮我们开门前，他会别有意味地拍一下同伴，这是国际通用的身体语言，表示："哥们儿，快看！傻子进村了……"而他们从来没有失望过。当一群劫匪把我们包围，将我们的东西一抢而空时，那些狱警就站在边上大笑。其中有一个很有谐星的潜质，他会上下扑腾胳膊，发出海鸥一样"咕咕"的叫声，接着大喊道："小伙子当心！这里就像里维尔海滩，海鸥大盗马上要来了！"这话听着有几分道理，正因为这样才尤其刺耳。更让人恼火的是，他建议我们连理都不用理，直接将书往桌上一倒就得了，像动物园里的饲养员往食槽里倒饲料。

"海鸥"这个词很快就传遍了整座监狱。人们会问我们"今天被海鸥抢了吗"，或警告我们"别让海鸥抢了"。

不过，令人瞩目的"海鸥时代"很快就落下帷幕。我们无意中发现，可以在囚犯收风后去送书，这做法太聪明了。不过，之前有一次特别惊险的"海鸥哄抢"让我学到重要的一课。那次，狱警站在边上，忙着看热闹，无暇帮助我们，于是我决定不求助任何人，自己来对付他们。我以前根本不知道自己有吼人的本领，但当下我急中生智，大吼了一声，喝令堵在我身前的囚犯走开。"马上！"这句话是朝一个特别放肆的囚犯说的。那个年轻囚犯退开来，嚣张地叉起双臂，抱在胸前，笑了起来。

"呸！"他说，"哥们儿，你该担心的不是我，而是你身后的那群狼。"

我转过身去，看见一群囚犯站在我身后，一脸虎视眈眈的邪笑。

这就是我最初几周的总体感受。每当我以为自己安全了，一切都尘埃落定的时候，冷不丁就会有新变数出现，狞笑着从背后拍拍我。

上下沉浮

马尔斯·芭尔是个刚入狱的女犯，孕检呈阳性。希斯比她早一点进来，控诉她在外面背着他偷吃。

"臭女人，你自己清楚孩子是谁的！"他说。

马尔斯·芭尔予以否认，还提醒他别忘了他和孩子他妈已经交往很久了，坚决地说希斯就是孩子的父亲。

"还记得你被抓的前一天晚上吗？当时我就告诉过你，我可能怀孕了！"

是的，他想起来了。就是那个夜晚，始于牙买加小酒吧，止于他的小床。这下他的心情来了个一百八十度大转变。突然之间，他变得很兴奋，开始计划起他们的未来，承诺会当一个好爸爸，做得比她的前夫好。她从前夫那里，拐走了她的大儿子。

后来剧情大反转，其实她没怀上。

怀孕闹剧才结束没多久，马尔斯·芭尔又控诉希斯有艾滋病，却瞒着不告诉她。他大发雷霆，质问她从哪儿听说的，她这才承认是谣传。

他保证会提供一份检查报告单，证明他没有患上艾滋病，还扬言要揪出散布谣言的小人。于是，他们再次和好，回忆起过去的点点滴滴：一起放纵，一起玩电子游戏，一起做焗烤通心粉吃的日子。

这出日播剧几乎上演了一个月，我每天都有幸围观。它就发生在一本普通的参考书里：《联邦判例汇编》是一套厚厚的判例法丛书，希斯和马尔斯·芭尔这一对永不可能在狱中重逢的鸳鸯，将这套丛书的第 57 卷作为他们临时的信箱，以此维持着他们暴风雨般的爱情。有一天，他们的通信突然中断了。这段错综复杂的感情，最终只给我留下了无尽的遐想。

每天来图书馆上班，我都会发现许多字条，有的甚至长达数页，夹在艺术书籍里、妇女健康指南里，或者丁尼生文集里，总之书越厚越好。

"我会把下一张塞在那本枯燥的书里。"一位囚犯这么向他狱中的女笔友写道，他指的是《大英百科全书》。

看过他们的字条之后，我才知道原来监狱里的信叫"风筝"。这个词随处可见。一个年仅十九岁的初犯，名叫斯蒂克斯，总会在信的结尾处写：下周我会再放一只风筝。

我喜欢这个词隐含的意义。它是对书信的比喻，尤其适用于监狱这个环境。它是一个珍贵的小东西，你可以触摸得到它，不像现今的信件大多是电子的。你可以将它折起来，寄给远方的人，却又不知那人是否已收到，总叫人牵肠挂肚。有些写给特定的人，有些写给无意中发现它的人——这个人往往是我。

碰到某些"风筝",我会手下留情。比如说,有一个刚入狱的男囚犯,给关在塔楼的妹妹留了一张字条,告诉她母亲去世的消息,显然我不会没收它。

他写道:"小妹,永远不要忘记,我会一直在你身边。"

但总的来说,即便是无关痛痒的信,也会被我当作违禁品来处理,因为我要履行我的工作职责,也要听从阿马托的忠告,不让图书馆变成胡来的地方。我会定期检查每个书架,把书拿起来翻一翻,对囚犯经常放"风筝"的地方展开地毯式搜索,时刻眼观六路,留意是否有囚犯偷塞字条。我还会检查计算机的硬盘和桌面,防止有高科技囚犯放电子"风筝"。尽管如此,随意处理别人的信,让我感觉有些欠妥。你不知道每封信的背景是什么,哪怕是一封傻乎乎的信。偷放"风筝"固然不好,但是没收它们更让我感到罪过。

私下里,我很感激这些"风筝",它们教会了我许多监狱的流行用语和文化。它们和真的风筝一样,形状大小各不相同,有些简直堪称"佳作",可以去争一争美国最佳书信体裁类作文的桂冠。有这么一个小伙子,为了挽回前女友的心,以上帝的口吻写了一封信。他在第5页上写道:"吾祝汝幸福,亦诅咒汝。"不过,我从他的信中学到的一点是,如果要以万能的上帝的名义说话,就不要写那么多错别字("吾将对汝施以抱复……")。

另一位囚犯会交替着用英语和西班牙语写作,有时这两种语言甚至会同时出现在同一段落中:用西班牙语时,文笔清新甜美;用英语时,文笔疯狂暴躁。

一个沉闷的午后,我拿起一本经济学的课本,突然有封信从书页中滑落出来。这是一封古怪的信,很少有"风筝"写得如此浮夸。这是一个女人写给另一个女人的,虽然信上没有签名,但种种迹象表明它出自蛮女之手。她也许会是"美国好声音"苦苦寻觅的人才,因为她的信结合了索尔·贝娄的长篇小说《奥吉·马奇历险记》和说唱歌手史努比狗狗①的《狗爷风格》②，谱写了一段大胆火辣的表白：

　　谁是最棒的小仙女？！

　　没错，是你。你在风筝里说的是对的！！美女，我能感觉得到，你是真的想离开我！别以为几句话就能蒙混过关，我可不是好糊弄的。像我这样的贱人，才不会被任何人套牢。从今以后，不管是什么事，我都不会再听你的了。我是个志在必得的人，想要什么就会弄到手，哪怕不择手段。现在还为时过早，以后你就知道了！当然了，第一项我是爱莫能助，但是第二项嘛，用过的人都说我的技术宇宙无敌厉害！你需要一个大师，来安抚你躁动的雌性激素，让一个婊子飘飘欲仙，说一些老套的情话……但就像我说过的，我不会怜香惜玉，那不是我的风格。不管谁上谁下，我得给自己赚点甜头，不然我会后悔死，恨不得踹自己屁股……你王冠上的宝石，能让鬼推磨。要是你的宝石一直照着我，我知道它们是向着我的……哦，我的意大利公主，你不应该藏起你的光芒，而要让你的宝石发光……如果你耐不住寂寞，那就不要违背你的真心，该出手时就出手……现在我要说重点了！按照惯例，我不喜欢已读不回。小仙女，问题来了，快接好。

　　一、你的男人啥时出狱？

　　二、你和三个人玩过吗？

　　三、你和四个人玩过吗？

　　四、你给《狂野女郎》③拍过照吗？

　　五、你敢把自己的裤子扒掉，在监狱里光着大屁股吗？

　　六、你见过男人哭吗？

　　七、你那里能容下两个人吗？

　　八、你和别人在网上性交过吗？

　　九、你觉得自己有未来吗？一个完全不同的未来？

---

① 史努比狗狗：美国黑人说唱歌手，本名卡尔文·布罗德斯，因儿时长相像史努比，故得此小名。

②《狗爷风格》：史努比狗狗 1993 年发行的首张专辑，英文专辑名为 *Doggy Style*。

③《狂野女郎》：美国黄色杂志。

十、你能夸夸我吗？

十一、我们能成为朋友吗？

十二、我们能比朋友更进一步吗？

十三、"你能明白我未说出口的话吗？"……引自克里斯·塔克[①]。

十四、你最喜欢的电影是什么？

十五、你最喜欢的口味是什么？

十六、你想和我一起吗？

十六、你想喷死那个送你坐牢的法官吗？

她的秘密

一天晚上，玛莎路过图书馆，向我打了个招呼。她对什么事都好奇，是个名声在外的长舌妇，常常赖在图书馆的前台，大声读着报纸上的警方消息，对最近的犯罪事件大加评论，吹嘘说那些全是她的熟人干的，不是她的亲朋好友、左邻右舍，就是她认识的阿猫阿狗。

"我就知道这婊子迟早要坐牢！……哦，老天爷！不会是蒂米吧？……托尼，你怎么会这么糊涂？"

她可以这样不停地讲下去。尽管如此，她莫名地讨人喜欢。但凡她稍微靠谱一点，只要一点点，我就会马上把她招来图书馆。

那天晚上，玛莎依靠着前台边。

"嗨，阿维。"她咧开嘴，笑得像只鳄鱼，"有件事你想不想知道？"

"不太想。"我回答。

"和你朋友有关，那个叫杰西卡的。"她喊了孤侠的教名，"她后来不去上你的课，是因为你不让她看窗外了。"

"那太遗憾了。"我说，"哪天我开一门教人如何看窗外的课，一定会把她的名字报上。"

"呵呵，真好笑。但她是有原因的。"

---

① 克里斯·塔克：美国男演员，曾和成龙一同主演电影《巅峰时刻》。

"是吗？什么原因？"

"因为她的儿子就在操场上，所以她才总想看着窗外。3-3的放风时间和你的课正好在同一个时间段，那可怜的女人跑去上你的课，只是为了看她儿子一眼。你听明白我说的话了吗？"

见我一脸不信的表情，玛莎挺直了腰，郑重地将手放在胸口，像是要准备说出效忠祖国的誓词。这个女人真的把八卦当成一项神圣的使命。

她操着浓重的波士顿口音，郑重其事地说："我向上帝发誓，我说的都是真的。她有十年左右没见过自己的孩子了。就在那天，她的宝贝儿子出现了，穿着蓝色的狱服。"

穿灰格子西装的人

杰西卡儿子的到来并不是唯一的惊喜。我的好朋友尤尼和监狱一直有着不解之缘，已经进进出出了许多次，似乎还会一辈子藕断丝连下去。有一次，他驱车上了一条高速公路。跟前面那些在大马路上"画龙"①的人一样，不断闪烁的警灯很快就出现在他的后视镜里。在这条寂寥的田纳西高速公路上，他的旅途就此凄凉地宣告结束。停下车后，一个警察上来检查他的车，车窗玻璃贴了有色膜，保险杠上贴着"支持警队"的标语（就是为了讨好警察）。另一个警察看了一眼尤尼——嬉皮士的打扮和淘气的酒窝。他的车被整个儿搜了一遍，在警察搜到后备厢藏匿的挎包时，悲剧发生了：包上缝着文在斑马皮上的非洲地图，里面装着大量自制大麻，数量多到有贩卖之嫌，犯四级重罪。

即使尤尼是无辜的，但这重要吗？那只包属于他的新朋友，想卖毒品的也是这位朋友——坐在副驾驶座上，一个五十多岁的男人，曾是黑豹党②的成员，以前当过教师，现在勉强是个自足的农民。但是这重要吗？当然不重要。法官自有定夺。警察有的是办法把他扔进大牢。正像

---

① 这里的"画龙"指超速驾驶的车辆，因速度太快，而形成的类似于曲线的光。

② 黑豹党：美国的一个黑人组织，通过暴力来抵制白人对黑人的歧视。

一首古老的南方民谣唱的：

> 警察会抓住你，把你按在地上，
>
> 接着送你进大牢，可怜的孩子。

被捕之后，尤尼先是被关进拘留室，接着是提审，其次是交保证金，然后是失眠一个整夏天——因为可能要面临长达一年的刑期，最后尤尼得到了公正的判决，这可不是简单的事。尤尼的一生就和《旧约》一样惊心动魄，他的上帝是一位愤怒的上帝。在他要开庭的那天，它召来了卡特里娜飓风。他大胆无畏地开着破车，在飓风天里开进法庭，驶入快被雨水淹没的侧边通道，像在水里开潜水艇一样。但最终他的不良记录被抹去了，入案照片也被删除了。他又一次化险为夷，恢复清白。没错，又一次。

尤尼洗清罪名的次数，比大男孩餐厅一张餐桌被擦过的次数还要多。而且每次洗干净了，都是为了再次弄脏，染上污点。这个人就是个祸害，有容易招来麻烦的体质。以前在密西西比河三角洲的一所中学教英语时，他就曾经尝试效仿南方人民的热情好客。一次，一个四处流浪的牛仔，腰间挂着枪，在密西西比河边游荡，问他"镇上有什么好玩的"。尤尼立马邀请他到家中一坐，享受一顿柏拉图式的晚餐，结果这位欲求不满的牛仔在他面前脱光衣服，晚餐就这么不疾而终了。外出旅游的时候，为了省下旅馆的钱，他会睡在公园的长椅上。

有一些麻烦还在萌芽阶段，不知哪天就会开花结果，害他进监狱。比如说，在申请研究生宿舍时，他在申请表上写自己有夜间遗尿症，通俗一点讲就是尿床。虽然这个谎言立竿见影，让他住进了为数不多的单人宿舍，但他还是担心，有朝一日这份谎称尿床的文件会落入坏人手中，也许会是任期委员会，也许会是国会委员会。到时候东窗事发，他又得给自己洗清罪名了。

不过，尤尼也遭受过许多不实的指控。他平日里颓废邋遢，行迹鬼祟，举止古怪。经常有人向学校打小报告，说他吸毒成瘾，行政老师多次盘问他，但那些全是无中生有的指控。有一次，尤尼又被叫到这位老师的办公室，这次的指控是他仇视少数民族，事实证明这又是一次可怕的误解。事情的经过是这样的。有一次，他透过窗户对着人来人往的宿舍区操场，用他那低沉洪亮的声音大喊了一声："嘿，阿维！你个犹太小赤佬！"后来他向老师解释说，这只是在闹着玩的，犹太人之间经常这样打情骂俏。甚至连体检报告也会诬陷他：他曾查出梅毒呈阳性，结果也是虚惊一场。

但尤尼是一个乐天的人生输家。小时候，他加入了少年棒球队，当时他是个大胖子，有着连续二十次三振出局的纪录，却丝毫没影响他自信地站上本垒，像贝比·鲁斯[1]一样踌躇满志地指着外野护栏，无声地说他一定会打出全垒打。几年后，他在一本机上杂志里看到了一篇关于唐纳德·特朗普的文章。他决定听从大人物的建议，不管出席任何正式场合，都要时刻佩戴领带。尤尼真是个百折不挠的乐天派。

他人生最引以为傲的时刻，是参加《危险边缘》[2]这个节目，出现在九百万观众面前。经过两轮的比拼后，演播室里的观众对他并不反感，但毫无疑问也对他不抱任何希望。尤尼是个怪里怪气的傻子。轮到他自我介绍时，他对着镜头献飞吻、抛媚眼，无比下流；他的声音很搞笑，时而也拳手乱舞着，仿佛对待一些都心潮澎湃。他上身穿了一件灰格子便西，里头配一件软领衬衫，裤子松松垮垮的，没有系腰带，显得很邋遢，让人感觉他不是来认真比赛的，而是来表演余兴节目的。但是，任何人都没想到，包括坐在观众席里的尤尼妈妈也是，原本的调侃环节竟演变成了全国转播的弗洛伊德心理分析会。

主持人崔贝克：听说，你会戴着超大顶的橘色假发，绕着哈佛大学裸奔，参加一年一度的原始尖叫节。而且，你妈妈就在现场围观？

---

① 贝比·鲁斯（1895—1948）：美国职业棒球运动员，曾效力于洋基队，有"棒球之神"之称。

② 《危险边缘》：美国最受欢迎的智力问答竞赛节目。

尤尼：我妈妈一直很支持我。她的姐妹也是。我兄弟和我奶奶也很支持。

主持人崔贝克：他们和你一起裸奔吗？

尤尼：没有，他们只是旁观。

主持人崔贝克：你奶奶也去了？

尤尼：她在旁边看得很起劲。她不知道还有这么多形状和尺寸的……

主持人崔贝克：咳咳，好了……

在一生中观众最多的时刻，尤尼成功地扮演了小丑。似乎是为了给这个形象加点分量，经过两轮得分悬殊的比赛后，他以最后一名的成绩，闯进了《危险边缘》的决赛，比他的对手少一万一千九百美元。现场的观众没想到，这个吊儿郎当、花里胡哨的小丑，脸皮竟然这么厚。当决赛的思考时间结束，灯光亮起时，只有尤尼一人答对了华伦委员会①的委员名字——这个人后来也不幸遇刺。多亏了美国前总统福特，多亏了行刺未遂的女杀手佛罗梅和萨拉·简·摩尔，尤尼在全国电视节目上又赚了两万五千七百九十九美元，而且还秀了一段搞怪的吉格舞。那些一本正经的对手，则目瞪口呆地站在边上。他再次印证了自己的观点：傻人有傻福。

但是，要登上那个舞台可不容易。几年前尤尼还在保释中，债台高筑，四处求职。万圣节的时候，他去鬼屋扮演吓人的鬼——一个凶神恶煞的德国科学家。过了万圣节他就失业了，又去打了各种零工：街边卖水果、街头卖艺、自行车骑行之旅向导、邓肯甜甜圈店服务员、犹太成人礼导师、脱衣舞男……前面几个做得挺出色的，但最后三个没干多久就被炒了。他总是入不敷出，所以总是在找工作。

巧合的是，我供职的监狱正好有一个岗位空出来。等到法院判决他无罪，违法记录被消除后，他刮干净胡子就能来面试了。

逃过牢狱之灾没几个月，就在面试完的几周后，一个阳光灿烂的下午，尤尼大摇大摆地穿过走廊大门，穿过监狱的操场，经过警卫的身边，

———————————

① 华伦委员会：负责调查美国前总统肯尼迪遇刺事件的调查委员会。

推开了监狱图书馆的门，气宇轩昂地走进来，胸前荡着一张外包人员的工卡，一脸痞气地看着我。

"臭拉皮条的，别来无恙啊！"他傻里傻气地跟我碰了一下拳头，这可把图书馆里的看官都给逗笑了。

"这是你兄弟？"肥猫大笑着问道。

"我看着像。"戴斯煞有其事地说。

"嗯。"我说，"哥们儿，都过来认识一下尤尼，新来的'生活技能老师'。"

卡特里娜飓风

飓风来袭的那阵子，我正走在通往监狱出口的一条狭长通道里，就夹在监狱的互锁门之间，这两道门从来不会同时打开。当时已经有六七个人站在这里了，一个年长的女人对我露出一个我十分熟悉的微笑，这是陌生人主动跟我搭话的前奏，这种情况我遇到过太多次了。

"你是志愿者？"她问道。

"不，我是这里的正式员工。"

我给她亮了一下我的工卡，上面有我的照片——罪犯的发型、迷惑的表情。

中控室的狱警正在核实我们的身份，短时间内不会放我们通行。在这段等待的时间里，她开始跟我没话找话聊："哦，我还以为咱们国家也用童工呢。呃，我是指劳动合同法允许的童工……"话还没说完呢，她自己就狂笑不止，还呼出一股烟味，"你多大啦……十二还是十三？"这话惹得旁观的那些假装没在偷听的人也忍不住笑了。

监狱里有规定，星期五可以穿得随意一点，不用穿工作服。这条规定只适用于员工，囚犯们要想穿自己的便服，恐怕只有内裤可穿了。这是我第一次遵守这条规定，在星期五穿便装上班：一件红袜队的 T 恤、一条休闲牛仔裤，外加一双帆布鞋，看着像早熟的青少年。看来，这会是我最后一次穿便装来监狱。

在这条通道里，不是只有这位笑得快断气的女人把我当小孩。我是这里最年轻的职工，也是资历最浅的，大家似乎很喜欢提醒我这一点。当第七个人告诉我"要当心，不要轻易相信任何人"时，我开始琢磨着是不是我长得太好骗了。

我必须在监狱里树立起威信。我努力思考，想起了曾经受过的教育：世上无难事，只怕有心人。是的，我要按哈佛的方法，去赢得尊重。我要做"运动带头人"！

我从杂志上剪下卡特里娜飓风灾民的照片，用它们做成一张漂亮的宣传海报。犯人们一直很气愤，说政府当局冷漠无情，不管新奥尔良的贫困黑人社区。我要激励他们，不要只会抱怨，还要有实际行动。为灾区募捐，赢得尊敬。

当我向帕蒂提出这个建议时，她十分犹豫。我从来没有意识到，向犯人募捐是一个出格的想法，而且是集体募捐；更没意识到如果操作不当，会酿成大错。我坚称这些是小问题，一切会"在我的掌控之中"。我信心满满地向她保证，但我能感觉得到，她不看好这个主意。也许是不想打击我的热情，她还是给我开了"绿灯"，或者应该说是"黄灯"吧。在波士顿，黄灯意味着你可以踩油门。

海报张贴好了。我还拟了一份特别授权书，犯人们可以签字授权将钱直接从其监狱账户转到红十字会的卡特里娜赈灾基金，还会拿到授权书的复印件，作为收据。我按监区列出犯人名单，反复斟酌我的募捐语，制作在监狱里分发的小传单。

事情原本进展得很顺利，但一个资深社工的到来，扰乱了事情的进展。他人高马大的，像橄榄球队的后卫球员，身穿黑色厚皮夹克，顶着一头茂密的鬈发，操着浓重的希腊口音。他抓起一张传单，从嚼着口香糖的嘴里挤出一声嗤笑。

"这是认真的吗？"他举起传单问。

我很肯定地告诉他这是真的，不是在扮家家酒。

"呵，孩子。"他摇着头大笑道，"祝你好运，我的朋友。"

他友好地拍了拍我的肩膀。那一大掌招呼下来，差点儿把我拍得魂不附体。

　　同事们的反应几乎如出一辙。有一个每天来图书馆看报的社工，问我囚犯们从捐钱中可以得到什么。我甩出一个心理学的术语：自主感。他原本挂着一个淡淡的笑，等着看我会说什么好听的大道理。当我说出的是三个空洞无力的字时，他顿时哈哈大笑。

　　"这太珍贵了！"他说。

　　在他笑不拢嘴地离开后，柯立芝在我面前冒了出来。他刚才就坐在附近，认真地看着《马萨诸塞州一般法注解》，正好听见了我们的对话。

　　"别听他们瞎说。"他告诉我，"你要相信自己在做的是好事。"

　　"谢谢。"我说。

　　"我可以帮你。我可以去监区里，叫大家签字。没问题的。"

　　"不用了，我挺好的。"

　　"不要客气，我可以帮忙。我知道怎么做。"

　　"真的不用。"我说，"我都安排好了。"

　　事情确实进展得挺好的，尽管同事们对我半信半疑，但我已经拉到了几个捐款人，其中几个人的财务状况接近赤字，却还是热心地捐款。这让我感觉很不错。如果在犯人群体中募捐是激进的行为，那么我就是个激进分子。

　　但其实我根本算不上激进分子。我死也不会穿印有切·格瓦拉[1]头像的衣服。我遇到过一个卫斯理学院的学生，她告诉我她曾用卖毒品赚的钱，资助一个监狱教育项目。我听了只觉得好笑，绝不会做这么离经叛道的事。

　　我也曾踌躇满志过。尽管这次募捐的目标金额很低，但是既然我选择开始了，就不能半途而废。我要游说更多犯人，募到更多善款。

　　后来，我又想起了柯立芝的话。他说的不无道理，他能接触到那些从来不来图书馆的犯人，循循善诱地向他们募捐，比我这个看着只有十四岁大的白人要有说服力多了。如果有他相助，我能事半功倍（甚至

───────────

[1] 切·格瓦拉（1928—1967）：古巴革命领导人。

更多倍）。

经过一周的观察，看着捐款一点一点增加，捐款者却一天比一天少，我决定给柯立芝一个机会。我走到他的"办公室"，就是后面的电脑机房，却在门口停住了，不知该不该进去。柯立芝看见了，便请我进去。

"请进。"他说，"我这会儿不忙，有事请说。"

"好的。"我说，"有件事想麻烦你。"

这句话的言下之意就是"我需要你的帮助"。

"哦，什么事？"

"关于卡特里娜的赈灾募捐活动，我想了想你之前说过的话，决定派你去监区收集捐款签名。"

"我是那么说过。"说着，他打开一个文件夹，抽出一叠脏兮兮的纸，上面全是签名，"而且已经在做了。你看怎么样？"他得意地说，有点儿让人讨厌。

他居然背着我偷偷地开始了。这让我有点儿不高兴，但我不得不承认，他确实拉到了不少捐款人。

"很好。"我说，"继续加油。"

牢门简史

这所监狱的原址是一个垃圾焚化场，路线十分复杂，开车很难找到这里。首先，你要穿过魔幻迷宫般的街道，向西转实际是开向东面，向东转则是死胡同。开到监狱所在的布拉德斯顿街时，你要立即向右急转弯。如果你反应不够快，错过这个路口，就会直接开上州际高速公路。这个城镇的规划师好像是在警告你："相信我，你不想在这里转弯。快走，快走，走得越远越好。"

好在我不开车，而是坐马萨诸塞大道线路的公交。当时，我就住在哈佛主校区附近。我会从哈佛校门口的车站上车，到波士顿医学中心站下车，再步行十五分钟，穿过巨大的立交桥，走到低洼的南湾。

路牌上写着这个地区叫"纽马克特广场"，但我从未听人叫过这个地名。它是一个工业区，周边有着波士顿最贫困的地区，也有着迅速改建的高级社区——罗克斯伯里、多尔切斯特、波士顿南城和波士顿南区。我在剑桥城的朋友和邻居大多没有听说过南湾，虽然两地相距不过二十分钟的车程。

人们习惯将监狱比作仓库，但这其实不是比喻，南湾就是一个仓库区。这里有汽修厂、卖场仓库、戒毒所、各种废弃建筑、波士顿消防局和交警总部，更多的是仓库林立的街道，到处可以听见大卡车的倒车警示，有时会让你觉得整个地方都在倒退。

从某种程度上说，确实如此。据说南湾正在缓慢地下沉。虽然一百多年前，这块水域就已被填成陆地，但天上始终盘旋着成群的海鸥。也许它们能感觉到，这里的潮水一直在上涨。

这里到处是"此路不通"的指示牌。监狱前的大型仓库区有一个公墓，它是波士顿的城市缩影，因为公墓里横七竖八地插着代表波士顿各个街区的牌子，有些写着熟悉的城市主干道名字，如联邦街和灯塔街。小土丘上竖着摇摇欲坠的电线杆、破旧的路灯、废弃的交通灯，就像费雪公司生产的儿童过家家玩具。

监狱周边依然保留着以前货运站的痕迹，街上时不时会出现几段废弃的铁轨，这些街道全都像被大炮轰炸过似的。在监狱周围，你只能小心翼翼地驾驶，根本不可能快速逃逸。

现在的监狱设计得像"豆荚"一样，用活动室将牢房分隔开来，切割成小隔间或单元，取代了过去旧鹿岛监狱的奥本建筑风格，即那种著名的线性设计，每层都有长长的走廊，最大限度地隔离犯人。1990 年，这座先进的新式监狱竣工时，威廉·威尔德曾公开反对过它。

当时，还只是马萨诸塞州州长候选人的威尔德抨击道："这是监狱中的泰姬陵，是州政府一切错误作为的邪恶象征，是对马萨诸塞州纳税人的永久侮辱。我要让我们的犯人回到采石场，重新享受打石头的快感。"

他坚持的是传统的监狱建筑理念。19 世纪初的一个百科全书条目这样介绍监狱的设计："……有效激发最恐惧的想象……因此，监狱的外观应是沉重和昏暗的，令见者强烈地感受到它的压抑和可怕。"

本杰明·拉什不仅是《独立宣言》的签署者，还是监狱改革的倡导者。这人有点儿喜欢小题大做，认为牢门的设计不仅要注重视觉，还要注重听觉："通往监狱的道路要是曲折的、阴森的，山峦起伏，泥沼纵横。大门要是铁的，开关时发出刺耳的响声，加以回音的效果，让灵魂深深地战栗。"在当时，这是相当进步的主张，穿透灵魂比折磨肉体要人道多了。

然而，南湾监狱的设计师却有不同的看法。他们是斯图宾斯事务所的建筑师，曾负责设计波士顿联邦储备银行、纽约花旗集团大厦和里根总统图书馆。设计之初，他们将各种旧监狱的图片，贴在洒满阳光的办公室里。那些照片看了全都让人十分压抑，唯有一张令人眼前一亮，那是已经成为神话的威尼斯叹息桥。一位资深建筑师告诉《波士顿环球报》，这座桥"建在总督府的后面，是向监狱押送死刑犯的必经之路，象征着这类建筑在城市中的作用……是公众面前的法院与背后真实的囚禁和惩罚之间的桥梁"。

关于建筑设计的意义，虽然州长和建筑师有分歧，但他们都认同一个古老的观点：监狱的建筑既要影响外面的公民，又要影响里面的囚犯。双方也都认为监狱的外观是重要的，那是每样东西对外的形象。

某一天，还没到上班时间，我站在监狱前面，打量着它的外观。也许是想再晚几分钟上班，我决定做个小实验：闭上眼睛去感受它，然后再睁开眼睛，让这建筑向我施展它的魔法，看它会给我带来什么感情，什么感觉。

而我的实验发现是：什么也没有。没有压抑，没有恐惧，没有回音，也没有令我的灵魂深深地战栗。它不是那位州长口中的监狱中的泰姬陵，不是什么邪恶的象征，也不是建筑师所谓的正义之桥。它没有"激发最恐惧的想象"，反而让人脑中一片空白。它就像两只麦片包装盒，平淡无奇，让人不会多看一眼。它就是一座功能性的建筑，至于功能是什么，这一点从外观上看不出来。

但它从前不是这样的。在《红字》深入人心的第一章"牢门"中，霍桑描述或想象了波士顿监狱最初的模样：这是新大陆的第一所监狱。以下是该书的开篇（这本书就放在监狱图书馆的经典文学和虚构小说区）：

　　一群胡子拉碴的男人，穿着暗淡的衣服，戴着灰色的尖角帽，聚在一处木头建成的大房子前，中间混杂着一些女人，有的戴着头巾。大门是用厚重的橡木做的，上面密密麻麻地钉满大铁钉。

　　新殖民地的开拓者们，不管原先想建立什么样的充满美德和幸福的乌托邦，总要划出一块未经开垦的地来当墓地，再划出一块来盖监狱，这两样在开辟之初都是必不可少的……城镇建成十五至二十五年后，随着岁月的流逝，那座木造监狱由于风吹日晒，显露出种种老化的痕迹，让那扇狰狞的大门更显阴暗。橡木大门上沉重的铁钉锈迹斑斑，比新大陆上任何古迹都要沧桑。和一切与罪恶有关的事物一样，它似乎不曾有过青春。

　　在这片美丽的新大陆上，监狱的大门是最沧桑的古迹。它具有如此强烈的象征意义，以至于霍桑以它为开篇，引入这段罪与罚的故事，将读者的注意力凝聚于此，然后才让主要人物登场。它已然成为故事的主人公，与穿行其中的罪犯同等重要。

　　监狱从过去令人畏惧的罪恶象征，演变成一座平淡无奇的建筑，没有清晰的象征，不彰显它的功能，默默地融入周围的环境，从高速路上就能看见。这算是进步吗？

　　今天的监狱没有铁门钉，没有阴森的铁栏杆，没有瞭望塔，也没有沉重的大门。霍桑笔下的牢门，似乎只存在于文字中，只出现在监狱图书馆的书架上。那扇门所处的位置，如今已变成一条空洞的走道，通往接待大厅。

　　霍桑笔下的监狱大门，其意象早已不复存在。这条空洞的通道，每个人都可以随意赋予它任何意义。文学老师和尤尼这类"回归社会"的顾问，从这里找到了灵感；狱警和后勤人员有退休金可以领；杰西卡在这里找到了亲情。柯立芝有什么呢？他一如既往地用各种阴谋诡计，去填补这扇牢门缺失后的空白。和许多犯人一样，他也曾怀疑这个地方究竟是什么。他会模仿美国司法部门，用奥威尔式的命名法，笼统地用"改正"

来称呼一切：改正司、改正院、改正所，还有他最喜欢的改正官。

"这个词是啥意思？"他曾说，"让我来向你演示什么叫改正。"

他拿出一张案情摘要，在背面潦草地写下："我喜欢写子。"他将那几个字画掉，重新写下："我喜欢写字。"

"这就是改正。"他说，"这就是该死的监狱。"

柯立芝的长篇大论中，不时散落着几句真理。事实上，没人知道"改正"是什么意思，这是一个空泛的词语，就像从前那座牢门所在的地方。

在这座监狱里，门远离公众视线，隐藏在建筑内部，要费点力气才能找到。在接待大厅，你会发现金属探测器后面，有两扇滑动式的互锁门——钢铁的框架、玻璃的门板，透明且不显眼，却比清教徒的橡木门要重好几个量级。它没有老式的那么醒目，却令人绝望多了。

查理出来放松时，看到我正注视着塔楼。

"你迟到了。"他还是那样半真半假地说，"你在看什么？"

"没什么。"

我们穿过空旷的通道，回到接待大厅。

柯立芝篡权

早在卡特里娜赈灾募捐之前，柯立芝就已经是个大忙人了，他总是全图书馆来得最早、走得最晚的人。除了是囚犯中最有法律头脑的人，他还拥有许多自封的职位，附带自封的头衔：法律协调员，有时候他也称之为法律援助、法律顾问或法务助理，教育顾问，回归社会顾问，洗礼仪式协调员……柯立芝有胜不数胜的虚构头衔，和哈佛毕业生捏造的简历有得一拼。

这些职位（虚构的）为他积累了经验，让他有资格出任更高的职位（也是虚构的），像是监狱首领之类的，代表整个犯人群体，某些犯人会嘲讽地称呼他"总统大人"。柯立芝的政治行动都诉诸文字，不是起草诉讼案情摘要，就是撰写各种官方纪要、评论文章、正式调查、编辑致信、进展报告。在某些特殊场合，他甚至会举办新闻发布会。要是监狱允许媒体进入，他早就安排摄影采访了。在这些情况下，他爱使用书面语。

虽然不是一流的作家，他却爱卖弄文采。他写纪要的文笔像马克·吐温，哪怕是最学究的东西，也能写得热情洋溢，夹杂一丝幽默。他会找我帮他润色新写的东西，然后驳回我给出的每条修订。当我建议他少用一点感叹号时，他反而感叹连连！

"这怎么行？！"他激动地摊手，"我发明了这么牛的感叹号！我要让它家喻户晓！哥们儿，这是我的商标，我要收使用费的！"

柯立芝不断地将他的计划和感叹号发给法院、假释委员会、报社编辑、著名作家、监狱领导、市政府、社会名流、牧师以及几乎每个人。我对这些都不在乎，只要他能帮我打动囚犯，让钱源源不断地流入卡特里娜赈灾基金的账户，让一切都顺利进行，这就够了。

我第一次隐约感到不妙，是因为看到了一份简报，准确地说只是一份草稿，被柯立芝不小心落在图书馆的。它和卡特里娜筹款活动有关，上面写着这是"他的"计划。

在这份写给监狱管理部门的文件中，柯立芝"郑重请求在女犯监区（塔楼）筹集捐款，望批复"。看到这个谦逊的请求，我禁不住笑了。柯立芝应该知道，这个要求是非法又可笑的。一个男犯人要求去女犯人的牢房，就像是在要求监狱领导批准他外出过夜，参加兄弟的单身聚会。

柯立芝继续写道，"作为该活动的组织者"，他将会谦卑地提供服务，并做出让步，愿意接受"监狱工作人员的陪同"。他还争辩道，这样做会大大增加募得的款项，提高活动的知名度，对狱方也是一次正面的公关宣传，一石二鸟。下一句却让人忧心忡忡，他指出这件事势在必行，卡特里娜飓风暴露的种族歧视，已经让广大囚犯怒不可遏，这次活动正好可以"平和地平息他们的怒火"。如果不让女犯加入，可能会让许多囚犯心生嫌隙，认为狱方企图阻挠活动。他字里行间明显地暗示，一场暴力冲突可能将因此爆发。

柯立芝在简报的最后指出，他很骄傲能够策划这一活动，想在活动圆满结束时组织一次"媒体活动"，希望狱方领导予以批准。他十分愿意继续为狱方服务，筹办这场新闻发布会，还列出了详细的费用清单。

这是一份让人啼笑皆非的策划书，一个不动声色的自大狂，一部痴心妄想的杰作。他窃取了我的创意，往自己脸上贴金，但这事儿好笑到让我顾不上在意这些。

那个礼拜的星期五，在上早班的时候，我办公室的电话响了。我拿起听筒。

"开除柯立芝。"是帕蒂的声音。

"为什么？"我问。

对方沉默了一会儿。

"这是上面的命令。"她终于说话了，"把他从馆员中除名。立即执行。"

"我怎么对他说？"

"就说他被开除了。"

"没错，但……"

"让他马上回牢房。"

"要是他问为什么呢？"

话筒里传来不悦的杂音，那是叹气、吸鼻子和戳笔的声音。

"告诉他这是命令。该知道的时候，他自然会知道的。"

最后这句话也是在说我，这让我有些恼火。但我更担心的是：我从来没有开除过人，更不用说开除一个重犯了。每到这种时刻，我就会遗憾地发现，我没有接受过任何培训。这次实践就是我的培训。

当柯立芝走进我的办公室时，他隐约察觉到了事情不对劲。我还没开口，他就一脸沮丧地对着我，跟我讨价还价。

"我可以不是活动的组织人员。"他说，"你可以拿走所有功劳，在摄影机前露脸。我可以坐在边上，我没关系的。"

"谢谢你的好意。"我说，"摄影机是不会有的。"还没等他接话，我就脱口而出，"我接到上级的电话，他们让我开除你，而且要你马上回牢房去。"

话音一落，柯立芝的五官就揪到一起，十分狰狞。我在脑中飞快地计算着，他把我的脑袋揪下来的概率有多大。也许我只会感到一秒的疼痛，也许根本就来不及感到疼痛。一招毙命永远是不错的 B 计划，但我需要一个能保住小命的 A 计划。我环顾办公室，寻找能防身的家伙。桌上有一台巨大的电脑显示器，我可以将它砸在他的大脑门上，接着夺门而出；也可以用它作护盾。可难办的是，我需要一气呵成地举起显示器并把线拔出来，绝不能拖泥带水。

柯立芝瞬间变换了许多姿势。他从座位上跳起来，来回踱了几步，用拳头捶打自己的手心，用手狂躁地抓头发，又跌坐在椅子上，最后用双手捂住脸。

"为什么？"他问。

"我不知道。他们没告诉我。我以为你会知道。"

他抬头瞪着我。我将一只手放到了显示器上。

"请不要这样！"他恳求道，眼泪几乎流出来，"我需要这份工作。我要准备我的辩护材料，否则至少要蹲七年。至少！也许会蹲二十年。这不是开玩笑的，哥们儿。这就是我的人生。我有权利为自己辩护！"

这时，我想起了他对女儿的承诺，承诺当她生产时，他会到现场，见证孙女的出生；我想起了他曾教一个囚犯识字，曾在最初几周里帮过我许多次。

"这不是我决定的。"我难受地说。

当他走出去时，我听到他喃喃地说："哥们儿，如果你不为自己出头，不为你手下的人出头，那么每个人都会踩到你头上的。"

那天晚些时候，另一个犯人告诉我，柯立芝一走进牢房，便偷偷抹泪。

几天后，我终于知道了上面为什么要开除他，就是因为那份嚣张的简报。柯立芝越线了，他的语气越来越像一个职员，狱方开始警觉起来。压倒他的最后一根稻草则是一封信，他在抬头写着"内部简报"。信中，他要求延长宗教活动的时间，还要求提供额外的毛巾和白浴袍，用于他筹划的洗礼仪式（也许又是窃取的别人的劳动果实）。监狱里有一位专职负责洗礼的员工，柯立芝敢公然骑到他头上造次，令他火冒三丈。显然，柯立芝不是第一次这样做了。

　　至于柯立芝的简报，大多数内容只是让我觉得好笑，只有少数内容会让我动怒。柯立芝也许是个坏人和野心家，但至少他想做点什么，比其他犯人和某些员工强多了。我忍不住觉得，柯立芝就是做事太主动了，才会受到惩罚。

　　我也有些同情他。他确实没日没夜地准备他的案子，光是那些抢劫的指控，就够他把牢底坐穿了。对他这样的"职业罪犯"，法官从来不会手下留情。我见过受审中的杀人嫌犯，可能会被判处终身监禁，但是到了图书馆，总是无所事事，只会下象棋，或者看本·斯蒂勒的电影。柯立芝毁了自己的人生，但至少他保留着足够的自尊，认真地为自己辩护。

　　我必须承认，他出去时对我说的话是有几分道理的：我是个被人愚弄的傻子。开除柯立芝后，我曾去找过帕蒂，请求让他复职，因为他有着渊博的法律知识，对图书馆而言是一笔宝贵的财富。但是，帕蒂毫不迟疑地拒绝了我的请求。领导层事先未征询我的意见，甚至连礼貌性的解释都没有，就直接开除我的得力职员。这让我很难接受，让我觉得，我只是这里的一个外包工。

　　我们为卡特里娜灾区筹到了几千美元，多亏柯立芝四处奔走，才能有如此成绩。至少，我可以拿这次成功的活动，作为让他复职的筹码。

　　当我写好了卡特里娜赈灾募捐活动的结项报告时，一个犯人递给我一张打印的字条。他说，这是一个和他同监室的犯人给我的。字条上说，为了筹款，柯立芝做了一些见不得人的事。他偷了一些钱和一些犯人的身份信息，用于不法目的；还强迫一些犯人捐钱。字条最后提出，他可以向我提供详细的证据，只要我答应在他的监狱银行账户里打入一笔钱。

　　我才不会向这家伙买情报，但他的指控让我心烦意乱。我回忆起几周之前我和柯立芝的谈话。当时，我们募到的钱迅速增加，让人难以置信。

　　"这些钱不会是骗来的吧？"我当时开玩笑道。

　　"嘿，哥们儿。"他回答说，"开什么玩笑？我会把坑蒙拐骗带到图书馆里来？拜托，你怎么能这么想呢？"

　　于是，我去找其他囚犯馆员，问他们这些指控是否属实。没有人回答我，他们全都深谙沉默的规矩。但他们既没有否认，也没有辩解。

那天晚些时候，一个囚犯馆员走进我的办公室，告诉我他"不知道柯立芝做过什么"，但点头暗示我最好不要把钱转给红十字会，否则我的卡特里娜赈灾活动会被正式地打上腐败的烙印。我对开除柯立芝的所有懊悔，一瞬间就烟消云散了。

"哥们儿，什么好事到了这里都会变坏事的。"他试图安慰我，"在这里你不能相信任何人。"

"我能相信你吗？"

他摇摇头，笑着走开了。

"你只能相信自己。"他回头说了一句，"这个地方可不是好混的。"

新官上任

我的确相信我自己，至少我确信是这样的。比如说，我和在图书馆外面值白班的迈克·德卢卡完全不一样，对于这一点，我十分有自信。他是个脾气火爆的小个子，不仅和拿破仑有一点像，还有憨豆先生的影子。德卢卡喜欢哼一些广告歌，回答无聊的问题。只要一有空，他就会把这两项爱好结合在一起，找大家一起玩"猜歌名"的游戏，而且对这类游戏充满角斗士般的热情。德卢卡的情绪起伏就像过山车。前一天晚上，如果红袜队赢了，第二天见到他，你会如沐春风；如果红袜队输了，他会变成可怕的暴君伊凡四世 ① 。想要预测德卢卡的心情，只要提前看看体育版新闻即可，就是这么简单。他的岗亭就是群臣觐见的朝廷，一帮同样暴躁的工会兄弟簇拥在他左右。他们是监狱里的团伙，也是最老的团伙，号称"愤怒的七兄弟"。

德卢卡的职责是维护秩序，指挥犯人在教育区的交通。因此，他经常横眉怒目，唾沫四溅，还美其名曰，这是他的"风格"。

每当一个阅览时间段快结束时，德卢卡就会撞开门，冲进图书馆里

----

① 伊凡四世·瓦西里耶维奇（1530—1584），史称伊凡四世。俄罗斯历史上第一位沙皇。

来，像一只受困的狐狸张牙舞爪地站在那儿，眼刀子四射。当他喊出第一声"收风"时，要是有哪个犯人没有听见，他就会大发雷霆，张开双臂，手指气得发颤，像是要给谁一拳，冲到磨磨蹭蹭的犯人面前，凌厉地咆哮道："出去，出去，去去，去，去，快点，快，快！"他总是出其不意地跳出来，像打了鸡血一样亢奋，这就是他的本事。犯人们恨死他了，但在大部分情况下，他的做法还是很管用的。

几个月后，他被免职了。我无意中听见，他郁闷地对另一位狱警说："大领导们不喜欢我的风格，但他们不能否认我的功绩啊。"这话倒是不假。

一些犯人和同事曾跟我说，在阿马托管理图书馆的时代，德卢卡绝不敢这样冲进来，随便大吼大叫。他很尊重阿马托。另外，在阿马托的铁腕统治下，所有犯人都很自觉，根本轮不到他大吼大叫。德卢卡的疯狂闯入，说明图书馆缺乏领导力：福里斯特和我没有足够的威信，犯人们才敢这样为所欲为。德卢卡的语言暴力，正好弥补了我俩的不足，却显得我们更加软弱无能，也把图书馆变成了另一个被无情镇压的监牢。柯立芝现在只是一名普通读者，他不断地提及这种状况，来刺痛我的神经。我对他说，我和阿马托有不同的管理方法，他像律师一样扬起眉毛。

"没错，阿维，这正是我想提醒你的。"他说，"最后，你会因此一败涂地。听着，德卢卡不是你的上司，可如果你掌控不了局面，他就会抢走掌控权。对，阿马托是个浑蛋，但他懂得如何掌控局面。如果你继续忽视这一点，以后还会有成百上千的德卢卡，跑到这里来抢地盘，爬到你头上撒尿。"

柯立芝当然知道了，他无所不知。他也曾这样过，这就是他的意思。阿马托曾警告我，不要放下我的铁拳。自那以后，我注意到情况确实在恶化。犯人和狱警都把图书馆当作休息的驿站，纪律变得越来越涣散，偶尔会有出格的事发生。馆内有些东西不翼而飞，其中一些甚至可以改造成凶器。我们还发现，许多书被人乱涂乱写，塞进书里的字条甚至出现了卖毒、卖淫和其他非法内容。每次放风结束后，桌子和地上全是垃圾。我还注意到，一些始于牢房的争斗，甚至蔓延到图书馆来。这个地方管理好了，是一个优雅的社区酒吧；管理不好，就会沦为乌烟瘴气的边境酒吧。是时候采取行动了，图书馆也需要一名治安官。

巧合的是，一个犯人正好来还一本被翻烂了的《君主论》，他的书签从书中掉了出来，上面列出了《权力的四十八条法则》，摘自罗伯特·格林的同名著作，萃取了全书的精华。该书受马基雅维利的启发，写于 1998 年。这可能是全图书馆最抢手的一本书了。我看了书签上列的四十八条法则，快速地翻阅《君主论》。

嗯，我得好好学习一下。

我为塔楼女囚开设的写作课越来越成功，于是决定为男囚也开设这门课，每周一和周三在图书馆最后面的房间上课。最终，报名的人有十个。

一个周三的下午，我站在借书处前面，恭候囚犯进入教室。就在那时，大门被人推开，一个叫杰森的犯人大步走进来，眼睛直盯前方，似乎有些不安。德卢卡跟在他后面，一如既往地挥舞着手臂，脑袋摇得像要爆炸了。

"哎，回来！"他大吼一声。

杰森瞥了一眼身后，随口说了声"我来这里上课"，就走进了房间。

"不行，你不能……"德卢卡说着，几乎要跑进去。

我试图缓和气氛："没事的，警官。他是去教室里，名单上有他的名字。"

德卢卡几乎没有拿正眼瞧我，傲慢地说："不，不，不，不……这小子不把我放眼里，一看见我就溜走。他必须回牢房去，或者去禁闭室。"

我可不想听这种话。

也许是杰森对他说了什么蠢话，也许是德卢卡跋扈的"风格"激怒了杰森。他们之间一定发生了什么，只是我没有亲眼看见。我了解杰森，他性格温和，别人对他客气，他也会对别人客气。再说了，囚犯有权待在图书馆里。德卢卡这样做，无非是想让他难堪，把他从图书馆踢出去，从而彰显自己的男子气概，与安保毫无关系。即使有任何安全问题，德卢卡也是那个煽风点火的人。

我能感觉到怒气在上涌，耳朵开始发热。我讨厌德卢卡的做事风格，他把我的图书馆变成了关塔那摩监狱 ①。我不会任由他把我晾在一边，对我没有一丝一毫的尊重，这在监狱可是大忌。我的脑子开始失去理智。我至今还在生气，气柯立芝欺骗我，让我难堪；气我的上司绕过我，直接开除我的馆员。我向来不喜欢别人搞砸我的事，何况我的十个学生和四名囚犯馆员就在边上。我忽然有了一种莫名的冲动，想要"任性地反驳回去"。

我在监狱里听说过的各种伎俩，一瞬间全涌上我的大脑，灌入我的血液。第十七条权力法则：让恐惧无处不在，给人一种难以预测的感觉。第三十七条权力法则：出奇制胜。还有那只浮夸的"风筝"里的话："别以为几句话就能蒙混过关，我可不是好糊弄的。像我这样的贱人，才不会被任何人套牢。从今以后，不管是什么事，我都不会再听你的了。我是个志在必得的人，想要什么就会弄到手，哪怕不择手段。现在还为时过早，以后你就知道了！"不仅如此，还有唐·阿马托流传下来的绝招。这时，我唇边掠过一丝冷笑，露出一丝傲慢的眼光，化身监狱新来的聪明人——图书馆治安官。无论谁主沉浮，该出手时就出手。第二十八条权力法则：大胆行动。

我两眼死盯着德卢卡看。

"行了。"我说，"现在，是你不把我放眼里。他是我的学生。"

德卢卡好像不认识我似的，茫然无措地看着我，仿佛我是从哪里变出来的，眼里没有一丝愤怒。我也猛然间意识到，他以前真的没拿正眼瞧过我。而现在，一个不知从哪个石头缝里蹦出来的陌生人，打扮得像是刚来一周的大学新生，说话的口气却像个人狠话不多的硬汉，肯定让他有些困惑。

"什么？不，不。"德卢卡嘟囔着，"他得跟我走。"然后，他对杰森说，"你，站起来。马上回去。"

---

① 关塔那摩监狱：美国设在古巴关塔那摩的监狱，现用于关押恐怖分子和非法战斗人员。

事到如今，我已经表态了，就没必要让事态升级（第四十七条权力法则：何妨得意，不可忘形；见好就收，穷寇勿追）。给狱警留点面子很重要，他毕竟是个警察，在监狱里的处境也很危险。

德卢卡一将杰森拉出去，其他犯人就开始表扬我。"好样的，阿维！""你教训了那个浑蛋！""我们挺你，兄弟！"这些话让我有点儿不安，但我知道这是对我的尊重，是我可以积累的政治资本。从今以后，德卢卡、"愤怒的七兄弟"和其他犯人要敢跟图书馆治安官作对，他们可得三思而后行了。

生活老师对德卢卡事件的看法

尤尼在 1-2-1 当老师，获得了一致好评。他去教犯人生活技能，听起来很讽刺，却很称职。他教简历写作、面试技巧、任务管理、组织方法或其他这类主题时，讲的都是亲身体会。他的课堂魅力、与生俱来的聪明和对学生充分的关注，弥补了课堂组织松散的不足。那些原本不情愿上课的学生，马上就被他征服了。他每节课都会有十分钟的即兴表演，点评犯人简历上的硬伤。例如：有个犯人留的联系邮箱是 jizz_baby@yahoo.com，他便抓住这一点大说特说。

他在课堂外可就没那么招人爱了。有两个女同事和他共用一间办公室，难以忍受他的种种恶行。他会在办公桌上剪指甲，用桌上的音响大放感恩而死乐队的歌。他跟任何人打电话都要开免提，比如跟售票经理砍价，和信用卡公司客服核对信息，和银行出纳核对账目，和家人聊天……而且总是说得很大声，夹杂着挑逗性的语言，一说就是好几个钟头。

他的一个办公室同事注意到，尤尼似乎是一个没心没肺的家伙，非要让人胖揍一顿才会长记性。这里毕竟是监狱，如果你做人太过分，总有人会收拾你。对尤尼而言，这事儿来得越早越好。

这个星期尤尼过得糟透了。那天，他和一个重要人物打电话时，急急忙忙地想找一张写着电话号码的纸片，结果翻遍了桌子也没找着，就随口骂了一句脏话。电话那头的人大为光火，举报了他。

一切才刚开始。为了和办公室同事搞好关系，他问其中一个女同事，谁是 1-2-1 最性感的囚犯。她不喜欢这个问题，也举报了他。

最倒霉的事是，尤尼在课堂上无意中说出了"黑鬼"这个带有种族歧视色彩的词。他上的是犯罪经济学，当天课堂的重点是向学生论证，犯罪其实是得不偿失的。为了证明这一观点，他大声朗读《魔鬼经济学》中的一个章节。该章节解释了为什么许多毒贩子和母亲住在一起，并引用了某个黑人毒贩子的话，原话中就有"黑鬼"这个词。尤尼纯粹只是出于教育目的，恰好朗读了这些段落。尽管如此，有人还是被触怒了，抱怨道他来上这门课，不是为了被一个白佬叫"黑鬼"。尤尼知道他的麻烦来了。

监狱领导是不会替他说话的，他们警告他"你不准再在监狱里使用这个词，不管是课上还是课下"。雇用他的非政府组织也收到警告，"令罪犯回归社会"项目的主任大发雷霆：他的行为不经意间让整个机构蒙羞。

尤尼最终被正式批评，不得不在一份公开谴责书上签字，上面罗列了他的过失，从在电话里爆粗口、提一些有失体统的问题，到使用"黑鬼"这个词。这份文件被永久地存入了他的就业档案。那个礼拜，他真是倒了八辈子霉了。

惩罚确实起到了效果。尤尼收敛了行为，他的办公室同事也不计前嫌，愿意原谅他，事情就此平息了。他的同事和学生又开始喜欢他了，觉得他是一个可爱的怪人。不幸的是，接下来却发生了"大蒜事件"。

为了省钱，尤尼买了将近四千克的去皮大蒜。当然了，这么多大蒜呢，他还没来得及吃完，就开始变质了。为了吃回本，尤尼将剩下的蒜头用油炸了。他把炸成金黄色的蒜头装在一个碗里，坐下来吃了个精光，总共三十多瓣。这就是他的晚餐，一斤左右不太新鲜的油炸蒜头，然后就没了。

那天晚上，他没有睡着睡着就"嗝屁"了，但也离"嗝屁"差不远了。肚子闹腾了一整晚后，第二天早晨上班的路上，他给我发了封邮件，全文就一行："我闻上去像臭屁弹。太有意思了！"

他这个未来的人类学家觉得有意思，吾等凡夫俗子可就无法忍受了。在享受完大蒜盛宴大约十二个小时之后，尤尼就去监狱上班了。那里的窗户可是关死的，空气只在内部循环，不与外部流通。他走进监狱的接待大厅，走过安检通道，穿过几条走廊，经过 1-2-1，进到公共的小办公室。一切似乎都很正常……

才怪。当局者迷，只有尤尼不知事态严重。他的每个毛孔、头发和七窍都向外散发着恶臭，浑身笼罩着一层毒气。这股气味飘散在监狱里，好几个小时都不肯散去。尤尼就是一台行走的毒气喷射器，所到之处都弥漫着恶臭。

他走进办公室，微笑着坐到他的座位上，向同一个办公室的佩吉问好。她像见鬼了似的盯着他，用手捂住鼻子。

"哦，我的天哪！"她说，"你不是故意的吧？"

在被公开谴责不到一个月的时间里，尤尼再次被上司叫进办公室。他肯定自己这次玩完了。他的上司捂住鼻子，满脸绝望地说："尤尼，我真不知该对你说什么。"接着，上司迅速补充道，"你知道吗？我什么都不想说了。"尤尼向她保证这次真的是最后一次了，他今后一定会谨言慎行。

老天爷待我不薄。那天下午，满身蒜臭味的尤尼没有像往常一样跑来找我，而是给我打了电话，向我哭诉当天的悲惨遭遇。让我惊讶的是，他竟然从中悟出了许多大道理。

"大蒜这事儿是我自己犯傻。"他承认道，"不过你比老子更傻，居然敢和德卢卡单挑，你真是脑子有病。"

我尝试和他理论，可惜道行太低。一个刚吃完三十瓣油炸大蒜的人，肯定进入了某种无人企及的神秘禅界，参透了凡人的愚昧无知。大师的权威是不容置疑的，当他批评你的行为时，你最好洗耳恭听，虚心受教。

他说得对。我破坏了自己与德卢卡的关系，他毕竟是一个不可或缺的盟友。经过一天的反省，以及尤尼形而上的指点，我终于认识到自己不仅做事鲁莽，而且是在打肿脸充胖子。德卢卡虽然像一只好斗的公鸡，整天跟不入流的"愤怒的七兄弟"团伙鬼混，但他也是一个爱唱广告歌的正面人物，我得找个机会和他重修旧好。但还没等我找到机会呢，他反而先来找我了。

　　当时我就站在前台那儿，身边没有其他人。德卢卡看上去有些不自在，仿佛是被人逼着过来找我说话的。他直呼我的名字，显然是打听过该怎么称呼我，并为那次带走我的学生"将我惹毛了"而道歉。他解释道，他必须管教囚犯，那次是迫不得已。原则上，我同意这是他的工作，也为我当时粗鲁的语言道歉，并多次强调我们要加强合作，才能避免误会。这次交谈很有政治家的气度。

　　后面几天，我一直保持着图书馆治安官的架势，满腔热血地执行规则，向不听话的犯人下驱逐令，用治安官的口吻跟狱警说话，决不让任何人骑到我头上来。这是阿马托的风格。有一次，肥猫却把我拽到一边，给我提了个醒。

　　"我知道你想干什么。"他微笑着说，"我觉得这挺好的，但也别做过头了。永远不要再像上次那样对德卢卡，否则你会摊上大麻烦的。而且德卢卡也收敛了，不是吗？差不多就行了，别太过头。"

　　我不置可否地耸了耸肩。

　　肥猫接着说："你以为你现在是老大了，但其实你不是。我的朋友，你充其量就是个小阿飞。所以，你就老实地做你的图书管理员，不好吗？"

　　德卢卡和图书馆的犯人们也许以为，我只是一个书读多了的小伙子，对监狱的尔虞我诈和弱肉强食一无所知。他们想的完全没错，但要是他们对我有一丝一毫的敬畏，或者以为我是条惹急了就会咬人的疯狗，对我并不全是坏事。我现在可有了四十八条锦囊妙计。

　　"套用警探哈里 [1] 的话，"我说，"我为这座城市工作。"

　　"警探哈里的话？行啊，阿维。"肥猫笑着走开了，"我会记住这句话的。"

---

① 警探哈里：悬疑动作警匪片《警探哈里》中的男主人公。

杰西卡回归

经过让我蒙羞的卡特里娜赈灾活动，以及和德卢卡的正面交手后，我决定做人要低调一点，去处理一个不那么张扬的问题：杰西卡。这几周里，我一直在思考杰西卡究竟想要什么，如果想和儿子联系，她完全可以这么做啊。她知道他被关在哪个监区，可以给他写个字条，也许她已经写过了。她可以和其他人一样，在图书馆的书里给他放一只"风筝"。但我猜她不曾放过"风筝"，不曾与他有过联系，只是在窗边远远地看着。

但她在窗边看些什么呢？难道只是想看看，多年之后他长成什么样了？她难道不是在折磨自己吗？还是说她在寻找一些线索，想要更多地了解他？这种特殊的情况，这种思念的方式，完成超出了我的人生阅历，是我所不能理解的。

有一件事是肯定的：我第一天见到她时，她优雅地坐在位子上，双手合十地放在腿上，在阳光下眯着眼睛，陶醉地看着窗外的景象，完全忘了教室里还有其他人。有时，我要像招魂一样，把她的灵魂呼唤回来。每次急躁地打断她后，我总会马上后悔，一想到自己利用职权，如此粗鲁地对待一个长辈，我的后悔便会增加一分。但为什么后悔我也说不清楚，只是隐约觉得她一定发生了什么我看不透的事。即使是在知道真相之前，我也一直有一种打扰了她的愧疚感。

但这只是一种模糊的感觉。就拿这门课来说，我对她这个学生知之甚少。她在课上也许只说过两次话，几乎从不交作业。偶尔交一次，也只是小气地写几行字，言简意赅地审视自我。她在一篇作文中写道："我记得我刚被抓的那天。很冷，多云。其他的不记得了。"她连第四句都懒得写（稍微断一下行，就是三行诗了）。

但我知道，她沉默寡言，不是因为迟钝。她一看奥康纳的照片，一个字也不用读，就精辟地总结出奥康纳的深度："她长得不太漂亮，让人心安，我相信她是个好作家。"虽然我对杰西卡了解不多，但由此可以看出她眼光锐利并且自信。也许这就是我想知道她透过窗户看见什么的原因。我经常在想她到底在看什么，就因为老是在想这个问题，我不禁进一步自问：我为什么如此关注她？

　　我决定去塔楼找她。这就是在监狱教书的好处——跑得了和尚，跑不了庙。在监狱里，翻墙逃课是不可能的。当我站在电梯里时，我始终不明白为什么我要执着于此。

　　通往 1-11-2 监区的卷帘门升起来了，我还是不知道该说些什么。还没来得及想清楚，数十双眼睛就齐刷刷朝我看过来，饱受无聊折磨的女囚们开始向我走来。几秒之内我就被包围了。我的第一反应是：太酷了，我跟大明星似的！我的第二反应马上变成了：快救我出去！我又一次陷入了海鸥危机，这次它们想要的不是书，而是关注。

　　一个人从人群中跳了出来，是矮冬瓜。

　　"阿维小乖乖，来这儿干吗呀？"她说。

　　"嗨，图书馆的小哥！"另一个脸熟的犯人冲我大喊，手里还挥舞着一份女性杂志，"我正在看《女人四十如虎》呢！"她咧开大嘴淫笑，一半的牙齿都掉了。

　　矮冬瓜突然严肃起来，开始为我开路。她推开其他女囚，说："让他进去，让他进去。"她化身保镖——全世界最矮的保镖——一路护送我往里走。我终于挣脱人群。

　　我看见杰西卡正在玩跳棋，她看见我却不怎么高兴。我感谢矮冬瓜拔刀相助，并请她回避一下，让我们单独说一会儿话。即便我依然不确定，自己来这里是为什么，但还是直奔主题。

　　"我希望你回来上课。"我说。

　　她耸耸肩。

　　"我知道你为什么退课。"

　　她狐疑地看我一眼。

　　"你想看你的儿子，对吗？"我说。

　　她又耸了耸肩。犯人们一般不会回答尖锐的问题，因为不确定自己的回答会是自掘坟墓，还是害了他人。

　　"听着，我不管在窗外的是你儿子，还是你老公，但我愿意和你做个交易。你可以坐在窗边，但不能整节课都看着外面。你看窗外多久，就得看我多久，而且要不着痕迹地看，不能让人注意到。你得参与到课堂中来，也就是说你要发言，还要认真写作业。"说完这些，我叹了口气，"最后，不要告诉别人，谁都不行，否则每个人都会来找我讨价还价。听清楚了吗？"

　　她莞尔一笑。成交。

—————————— 绿灯 ——————————

　　图书馆里依然字条泛滥。每来一拨囚犯，就会带来更多的文字垃圾。

　　每当一个监区的阅览时间结束，图书馆到处都会散落着字条，或者被撕碎的字条残骸。我像在海滩上捡贝壳的人，俯身拾起：法律文件、情书、问询函、告示、申诉、批注、潦草的收据、非法交易未被销毁的残迹、秘密约定日期、犯罪记录、嘻哈歌词、商业策划、乡村歌曲、手写的"娱乐业"宣传广告、日记、押注、贺卡、祷词、菜谱、咒语和清单——许多清单。我每天都能找到诗歌般的清单：

　　T恤
　　短袜
　　离婚
　　普莱希诉弗格森案
　　M&Ms巧克力豆

　　这些字条行文简洁，有的犹如天书般晦涩，像来自上天的神谕。它们一般只有一个词语或短语，给人留下无限的想象，比如"不！""拜托"或者"这代表他的心"。有一个让我驻足思考了几秒——"当心"。

　　囚犯也会留下许多新的"风筝"，有的"风筝"只写了一半，有的已经写好了，有的被撕成了碎片。一个犯人反复做着同一个噩梦，与其受过的创伤有关，他不断在梦里重历那种恐惧。他写道，自己被困在一栋失火的房子里，惊醒过来才发现，原来只是一场梦，"谢天谢地，我还在监狱里"。

像下面这样的"风筝"，我可能会保留几天："敬启者，我是一个三十六岁的母亲、奶奶、吸毒犯。最后那个身份不值得夸耀。"

这些"风筝"也给我带来了全新的见识。比如说，在囚犯的相亲角里，牙齿齐全是值得夸耀的资产，经常和其他择偶标准相提并论。而且"风筝"的作者经常会大秀让我眼花缭乱的话："老铁，宝宝想死你了，想那大热天和你们几个老铁猫着，吃香喝辣吸有料的，爽得快上天了……宝宝想从号子里出来，和你可劲儿嘚瑟！萨利攒了四十小袋，要给宝宝庆祝新生……"

在职员眼中，图书馆就是犯人互相留信的地方。当我去监狱另一头的监区送书时，那边执勤的狱警一听说我是监狱图书馆的管理员，就会露出谜之微笑。我知道他们一定会问："最近有什么好玩的信吗？"而我也会如实回答："有啊，可多了。"

哪怕是强硬的唐·阿马托，也曾被这些信骚扰得不胜其烦。在通往图书馆出口的大门上，他贴了一条巨大的标语，和其他标语一样，根本撕不下来：

注意！

本馆图书不是信箱。

一经发现，

馆方将取消你在本馆享受的所有服务！

尽管福里斯特和我也不允许犯人在书中私藏信件，但我们不会采取任何实质性的惩罚，所以这是另一条无法撕除却又没人在意的阿马托规定。我们这种半严半松的态度，有时会被犯人解读为开绿灯的意思，于是总有来历不明的书信朝我们源源不断地流来。

第 二 章　书 不 是 信 箱

　　我没法控制自己不去多管闲事。于是，我想到了一个办法，这个办法或许能够帮助杰西卡。她年近不惑，只有一个儿子，现在十八岁了，被遗弃时还不到两岁，当时她也只有十八岁左右。他们的人生际遇将他们带到这里，这个自我封闭的世界里，只隔着一扇窗户，就能看见彼此。

　　其实，他们还可以更靠近彼此。在一个地方，他们几乎能触摸到彼此，那就是图书馆。虽然无法在同一时间段出现，但这是他们能共同享有的地方。不同于推去牢房的手推车，这是一个人来人往的地方，充满了无限的可能。

　　比如说，对于那个等待被驱逐出境的苏丹女子来说，图书馆是个祷告场所。她会在书架之间找一个安静的小角落，面朝着麦加的方向，嘴里诵读"清真言"，真诚地叩拜真主。我问她为什么选择这里，她给出了两个理由——第一，那个时间段正好是祷告的时辰；第二，她用手指了指整座图书馆，说："这里是藏书阁，也是圣地，祷告的好地点。"

　　或许，就像把这里当成清真寺、把图书当作信箱，监狱图书馆还可以有一个独特的临时功能：让失散的母子相认，重建母子深情。

　　杰西卡回来上课后，我调整了全班的座位，让大家离窗边更近了，杰西卡的座位是精挑细选的。上课时，她可以从十一楼往下俯瞰，看她儿子在操场上散步、投篮、和狱警聊天。她也信守承诺，完成我的作业，参与课堂讨论。

　　我也与时俱进，将窗外与教学相结合，让女人们观察并描写窗外的风景。此前，我给男囚班也布置了同样的作业，让他们描写监室窗外的景象，取得了不错的效果。一个犯人用画家细致入微的眼光（失恋者的唯一优点），描写了一幅凄凉的景象。那是二月的一个黄昏，朵朵明亮的白云笼罩着整座城市，天空开始下起雪来，大片的雪花漫天飞舞，慢慢飘落。当时一定是砭骨的零度。这个犯人透过朝向监狱正面的窗户，看见了刚才带着五岁儿子来看过他的女人——她此时正牵着儿子，和她的新男友一起往外走。他们突然停下脚步。她对新男友说了些什么。他俯身拉开她手提包上的拉链，拿出一条围巾给她。这个犯人认出这条围巾正是自己送给她的。紧接着，新男友用手指理了理她的头发，为她系好围巾，拉上包包的拉链。之后，那三人一起离开了。他说，目睹这亲密的时刻，虽然短暂，却足以摧毁他。他哭了，他承认自己哭得像个"小孩"。

杰西卡忠实地描述她从窗户看到的景色。鸽子、海鸥和各种小鸟，她羡慕这些大胆的小生灵（有时大胆到无法无天）；她描写了天空、月亮、云朵和她看到的一切，除了楼下操场上的儿子。

矮冬瓜说她"没有心情"看窗外的风景。这种情况并不少见，犯人们对朝向外部世界的窗户常常有一种矛盾的心理。从监狱窗户向外看，内心很难保持平静。站在塔楼高层的犯人不仅能看到操场，还能看到监狱外面的世界，看到这座城市的建筑，甚至街道的美景。这一切看似唾手可得，却只是在无情地提醒着，他们永远也得不到。皮茨曾在图书馆里告诉我，他的窗户是面向操场的，这让他觉得很开心。在监狱里的时候，他不想看到外面的世界。

然后是塔妮莎，一个十九岁的帮派女流氓，也是图书馆的常客。在她入狱的第一周，窗外的景色激发了她的灵感，让她想以此写一本书。从塔楼监室的窗户，她可以眺望远处她所生活的那个小区。以前她从未见过小区的全貌，现在却尽收眼底，还是一幅全景图，将她的一生定格在这一小小的窗格中。那里有她时常出入的教堂，日常走过的街角，念到一半辍学的高中；那里住着她的朋友，住着她的死对头；那里曾发生过枪击，而且她目睹过；曾有一个无家可归的瘾君子，跑到她住的地方买毒品，却不知毒贩子竟是自己未成年的女儿。曾经的一切，突然之间变得那么遥远，渺小而安静。从旁观者的角度，看着曾经熟悉的地方，给了她抽离其中的体验。这个全新的视点，这个全新的视角，让她过去的人生变成了故事，让那些地方都变成了陌路。于是，站在塔楼里的她，变成了一个叙述者。她告诉我，从窗户里看到自己生活过的街道后，她立即翻开记事本，不停地写着，一直到熄灯为止，一口气写了四小时，而且每天如此。

在一次窗外有感的写作中，穷鬼将监狱比作旅馆。有时，她喜欢想象自己是在旅游，住在一家不错的旅馆里，等待着客房服务，就像电影里演的那样。而实际上，她从来没有住过旅馆。一扇牢窗竟能激发这么多视角，而且各不相同。这令我惊叹不已。

我们读柏拉图《理想国》中的洞穴寓言，以此为敲门砖，引入这些窗外有感的作业。苏格拉底将世界想象成一个洞穴，所有居民都是被枷锁禁锢的囚徒，"只有当身后的火把在燃烧，将影子投射到对面的石壁上，他们才能看到自己或别人的影子"。这些囚徒对现实的认识从根本上就是扭曲的，但他们却意识不到这一点。课上，我们着重于讨论这个问题如何反映了真实的监狱生活，犯人们很容易就将它与自己联系起来。其中一位说，他们的生活近似于"看见问题"。

真实的监狱确实有不少铁窗。这项窗外有感的作业，变成了对柏拉图"看见问题"的补充：即使是在监禁的情况下，只要给囚犯一扇窗，视野就会更开阔。这也是为什么，一些犯人不想看窗外；而那些勇敢地看向窗外的犯人，会更加生动地看见这个世界，比来探视的访客看得还要真切，所见之物也和他们不一样。

这让我更加好奇，杰西卡到底看见了什么。

我不想再用随堂测验从她的字里行间寻找答案，而是决定开口问她。某天下午课后，她似乎想对我说什么。我们站在窗前，她向我指了指她的儿子，他正在打篮球。我问她，如何确定那是她的儿子。她说，她外面的朋友认识那个男孩，还特意告诉过她，他也会被关进这里。

她告诉我，她不相信其他女人能"管住嘴"，所以才从不在课上写他，但她很乐意告诉我。他曾是一个快乐的孩子，对谁都很友好，身体长得比别人快，很有爱心，有点儿调皮。长大了也还是这样，一点也没变。光是看着他在操场上玩，看他和别人走在一起大笑的模样，她就知道这些年来，他的心性从没变过。大家看起来都很喜欢他。她早就知道他长大以后，会是个讨人喜欢的男人。还有，他长得可真帅气。说到这里，她有点儿哽咽了。她感谢上天的眷顾，让她的儿子经历了那些不幸后，依然能保持快乐。她不想让他和她一样，永远困在监狱里。这就是她所能说的，最后她哭了。然后，她近乎自虐地咽下所有悲伤，收起一切情绪。她还说她会在梦里见到他。

"就在我的梦里，"她说，"他在监狱操场上打篮球。"

那里没有其他人。他穿的不知是不是狱服。四周一片静好。这个男孩不骄不躁的。不知怎的，她能感觉到，他在这里很快乐。阳光是紫色的，洒满整座篮球场。他熟练地做出一连串动作，像在结冰的池塘上轻快地滑冰。他时而运球，时而做假动作，晃开隐形的对手，跳跃，投篮，没中，抢下篮板，一跃而起，在空中定格片刻，球离开手心，划过空中，落入篮筐。一气呵成，像在跳舞。身体随心而动，无拘无束。篮球像有灵魂，如云朵般轻盈，来去自如，一会儿飞到他手上，一会儿又飞走。梦中男孩的呼吸声和篮球的弹跳声交织在一起，如此美妙动听。吸气、运球、呼气、运球。黄昏时分，篮球发出"哗"的低响，在空中画出一条弧线，唰的一声空心入网，像清风吹过树林。她听见了这个声音，感觉到它从唇边掠过。此刻，她与他同在，呼吸着相同的节拍。

她说，这种共同呼吸的感觉很熟悉。当他还在她肚子里时，她就曾有过这样的梦，只是它们太久远了，久到她记不清梦里的感觉。每天晚上睡前，她会向上帝祈祷，请求他赐予她这样的梦。有时，他会如她所愿。

隔空传书

图书馆的书里依然会时不时掉出几只"风筝"来，几乎每个小时都会给我捎来新消息，大多是一些从墙角偷听到的小道消息，偶尔也会有传奇性的故事、对监狱最新事件的讨论，以及一些地缘政治热闻。我依然能从中找到许多干货，消除我在监狱文化知识上的盲区。

例如：监狱里还有一种通信方式，叫"隔空传书"。从到监狱的第一周起，我就注意到了这种怪象，只是当时我才疏学浅，不知那是什么。每当我走过监狱操场时，总能瞥见男犯们站在被安了铁栅的窗前，对着天空激烈地比画着。其中有许多挥手动作，而且挥动的幅度很大，像船员在海上打的手势。后来我才知道，原来这些手势是反写的字母。我沿着暗号的传递轨迹望去，看到了站在塔楼铁窗后面的接收者——正是对面的女犯们。在夜半无声的监狱里，至少有五场对话火热地进行着，在半空中"雁来鱼去"。这就叫"隔空传书"或者"隔窗传书"，和赌博、打架、打篮球、下棋及放"风筝"一起，并列称为"监狱六大娱乐项目"。

和"风筝"相比，"隔空传书"有一种诗意。这个词有时会出现在犯人的诗歌中，如龌龊鬼写的三行诗：

在隆冬的牢房里
隔空写给消瘦的心上人
带着相思飞入操场的暮色

操场上很黑，加上牢房里从身后打在囚犯身上的光，使得隔空传书成为一出适合阖家观赏的话剧，也许更像木偶戏或默剧。这是一种像手语一样让人着迷的语言。我常常能认出写字的人，但他们很少注意到我，全都忙着读信和回信。有人告诉我，隔空传书要求注意力高度集中、全神贯注。每个上过夜班的人都见识过隔空传书，我不知道他们在说什么，但是也能猜中一二。

这都归功于"风筝"，给了我不少参考语料，去解读夜间铁窗里的虐恋情深。在阅读"风筝"的过程中，我知道了这些空中对话原来充满了承诺、嫉妒、争执和安慰，见证了一对对苦命鸳鸯的情路坎坷——从告白时的含情脉脉，到分手后的此恨绵绵。

迪女士向比尔写道："好吧，我承认我确实生气了，因为我以为你在窗边给别人发消息。但我哪有资格对你生气，我们只不过是朋友。"

另一个女人向外号叫"鸭爸"的男人写道："我的一个狱友刚才告诉我，五月的时候你给她隔空传书过。你给我听好了，老娘盯着你呢，你个吃着碗里、看着锅里的王八羔子！"怕自己说得不够清楚，她结尾写了一句，"给老娘离窗边远点，这里的每个女的我都认识。"

一个女人写出了复杂矛盾的感情："宝贝，你真是太可爱了，我爱死你了。可你在窗边为什么老胡言乱语？别耍花招，否则我咬掉你的小丁丁。"

马里奥给T宝宝写道："昨晚（7月23日星期天）我又看到你在窗边眉来眼去的。为什么？老子一个还不够满足你吗？？？你把我当什么了，二手烟？我建议你不妨再打听一下我的出身。我最后说一遍，我是世上最厉害的男人。我要求你收到这封信后，立即停止你那愚蠢的行为，我相信你能做到。我知道你的牢窗是哪个，就是楼上最忙的那个。显然，你不是写给我的，因为你还搞不清我的牢窗是哪个，也不确定和你传信的人是不是我。即使你上周在窗边看到我，你也读不懂我的意思，我也一样看不透你，因为当时我还不懂隔空传书是什么鬼。要不是你在楼上瞎比画，我也不会陷进去，跟着在窗边瞎比画！我窗边传信的技术太烂了，我们要对彼此耐心一点，慢慢地来，直到把技术练好。星期三，咱们约好窗边约会，不见不散（他妈的，别管操场上看热闹的那些家伙）！准时出现在你窗前，一看见你我会闪五次灯，用手画两颗心，然后等着你返回同样的信号（闪五次灯，画两颗心）。相信我！为了确保是我们，而不是什么捣蛋鬼或仇视者趁你向我回信号时在窗边捣乱，我会在收到你的信号后，再闪两次灯，画一颗心，并等着你发回同样的信号（闪两次灯，画一颗心）。如此一来，你就可以确定是我，我们就可以开始谈情说爱了。"

一位女士写道："我喜欢为你表演，但我希望你知道，我不是在做戏，干爹。"

基拉·金是个杀手，曾这样回忆上一段窗边恋曲："我确实爱惨了他，但我不可能永远待在窗外。"

基拉·金庞大笔友团中的一位，在其信件的第九页，追忆窗边的旧情："我怀念，我们在窗边的那段亲密关系和美好岁月。"

沙希德写道："请不要否认你也会在窗边聊天。我在操场上等人时，亲眼看见你在窗边张望。以前你常在窗边比画，今天却没有。你知道吗，你朋友会疯掉的。真想看别人疯掉的样子，太酷啦哈哈。"

劳伦给宝贝男孩写道："如果你坐在 4 号楼大门附近最后一张长凳上，我就能看见你。你抬头往塔楼上看，我就在你左边第二个窗口。"

一个皮条客写道："我不会做隔窗传书那种蠢事，让那些黑鬼去做吧，反正他们也没事可做。"

伊西斯给大威利写信，通知他地址有变："对了，宝贝。只想告诉你，我离开那扇窗，搬到褐色监区了，编号 1-11-1。拜！"

沙希德在另一封信中写道："宝贝，你怎么能怀疑我的真心呢？难道你不知道，窗边的那些女人，我一个也没正眼瞧过吗？她们告诉你，我对她们说'让我看看'？看什么呢？！这些大屁股的老女人才没什么可'看'的，她们该适可而止了。我早就说过，她们是在嫉妒我们。她们永远也无法理解，我们之间是真心实意的。这才不是窗边瞎扯，或者没事找事干。"

一个闷闷不乐的女人写道："宝宝，总算有时间忙我俩的事了，因为我在窗边真的很忙！天哪，你从我肚子里出来以后，社会保障局也许会把你从我身边抢走。我得冷静下来，好好想想。"

闪亮哥写给 D 女士："星期天，你向我推开窗，敞开心扉，与我在窗前共舞。"

基拉·金谈到隔空传书这行的优胜劣汰："他不太会隔空传信。他说的话我一看也不懂。他没有干爹你厉害。"

铁窗简史

和监狱里的所有事物一样，凝视窗外也有着漫长的历史。从前，监狱的建筑设计将犯人的注意力集中到监狱大院里。一些修建于 18 世纪的监狱，以修道院的设计为基础，在院子正中央设祭坛或小教堂。有些监室没有窗口，只有一个长长的通风口，挡住了外面的一切，只能看见祭坛。

这是为了告诫世人：罪犯在世界上是孤独的，被隔绝在暗无天日的牢房里。不过，他们并非完全与世隔绝。向上帝忏悔是他们唯一的出路，也是唯一的光明。这亦是在提醒罪人，上帝并没有完全抛弃他们。上帝或者教堂，是关在那里的罪犯唯一能看见的存在于外界的事物。

后来，大院里出现了监狱长的住处，或者狱警的岗亭，像阴森的大眼，无处不在。这既是出于安全的考虑，也是为了提醒每一个犯人，他们处在国家的密切监控下，统治者无所不在，并时刻注视着他们，只有服从统治者的法律，他们才能重获自由。这些设施象征着上帝或国家——某些情况下两者都是——直接坐落在监狱的正中央，那里是监狱精心规划好的视觉中心。

而我工作的监狱则是一座典型的现代美国监狱，操场中央既没有祭坛、监狱长的住处，也没有保安亭。相反地，这里有一个篮球场。

这个篮球场象征着什么，想引发囚犯作何思考，这些并不明朗。也许这是司法部门表达道德中立原则的一个例子：监狱的任务不是教训囚犯，也不是恐惧施压，而是让你在拘押期间保持健康。也许这是现代监狱面临身份危机的标志：它不知道自己的定位是什么，也没有自己的核心思想。也许这只是一个普通的篮球场：不想引发任何人思考，只想安抚人心，分散注意力。

操场中央的篮球场，无法引发我的任何联想，对某些囚犯却可以。这些场地，就是他们的大自然，是他们与土地和天空的唯一连接，也是尽管不能充分感受却能够观察四季更替的地方。篮球场潜移默化地进入某些囚犯的想象中，出现在他们的文字和绘画中。明是一个新来的囚犯馆员，篮球场在他的诗歌中反复出现，在其诗作《游客》中尤为显眼：

> 我们中的游客喜欢
>
> 让雨水或阳光不断洒下——
>
> 装有警报器的窗外，鸽子
>
> 不会飞走，而且不穿狱服
>
> 我的罪犯朋友纵身飞跃
>
> 将汗水挥洒在筐沿上，

如枪口般的筐心

散发着炽热的青春。

只有杰西卡在上帝赐予她的生动梦境里，与篮球场有着最直接的利益关系。她的监狱围绕着一个明确的焦点而建，那里的操场就是中心。从监狱塔楼的一个铁窗望过去，她看到的不是上帝的象征，而是她的儿子，她失去的儿子。任何祭坛都是多余的。

安息日的孩子

这天是星期五，晚餐的休息时间，我正准备去监狱外面散步。我鼓起勇气穿过安检通道，穿过厚重的安全门，大步朝监狱的前方走去。这是一个冷飕飕的夜晚，太阳和所有上完白班的人一样，急匆匆地冲进夜色里。虽然我早已不再谨守安息日的习俗，但这仍是一个让人精神为之一振的时刻，工作上的烦扰全被抛之脑后，一周的谎言和恶语渐渐消散，神圣的气息向全世界蔓延，安抚着所有生灵。假如一个人的内心足够清净，他就能感受到这种气息。即使我是个怀疑论者，也不能否认这一点。我习惯走到户外，去感受它的存在——至今依然如此。

我穿过一条危险的高架桥。一辆救护车陷入车流中，无助地鸣笛，前面挡着一辆殡仪车。一些司机觉得很有意思，另一些则不觉得。我穿过波士顿医学中心，走到南区。这是波士顿较为混乱的区域，近些年来不断改造，建了许多高档小区。在华盛顿街的公园里，白天到处是推着肉嘟嘟的双胞胎或三胞胎来散步的保姆，傍晚是陪同着孩子的父母，入了夜就变成了坏人和妓女的地盘。

我在黄昏时分走进公园，门口站着来自附近小区的各色潮人，穿得花花绿绿的，像19世纪的马戏团演员，公园里面到处是在散步或聊天的年轻家庭。

一个三十来岁的男人，身穿灰色的羊毛西装，一副年轻律师的派头，在公园的长椅旁走来走去。椅子上拴着一条公的灵缇犬，它身上穿着一件毛衣。

"亲爱的，"我听见他对着手机说，"你不是一个好妻子，这你我都知道。但是，那已经是过去的事了，好吗？请不要把气发泄在我们的儿子身上。"

后来，我看到他冲着不听话的狗发火，并用力地拉住它，让它听话。

我看见一位母亲和她刚进入青春期的女儿聊天，像一对争风吃醋的情敌。女儿问道："和那个男人说话时，你为什么脸红？"她的母亲狡辩道："我才没有脸红。"说完，这位母亲接着反问一句，"那你为什么脸红？"

一对年轻的雅皮士夫妇，推着婴儿车从我身边走过，那车要上千美元，似乎有防抱死功能，里头坐着一岁大的孩子。我听见那位妈妈对孩子说："我们要绕着公园转大圈圈喽——哇哦！"孩子开心得狂拍手。我不知道，那个动作给人的感觉是感动还是难以形容的心酸，我觉得一半一半吧。在公园的另一边，一个七岁左右的女孩，穿着芭蕾舞裙，突然中邪了似的往前跑，跳上一张长椅，向着月亮大声喊叫，喊完后冲回妈妈身边。年轻的白领们听了，知道这是交接的信号。夜晚来了，该把公园还给坏人了。

回到监狱，我站在室外台阶的最高处，呼吸着最后一口新鲜空气。这时，一个蹒跚学步的小孩走过来，仔细检视我。他穿着一件连体的冬衣，小脑袋被帽子包得严严实实的，只露出一双大眼睛来，直勾勾地看着我，仿佛一个小小的太空探险家，在陌生的外太空漫游。他确实是在探险，先是研究了一下我的鞋带，而且咯咯地笑着，笑得很开心，似乎很喜欢它；看完，他继续向前探险，发现了一张旧彩票，花花的，很漂亮。

来探视的人，在外头大排长龙，三十分钟前我去散步时，人还没这么多。那是一群神色不安的人，就像试图越过边境的难民。对很多人来说，探监是一个复杂的仪式，常常是政治性的，比如单亲妈妈来看望她的男人，就像外交官出访邦交国、维护同盟关系一样。我所在阶层的孩子，此时就在城市的其他角落，坐在大理石犹太会堂里参加祈祷，接下来会回到各自的家中，吃一顿热腾腾的安息日晚餐。监狱门口的这些孩子，在寒风中等待着探视的机会，看一眼关在铁窗内的亲人，也许是妈妈，也许是爸爸，也许都在里面。

会堂内，会众们唱着迎接安息日的圣歌：

来吧，我亲爱的，让我们迎接安息日新娘……

监狱外，队伍只向前挪动了十几厘米。

人群外，一位年轻的母亲，站在朝向监狱塔楼的台阶上。一开始，我不太明白她为什么站在那里。突然间，她将包得紧紧的婴儿举过头顶，像是要将孩子交给塔楼，献给远方的山神。那个婴儿的四肢裹得厚厚的，却轻得像一团湿棉花，被举向寒风凛冽的半空，身后是一座肃杀的高塔，黑压压的，让人喘不过气。多么悬殊的对比！她似乎是成心的，想叫塔里的人知道，手中这个小生命是多么脆弱。有那么一瞬间，我竟荒谬地担心起孩子的安危，仿佛整座塔楼会轰然倾塌，倒在他身上，将他压成粉末。

天全黑了，冷月洒下清辉，衬着牢房的灯光，可以看见犯人的身影，影影绰绰的，在各层来来去去。我注意到，塔楼最上面几层，有一个囚犯很激动。他站在窗边，远远地，让人看不真切，像窗玻璃上的剪影；他高举着一只胳膊，像慢动作的隔空传书，不知是否在打招呼。从我这里望过去，他在巨塔之内，和那个婴儿几乎一般大小，一样无助。这时，男人的剪影垂下手臂，我想是在示意女人，把孩子放下。她把婴儿安全地放回温暖的小车里，轻悄悄地将他盖好。他的女儿也在这里，已经是上幼儿园的年纪了。就在妈妈站着的时候，她靠在妈妈和推车之间，睡着了。

监狱里随处可以看到小孩，第一天上班前我就见到了。那天，我心虚地坐在接待大厅里，等待着接受头发检测，看见几个孩子在玩耍，完全没有注意到边上的大人一脸凝重。他们忙着设计游戏，还有各种活动，忙着为这个地方，策划一场奥运会。其中一个小女孩，也许是监狱接待大厅的常客，拉着另一个女孩的手，告诉她哪里躲猫猫不会被找到。从此，她就成了接待大厅帮的一员，现在恐怕也是个小地头蛇了。

自那以后，我见过几百个孩子，不只是在接待大厅里或者监狱外面，我在监狱里头也见过。在我上班的第一个月，某天我去监狱职工食堂吃午饭，偶遇了监狱里的心理医生，她热心地提醒我，注意犯人的幼稚行为。她向我科普，很多犯人的心理年龄停留在儿童水平，是长期遭受肉体、情感或性虐待的结果。这在犯人当中很常见，尤其是女犯，几乎成为常态。对于心理医生这种笼统的诊断，我以前一直是不太信的。

但我每天都会看到一些幼稚的行为，幼稚到难以忽视。我听说，哪怕是杀人不眨眼的凶犯，在十分微小的压力下，也会变成惊慌失措的小孩。这些大男人身上的阳气，多少掩盖了一些幼稚的冲动，但偶尔还是会从一些小动作中暴露出来：孩子般的恶作剧、撒谎、求关注、出风头。曾有一个犯人，明明已经三十六岁了，却像小孩子一样执拗。他用龙飞凤舞的字体，设计了自己的名字，用彩纸打印出来，不依不饶地求我给他一点双面胶，好让他将它粘在他的文件夹上。

这里的游戏有多种形式。透过过道的窗户，我见过一个男犯人在课堂上，紧紧地抓着一个娃娃。下课后，等到犯人全走光了，我才把头探进窗子，好奇地问任课老师："那玩意儿是干吗的？"

她告诉我，是从育儿课那里借来的，虽然是育儿课的教具，在她这儿却没任何教学用途。

"就是借来给这些家伙玩的。"她理所当然地说，似乎这很合情合理。

显然，某些男人喜欢拿着娃娃，假装照顾它们，给它们换尿布，还会拿它们讲荤段子，跟老师调情。开过玩笑后，他们会不自觉地将娃娃放在大腿上，像在练习育儿。她告诉我，他们对玩偶有一种过分的关爱，将它们放桌上时动作轻柔极了，像在放一个小婴儿。她觉得，在女性面前，他们会感觉更自在些。而她是个女人，所以他们不再掩饰内心的柔软。

"我不得不假装好笑。"那个老师摇着头说，"否则我会忍不住哭的。"

女囚就不一样了，她们不会这么不露声色，反而把幼稚全写在脸上，想看不见都难。有一个女犯人，每晚都会在图书馆里行幼稚之事，花样百出：碰到一个简单的问题，就无助得大哭；用狂草体写笔记，让别人看不出她的错别字；想找我帮忙时，就嗲声嗲气的，假装自己很娇羞，做作得让人尴尬；过度亢奋，跟多动症儿童似的；笨拙地撒谎，一秒就被拆穿；和别人大吵特吵，争论轮到谁跟我说话了。在图书馆里，我见过

Running the Books

一个杀人犯吸着自己的大拇指，我还打断过她们的追逐战。

监狱放大了他们的孩子气，虽然他们大多已经为人父母，在这里却和孩子一样，生活由不得自己做主。

图书馆是监狱里最不监狱的地方，许多囚犯在这里很自在，尤其是女囚。不管我喜不喜欢，在我的眼皮底下，他们孩子般的天性和对玩耍的渴望会日益浮出水面。这也是我不曾想到的图书馆的另一用途。

那个周五的夜晚，在我的晚饭休息时间，探视的人沉默地排着队。以前的探视者，按先来后到的顺序，进去探望罪犯，现在狱方将其改为提前预约制，而且只有指定人员才可通行。在准入名单上，每个犯人只能指定三人，外加一名律师。这是为了减少排队人数，让孩子不要过了睡觉时间还在监狱滞留，像今晚一样。最主要的还是为了防止女性探视者在接待大厅里互相掐架，争论谁才是正宫，谁才是孩子他妈。

犹太会堂里的仪式来到了尾声：

于是主在第七日完成了工作。

在城里的某个角落，我的朋友尤尼正和他的朋友们喝着啤酒，庆祝他结束了监狱的外包工作。塔楼前推着婴儿车的女人离开了。小太空探险家在母亲的怀里睡着了，马上就轮到他们进去探视。

那也是我要去的地方。休息结束了，该回图书馆了，我要去接待塔楼的女囚。我重新把胸卡别在衬衫上，穿过疲倦的人群，走过接待大厅，向夜班警卫萨利眨了眨眼，快速通过金属探测门，等着沉重的大门升起。

-------- **教堂** --------

"过了好多年，我才意识到自己对小克里斯做了什么。"杰西卡靠着图书馆前台，轻声对我说。押送她的狱警正好到了。

不知怎的，她总要等到自己的阅览时间快结束了，才来找我说要紧话。也许她是故意的，不想过多交谈。

一周前，阅览时间还剩下一分钟时，她走了过来，对我说起她第一次上法庭的经历。那时，她是个早熟的十七岁少女，用着一张假的身份证。为了买一条裙子，她要了不少花招，才终于搞到两百美元。"我花了一个晚上才赚到这些钱。"她说，"我是真的傻，你知道吗？我想试试够不够胆去做。那是在纽约，而且是舰队周①。我心想，怕什么呢，那些大兵里，说不定有我未来的男人，所以我就去了。就算不成也还能顺便捞一笔。"正因为是舰队周，所以到处都是警察，执法特别严。

到了监狱，杰西卡纠结起怎么称呼法官，钻进了牛角尖里。

"就这样，"她说，"我在拘留所里，快崩溃了。我从来没捅过这么大的娄子，而且还是因为拉客！我平时只是跟人鬼混，说话口无遮拦，爱偷点小东西。但这次不一样，它让我付出了代价，而且离家那么远。"她继续纠结于该怎么称呼法官。

大人？

法官？

直呼其名？

有别的我没想到的吗？

还真有。

她曾在电视节目《人民法庭》中听过一次，却想不起来节目里的人是怎么称呼那个老法官的了。她平时不怎么看电视，电视太无聊了，不如街上好玩。后来，她在拘留所里睡着了，做起了不安的梦，梦见自己的牙齿被钳子拔光了。醒来后，她问了一个大点儿的女犯人，该怎么称呼法官。那个女人大笑着说："别叫他坏蛋就行，他们不喜欢。"看到小姑娘有些焦虑，她于心不忍，便给她出招，想让她开心点。

"亲爱的，是'法官阁下'，你得尊称他为'法官阁下'。"

"如果法官是个女的呢？"杰西卡记得自己当时这么问。

"不管是谁坐在上面，看见穿袍子的，你一律称呼'法官阁下'。'法

---

① 舰队周：美国海军的传统，指最近被部署在海外的现役军舰，在主要城市停靠一周，船员可以游览城市。

官阁下'，这么喊准没错。"

上了法庭后，杰西卡抖得厉害，几乎站不住。法官请她为自己申辩。这个时刻终于到了。她痛苦地犹豫了一秒钟，漫长的一秒钟，接着又是一秒。每个人都停下来，疑惑地看着她，法庭书记员瞥了她一眼。她忘了怎么称呼法官了。

等等。她想起来了。

"法官殿下，我……"

法庭里哄堂大笑。她听到法庭为她指定的辩护律师小声地说："他倒希望自己是。"法官的脸一下子柔和了，露出同情的微笑。很明显，她搞砸了。但她心急如焚，不想错失这次机会，于是她又试了一次。

"殿下，我……"

这下场面完全失控了。

"当时，法庭里一片笑声。"杰西卡回忆道，"警察、律师、打字员、人妖、吸毒犯，所有人笑得前仰后合，法官差点儿不得不叫旁人退席。"后来，她不小心又口误了一次，很快就纠正过来了。

"可你知道吗？"杰西卡告诉我，"这是我最成功的一次辩护，只是被警告，没被判刑。"

这是杰西卡罪与罚故事的喜剧版。又一天晚上，阅览时间还剩两分钟的时候，她想告诉我故事的另一个版本。

她告诉我，克里斯的事早有征兆。一个周五晚上，她饥渴地嗑下手头上能找到的毒品，还喝了点尊美醇 [1] 助兴。当时，她把孩子委托给另一个和她差不多大的女孩，她们是在法院指定的毒瘾互戒小组上认识的。问题是，这个女孩那天晚上也吸飘了，飘到根本没发现那个蹒跚学步的孩子走出去了。等她发现时已是凌晨三点，孩子已经消失了好几个小时。一个邻居发现克里斯蜷缩在街边，嗓子已经哭哑了。等他冷静下来不哭了，就嚷着要找"妈妈"。杰西卡回到家时，已是上午十一点。邻居没告诉她，但她听说了这件事。

---

① 尊美醇：产量和销量最大的爱尔兰威士忌，也是全世界最受欢迎的威士忌之一。

再后来，杰西卡在某个早晨醒来，分不清自己是睡了觉，还是没睡觉。她的意识经常是混乱的，很难分清昨天与今天。她仍处于昨天晚上的亢奋中，前天白天的亢奋中，大前天晚上的亢奋中。她不记得自己睡过觉，但她记得自己醒了，而且清楚地知道：就是今天了。

她拿出一张用过的礼品包装纸，潦草地写下："我是个吸毒的，一辈子都戒不了。"这句话简洁有力，不带感情地高度概括她的心理。她当时十八岁，父母与她几乎不往来，甚至不知道她生了个孩子。她爱她的儿子，可光有爱是不够的。她继续写道："他是个好孩子，请给他一个好的家。上帝保佑你。"她没有留下名字。

她带着小克里斯坐上地铁，来到城市另一头的富人区，走了一小段路，找到一个小游乐场，一起玩攀爬架，坐滑梯。最后，孩子玩累了，这正合她意。她溜进一间教堂，在后排坐下，将睡着的孩子放在长椅上，把字条塞入他的口袋。

半个小时后，她在南站上了一辆巴士。这一刻，她已经计划了好几周。她东撙西节，凑了一点钱，买了一张灰狗巴士的票，晚上到纽约，凌晨到塔拉哈西[①]。她渴望新的环境、新的树林、新的房子、新的口音。她不想再见到新英格兰，只想假装这个地方没了，不曾存在过。

"我当时吸多了，脑子一团糟。"她告诉我，"我以为，我才是被抛弃的那个，我真的这么以为。"

几个月后，在难得清醒的某一刻，她突然醒悟过来：那天在教堂里受难的不是她，被抛弃的不是她，而是他。一直以来，那种受害者的感觉，是支持她活下去的唯一动力。当她恍然想明白这一点，她不再怨天尤人，而是痛恨自己，恨到差点儿从坦帕的桥上跳下去。这一生，她犯下许多罪孽，抛弃儿子是最深重的，也是唯一没有被惩罚的，因为这本身就是一种惩罚。

"将孩子放在外面，不顾他的安危，狠心地离去，这是不可饶恕的。"她说，"我不停地想着他，想着他的小脸、小手、小脚。他的皮肤可真柔软

①塔拉哈西：美国佛罗里达州首府。

啊。我想啊想，想着他柔软的皮肤，想着他胖嘟嘟的小手，想着万一受伤了怎么办。可我怎么会不在他身边保护他呢？这是我永远也弥补不了的。"

狱警走进图书馆。"到点了！"他大声喊道。

对话结束。我看着杰西卡走进队伍。狱警开始点数，其他犯人都在大声聊天，互开玩笑，互相斗嘴。馆外，女人叽叽喳喳的声音，穿透钢筋和混凝土，从铺着地毯的走廊传进来，几乎震耳欲聋。

每天，狱警都要反复清点人头。有时，有些狱警会点得很温和，甚至是温柔；有些却点得很挫败，甚至濒临发怒的边缘，不是因为对哪个犯人生气，只是因为没完没了的清点。

那天晚上，清点人数的狱警毫不掩饰他的怒火。大多数犯人都假装看不见，只有杰西卡不闪不躲，默默地承受他的仇恨。她不和别人说话，别人也不和她说话。她从不和身边的人交朋友，这会害她分散注意力，无法集中在过去，而这是她不允许的。她宁愿独自一人，不被宽恕。

和她走得最近的是她的同室狱友，一个是从越南来的女人，个子小小的，一句英文也不会。在她们的关系里，无法交流这一点很重要。她告诉我，她们常常一起打牌，一打就是好几个小时，其间一言不发，偶尔会腼腆地朝对方笑一笑。

清点完毕。"闭——嘴——"即使站在图书馆门后，我也能听见他的吼声。女人们立马安静了。她们排着队，沿着走廊走到底，穿过操场，回到 1 号楼，顺着塔楼而上。

鲜花招狗

自从杰西卡指出哪个是克里斯后，我便记住了他。他不怎么来图书馆，有一次来是为了取一张法律表格，他有些不自在，毕恭毕敬的，大气都不敢喘一下。他不是监狱里的书呆子，这么多书把他吓得够呛。在图书馆里，他的气场完全蔫了，没了操场上的叱咤风云。

偶尔，我会在操场上与他擦肩而过。离得近了，我能看见他脸上更多的细节，那是在十一楼看不到的。他打球时很专注，整张脸皱起来，表情十分痛苦，好像投得准不准，关乎他的生命。他会卖力地满场飞奔，而不是随便打打，开心就好。休息时，他气喘吁吁，双手无力地摊在大腿上。失手了，他会狠狠责怪自己。对待篮球，他比大多数囚犯都要严肃，都要自我。

不打球时，他无所事事的，有选择性地和对他友善的人厮混，插科打诨。但是，一个小动作就足以说明，那些人是怎么想他的：当他与两个犯人聊完天离开后，那两人心照不宣地交换了一下眼神，其中一个侧过身去，和另一个耳语了几句。克里斯在交际上所做的努力，到底是在结友，还是在树敌？他急着想融入，却操之过急，用力过猛。

在操场上与他相遇时，我总会不自觉地抬头，看一眼监狱的塔楼。从下往上看，杰西卡在我课上观察儿子的窗口，毫无特别之处，而且无比疏远。但我总有一种冲动，想走向克里斯，指着那扇窗户，告诉他那意味着什么。我想捅破这层纸。难道他不想知道吗？也许他听了只会吓得腿软。天天被人偷看，想想就头皮发麻，而且还是个陌生人。准确地说，是两个陌生人。我不认识他，与杰西卡也只是员工和囚犯的关系，这里更不是我能管闲事的地方。而且，我还有别的事要操心，我自己的家事。

我母亲即将飞到加州，探视我行将就木的外婆，这是第五次了，也许是第六次，我记不清了。我想："她从什么时候就快要不行了？"想想就觉得很残酷，我并不以此为傲。

我只见过外婆费伊几次，八岁那年与她见面，对我的性格产生了重大影响。当时的我带着小学生的蛮横，问她是否可以拿走她收藏的所有银币。她挥一挥手，像赶苍蝇似的，把我给打发了："不行。"我不死心地问："可以只拿一枚吗？"她的回答还是"不行"。最后我问："能让我拿一个玩玩吗？玩一会儿就还回去。"这回她总算看向我，不再随便打发我了。

她瞪着眼珠子，晃了晃手指头，操着浓重的波兰意第绪语①口音说："等我死了，你就可以抱着它们，'在我的坟墓上跳舞'！"

直到十年后，我才体会到了这句话的幽默，过了几年，我又感受到

---

① 一种日耳曼语，属于西日耳曼语支，源出自中古德语。

了其中的悲凉。但在当时，这句话只给一个八岁的美国小孩带来了恐惧。在我幼小的心灵中，外婆像是一个从犹太小村的火焰中现身的魔鬼，给幸福地生活在安全的新世界里的我们带来诅咒。她经历了欧洲各大死亡浪潮，瘟疫、大屠杀、革命、两次世界大战，每次都活了下来。在我看来，她大难不死的唯一目的，就是把死神的二手烟喷到我们脸上。这个垂垂老矣的女人，为什么如此宝贝她的银币？我不过是要一枚银币，怎么就跟她的坟墓扯上关系了？而且，她明知迈克尔·乔丹是我的偶像，为什么还硬要我把海报撕下来，用意第绪语骂他"黑鬼"？

出于女儿的关爱和怜悯，我母亲对她的感情更强烈，也更复杂。费伊是个严厉的母亲，对待孩子从不宽容。她总是把房子收拾得很干净，容不得有一点点灰尘，也不许挂任何装饰品。她做的饭很清淡。她让她的孩子必须喊她"母亲"。她不准小朋友来家里玩，如果有偷溜进来的，也会被她轰出去。我的外婆在情感上施虐，这是家常便饭了。外公则在肉体上施虐，他是个善良却软弱的男人，妻子让他打小孩，他不敢不听。

每次我请母亲讲讲费伊的故事，她都会深深地吸上一口气，然后告诉我她所知道的事。费伊的母亲是一个菩萨般的女人，心怀天下，普济众生，却不管自己的女儿。我母亲知道的，或者愿意记得的，都是些零散的片段。她告诉我，费伊看报纸，向来都是从头看到尾，一版不落。我总觉得，她并不懂费伊的内心，也许不懂更好。偶尔走进费伊的内心，会让她感到不可理喻。比如说，当我姐姐还在学走路时，她曾建议我母亲不要抱她，还惊讶地问为什么要把爱说出来。这时，我母亲才震惊地意识到，原来自己是在一个没有母爱的环境下长大的。在费伊的世界里，不可言说的不只有爱，还有其他。

"只有当我求你外婆时，她才会跟我讲起波兰的生活。"我母亲曾对我说，"每当她开始讲一个故事，才刚讲完故人的名字，就立马打住，说'这有什么好讲的？希特勒把他们全杀了'。每个故事都如出一辙。"

外婆逃离波兰时，正值纳粹入侵波兰。对她而言，讲故事痛不欲生，她讲不出来，也没故事可说。故事总会朝着某个方向发展，最后走向某个结局，也需要有个结局。悲剧总会有最后一幕，隐晦地让叙述者和观众相信，即使是最残酷的死亡，也有某种价值在里头，值得成为活着的人的故事。

"我死了，霍雷肖。"悲惨的哈姆雷特说，"把我的故事告诉世人。"

我的外婆不信这个。她认为一个人被杀死了，他的故事也被掐断了，永不可能再被述说。哈姆雷特说："他已有我这临死之人的遗言，此外仅余沉默而已。"而我的外婆，就连活着，也只有沉默。

儿时的母亲不满意外婆的沉默，她想知道那些过去。她常常潜入她的房间，四处寻找线索。她的抽屉里藏了许多照片，上面有许多神秘的人，大多是笑得很开朗的女孩，我外婆的女伴或表姐妹。当我母亲问，照片里的人是谁时，费伊就会讲起一段故事，然后说到一半突然不说了。"这有什么好讲的？他们全被杀死了。"故事结束。但我母亲吵着要听。费伊指着照片中一个微笑的女孩，告诉自己年幼的女儿，纳粹用这个女孩的辫子，将她吊死在井里了。这是她唯一透露的细节，也是唯一重要的细节。

外婆去世前几年，我去北加州的养老院探望她。她很虚弱，温和了许多，但锋芒还在。这里是全世界气候最宜人的地方，我问她喜不喜欢这里的环境，她轻蔑地耸了耸肩。我建议她去附近的花园走走，那里有很多漂亮的花花草草。她狐疑地看了一眼花园，不失幽默地说了一句："鲜花招狗。"

我外婆很怕狗。"鲜花招狗"，多么形象的一句话，几乎道尽了她的一生。她是一个专门冶炼痛苦的炼丹师，任何东西到了她手里，都能炼成让人悲观的绝情药，即使是郁金香和百合花。

我得寸进尺，请她给我讲她的过去，她只说自己怎么来到美国，怎么颠沛流离、格格不入。她说，她在波兰"也是有头有脸的"，在美国却"什么也不是"。我们问是什么有头有脸的人物，她没有回答。我问到照片，她说："哪有什么照片？"我又问到她的朋友，她装作没听见。

于是，我决定把我们的对话录下来，想留下关于她生活的一丝记录，好在日后想念她时，有东西可怀念，任何东西都行。我知道她绝不会答应对着录音机说话，她可是一个连花都不相信的女人。身为她的外孙，我想我有资格获得这份遗产，便决定偷偷地录。

偏执的人往往感觉很敏锐，加上我不是一个合格的特工，又一脸做贼心虚的表情，她很快就觉察到我在桌子下面鼓捣着什么东西。攻防瞬间转换，轮到她提问我抵赖，对话也变了调，像警察审问犯人似的，最后在双方互相提防的眼神中结束。

事后听录音时，我被不同质地的声音打动了，有空气流动的声音、被飞机打断的风声、椅子移动时的吱嘎声、外婆轻轻的呼吸声……麦克风捕捉到了她沉默的轮廓。这是我最后一次与她说话。

母亲一早飞往加州，陪费伊走完生命的最后一程。也许我该陪她一起去，可我没有，只是从图书馆出来喘口气，像海豚浮上水面换气，站在监狱的操场上，看克里斯满球场跑。头顶上方，是杰西卡凝望儿子的教室窗户，现在是暗着的。窗户上方，一架飞机划过天空。

蓝莓松饼

我等到花儿都谢了，才等到为期三天的入职培训。大家可能会觉得，就跟一年之计在于春的道理一样，入职培训赶早不赶晚，最好在上班前几天进行，或者还没来上班前就搞定。这样的话，我就能早点做好心理准备，知道怎么对付柯立芝、愤怒的七兄弟和其他囚犯。但几个月过去了，我还没盼来正式培训的通知，原因不明。尽管如此，我仍心存感激。监狱这么大，我要学的还有很多。

我稍微迟到了一会儿，但没有到引起注意的地步。主办培训的警察局位于切尔西，是一座低矮的煤渣砖砌筑的地堡，夹在松饼厂和戒毒所之间。"松饼世界"是那家松饼厂的名字，总是飘来诱人的蛋糕香味。"美沙酮[①]世界"是我给戒毒所取的名字，幸好没飘出什么香味。这里主要用于新狱警培训，也用于培训像我这样的文职人员。一个全身牛仔布料的男人——蓝色的裤子，蓝色的外套，穿在一起完全不搭——神志不清

① 美沙酮：戒毒治疗时使用的戒毒替代药。

地趴在美沙酮世界的轮椅通道上，长发和胳膊垂在栏杆上。松饼世界的载货区，坐着一个红胡子的大胖子卡车司机，一手端着冒着热气的咖啡，还夹着一根烟，另一手拿着吃了一半的松饼，斜睥着那个昏过去的男人。

警察局从里到处都是警用物品，墙上贴着识别各种手枪的海报、让人热血沸腾的励志口号，挂着各种警服上的警徽、许多有趣的卡通徽章。这三天里，我们每天都要从早晨八点坐到下午三点，像跑马拉松一样听完一大串课程，什么内容都有，比如应对安全威胁、撰写事件报告、举报不良同事、识别违禁品。当然，还会有防职场性骚扰的课，告诉你为什么评价女同事的乳沟是不明智的。

我原来希望今天能有所收获，但一看见我的工会老板查理笑容满面地坐在一张椅子上，这个念头就很快打消了。

"这是我一年中最开心的时候。"他低声对我说，"什么也不用做，纯消磨时间。"

查理是装病的行家。就像有人独爱荷兰产的陈年高德干酪，他就爱无所事事地消磨时间。

"坐下来，靠着椅背，放轻松。"他说。

然而，放松是不可能的。这个培训要求所有惩教人员每年参加一次，培训内容和实际工作毫不相关，更像是一场九层地狱 ① 的参观之旅，带领我们探索每一种人类发明的恶行：强奸、自杀、吸毒、催眠、上吊、磨刀、用枪柄打人……我们的向导不是维吉尔 ②，而是丹·希基警长。

接下来，不同的教官轮番上阵，各出奇招吓唬我们。一个教官喋喋不休地讲了半个小时，宣扬他喜欢的宪法修正案，每个观点都要以"事实是……"开头。

他说："事实是，多亏了第二修正案，今天大家才有幸坐在这里。"这句话一点说服力也没有。如果可以不用早晨八点就坐在切尔西的煤渣砖房里，我们可能会更开心。说到某些州允许警察下班配枪时，他呼吁

① 九层地狱：出自但丁的《神曲》。
② 维吉尔：但丁《神曲》中带领朝圣者穿越地狱之旅的导师。

马萨诸塞州立法机构修改法律，这样他就能带着枪去游乐场，对付那些骂他女儿的小孩。听到这儿，查理塞了一张字条给我，上面写着"这家伙不到年底就会坐牢"。

我们还谈到压力。"有打第二份工的请举手。"教官问，几乎每个人都举了。"我们都知道，这个国家的中产阶级正在垂死挣扎。"教官继续说道。这不是什么理论或研讨课题，而是坐在这间屋子里的每个人都面临的现实。尽管大家都在政府工作，享受着工会福利，可赚的钱却不够养家糊口。

"如果你是一个警察，和妻子离婚之后，很有可能你是拿赡养费的那个。"说完这个玩笑，他自己也笑了，其实这不是玩笑，"但底线是，你要健康地应对婚姻的压力。"

他指出，其中一种健康的做法是小小地犒劳自己。他告诉我们，如果他的婚姻亮红灯了，他会允许自己每晚睡前吃一块蛋糕。那些还能坚持着不走神的人，听了这句话都觉得很心酸。

另一位教官用整整九十分钟讲述自杀。在监狱里，自杀确实是一个严重的问题，压力极大的犯人可能会想不开，监狱有责任防止这种悲剧发生。但是，负责这一主题的教官，似乎有些过于投入，详细得过头了。课上了一半后，我们终于知道了为什么。当有人委婉地问，为什么要学习最新的各州自杀率数据，还按地区、年龄和性别分得这么详细时，教官发火了。

"好，就拿我弟弟来讲，他没有勇气面对自己的问题，就像坐在这里的我们一样，每天都在逃避自己。你们知道，他后来做了什么决定吗？"

监狱的门卫举起手，那是个善良的阿尔巴尼亚人，见不得人冷场。

教官没理他，继续往下说："他找到最近的铁轨，站在轨道正中央，迎头撞向一列火车，有些肢体至今没找到。"

所有人倒吸了一口气。

"你们知道这发生在什么时候吗？"

我看了一眼门卫，这次他没举手。

我听见有人小声地说："见鬼，不会是……圣诞节吧？"

"是母亲节。"教官叉着胳膊说，"每到这个节日，你能想象我们家是什么样子吗？每到这个节日，你知道我母亲有多痛不欲生吗？你知道他的妻儿都经历了什么吗？他拍拍屁股，一走了之，把生活的难题留给我们。他就是个懦夫。"

教室里陷入一片死寂。那个门卫看上去有些乏了。当教官回到他的幻灯片上，重新详细地介绍自杀的各种警示信号时，每个人都悄悄地松了一口气。后来是一节简短的纵火罪介绍，还放了一段业余人员拍的火灾现场录像，发生在罗德岛上的车站夜店，是美国历史上最大的夜店火灾惨案，导致一百人丧生。影片中，人们大声尖叫，拼命哭喊，疯狂推挤，活活被烧死。内容未做任何删减，也没有打任何马赛克，真实地呈现在所有人面前。看完那一幕幕触目惊心的画面后，教官才把灯打开。

"午餐时间到。"他说。

下午的课程从上午未完的地方接着讲。一个教官走了进来，二话不说，抢起警棍啪的一声，重重地拍在桌子上，差点儿把桌子拍散架，吓了所有人一大跳。坐在我前面的一个女警大叫一声："妈呀！"坐在我右边的白发社工紧紧地捂住胸口，像是心脏病要发作了一样。查理身体向后，往椅背上一靠，咧开嘴笑了。那个门卫应该还躲在厕所里。

"各位先生女士，有谁能回答我，这东西能对你的脑袋瓜或者你同事的脑袋瓜做什么吗？"教官问道。

原来那根警棍不是真的，而是把五六本杂志紧紧地捆起来，用胶带粘成的。这显然是一件致命的武器，也是对违禁品的最佳展示，与我在监狱的工作息息相关。

"在座的有图书馆管理员吗？"教官问。这问话听着像指控，也许就是。

我和福里斯特都没吭声，也许是因为被这种审问犯人的短句给吓住了，也许是因为我们都猜到了他下一句会说什么。然而，意识到这位教官的提问是认真的，而且非要听到回应不可，福里斯特这才支支吾吾地应了一声。

"举起手来。"教官命令说。

我们照办了。

"两位先生，整个监狱就靠你们了。各种违禁品，包括凶器，经常出自监狱里的图书馆——你们以为犯人去那里干吗？不是去看《白鲸》[①]的，好吗？"

福里斯特缩着身子，像泄了气的皮球。

接下来，教官给我们展示了一些千奇百怪的违禁品。这些自制的凶器，与中世纪的兵器出奇地相似：长钉、钉锤、木槌、流星锤，一件类似战斧的东西，形状大小各异的小刀，一根自制的棒球棍。没有一件东西是原来的样子，但看上去都似曾相识。透明胶带和塑料可以压成一个密实的球，放进一只袜子里，抡起来砸别人的脑袋；把一块肥皂放进袜子里，或一本精装书放在洗衣袋里，也可以变成凶器，有同样的杀伤力，直接把你砸晕；电脑主机里的散热片，几乎不用怎么改造，它的扇叶就够锋利了；杂志和硬壳精装书可以当作盾牌；橙子皮经过发酵，可以形成一种刺鼻的烈性酒，监狱里称之为"自酿果酒"，可以溶解金属，炼制刀具。换言之，一个犯人可以喝酒打铁两不误。

软盘能干吗？很容易就做成弹簧刀。椅子可以变成断头台。鞋带可以灭你全家。笔可以干什么？

教官只是笑笑："这你都不知道？笔可以用来刺杀总统。"

还没想清楚怎么用笔杀人，教官就关灯放视频。

"这部片子将会告诉你们，一支笔有多大的能耐。"

于是，我们又被迫看了一部未经删减的治安片。片子中，一个犯人潜入监狱的活动室，把门堵住不让其他人进来，开始无情地毒打另一个犯人，接着用笔反复刺他（好在笔是他从医务室偷来的，不是图书馆，这让我松了一口气）。我们完整地目睹了一场真人版的谋杀。当镜头拉近时，遇袭者已经无力抵抗，一动不动地躺在地上了。凶手似乎也有点儿腻了，机械地动着手，慢慢地，一下又一下。因为没有背景音乐，没有电影精心设计的疯狂，影像中的凶手似乎很沉闷，像是在一块生土豆上

①《白鲸》：19世纪美国小说家赫尔曼·梅尔维尔的代表作。

戳洞。视频放完了，灯亮了，我们等待接受这一天最后的考验。

在等待教官打分的时候，我们站在门前的台阶上，抽烟的人抽烟，戒烟的人吃薯片，全都在两眼放空地发呆。

美沙酮世界的家伙们肯定也在休息，或者只是无处可去，因为他们也站在自己楼前的台阶上，抽烟、吃薯片、发呆，像镜子里的我们。我们就像两批疲惫的水手，坐在各自的小划艇里，在浑浊的河上，擦肩而过。

出于无聊，我向他们挥挥手，有点儿像教皇的动作。美沙酮世界的人似乎没注意到。大约三十秒后，令我意外的是，那群人当中最颓废的一个，居然向我举起了手，面无表情地打了个招呼。那个人就是早上全身穿着牛仔服、神志不清地趴在栏杆上的家伙。

"你们闻到甜甜的香味了吗？"一个教官问，没人回答。

"他们每天都会做不同口味的松饼。"他朝松饼世界的方向点了点头，然后痛苦地吸了一大口烟，嘴里吐出白色的烟雾。

"今天做的是蓝莓松饼。"

他将烟蒂弹到停车场上，转身走回楼里。烟雾在他站过的地方盘旋着，然后慢慢散去。每个人都通过了测试。

出事了

培训过后，似乎整个工作都变了。我隐约觉得培训的目的就是：经过三天的无聊和惊吓，让你回到监狱后，觉得这工作是最美好的待遇。同时，千奇百怪的违禁品、令人惊恐的监狱火灾以及各种各样的作乱手段，让我对重回监狱有些不安。

别人告诉我，这是正常的。查理解释，虽然是去参加帮助自己找准定位的培训，但每个人回来以后都多少会有点儿迷失方向。"回来的人会觉得，所有东西都是违禁品。"他说，"好像每个人都想找你麻烦，每个犯人都想捅你，每个在这里工作的人都想举报你，每个女人都想告你性骚扰。"他朝我眨眨眼，安慰说这种被害妄想症很快就会消失，然后我就会恢复到"啥也看不见，啥也不用做"的状态。

然而，回来上班后，真的有什么变了。整个早晨，人们都在跑来跑去。图书馆外的狱警跑到过道尽头，又从过道尽头跑回来，然后冲到外面去，跑到监狱操场，最后又跑回来。几个我从未见过的便衣狱警在四处巡视，后来有个长官也过来查看情况。

一个小时内，所有走廊都清空了，一个犯人也没有，四处静悄悄的，这在白天很反常。图书馆的犯人馆员——肥猫、皮茨、泰德、戴斯和伊利亚——赶紧忙活起来，待在监控范围内。棋盘被折好收了起来。没人开玩笑了。他们最不希望的就是被送回牢房，接受搜查，然后被关上几个小时或者几天禁闭。这是发生暴力事件后的标准程序。

我从图书馆探出头，向一个路过的狱警打听情况。他看都不看我一眼，只说了两个字："打架。"

"不止一起？"

他回过头来，用看可疑人物的眼光盯着我。

"是。"他说，"先前是 3-3。现在是 3-1。街头恩怨引起的。"

他一瞥见图书馆里工作的犯人，就掉头走开了。我知道这是什么意思，事不关己，高高挂起，这里不是他负责的，如果馆里的犯人不该待在这里，就让别人来处理，他有别的麻烦要操心。

当我回到图书馆，肥猫笑着说："出事了，是吗？"

"我猜你知道的比我多？"我说。

和往常一样，他确实知道得比我多。虽然事件发生在别的监区，但他总有办法知道。监狱里消息传得很快，一个监区的斗殴事件，会迅速蔓延到其他监区，成为大范围的问题。

"有个刚进来的西班牙家伙，正是黑人在街上要找的人。我听说在 3-1，是六个打一个……"

"这是帮派纠纷吗？"我问道。

肥猫眼神飘忽地嘟囔："可能吧。"

泰德瞪了他一眼："哥们儿，什么都别说。"

"你的意思是，别在我面前说？"我问泰德。

"是。"他有些心虚地说，"不是说我不信任你，你要理解这里的规矩……"

"你就是。"我说，"但我能理解你说的，正如我也不应该相信你。"

肥猫礼貌地笑了一下，转过头对着泰德。

"好了，阿奇。"他喊了泰德在道上的绰号，源自阿拉伯语里的"akhi"，意思是"兄弟"，"没什么大不了的。"

泰德不再多说，转身走开了。他和那个狱警一样，不想蹚浑水。

还没等肥猫往下说，执勤的狱警就大步走进图书馆："各位大爷，你们怎么还在这里？该回去了。"

犯人馆员齐齐哀号了一声，不情不愿地拖着脚步往外走。这时，米勒推门走了进来。

"你会喜欢禁闭期的！"他从另一头对我说，直奔摆在前台后面的杂志而去，随手抓起一本《体育画报》。犯人们无声地交换了一下眼色。

米勒和我没什么交集。他是个年轻的监狱教师，一个精力充沛的大个子，有些没来由地自以为是。

"需要帮忙吗？"我问。

"我需要一台 DVD 播放机。"他在前台边上候着，翻着他的杂志。我好奇的是，他的课不是被取消了吗，为什么"需要"DVD 播放机？

"就在后面。"我说。

我没有跑去给他拿，他似乎有点儿生气。

"那你整天都在干什么？"他问，"你想一辈子都当个监狱图书馆管理员？你读那么多书，就是为了干这个？"

哪怕被他这么羞辱，我还是改变了主意，打算替他把东西拿过来。我到后面的机房找到机器，放到手推车上，把他送出门。

那天早上，我走到图书馆外面的走廊尽头，去教务处的主办公区复印材料，看见帕蒂办公室的门是关着的，这很反常。透过窗户可以看到，她在一边讲电话，一边写着什么。这时，查理从他的办公室走出来，像是要去找人，一脸严肃，没了平时的幽默。连我都察觉到不对劲，也许是出了什么事。我注意到，米勒走了过来。

查理站在办公区的门口，堵住米勒的去路。

"嘿！"查理说，"SID 找你有事，现在就去。"

米勒愣住了。

"SID？"

查理慢慢地点头："没错。"

"我不知道那是什么。"

其实他知道，每个人都知道。我比他进监狱晚多了，也知道 SID 是"警察调查部"的简称，监狱的内部侦探。米勒肯定知道，只是在装傻。现在我能百分百确定：一定出了很大的事，否则查理不会和自己人过不去。

"斯科特，他们想找你谈谈。我想你知道是什么。"

米勒瞪大了眼，脸色像死人一样苍白。

"我不知道你在说什么。"他说。

"快去他们的办公室吧，孩子。就在轮值指挥官办公室隔壁。"

米勒闭上眼睛，紧咬嘴唇，然后离开了。

我转向查理："出什么事了？"

"出乱子了。"

"和这次禁闭有关吗？"

"我不想知道。"他走回办公室，从里头吼了一声，"你也不要多问，阿维。"

呼喊

在监狱里，流言就像空气一样，不停地循环往复，总有一天会流到我这里。与此同时，依旧有许多监狱的秘密在图书馆里被揭晓。"风筝"和隔空传书不是远距离通信的唯一手段，犯人们还会通过无线电传递信息。

我是在女犯阅览时段知道的。当时，我正和在借书台逗留的犯人聊天，尽管边上就贴着阿马托的标语，百折不挠地敬告读者不要靠在台上，她们依旧明知故犯，屡教不改。女囚犯想从我这里套出"教书匠"米勒的消息，但这完全是白费力气，因为我真的毫不知情。让我纳闷的是：这件事是怎么传到塔楼的？狱警？"风筝"？隔空传书？几分钟后，一个像大姐大的女人，自称是"响当当的鸨妈"，绰号"有才"，笑着对我说："你知道吗，阿福？你是好样的，兔崽子。"

几分钟以后，女犯人们商量好了，一个害羞的年轻犯人走到台前来，递给我一张小字条。我注意到，杰西卡独自站在图书馆的另一头，正从书架上取下一本书，装作漠不关心的样子。

我打开字条，上面龙飞凤舞地写着，命我收听调频 FM 88.1 的深夜广播，落款是"罪恶之爪"，我怀疑是有才姐写的。这其实是麻省理工大学校园广播电台的一档来电互动节目，播一些蓝调音乐，接一些听众的来电。有才姐领导的小团伙，决定将我加入她们的呼叫名单，这让我感到很荣幸。但她们为什么要用字条来告诉我，这我就想不明白了。

"我们该在节目里喊他什么？"一个女犯问道，根本不管我就站在边上。

"叫'土男'或'馆仔'怎么样？图书馆男孩的意思。"

她们全都狂笑不已。杰西卡消失在后面的书架中。

"要不还是喊'阿维'吧？"我说。

那个周日，我迫不及待地将收音机调到安托万主持的《博君一乐》节目，把声音开得很大，好在洗碗时也能听见。主持人开场时，习惯性地将元音拖得长长的，听上去慵懒性感，说："这是一档会让你身心舒畅的节目，用音乐温暖你和你的伴侣的身体，让你的身体……随着节奏律动……"

律动？你和你的伴侣？

我瞥了一眼我的女友凯拉，而她正在忙着看邮件，没听见这句暧昧的话。在城市的另一头，在某个监区里，一群女犯也正坐在收音机旁，所有人都同时听见了"用音乐温暖你"。我怎么会鬼迷心窍地答应她们一定会收听？我真不该同意让她们在节目中提到我的真实姓名。我的老板要是知道，我的名字和一群女犯一起出现在深夜两性电话节目中，绝对不会以此为荣。

不过，这个节目还是很有正能量的，多次出现"好好做人"这句话，还播送了一条匿名者戒酒协会的消息，内容还是有点儿积极的。不过，他们的音乐就没那么好听了。我期待他们能放些经典的蓝调音乐，或者放些好听的现代音乐，但他们不停地放一些滥大街的流行歌曲，一首接一首。我百无聊赖地坐着，等音乐放完，不停地看着钟，一阵困意渐渐袭来。

终于，万众期待的"点名"环节到了。凯拉、我和城市另一头的几十个犯人，全都在同一时间凑向收音机，认真地收听接下来的节目。安托万先生用他低沉沙哑的嗓音，念了整整半个小时的呼叫信息，都是短短的一行内容，有的来自一个人，有的来自一群人。很多信息像被加密过的密件，发送人只留下姓名首字母缩写，或者街头上的绰号，让别人不知所云。例如："这句话是 L-Ray 发给 RJ 和穆奇的：我们一直都在。"绝大多数都是些加油打气的话，比如"好兄弟，加油！"有些则流露出淡淡的浪漫，比如"我想马上看见你美丽的笑颜。"

让我吃惊的是，几乎所有信息都用了监狱里的黑话，似乎这些问候全都来自囚犯，或者全都是发给囚犯的，许多从监狱里发出来，在外面绕了一圈又回到了监狱，真是监狱内的一种有趣的联系方式。几乎所有信息都有我所工作的监狱的影子。"这条消息是在外面好好做人的 T. R. 发来的，要送给他湾区 1-10-2 的所有龟儿子：'加油！'"监狱里的人一个接一个地收到了问候。

我有点儿糊涂了。难道这个节目的听众全是监狱的犯人？这完全颠覆了我的认知。一个广播电台，设在自由世界，却主要为犯人服务。甚至一些警察和惩教人员也会收到问候。

"谢谢 G 警官。感谢你在 1 号楼做的正事。"

我突然发现，在广播里给惩教人员发消息，不失为一种讨好对方的好办法，至少我就很受用。终于，我的信息到了。

"这条问候来自 T 队，是发给，发给……"安托万卡了下壳，"'哎哟喂'的……"

"等一下……"凯拉觉察到我莫名地有些躁虑，"是这条吗？"

"是。"我悲痛万分地说。

"真没想到，我会跟一个叫'哎哟喂'的人在一起……"她兴奋地搂着我说，"我真是太幸福了！"

只是她这么想而已，我可开心不起来。平时被叫错那么多次，我全都一笑而过。但是今天，在这么特殊的时刻，这么重要的时刻，居然被喊成"哎哟喂"，真叫我心灰意冷。我忍辱负重，听了那么多口水歌，只为了在广播里听一次自己的名字，说不定是人生中唯一的一次，我容易吗？不过，她们取的队名"T队"，也就是"图书馆小分队"，我很喜欢，也很感激。我关掉了收音机。

第二天，我感谢T队全体对我的认可，还向躲在某个角落里的杰西卡也大喊了一声谢谢。不过，我觉得还是很有必要再次提醒她们，我的名字读作"阿维"，而不是"阿福"或"哎哟喂"。听我这么说，有才姐很不服气。

"兔崽子，你把老娘当白痴吗？我当然知道怎么念你的名字，'阿维'！"她说得没错。而且念得挺好。看来是我冤枉好人了。

"但安托万为什么喊我'哎哟喂'？"

没人知道。

这时，T队中最咋呼的人猛地撞开门，像头牛一样冲了进来，正是蛮女。

"嗨，'哎哟喂'！"她一脸得意地喊道，"你听见了吗？我亲自发的。"

"原来是这么回事儿。"我喃喃道。

"别说我们不够朋友，没在无线电里'呼喊'过你！"

我不会这么说，因为大家在图书馆里叫我时，似乎总是用大喊的。在图书馆以外也是这样，"呼喊"是描述监狱交流最贴切的词。无论什么时候，你总能在监狱操场和监区里听见人们喊来喊去的声音，像在喊山一样。这是传递信息最好的方法，或许也是唯一的方法。在监狱里，你要么是在窃窃私语，要么是在大喊大叫。

当然，有一个犯人从不喊叫，也从不与人窃窃私语，这个人就是杰西卡。所以当其他女人（T队）坐在一起，写着每周要让安托万念出来的信息时，或者偷偷地把"风筝"塞在书里，求男犯人们在无线电里给姑娘们回应时，我经常看见她隐匿于图书馆的书架之间。杰西卡似乎与她们隔了十万八千里，完全无法交流。有时，我真想将她拉出来，拉到人群中，最后还是决定不打扰她，给她留点空间。

一个星期过去了，接着又是一个星期。在写作课上，蛮女仍然蛮横，龌龊鬼仍然粗鲁，矮冬瓜仍然顽固。课上来了一个新成员，绰号叫欢子，却没那么欢乐，她最近蹲小号去了。孤侠杰西卡依然守望着，我也依然战战兢兢，而她安静地看着窗外的日子，似乎就快到头了。

这个周二的课后，她故意磨蹭了一会儿，等着其他人走光。

"我要离开了。"她说。

"去哪里？"

"弗雷明汉（州监狱）。"

"哪天走？"

"这里的事，谁说得准呢？也许下周的什么时候吧。"

"克里斯怎么办？"

这是她一生都在思索的问题。她僵住了。

"他怎么办？"我不确定我想问什么，"我的意思是……在离开之前，你想不想试着和他联系一次，或者别的什么？"

她收拾着她的本子。"不，抱歉。"她说，然后离开了。

下节课后，她又故意磨蹭了一会儿，等着别人走光。

"我想……"她停顿了一分钟，漫长的一分钟，不肯再往下说。也许是出于习惯，她将目光投向窗外。

"好的。"最后还是我开口了，外面的警卫开始不耐烦了，"你想……"

"对，我想在走之前给克里斯一封信。"

"好。"

"你会转交给他吗？"

我叹了一口气，却还是答应了。我正式违背了监狱的规章制度，顶风作案。

"还有一件小礼物。"

我又叹了一口气。如果说为犯人传字条算是打擦边球，传递"礼物"则是严重违纪了。

"这个不行。"我说，但又犹豫了下，"什么礼物？"

"一幅画。"

"好吧。"我说，"画的是什么？"

"是我。"

告发与除名

我早早地去了员工食堂，准备早点吃晚饭。狱警和职员在食堂里自发地分开坐。到了傍晚，监狱里只剩下上晚班的人，人数明显比白天少很多。狱警坐在食堂的一头，职员坐在另一头，中间隔着四五张没人坐的桌子，似乎双方都想离彼此远点，越远越好。在极少数特殊情况下，狱警和职员会坐在一起，饭菜由犯人负责准备并端上来。那是一个诡异的场面，莫名地有些温馨。

这天晚上，气氛更加诡异，我觉察到了从狱警桌子那边散发出的敌意。有几个素不相识的狱警冷眼看着我，另一些与我关系比较好的也对我视而不见。

我拿了三明治，在教务处的一个同事面前坐下。她在监狱里人缘很好，许多新鲜刺激的小道消息都是从她这儿流出来的。

"这些人吃错药了？"我问她。

她知道我在说什么，隔着一张餐桌，朝我凑过身来。

"米勒被供出来了。"她小声地说。

她告诉我，狱警经常会搜查犯人的牢房，这是保证监狱安全的标准流程，有时也是为了公报私仇。有一个犯人受到了狱警的施压，或者出于别的原因，觉得自己的牢房马上会被搜查，便拿着一把自制的小刀，跑去找他的老师米勒，请米勒协助处理掉。据说米勒照办了，把小刀扔进教室的垃圾桶，也许他天真地以为，只要不是让他去害人，这样做就不会有事。

米勒是认识那个犯人的，说不定关系还不错。也许他是好心，想帮那个家伙永绝后患，继续留在课上学习，成功拿到文凭，毕竟那也是他的学生；也许他只是不敢拒绝，害怕向狱方告发这个犯人的话，以后会被报复。米勒在监狱工作，他知道这里的潜规则：告密者不得好报（更惨的下场是不得好死）。他也知道犯人在外面是有兄弟的，也许犯人勒索了他。

一旦犯人在他面前掏出凶器，他就再也无法置身事外：要么合作，要么举报。这本身就是一种勒索，没有保持中立的余地。米勒想要找到一个两全其美的方法，企图神不知鬼不觉地处理掉这件事，结果却失算了。

当那个犯人被押去问话时，为了讨好 SID 的人，他抖出了一条线索：一个职员的名字。这很可能是他逼迫米勒处理凶器的原因，毕竟他自己就可以扔掉，不用多此一举去假借他人之手。但是面对即将到来的调查，他需要一些讨价还价的筹码。米勒就是这个筹码。对米勒更不利的是，SID 前去搜查垃圾桶时，发现里面是空的。小刀似乎被另一个犯人拿走了，又回到了犯人当中。整件事很有可能是一场精心策划的阴谋，犯人之间是串通好的。

不久，米勒被叫去审问，就是我撞见的那次，查理让他去 SID 办公室。大家都在传，SID 对他严厉盘问，问到他痛哭流涕，可他一再否认，说自己不知道有什么小刀。但是，SID 有的是各种招数，撬开他的嘴。在精神上被折磨得够呛后，米勒终于承认了，也许是因为 SID 提醒他，他很有可能因此坐牢。最后，满脸通红、一脸羞愧的米勒，被狱警护送着走出监狱。这是监狱的规定，违纪的职员将由狱警一路送出监狱，只是很少发生而已。在这之后，监狱里将会有一场大彻查。

我惊恐万分地听着整个事件的始末。可怜的米勒！他的下场是每个职员的噩梦。这是一个"近墨者黑"的典型案例，最后你可能也会沦为罪犯，哪怕你是好心也没用。即使你做了当下最明智的决定，也有可能会落入别人设计好的圈套。今天发生在他身上的事，也可能发生在我们任何一个人身上。换作是我们，被犯人持刀威胁，或者用其他更可怕的手段恐吓，我们会如何应对？"米勒被供出来了"，我同事的这句话，令我不寒而栗。

几天后，我站在监狱的互锁门前门，等着它慢慢升起，去参加非狱警职员必须参加的一个全员大会。因为米勒的事件，我们将接受集体训话，接着再号召大家团结一心，做好本职工作。在前门值勤的狱警埃迪·格兰姆斯是禅宗信徒，岗位上总放着一本东方思想宝典，他传给了我一丝智慧。在等待厚重的大门升起时，我问埃迪他从书中学到了什么。他想了一会儿，用两根手指夹起一支铅笔，铅笔与地面垂直，晃了一晃。

"大师教导我们，"埃迪说，"拿笔要小心，拿武器更要小心，因为武器时刻保护着笔。"

这句话说出了狱警与文员之间的关系，也驳斥了"笔比剑更有力量"的老话。当然，在监狱这个拿笔当刀用的地方，这句话已经产生了特有的共鸣。

在会议上，我们被告知"不要给犯人任何东西，任何东西"。这一政策让我和福里斯特沮丧极了，我们每天在做的正是：给犯人东西。我们还被告知：我们与犯人之间不得有任何秘密，我们要忠于警长，只忠于警长。

副监狱长奎因说："你们的员工证上有两个名字，你自己的和警长的，这才是你应该优先考虑的人，明白吗？"

告密是一件严肃的事。一进入监狱，你就要称呼别人；称呼的方式，决定了你是犯人，还是警察。除此之外，没有第三条路，没有中立阵营。

会议结束，回到图书馆时，一切如常。犯人们凑过来，向我刺探消息。在他们的圈子里，谣言已经满天飞了。

"我听说，那个男老师不是第一次做这种事了。"

"我听说他们在外面就认识。"

"我听说那个男老师卖毒品给 3-3 的人，害怕那个家伙会告发他。"

不管别人怎么说，理论家泰德坚守着自己的立场。

"我尊重那个老师。"泰德一边说，一边帮肥猫将新书输入图书馆数据库。

"你当然尊重了！"皮茨嘲笑道，"傻子才会尊重傻子。"

"此言差矣，哥们儿。"泰德说，"他只是想拉朋友一把，即便那家伙背叛了他，把他抖了出来，他依然倔强地不肯低下高傲的头颅。哥们儿，名声最重要了，名声就是你的一切。"

"对你而言，你可能穷得只有'名声'了。"皮茨说，"可这个老师干了傻事，丢的却是饭碗。"

每次皮茨一开口，他就会哑口无言。话题戛然而止，沉寂了几分钟后，泰德又忍不住开口了，这次是冲我来的。

"你是犹太人，对吗？"泰德问，"你不忌讳别人问这个吧？"

我好奇是怎样清奇的思路，将泰德引到了这个问题上。

"是的。"我回道，"我从小在正统派长大，死忠的正统派。"

听见这话，正在打字的肥猫抬起头来，瞪大了双眼。和泰德一样，肥猫也是穆斯林，不是半途皈依的那种，而是打从娘胎里出来就是，由"回到非洲去"运动 [1] 的黑人积极分子一手养大。一周前，肥猫笑容满面地告诉我，小时候他母亲曾拽着几个孩子去华盛顿参加游行。小肥猫站在白宫前挥舞着拳头，有节奏地喊道："里根，里根，快下台！我们支持P–L–O [2] ！"

他告诉我："我当时根本不知道自己在喊什么，只是像台复读机似的，不停地重复他们说的话。"

我们为此大笑了好一会儿。现在换作肥猫一脸惊讶地看着我。

"你从小就是正统派？带小帽，蓄长发？"他边说边指着自己的鬓角，意指哈西德教派男人留的那种长鬓角。我能看出他正在想象我穿着黑色长礼服，头戴同样全黑的大礼帽，留着又长又卷的鬓角，一边捋着落腮大胡子，一边轻快地走在纽约市的莱辛顿大道上。我笑了。

"不完全是。"我说，"我更像是一个穿便衣的哈西德教徒。"

"对，对，我想说的就是哈西德！"肥猫笑不拢嘴，还拍了一下手，"我还记得联邦里的那些家伙，哥们儿。"他说的是联邦监狱。后来我才知道，

①"回到非洲去"运动：发生在美国的黑人民族主义运动，宣传黑人祖先光荣历史，启发黑人自尊感和自信心。

②P–L–O：巴勒斯坦解放组织（The Palestine Liberation Organization）的简称。

肥猫以前在布鲁克林拉皮条，哈西德教徒是他的忠实客户，跟他很熟。

"那些家伙不是好惹的货色，对吗？"泰德永远是肥猫最勤奋好问的弟子，他好奇地向肥猫发问，又转向我说，"请原谅我粗鄙的语言。"

"是啊，那群人很疯狂。"肥猫答道，"不过，他们还是挺有意思的。在联邦监狱里，如果哈西德们不高兴了，就会围着监狱长打转，然后开始这样……"他模仿一群神经兮兮的人，愤怒地摇晃着食指，不停地碎碎念。他学得太像了，把我给逗乐了。看来肥猫对哈西德很感兴趣，我很少见他这么活泼。

"在联邦监狱里，"肥猫继续说，"有些黑人，我说的是正宗的黑人，会打扮得和哈西德一样，跟他们混在一起。其他黑人则一副随你便的表情，反正看着也酷的。"

对哈西德好奇，这我能理解。但是崇拜哈西德，这我就理解无能了。据我所知，黑人和哈西德之间是互相猜忌的。除此之外，还涉及穿衣风格的问题。

我从来不会把"酷"这个字跟我的哈西德同胞们联系在一起。

"酷？你是说真的吗？"我问。

"简直酷毙了！"一辈子从来没亲眼见过哈西德的泰德抢答道，"你想象一下他们出现在一起的画面，比如四个人坐在同一辆车里，留着一样的大胡子，戴着一样的帽子，听着'动次打次'的音乐……"身为虔诚的穆斯林，泰德就留着胡须。他想象自己把一个帽子扣在辫子头上，随着脑中的音乐有节奏地晃着脑袋，情不自禁地笑出声来。

"是啊。"我揶揄道，"你这么做的时候，看着是挺酷的……"

"别这样，哥们儿，我是认真的。我可是很尊重那些家伙的。"泰德说。

"又来了……"皮茨摇头叹道。

"那是一群有信仰的人。"泰德说，"我说的没错吧，肥猫？"

"没错。"肥猫认真地点点头。

泰德开始谴责我不遵守正统派的礼仪，没有像一个哈西德那样，骄傲地穿着自己的传统服饰。我发现，那些我以前不怎么欣赏的地方，恰恰体现了哈西德是帮派的缩影。这些囚犯尊重哈西德，因为在他们心中，哈西德代表着理想的帮派生活。哈西德认为全世界都与他们为敌，不管是做生意，还是管理自己的社区。他们总是无视外界的法制，视外界为哈西德群体的迫害者。更让流氓们敬佩的是，他们风格独特，自成一派。他们穿着自己的衣服，说着自己的话，走着自己的路。他们穿着与众不同的服饰，走到哪儿，就神气地穿到哪儿。

最厉害的是，肥猫基于自己在布鲁克林的亲身经历，回忆道："未经许可，没人敢到他们的地盘溜达。万一被抓到，他们会整死你。这帮家伙为了保护自己的社区，真的会跟你拼命的。"

"是啊。"泰德说，"这就是我的意思。"

这正是一个帮派的灵魂，也是哈西德留给这些人的印象：一个高度有组织的帮派，背后有着一段悠久的传奇故事，有史可证。

每个帮派都极力成为血统纯正的部落。有了宗教信仰之后，这个部落便成了历史和命运的共同体，同舟共济，效忠家族，至死不渝，永不出卖兄弟。帮派的意义不在于一群人穿着一样的衣服走在一起，而在于试图构建一个大家族，拥有共同的历史——不管是真实的，还是虚构的。拉丁国王帮派[1]将自己与古老的神话联系在一起，过着自己的节日，守着自己的斋规……这绝非偶然；泰德迷恋于逊尼派[2]和哈西德派，同样也绝非偶然。

回想我的正统派成长经历，我被大人们教着念："让告密者看不到希望……"这是犹太教最重要的祷告词之一，我曾无比虔诚地念它，全心全意地念，一天三次。原来我早已耳濡目染，学了这么多帮派的效忠精神，它们就在我的血液里流淌着。

看见别人在图书馆桌上留下"别再告密"的涂鸦，听着肥猫大声控诉告密行为时，我仍会觉得头皮发麻，却能理解这种恨意，理解为什么泰德想向米勒致敬。

我不禁暗想："我是否可以不着痕迹地，将犯人馆员变成另一种帮

---

① 拉丁国王帮派：20 世纪 40 年代创立于芝加哥的拉美裔犯罪团伙。

② 逊尼派：伊斯兰教主要教派之一。

派？"在监狱里，分享是明文禁止的行为，拉帮结派更是对秩序的破坏。但是，图书馆这个地方的形成，本就是基于帮派和团队的基本原则：资源共享。因为信任，所以共享。我把他们当普通人看待，而不是罪犯。这是我给予他们的尊重，同时也希望他们报之以忠诚，共同为图书馆事业添砖加瓦。投桃报李，米勒对自己的学生，或许也是怀着这样的期待。就我而言，我可以尊重犯人馆员，但我不能让自己天真地以为，我们在同一条船上。

　　我从来不叫犯人的绰号。我是一个公务员，我得使用犯人的正式姓名——他的官方称呼。尽管如此，绰号的诱惑确实让人难以抗拒，它更能反映一个人真实的性格。如果一个每天都来图书馆的人，操着一口很难听懂的密西西比河口音，你很难克制自己不去叫他"乡巴佬"，尤其是当别人都这么喊的时候。如果有人听惯了别人喊他绰号，可你偏偏不那么喊，这就是你失礼了。有的犯人出狱没几个月，他的本名我就忘了，只记得绰号。不过，这些都不是重点。在监狱里，称呼一个人，恰当与否并不重要，贴切与否也不重要，你来自哪个阵营才重要。比如说，我领着警队的薪水，我就要和法律同仇敌忾。要是我喊了一个人在帮派里的名字，警察和犯人都会对我的忠诚表示怀疑。在监狱里，警察和罪犯一分为二，各自为营，此外再无其他。没有中立地带，你必须站队。

　　在监狱的荣辱文化中，如何称呼他人，可不是随便的事。你在公开场合的行为表现，代表着你对一个人的敬重程度。如果你用绰号来称呼别人，你不仅是在向这个人致敬，也是在向给予他这个绰号的团伙致敬。如果你喊了这个绰号，你就成了这个团伙的一分子。

　　这就是告密盛行的原因。告密本质上是说出某个人的真名，剥夺披在他身上的街头假名。向狱方举报一个人，其实是在重建他的正式身份，削弱他的街头身份。米勒拒绝说出犯人的真名，其结果就是那晚我同事告诉我的，他的名字被别人给供出来了。他的名字成了在监狱黑市上交易的另一件商品。

　　这就是前车之鉴，我要更加小心才行。允许犯人给我起绰号是不明智的，哪怕是"大总管"这类威风的绰号也不行，允许 T 队通过广播将我的真实姓名传遍大波士顿地区更不明智。我不能让人觉得，在这场监狱之争中，我偏向了囚犯这一边，尤其是在我犯傻的时候，比如之前对德卢克出言不逊。即便不是本意，我也不经意地站错队了。如果再不当心，我就会落得和米勒同样的下场，手里拿着小刀，好心替犯人掩护，却变成代罪的羔羊。任由犯人随意称呼我，就是在给他们告发我的机会。我不能陷进去。

以杰西卡为例，帮她将"礼物"转交给儿子，这没有什么不对之处。或者应该问：我错了吗？这说不定是件好事呢？是对是错很难说，唯一确定的是，我做这事是为了……一个犯人。培训时教官说过，和囚犯走得太近，就是麻烦的开端。千里之堤，溃于蚁穴。我正在走向一个灰色地带。同事们曾提醒过我不要越线，犯人们也提醒过我，现在就连副监狱长也正式发声了。我知道世故的工会老板查理会说："不要卷入是非。即使这次侥幸逃过，下次也会东窗事发。"总是有人对我说"保持距离""别牵扯进去"，这样的话我听过多少遍了？可我已经卷入杰西卡的事了。每当我说服自己"不会出事的、我这么做是对的"，我就会想起米勒那张窘迫的脸，面色苍白地对查理说谎，也许也是在对自己说谎。如果不是发生这些事，让我心生动摇，我早已跟米勒一样，自欺欺人，不肯承认现实。

好消息是：大家还分不清我的名字。我的本名是"亚伯拉罕（Avraham）"，"阿维（Avi）"本身就是从它衍生而来的昵称。在以色列和正统派，这是个和"汤姆"一样普遍的名字，在监狱里却十分独特。很多人至今无法念对我的名字，各种念法都有：阿瑞、加维、阿里、阿迪、哎哟喂、阿尼、阿雷、阿尔罗、艾尔比、哈雷、哈利、阿菲、阿德维尔、阿尔维、奥迪（和汽车名一样）、阿比（和快餐连锁店名一样）、A.V.、小维、哈尔文……

有时，我一天会听到好几个错误的版本，最夸张的是有人把我的全名当成"阿尔文"，由此衍生了一个错误的昵称"阿尔维"。起初自己的名字被再三念错让我有些恼火，但后来也就接受了现实。我像是一个有着十五个化名的神秘男子，这些变化多端的神秘名讳，在监狱里给我披上了一件隐形的外衣，任何人想告发我，或者想认出我，都没那么容易。让囚犯把我的名字发出去，在电台节目里念出来，虽说很危险，但"哎哟喂"这个名字，让那一天充满了欢乐。我知道，在未来的某一天，我将不得不选择立场。在那之前，我的名字隐藏的信息，远比它透露的要多。在监狱里，这反而是福。

人们也可以披上其他伪装。比如说，用含沙射影的方法，使用犯人的绰号，而不是直呼其名。这让我想到了佛陀，他的真名我早就忘了。我们俩一直不太和得来，应该说是深深地讨厌对方。一天，在馆内短暂的休息时间，我朝他凑过身子，问："他们为什么叫你'佛陀'？因为你是个和平的人？"

这是他在吸大麻时想到的，大麻有个别称就叫"佛陀"，但他依旧笑得很开心，显然很喜欢我的解读。

"阿罗，真有你的。"他说，"真是深藏不露啊，老子欣赏你。"

杰西卡的肖像画

就是凭着这深藏不露的角色，我安排好了杰西卡的画像。没想到蛮女那双猥琐的手，竟是一双精于素描的巧手，省去了我到处找画家的麻烦。绘画安排在周三晚上，就在图书馆里进行。我准备了一些绘画用品：粗纹纸，有贵的，也有便宜的；彩色铅笔和炭笔；一块漂亮的三角形橡皮擦，完全符合国际人体工程学会制定的标准。在等待杰西卡现身的时候，蛮女告诉我她的绘画经验主要来自文身图案，她尤其擅长画骷髅头，还说很期待这次的作品"画一个有皮肤的骷髅头"。

万事俱备，只欠杰西卡。我甚至开始怀疑，她不会是临时反悔了吧？约定时间已经过去了几分钟，我看到值勤的狱警向馆外的某人示意。原来杰西卡一直躲在走廊里，在那里徘徊，紧张得不敢进来。

当杰西卡走进来时，像往常一样聚集在前台的囚犯，全都目瞪口呆地盯着她。

"看什么看？"她虚张声势地说，走到前台的尾部，挤进墙壁和书架之间的缝隙中。

　　她们在看什么，这再明显不过了。当然了，杰西卡并没有换一张脸，想在监狱里搞起整容的行当，这难度还是很高的。不过，她却精心打扮了一番，显然用了不少违禁的化妆品。她那齐肩的头发，平时老爱打结，总是披散开来，今天却特意洗过，向上梳成一个俏皮蓬松的小发髻，恰到好处地用一条布扎住，那条布看着像是从狱服上撕下来的。她的嘴唇和脸颊涂了红红的血（但愿是她自己的），眉毛也拔得很整齐，眼睛四周画了眼线，还涂了黑黑的眼影，看不出来是用什么东西涂的，但比例拿捏不太到位，看着像邪恶的侍女。她头上插了一朵花，走近看才发现，是用卡纸和亮眼的口香糖锡纸精心折成的，有点儿日本折纸的风格，由六个对称的大花瓣组成，像大丽花一样。她看上去很漂亮，像精心打扮过的疯婆子。

　　她的点睛之笔是身上的香味，喷的是从杂志上剪下来的设计师香水样品。这些样品在监狱里被称为"嗅品"，深受男女囚犯喜爱，一般在探视时用。也许她希望这香气能钻进画里去。她只需要一两根漂亮的鸵鸟毛和一朵带着红斑点的白玫瑰，就可以在凡尔赛宫给勒布伦夫人①当模特了。

　　但她并不觉得高雅。

　　"别看了。"她说。

　　为了保持低调，我把她带到书架当中一个安静的角落，那里放了两张椅子，面对面摆放着，为蛮女做好了一切准备。看着那些新的绘画用品，蛮女早已跃跃欲试。两人很快就模特姿势展开了热烈的讨论，画家本人做出了示范：下巴往里收，眼睛微微往上看，眼睑半垂，嘴唇微张。一张诱惑的杂志封面。

　　"想都别想。"杰西卡说，她坐了下来，整理了一下妆容，"我看着还可以吗？"

　　"你看着美极了，宝贝。"蛮女说。

　　"这是件大事，不是吗？"杰西卡对我说。

---

① 勒布伦夫人（1755—1842）：18 世纪法国最著名的女画家。

"当然是。"我说。

我建议她侧过身去，想象自己正在凝视窗外。她觉得太做作，坚持目视前方，面带微笑。我告诉她，只有拍快照时才需要笑得很开心，但她坚持要摆出那样的表情。她坐正身体，又整理了下妆容，将双手合握放在大腿上，露出十分喜庆的笑容，仿佛今天是圣诞节。画了十分钟后，她的嘴唇开始发抖，颈部肌肉变得酸痛，笑容变得狰狞。蛮女浑然忘我地画着，画得十分细腻。

杰西卡说，她希望她的儿子会留着这幅画。也许他会将它挂在牢房里，也许有一天他会将它挂在家中，也许他会以此做个文身。蛮女叫她闭嘴别动。

托尔钦的信

这样来回了三次，杰西卡的肖像素描才完成。接着，蛮女将它带回牢房，用违禁的炭棒做后期的润色。第二天晚上，她就把成品带来图书馆了。

"看上去是不是很漂亮？"她把画放在台子上，推到我面前。

我承认画得不错，她对杰西卡的五官特征把握得很到位，让人一眼就能看出是她，甚至还做了一点修饰。画中的她骄傲地扬着下巴，两颊透着微醺的红晕；孩童般的眼眸里流露出成年人的疲惫，脖子上有一些若隐若现的疤痕；眉宇间隐含着些许顽皮，嘴唇因紧张而微微扭曲，想抿住却又不听使唤；脸上画着精心的妆容，头上盘着精致的发髻。

蛮女将画递给杰西卡，她一脸羞涩地说："画得太好了。亲爱的，谢谢你。"然后紧紧地拥抱了一下蛮女。

"我想我不能拥抱你。"她对我说，笑着伸出了手。

杰西卡想先将画收着，等信写好了再一起给他。她告诉我，她要在这封信里写下她的家人，还有她的成长经历，大多都是开心的事。等她写完后，会将信和画一起交给我，由我转交给她儿子。

我好奇的是，她儿子收到这些东西之后，将会如何面对它们。从这张憔悴的脸上，从这双热切地凝视着他的眼睛里，他将会看到什么？信上的每一个字，投入他的心湖，又将激起什么样的涟漪？他的母亲，一个全然陌生的人，一个和他一样的囚犯。无论答案是什么，我恐怕永远也理解不了他的心情。

我唯一能想象的是，克里斯的儿子，也就是杰西卡的孙子，也许会看到这张画。隔了一代人之后，那些伤痛已然远去，在孙辈好奇的眼光里，这些与自己无关的经历，将会披上不一样的色彩。在这方面，我多少有点儿体会。当我母亲飞到加利福尼亚，陪伴我奄奄一息的外婆时，我在家中有了一个小发现。

在我父母书房的书架背面，我找到一本写着"家庭历史"的小册子，有一百多页，是打印纸装订的。不知为何，这份文档无人问津，被尘封了数十年。它记载了母亲家族一整代人的访谈稿，其中包括散布在东欧各国的亲戚，还有我外婆和她的同代人。它是由我的一个表哥在 20 世纪70 年代编纂的。一打开它，我就被吸引住了。

从册子上，我得知了波兰托尔钦的拉比和穆汉（割礼执行人）在 20世纪 20 年代的恩怨。不知为什么，这些人互相憎恨。有一天，他们的仇恨终于爆发了。册子上说，当时一位穆汉被叫去为拉比的孙子行割礼，这位穆汉碰巧是镇上的屠夫，他"碰巧"把仪式搞砸了，在小镇上引发了一场小规模的内战。

在那一代人之前，我外婆的祖父，也就是我的外高祖父什拉切尔，决定搬到一个新的镇上，在卡林大拉比的教廷成为哈西德教徒。他早已成家，并育有两个年幼的女儿，这时却选择踏上他的精神之旅。他年轻的妻子，为了确认他不想再回到家庭，做了一件有损女德的事：一人独自前往丈夫谦卑修行着的镇子。她直接走到卡林拉比的学习室，那里忙碌的哈西德教徒正驼着背，埋头在几大卷《塔木德》后面嗡嗡地辩论着，说不定偶尔也会用脚勾搭对方调情。这里是女人不得进入的学习重地。她敲打门板时，男人们都盯着她看。他们让她离开，她反倒砸得更响。他们更加强硬地请她离开，但她千里迢迢而来，不是为了到门口就回去。

这时，她做出了一件只有半疯半痴之人才会做的事，为达目的而不择手段。她围着整座房子跑，砸碎了学习室的每一扇窗户。拉比本人也被惊动了，请她进去陈述冤情。拉比转头看什拉切尔，这位年轻又神秘的哈西德教徒，问他是否真的抛家弃子，他供认不讳。拉比命令他回家从商，祝他生意兴隆。什拉切尔后来成了一个马贩子，相当于现在的二手车销售员。承蒙圣人的祝福，什拉切尔的后代至今仍然生意兴隆，在圣路易斯经营着家具行。

这本小册子是用移民者的语言记载的，能够引起无数人的共鸣，描写了许多奇妙的故事，充满了奇特的历险，叙写了一个家族的悲欢离合。我的亲戚们在册子中娓娓道来，讲述自己的父辈和祖父辈，故事线一直延伸至 19 世纪时期，生动地描绘出了一幅家族生活的全景图。有一篇写着："他长着两道浓眉，常常和掘墓人打赌。"有一篇写着："她是个高大的女人，穿着一件大外套，上面有许多口袋。一战的时候，她会跑到前线去，把口袋里的东西卖给敌我双方。"每个人都有绰号。有一个人叫"死亡天使约瑟夫"；有一个人叫"小心阿哈龙"，养了一匹瞎马，每当他在镇上骑这匹马时，都会大喊："小心！小心！"

最珍贵的是，这是我唯一一次看见外婆毫不忌讳地讲起往事。她讲到自己这个乡下女孩第一次到大城市赶集的兴奋和焦虑，讲到自己对婚礼的喜爱，还讲到她姐姐的婚礼：一整个礼拜都在准备吃的，都在开怀大唱；滑稽演员讲着黄段子，惹得她姐姐不高兴；当地的小孩在古老的犹太会堂前打雪仗。她说，她还记得婚礼上酥皮馅儿饼的滋味，比那时的果馅卷饼还要美味。她说，她甚至还能听见拉比的歌声。读到这里，我震惊极了。在我印象中，外婆从不是一个伤感的人，更不是一个怀念犹太小镇的人，我不曾从她嘴里听到一丁点这样的话。

然而，她依旧没有提及她失去的家园，她抽屉里的照片，她在战争中失去的家庭成员或密友。这是我迄今为止见过的关于她的最详尽的故事了——而且是她亲口讲述的。我不知道为什么，在与儿女往来甚少的远亲面前，她反而更坦诚些。尽管我的外婆依然是一个谜，但至少现在我对她有了一知半解。这就是我期盼的遗赠。

当我的母亲努力放下过去，原谅这个复杂的女人，陪她走过人生最后一程时，外婆却给了我们更多。当死亡渐渐逼近时，她的离去即将成为事实，她的沉默亦将成为永恒，但透过这打印出来的文字——尽管内容不多——她的存在却真实起来。

对克里斯和他未来的孩子而言，杰西卡的信也许会起到同样的作用：来自一个沉默之人的只言片语，稀有却珍贵。

信使

那个愤世嫉俗的狱警在培训时说过：犯人去图书馆不是去看《白鲸》的。从某个角度看，他说得没错。杰西卡来图书馆，肯定不是为了看《白鲸》，但也不像那位狱警暗示的那样，是来干坏事的。突然之间，她就成了图书馆的常客，这是为什么呢？

杰西卡告诉过我，她"不怎么看书"。看她对待书的方式，我敢说这不是真话。也许她曾经喜欢看书，只是后来却不怎么看了，或者说她失去了专注的能力。她说，她看过图书馆里几乎每本书的封底，却不曾借过一本书。哪怕无意中翻开了一本书，内容也不是她喜欢看的。她来图书馆，不是为了发现可能会感兴趣的书，而是为了寻找心中的那本书，所以她一直在寻觅。

有时我会和她一起找，却没有一本是她想要的，不管是她偶然看见的，还是我从书架上为她取下来的。我之所以被杰西卡这样的囚犯吸引，是因为他们对我来说是一种挑战。为了找到她心中的书，我愿意走遍所有地方——书店、地摊、亚马逊……我想解开这个谜团，我想知道她要找的无名之书究竟藏在哪里。

有些书十分接近她想要的，可还是差了那么一点。有时我会忍不住怀疑，她想要的书也许还没问世。我建议她自己写一本。有些人开始写书，就是因为他们喜欢看的，或者他们需要看的，还没人写过。

她只是斜睨了我一眼，说了一声："说的没错。"说完，她又继续寻找。几分钟后，她说不管她写了什么书，"对读者都太压抑了"。

"这就是美国。"我回答说，"把悲伤的故事说出来，你就会好过一些。"

"然后，别人反而更糟心了。"她说。

在某次寻找时，我从书架上抽出一本西尔维娅·普拉斯的书，一本普拉斯的书信集。杰西卡告诉我，这本书她读过两遍了。对于一个永远都在寻觅的人、一个"不怎么读书"的人，这是一个相当高的评价了，让人受宠若惊。普拉斯是她唯一感兴趣的作家，向来以长相判断作家是否可靠的杰西卡，看来并不计较 20 世纪 50 年代普拉斯摄于史密斯学院的漂亮照片，也许是因为她感兴趣的不是身为作家的普拉斯，而是身为普通人的普拉斯。普拉斯有不少私人的手稿，如日记和信件，不是为了出版而写，这些是杰西卡更感兴趣的。

她不是唯一对普拉斯感兴趣的。应普拉斯铁杆书迷（大部分是女囚犯）的要求，我在诗歌区设立了普拉斯专架。其实我是不太情愿的，这也许会助长将普拉斯当烈士膜拜的气焰，让身陷囹圄的普拉斯信徒萌生自杀倾向。

我问杰西卡，普拉斯的信件和日记里有什么让她如此着迷。

这个问题让她眼前一亮。

"太多了。"她说，"一切我都喜欢。"

她翻开那本书，向我读她最喜欢的段落，滔滔不绝地读了二十分钟。她似乎对普拉斯的神秘主义尤其着迷。1958 年 6 月 10 日，普拉斯向母亲写道："地铁站的吉卜赛人为我算命，他的牌上是一个邮差，说我不久就会收到佳音，生活会变得更好，这可真是讽刺。"她往后又翻了几页，说十五天后普拉斯果然时来运转，欣喜若狂地写下了邮差送来的佳音。原来，她卖给《纽约客》两首诗，赚到了三百五十美元。按照普拉斯的描述，一定是吉卜赛人的预言成真了，这笔钱够她在波士顿支付"整整三个月的房租"。作为一个波士顿人，这句话深得杰西卡的喜爱。

杰西卡还很喜欢，普拉斯一有好消息，就会详细地向母亲汇报。她和同为诗人的丈夫挣来的每一分稿费，都会被她在信中大书特书，加上兴奋的感叹号。生活每有起色，都会被她一再渲染。作为普拉斯业余研究者的杰西卡还注意到，她同一时期的日记，有时与寄给母亲的书信是同一天写下的，内容却有着些微的出入。

"人们总是这样的，报喜不报忧，不是吗？"杰西卡说。

普拉斯生命中的一个片段给她留下了独特的印象。有一天，夫妻两人看到一只奄奄一息的雏鸟，便想救治这个伤势严重的小生物。普拉斯起初十分怜爱这个"毛茸茸的小东西"，最后却决定让它从痛苦中解脱。于是，他们将它放在一个盒子里，用煤气熏死了它，让它"平静地睡去"。普拉斯写道："这是一次让人心碎的经历。"读到这段时，杰西卡摇了摇头。

她对我说："你知道吗？西尔维娅后来也是开煤气结束了自己的生命。"

我告诉她，我确实知道。但是，听着普拉斯的书迷发出感叹，让人不禁有些担忧。但她说的没错，两者之间的联系确实很微妙。

杰西卡还告诉我，普拉斯曾在精神病院工作过，这是我不知道的。"她曾经很迷恋一个病人。"她对我说，"那人一直担心她会生出一只动物来，比如一只毛茸茸的小兔子！她这一生曾经无比荒唐过，不是吗？但这就是我喜欢她的原因。"

杰西卡显然认真地读过这些书，但她已经读完了。她说，一切又回到了原点，我们又要无休止地寻找下一本书。

我们安静地找了一两分钟，然后我抽出几本书来，让她选。她断然拒绝了，于是又开始找。

"我记得我笑得最开心的时候，你还记得你的吗？"她没来由地问了这么一句，显然陷入了个人的遐想中。

"我不记得了。"我说，"我得好好想想。"

"我记得，"她说，"那是我朋友比利的棺材放入墓地的时候。"

她又斜睨了我一眼。

"真逗，不是吗？"她说。

比利是她的发小，欠了黑帮不少钱。她告诉我，在其他地方，黑帮会直接一枪把人打死在街头，任其像被撞的动物一样在路边腐烂。但"白毛"巴尔杰的爱尔兰黑帮则会把人绑走，活不见人，死不见尸。比利被绑走后，他母亲收到勒索信，说只有支付赎金，才能见到尸体。实际上，他们真正想敲诈的是他有钱的舅舅，想讹他一笔钱。他舅舅拒付赎金，他的尸体也就不曾送回来过。但他舅舅给他买了棺材，空着下葬了。

"那真是糟糕的一天。"她回忆道。

就在那糟糕的一天，杰西卡又开始酗酒了。在这之前，她曾经戒了两年酒，这期间一个朋友自杀、她的亲姐姐被杀，还经历了许多苦难，她都坚强地熬过来了，却在这一天毁于一旦。痛苦是慢慢积累的。后来，她喝了大量的尊美醇和长岛冰茶，和楼上一个几乎不认识的人做爱。之后不久，她又开始吸毒了。

可是，为什么她要在葬礼上开心地笑呢？

她说，首先那天她喝得大醉，但不光是这个原因。她说，不是因为葬礼好笑，而是和这葬礼有关的某种东西。看着一口巨大的空棺材放入墓地，大家伤心欲绝地痛哭，这让她感到荒谬极了，却又说不上来哪里荒谬，可她就是笑了。

"我不知道。"她说，"我只是在想，该死的比利也许会突然出现在大家身后，大喊：'你们哭啥呢？'他绝对干得出这种事来。我们甚至都不确定，他是不是真的死了。简直疯了。"

当她告诉我这件事时，当我们继续徒劳地寻找一本可能并不存在的书时，我忍不住想到杰西卡生活中的空缺。有些人就和比利一样，虽然走出了她的生活，却在她心中永远占有一席之地。有些人就和她的儿子一样，明明在同一所监狱里，可以看得见彼此，却咫尺天涯。

给陌生人的丝带

杰西卡的画和信让我心动。我的工作总是在拦截信件，妨碍交流，践踏文字，我讨厌这种行为。现在，我有了反其道而行的机会：建立一个文字的渠道，用一封信将人们联系起来。谁知道这会给克里斯和杰西卡带来什么呢？说不定这会开启他们全新的人生篇章。就算没有，也许有朝一日，克里斯的孩子会在抽屉里发现这封信，就像我母亲发现了外婆的照片；也许它会在书架上积灰，被克里斯的孩子无意中发现，就像我在我父母的书架上发现了外婆的访谈记录，从中窥探到了一点家族历史，知道自己来自何方。

一周过去了，接着又是一周。杰西卡说，她还想再润色那幅画，信也需要重写。她为此道歉，我告诉她不需要道歉，她做这件事，不是为了我，而是为了自己。

然后她走了，被转移到另一所监狱。她走时没有道别，也没有留下信或画。我第一个想到的是克里斯。他从不来图书馆，我只能通过别人带话给他，说我有他母亲的礼物要给他。一开始，传话的人粗暴地告诉我，克里斯不想要她给的操蛋玩意儿，而且对我的动机很怀疑。这也合乎情理。一个礼拜后，传话的人又来了，问我要信和画，我告诉他还没到。大约有一周的时间，他天天都来图书馆，耐心地站在人群后面等着。别人总是带着各种请求，蜂拥到前台来；他来这里，永远只有一个目的，而每次我都告诉他同样的话："还没到。还在寄来的路上。"过了一阵子后，传话的人不再问了，也不再来图书馆了，但我仍心存希望。

现在杰西卡走了，没有给克里斯留下任何东西。我通过另一个犯人给了他一张字条，上面写着："我试过了，克里斯，我很抱歉。"我觉得很对不起他，燃起他的希望，却又让他失望。我不该如此乐观，不该说"还在寄来的路上"。

我无法忘记杰西卡的信，那封1987年她在教堂里塞进克里斯口袋的遗弃信及现在这封她没能送到克里斯手上的信。送与不送之间，竟是天壤之别。我一直抱着期望，期望杰西卡会通过邮局，给他邮寄点什么。

不久后，在图书馆里，八卦的玛莎走到我身边，告诉我杰西卡在转狱前不久，就将画和写到一半的信全撕了，她在垃圾里看到了纸屑。

我想到，那天晚上她站在队伍中，周围一片监狱的嘈杂——女囚的嬉笑声、狱警的吼叫声——而她孤零零地站在那里，感觉不到周围的一切。那时，她刚向我讲完她狠心遗弃儿子的事，向我讲完她的罪孽和耻辱。深深的愧疚，让她丧失了感官。她冷冷地等着狱警清点完人数，冷冷地等着走回牢房。当你看见她那副失魂落魄的模样，你就会明白：杰西卡完了。她并非故意不去听周围的噪声，故意不去在意旁人。不，都不是。她只是人在心不在，只余一具躯壳，一道幻影，立在那儿。怪不得她撕掉了画。幽灵是送不出礼物的。

不过，杰西卡还是留下了礼物，送给同室狱友，一个越南女人——她一点英语也不会说，当然也就无法与杰西卡交流，但这丝毫没有妨碍两人成为好朋友。这个越南女人总是仓皇不定，焦虑地抚摸着一小块布，无论是白天还是晚上，我在图书馆里亲眼看见过。才过了几个星期，那块布不堪重负，被揉成了一团破烂儿。杰西卡从监狱的黑市上买来了一条黑丝带，葬礼上系的那种悼念物。交易是在图书馆里进行的，杰西卡拿到丝带后，转身就送给了她的室友。她们当时就在离前台最近的书架边上，那个越南女人就站在那儿看书，看着一个字都不认识的书。她接过丝带，对着杰西卡笑了笑，又开始抚摸她的新丝带。她们从头到尾，一句话也没说过。

在杰西卡送出这条丝带，撕碎给克里斯的信后，没过几个月她就死了。这个消息是玛莎告诉我的。一天晚上，她红着眼睛来到图书馆，站在离杰西卡坐着被画的位置仅几步之遥的地方，倚在前台上告诉了我这个消息。杰西卡出狱后不到一个月就因吸毒过量而死。

"我听说她死在一栋废弃的房子里。"玛莎哭着告诉我。

这话明显听着不太对，我后来得到的更可靠的消息是，她吸毒过量，死在家中。杰西卡孤零零地死在一栋破房子里，这点在我听来很是可疑，但对玛莎来说却很合理。她把这个消息告诉我时，肯定很相信这种说法。

那天晚上，其他犯人都默默地走开了，让她趴在前台上尽情哭泣，也有几个过来安慰她。

"她是我的朋友。"玛莎泣不成声，这是她唯一能说出口的。等她平静了一些，又说，"杰西卡把你当她的朋友，你知道的。"

"我知道。"我说，"我也把她当朋友。"

在监狱里，这样的话太复杂，也太不理智。让我惊讶的是，它就这么脱口而出。但在当时，杰西卡的死讯让我太震惊，无心去想其他。

是自杀吗？这样的问题，在瘾君子身上很难说，大多是无解的。真正的问题在于：她为什么撕碎她的画，撕碎给儿子的信，扔到监狱的垃圾桶里？我可以有无数种推测，却永远无法知道真相。就算我知道了，恐怕也无法理解。

一条给陌生人的丝带——这可能是杰西卡生前送给别人的最后一件礼物，也可能是她唯一送给别人的东西。我的母亲曾经说过，她从我外婆那儿得到的唯一一件礼物，就是长长久久地活着。时间，一份意外的礼物，却弥足珍贵。这也是我母亲最终原谅我外婆的唯一原因。杰西卡甚至没有机会将时间这份礼物送给她的儿子，活着等到遗憾消融的那一天。生命过早地陨落，就是对她人生信念的印证：在这个世界上，她不可能获得宽恕。她一个人在波士顿市立医院里生下了克里斯，又将他一个人遗弃在教堂里。在监狱里，当她真正如此近距离地接近他时，她也许终于明白，如果以前没有决定生下他，没有决定抛弃他，她反而会更孤独。也许正是因为离得近了，因为从教室窗口看到的景象及由此带来的困扰，最终让她明白了这可怕的真相。这种可能性让我心情沉重。

后来的几天里，我一直在想那些错误投递的信会面临什么命运。我开始四处留意它们。那些对的信，有的放在书桌上或者柜子里，有的藏在皮夹中，有的尘封在邮件草稿箱里，永无投递之日，直至被撕成碎片，被人遗忘——有时是故意被遗忘的。而人们手里错误的信件，一旦投递出去，就覆水难收，如一经发出却立马反悔电子邮件。

当我环顾这个世界，我看不见它们的踪影，却能感觉到它们的存在。它们包含着生活的许多潜台词，隐藏在公车上陌生人的手机里，隐藏在我的一个同事的含蓄语言中，她说她收到了母亲发来的一封邮件，需要请一天"心理健康假"。这些消息游离在虚拟世界，折叠起来，隐匿起来，像监狱里被夹在书中的字条，像一只几乎看不见的风筝，被一根几乎看不见的线拉着，牵在一个人手中。即使是那些不曾发出去的，尤其是那些不曾发出去的，也同样强烈地存在着。

崩溃

我被困住了。那是一个星期五的下午，上完早班后，我走到安检通道，却在这里停留了很久，比平时还要久。和我一样困在里面的，还有一群狱警和其他职员。前后的互锁门都关上了，将我们围困在正中央。关门时发出的撞击声，足以吓坏不明就里的访客，但天天在这里上班的人早习惯了，所以无动于衷。我也是过了好几个月，才渐渐地习惯了这可怕的关门声。直到让我们出去的第二道门迟迟没有打开，我才意识到我们被困在里面了。一个狱警腰上挂着一只对讲机，里头传来了紧急通话。

"3-3 打架了。"

"哦！"旁边的一个狱警说，"运气真背。"

"看来一时半会儿是出不去了。"一个护士好心地对我说，把我当志愿者了。

在 3-3 的骚乱处理完毕之前，我们只能一直这样，困在自由和监狱之间的狭小空间里。每个人都是刚结束漫长的工作，有的人甚至连上了两个班次。每个人闻上去都和劳累过度的狱警一样，陈腐的橡胶和皮革味、过期的咖啡味、衬衫上的汗臭味，所有味道混在一起，就连护士身上过浓的香水，也掩盖不住这种气味。

一大片深色防弹玻璃，隔开了通道和中控室。透过这片玻璃，我看到了监控显示器上正在显示着 3-3 监区的混乱场面。在黑暗的中控室里，只有显示器发出耀眼的光，我朝厚厚的玻璃凑近些，看见穿着蓝色狱服的犯人们跑进跑去，然后一个狱警跑了过去。一个囚犯跳上一张桌子，不知道在怒吼什么。这下我才明白，将桌子脚固定在地上，是多么有先见之明。

我专心致志地看着监狱战区的实况转播，差点儿错过了通道里的好戏。在这意外成为牢房的通道里，这群人开始抱怨、叹气，不安地走来走去。这时，有人说话了，我以为他是在说话，但其实不是，而是在唱歌。

大家都安静下来，将目光投向声音的来源。唱歌的是一个男子，长得像一只巨大的拉布拉多搜救犬，耷拉着耳朵，脑袋比身子还要大，制服皱巴巴的，胡须参差不齐，挺着啤酒肚，咧着一张大嘴，一边笑一边唱：

"我的伤心无法诉说／所有事都让我心灰意冷……"

站在安检通道另一头的一个狱警冲他骂道："我们一分钱都不会给你的，你这个卖唱的死胖子。"

有几个人笑了起来，其中大部分是狱警，但他毫不理会，自顾自地唱着。尽管声音不大，却渐入佳境，还有了节奏感。他开始投入其中，握起拳头当麦克风，在这塞满人的狭小空间里，努力地摆出演唱爵士乐的各种姿势。

"我知道的唯一例外是／当我私下外出寻欢／却赶不走长久的寂寞／蓦然回首却看见……"

随着歌声，这个穿着笨重警靴的大块头男人，却灵魂地旋转起身子，出乎人的意料，脸上带着调皮的笑。他不停地旋转着，直到他像唱小夜曲似的，旋转到一个小巧丰满的外包员工面前，与她四眼相对，这才停下。

"你的秀美容颜……"

她的脸唰地就红了，每个人都笑了。

我突然想起3-3的骚乱，于是又将注意力转回到监控上。

"香槟也无法使我兴奋／酒精已经让我意兴阑珊"，当狱警唱到这句副歌时，困在通道里的每个员工又都笑了，包括我在内。这不是对3-3的暴乱无动于衷，反而正是因为它，我们才有机会站在这里笑。在这种地方工作就要有幽默感，否则你只会越来越苦闷，或者麻木不仁。

幽默通常会变成黑色的。不久前，监狱里举办过一次员工节日聚会，在交换礼品环节，有人送了一个恶搞的"洗漱袋"，里面装着廉价的小牙刷、牙膏和肥皂等浴室用品。这是给那些没钱在监狱小卖部买这些东西的穷犯人的。洗漱袋是对监狱孤独的一种更心酸的表达。当一个社工从帽子里掏出洗漱袋时，我们二十多个人全都笑了。当时，我在心中问自己的不是这个玩笑幽不幽默（它不幽默），也不是这个玩笑有没有品位（当然没有），而是它到底好笑在哪里。一部分原因是这个袋子出现在不该出现的地方，更主要的是在监狱里你只有两种选择：要么黑色幽默，要么没有幽默。前者似乎是较好的选择，它会让你觉得这个奇怪的地方其实只是一个普通人的工作场所，也会有别扭的节目聚会、愚蠢的搞笑礼物。

　　但那天我对幽默的回应，也就是我的微笑能力，一下子丧失了。我感觉不到幽默了。被困在安检通道里时，我感觉自己被困住了，仿佛被塞进了一部机器里。突然之间，我醒悟到这不只是感觉，而是事实——我的确被塞进了一个机器里。一个小型系统被远程的意志控制，其中两扇沉重的大门在门轨上滑动着，这种情形下的我，与实验室的老鼠差不了多少。只要一点小压力，就足以打破我内心的平衡，让我的情绪如洪水般决堤。杰西卡的死震惊了我，我一直没有从中缓过来。

　　我不停地回想她对我说的话。她那么认真地化妆，认真地盘发，她一定花了好大功夫，才弄到那些行头。她转向我，笑着说："这是件大事，不是吗？"岂止是大事！这是她这么多年来，或许是自从她抛弃儿子以来，第一次这么积极主动地做一件事。她想在为时已晚之前，去反击命运这个庞大的机器。这何止是一件大事！

　　关在幽闭的安检通道里，我感觉自己被困住了。强烈的情感涌上心头，冲破了我的心理防线。一直以来，横亘在我们之间的是复杂的职员和犯人关系，现在这道关系不复存在，我终于可以称呼她为朋友。对杰西卡来说，她伤心而孤独地死去了；对她的儿子来说，他将面临艰难的未来。对我来说，我是一个以为图书馆什么都能做到的傻子。我告诉克里斯，他一直等待的信"在寄来的路上"，我对此深感惭愧。"书不是信箱。"阿马托的标语这么写着，可我讨厌这句话。对我来说，图书馆最美好的时候，就是给了杰西卡一个地方，让她可以把信传递出去。但也许阿马托说的才是对的，我的天真乐观却成了一个十八岁孤儿的残忍玩笑。我开始有些畏缩了。"哦，他妈的。"我在心里想，"我要在安检通道里像个小孩一样哭出来了。"

　　我盯着那足有一吨重的铁门，盼着它能赶快打开，这样或许会让我好点。我盯着它，希望用意念打开它，但门依然锁着，意念不起作用。于是，我又试图用其他东西分散注意力。

　　我将目光投向中控室，里面有黑色的身影走动着。在微微闪烁的红绿指示点后面，在各种开关和操作杆后面，在放着 3-3 监区暴力活动的显示器光亮下，在监视着整个监狱的显示器光亮下（有一台显示器搁得很低，低到我的视线看不见，里头正播着白天的电视节目），有一道道黑色的身影，有的站着，有的坐着，有着靠着，有的拿着纸杯子喝咖啡。从我站着的位置，我看不清他们长什么样子，也看不清他们在干什么，但我注意到两只女人的纤纤素手，像钢琴家一般，在控制板上操作着。我以前没有注意过，如此冷酷的大门，操控它的居然是一双如此优雅的手。它们的主人隐没在黑暗中，只看得见一盏小灯下，几根精致的手指，按下按钮，拉动开关。经过一段痛苦的等待，她终于按下那至关重要的一下。沉重的铁门轰隆隆地打开，我们出来时已是第二天了。

自助餐馆

第二天傍晚，我在职工餐厅看见了监狱的心理医师，径直朝她走过去。她身材颀长，戴着又大又沉的首饰，一头蓬松的头发，像晴天时的浮云，停在她的头顶上。她那专业人士的不修边幅，让人颇感欣慰。碰到严肃的问题，她总会噘着嘴，皱着眉，沉思好一会儿才回答。今天，我有问题要请教她。

在打招呼前，在她开始吃从家里带来的豆腐沙拉前，我将餐盘放到她旁边的座位上，张口就问："那么，反移情作用有什么危害？"她停下手，噘起了嘴。

反移情作用是我以前从她那里听说的一个概念。按照她的用法，它指的是从事与精神病患或犯人相关工作的人，可能会将他们与自己生命中某个重要的人联系在一起。于是，他们会以平时看待这个人的方式，来看待这个病患或犯人。比如说，用一种不合情理的心理对待一个犯人，混杂着同情和妒忌，因为他总会让你想起自己的兄弟。

这位心理医生终于开口了："潜在的危害有很多，尤其是在你不注意的时候，不管是有意的，还是无意的。"

她说，实际的危害包括各种不专业的不当行为，如曲解规章制度，将所有的礼节都抛之脑后。一个人会有情感，这是很自然的，也是不可避免的，关键是要认清现实，坚守底线，控制局面。有时，你还要问自己，这种感觉是否来源于对方的行为，心理医生更要注意这一点。比如说，你觉得她像女儿，是因为她把你当作母亲。在治疗的过程中，心理医师也要认真审视医患关系。

"听上去很麻烦。"我说。

"是啊。"她笑了，"不过我的职业就是处理麻烦。你也是。"她又说道，"如果你有这种困扰，可以来找我。"

我不会去的。谈话疗法对我作用不大。我更倾向于冥想疗法。在冥想中，我想我是经历了一种相反的移情作用，不把犯人看作一个可爱的人，而是将可爱的人看作一个犯人。我在我神秘的外婆身上看到了杰西卡的影子——痛苦的孤独和无尽的沉默。我只听得见外婆的恶言恶语，总是以此来评价她，从不去理解她的困境，从未真正地体谅过她是一个极端孤独的人、一个自我囚禁的人。

在写作课上，那张空椅子总让我心神不定。杰西卡过去常常坐在那个位置，透过一扇监狱的窗户，向下凝望着她的儿子。爱德华·霍普[①]曾于 1927 年画下了《自助餐厅》，我曾要求女犯人们围绕这幅画写一篇作文，用文字描写画中独坐一隅的女人。因为杰西卡的启发，我才会想出这项作业。但当我开始思考画中的女人时，浮现在我脑海里的，却是外婆的一幅肖像。

有一次，为了不让外婆再消沉下去，我的阿姨威逼利诱，让她买了件新衣服，好好地打扮一番，去当地的一家商场，拍了一张半身照。那照片我很熟悉。照片上，脸色苍白的外婆穿着一件难看的蓝色外套，头发梳得像坚硬的头盔，涂了厚厚一层口红，表情和平时一样严肃。每次看到那张照片，我就会联想到墨索里尼的形象。八年级的时候，我一打开历史课本，翻到第二次世界大战的章节，看到图片上的墨索里尼，就在心里想："哇，这跟外婆的照片一模一样！"直到现在，我还是这么觉得。

---

① 爱德华·霍普（1882—1967）：美国绘画大师，以描绘寂寥的美国当代生活风景闻名。

但现在，我看得更清楚了。就像杰西卡为画肖像而盛装打扮，我的外婆也在掩饰她的脆弱。每一件配饰，每一笔妆容，都是为了让自己抬头挺胸，与孤独抗争。这是一种自我的保护，也是无声的勇气。

我想起了被我忽视的一个小细节：为杰西卡画肖像的那天，她走进图书馆时，裤脚是挽着的，她以前从不这样，这是由赶时髦的女囚引领的监狱时尚。可是这个细节，当时没有引起我的注意。

现在我明白了。挽起的裤脚，还有身上的香水，这些画不进画里，与画也没有关系。她这么做不是为了画，而是为了她自己，为了假装自己是一个美人，想象自己是一个美人，享受那个美丽的时刻。这让我忍不住想，也许画肖像这件事，并不是为了她儿子。或许，就和那反复出现的与儿子有关的梦一样，这是一个转瞬即逝的美好瞬间。

我思考着杰西卡和外婆，以此来观察霍普《自助餐厅》中的女人。每次布置随堂作文时，我也会随手写点东西。离下课时间还有十五分钟，我在监狱发的不带钢丝的笔记本上写下：

> 压低的帽檐，浓艳的口红
> 是为了驱赶黑暗
>
> 亮丽的服饰，与黑夜抗衡
> 是为了叫它走开
>
> 可没有什么能让她摆脱虚无
> 摆脱桌子对面的空椅子
> 摆脱难以逾越的窗户
> 摆脱窒息的压抑感
> 茶凉了

从记事以来，我最害怕的记忆，就是与外婆相处。以这种方式哀悼杰西卡，也让我找到了哀悼我那难以相处的外婆的方式，还从中明白了别的事：和我的囚犯学生一样，我也需要这些写作课。

课后，我回到图书馆的办公室，做了任何一个在美国中西部长大的半压抑的孩子在遇到情感困扰时都会做的事。我打电话给妈妈，开始在电话里挑刺，先是说她停车技术不好，接着说她开车技术也不好，然后说她缺乏锻炼。

当我停下来时，她说："说完了？"

我能说实话吗？我打电话只是为了听听她的声音，因为我知道在未来的某个时刻，我将再也无法做这么简单的事。

"没呢。"我改了念头，"当然没完。但我要回去上班了，再见。"

-------- 风筝上的弥赛亚 ① --------

我把手伸进口袋里，想搜出个硬币来，在狱警工会俱乐部的自动售货机上买点东西。我盯着一块 PayDay 花生焦糖能量棒，从口袋里掏出了一张不知从哪儿来的字条。"风筝"经常这样偷偷地溜进我的生活，让人防不胜防，它们神出鬼没的，可能在任何地方出现。家里、电影院、饭店、离监狱千里之外的地方，不管在哪里，这些微弱的声音总会执着地将我拽回来。我打开字条，上面写着："亲爱的弥赛亚，我知道很难，但你不要泄气，兄弟……"

我笑了。一张投给神学乐观主义的小选票。我知道这张字条是给一个叫弥赛亚的犯人的，但依然忍不住浮想联翩。我拿出我的笔记本，将字条上的话记下来，并加上一句幽默的注语——"弥赛亚的困境"。我从来没想过，真正的弥赛亚本人遭遇过怎样的厄运（也许基督徒对此理解更深）。凡人们痛苦等待着弥赛亚从天降临，哪知他本人也同样煎熬地等待着迟迟未到的降临。可怜的家伙，也许他的命运比我们还惨。

这个充满怀疑的犹太老笑话展示了另一面：

---

① 弥赛亚：指一个头衔或者称号，意为上帝所选中的，具有特殊的权力的人。

某个小镇雇了一个一无是处的家伙，他的工作就是坐在长椅上，一旦见到弥赛亚，即向镇上其他人宣告他的降临。很多年过去了，这个人做的就是整天坐在长椅上等待，每天都这么坐着等。一天，有人问这个一无是处的家伙，为什么要接受这个既不讨好又不挣钱的活儿。

"没错，工钱是低。"一无是处的家伙说，"但这工作稳定。"

在一个什么都靠不住，甚至连上帝的承诺都靠不住的世界里，人们至少可以寄托于失望。正如这个笑话所说的，注定破灭的乐观事业，却提供了完美的就业保障。这就是对监狱工作的完美诠释。

而现在，这就是我的工作。我回到办公室，在电脑上制作了一张宣传海报，它将被贴到各个监区。海报上印着图书馆和一个孩子，并且写道："如果你去了监狱图书馆，你的孩子就不用去了。"这话有些悲观，但也有些乐观。其实，即便是在脱离犹太高中之后，我依然恪守着中世纪的犹太信条，其实这些信条本身就充满了怀疑和暗讽：我坚定地相信，相信弥赛亚会到来，即使他耽搁了，我仍会每日等待，等待他到来。

------- **档案** -------

我的同事福里斯特开始对我产生好奇。他很有礼貌，一直保持沉默。但有一天下午，就在我快要离馆时，他终于绕过办公桌，忍不住开口了。

"所以……"他小声地说，"你在那里做什么？"

我一直在清理书架，从上面腾出宝贵的空间，先用空纸箱占住地方，现在正将一沓沓皱巴巴的纸放进去。

"我在腾地方，用来放图书馆里找到的'风筝'，还有别的杂物。"

"哦。"他说，"好。"

他穿上外套，关闭了几个正在写的 Word 文档。他站着看了我一会儿，脸上露出痛苦的表情。

"你是想存档？"他问。

"是。"我回答说，"确实如此。"

"我看你更像档案管理员，而不是图书管理员。"他说。

他告诉我，档案管理员和图书管理员的性格正好相反。真正的图书管理员是不会伤感的，他们注重一样东西的实用性，喜欢最新、最干净和最流行的图书。档案管理员则是另外一种人，别人喜欢的他们也喜欢；比起有用，他们更喜欢稀罕。

"他们什么都喜欢，对口香糖包装纸和书的喜爱程度是一样的。"他的语气有些不屑。

"图书管理员喜欢扔掉垃圾，腾出空间。"他说，"但档案管理员，什么都舍不得扔。"

"你说得没错，"我说，"我更像个档案管理员。"

"而我更像图书管理员。"他说。

"那我们还能愉快地做朋友吗？"

他脸上闪过一丝腼腆的微笑，从门口走了出去。

我脑子还是清醒的，自知舍不得扔掉这些"风筝"确实有些古怪，可我就是办不到。别人花心思写下的信，却被当成垃圾扔掉，这似乎太粗暴了。我犹豫的是：万一这些信将来会变成对某个人很重要的东西呢？我的专业是历史与文学，我曾为报社写讣闻。我花了很多功夫，去看一些怪人决定不扔的信件和物件。没有这些，就没有历史，没有记忆。

我不能允许自己去毁灭这么珍贵的记录。偶尔忍不住想扔弃时，我会将这种冲动与我对杰西卡的感情联系在一起，与她的信联系在一起：既然无法使一个家庭团聚，那么至少要为克里斯和他未来的孩子留下一个家庭记忆的断编残简，留下一份念想。

好几个月以来，我一直隐约地在想，监狱应该保存一份自己的档案，因为这与我的工作没有直接关系，后来我也就忘了。现在，既然福里斯特如此准确地将我定位为一个档案管理员，我也就忍不住开始好奇：监狱的档案馆究竟是什么样子？

当我用含糊的措辞，拙劣地向帕蒂提出想"参观档案馆"时，她说会想办法安排。当天，副监狱长马林亲自打电话告诉我，会安排我与监狱档案管理员加洛警官联系。不知是有意还是无意，他将对方喊成了"加

洛斯 ① 警官"。马林已经告诉加洛，我是一个"历史爱好者"，如能"有幸参观"，将"不胜感激"。当他重复这句话时，微微笑了一下。

"你可以随意参观。"他对我说，"但小心加洛斯，他是有性子的人。"

在我的想象中，一个真正的档案管理员，不是我这种半吊子的，一定是个谨慎的人，认真严肃，学究气十足，不会遗漏任何细节，不管是一份文件，还是一句话。可加洛警官不是这种人，而且完全相反。他不修边幅，但不讨人厌，懒散古怪，无拘无束，他的情绪和他警服袖口的官阶臂章都一目了然。也许他喜欢档案处的清净，也许是被发配到这里来的，我不知道。加洛走路时摇摇晃晃的，人长得四四方方，仿佛在一个方盒子般的煤砖房里辛苦了三十年，自己也变成了一个方盒子。他嘟囔着说话，鼻子里发出哼声，总在吹嘘自己，开些下流的玩笑，自豪地破坏着这个职业的规范。他告诉我，他一直"渴望"能够销毁一整墙的箱子里的档案（一旦得到法院的准许）；他不关心历史（因为"尽是些坏消息"），更关心能不能腾出地方来堆放新的文件。很明显，他更像是一个图书管理员。

"空荡荡的才美。"他告诉我，"空旷对于我而言才是美。你可以看到，这里毫无美感可言。"

我第一次到档案馆，是乘坐一部电梯下来的，由中控室里某个心不在焉的狱警操控着，想停就停，想开就开。到了档案馆后，我和加洛握了下手，但马上就被眼前的美景惊呆了。明媚的阳光从巨大的天窗洒落下来，照亮了整个房间，落地窗外是壮观的波士顿天际线。他朝大窗户的方向斜睨了一眼，好像从来没注意过它们，也许真没有。

"对喜欢城市景观的人而言，"他说，"我想这里看着还不错。"

随后，他用了近一个小时，激动地向我抱怨没人重视他和他的工作。他的大部分狱警同事总是说，他的工作就是"整天坐在那里自摸"。尽管这个长得四四方方的矮子警官并不觉得好笑，最后还是干笑了一声，变相地承认"才没有整天"。

---

① 加洛斯：原文"Gallows"有"绞刑架"的意思，用作姓氏时一般译为"加洛斯"。

我问他挂在办公桌上方的照片是什么。在那个地方的人们通常会挂全家福或辣妹图；而他挂的是一座砖头碉堡的照片——碉堡笼罩在乌云之下，年久失修，残破不堪，通向碉堡的路上有着一道深深的车辙印。

这张满是皱纹的脸上顿时有了明媚的笑容："那是鹿岛。"波士顿以前的监狱。所有在鹿岛待过的人，不管是犯人、狱警还是职员，都说那地方是个令人绝望的地狱，只有加洛是例外，他甚至很怀念狱警们在那里的沙滩上举办的野餐和烧烤。

"鹿岛没那么多规矩，这点很好。出什么事都没人在乎。"

对大部分人而言，这正是那个地方的问题所在。加洛又开始严肃起来，说监狱里没人尊重档案处，说当人们谈到档案馆时，都觉得这里是一个"垃圾场"。总有人把坏了的监狱设备和用品扔到这里来，让他不堪其扰。

有时，他会把一些设备拆开，取下部分零件，在闲暇时间倒腾些"发明工作"。在屋子的一角，他建了一个工作台，制作和摆弄各种玩意儿，他不介意谈论这些。加洛是我在监狱里认识的最古怪的人之一，他每天的上班时间是凌晨四点到下午一点，真是个奇怪的上班作息。

加洛开始带我参观时，用怀疑且不失揶揄的口气问我，为什么想看档案馆。我没有什么合适的回答，只能套用副监狱长马林的话，说我是一名"历史爱好者"。听到这个回答，加洛眯起了眼睛，但还是执行上司的命令，带我去看了一个个堆满盒子的房间，里面放着事件报告、惩罚记录、病例、简报、犯人借书单和一堆没人知道是什么的东西。

"没有人真正知道这里的一切。"他坦言。

他抽出一些发黄的文件，从鹿岛上的旧监狱转移过来的。

"如果你坐过牢，你那些肮脏的档案就会永远存放在这里。"他咧嘴笑道，"监狱档案馆会永远记住你。"

但它真会记住吗？它会选择记住什么？它会告诉未来的历史学家，曾有一个叫弥赛亚的人住在三层的一间牢房里吗？会记住犯人将他们的篮球赛称作"夏日经典"吗？会记住监狱里最受欢迎的电视节目或书名吗？会记住杰西卡和她的儿子吗？

在加洛的介绍下，这二十五分钟的参观，激起了我的好奇心。这个地方，以及堆积在此的几十年的纷乱历史，让我认识到我所不知道的事情、我不可能知道的事情。这本身就是建立档案的智慧所在。通过建立一个有限的空间，保留但也遗漏一些东西，它激发你去探寻尘封的角落，探寻被遗落的东西。杰西卡死后，我更加迫切地感觉到，我必须为那些一不小心就会被遗忘的东西，找一个收容之所。

　　站在电梯里时，我决定正式接受那个身为档案管理员的自我。图书馆可以有另一个用途——去收集记忆，不管是物品、文件还是碎片。出于某种神经质的冲动，我决定开始这项工作。我很感激好心的福里斯特，给它起了一个美名：监狱档案。位于顶层的正式档案处留下的记忆空白，都将由它来填补。哪怕我是一个怪人，但在这座大楼的档案管理员怪人榜单上，我也只排得上第二。

夜半风筝

　　既然揽下了监狱档案管理员的活儿，我决定去鹿岛参观一下波士顿的古老监狱。尽管这座监狱现已停用，但我还是希望它的建筑能透露一些历史。与大部分建筑不同，监狱就是它自身的建筑艺术，形式即意义。

　　我知道它大致的历史。19 世纪 40 年代，波士顿南部地价上涨，市政府将监狱从南区迁至波士顿港区。它像一艘沧桑的大船，勉强维持着，一直用到 1991 年，是全美连续使用时间最长的监狱。大家都对鹿岛持鄙视的态度，只有加洛警官对它另眼相待，怀念那段岁月。对于狱警、职员和犯人来说，在鹿岛的岁月像一枚老旧的荣誉勋章，标志着你是一个危险人物——19 世纪的一条硬汉，能在原始丛林的竞争中存活下来。鹿岛监狱有"无人岛"的恶名，在那里，他人即敌人，经常停电断水，"野生动物"在走廊里乱窜，犯人和狱警用丛林法则解决争端。一个犯人对我说，如果你在鹿岛待过，会觉得那是"不同的时代"。大家都同意这个说法，包括加洛警官。犯人和狱警总是说："那曾经是一座监狱岛。"

　　监狱不是关键词，"曾经"才是。到了鹿岛后，我发现现在的它只是一个美丽的荒岛，没什么可看的。

今天，鹿岛有两大功能。它是全国第二大垃圾处理厂所在地，因联邦紧急法令而建，斥资六十亿美元，负责清理波士顿受污染的港口；另一个功能是无名坟场，埋葬了近五千具无名尸骨。总而言之，它是一个占地二百一十公顷的岛，四面是为抵御海平面升高而筑高的防波堤坝。岛上有一块被污水处理场占据的低地，中间突兀地冒出几个小山包，一个空荡荡的大院子，几个庞大的废弃建筑，不知用途为何。岛上的空气充满了甜腐的气味，时而掺杂着一丝咸味，从东面吹来。在陡峭的防波堤下面，是布满细沙和碎石的海滩，每当冷灰的海浪拍上来，迸出碎玉般的浪花，它似乎就会往后退一些。在这里，大西洋灰蓝色的海面会在你面前无边无际地展开来。

鹿岛监狱的故事从自然史开始，这段被岁月掩埋的历史，现在再也看不到了。首先，鹿岛已无鹿。

起初，这里是有鹿的。在早期的历史中，这座岛是天然的庇护所，鹿群逃到这里，躲避内陆的饿狼。它们如何上岛，至今成谜。19 世纪的一本旅游指南推测，有一群勇敢的鹿，游过了岛屿与大陆之间的狭窄水道，或者是在水面结冰时走过去。这条水道全长约百米，被称为"雪莉肠道"。因为没有天敌，鹿繁殖得很快，形成了自己的殖民地，毛绒动物的伊甸园。因此，鹿岛首先是座庇护所。

后来，它成了马萨诸塞湾殖民地居民的公共森林，男人们会划船到岛上伐木、猎鹿。很快，岛上就无木可伐、无鹿可猎了。从此，人类的历史开始了。

鹿岛是新欧洲移民居住地以外的地方，一个法外之地，一块山城外围的魔鬼领地，一片海盗、恶棍、绞刑犯、罪犯、灾民和被流放者的猎獭之地。

对纳提克印第安人来说，鹿岛是绝望的放逐之地，是 17 世纪的集中营。为了成为"祈祷的部落 ①"，纳提克印第安人犯下皈依基督教的错误，不仅被其他印第安人部落视为叛徒，还深受英国人怀疑。1675 年，菲力

① 祈祷的部落：经英国人传教后，改信基督教的原住民部落。

浦国王之战① 爆发，惊恐的英国殖民者将纳提克人和其他怀疑对象拘禁在鹿岛，约五百人在饥寒交迫的寒冬中死去，有男人，有女人，也有儿童。

在 19 世纪，一旦在波士顿日益拥挤的贫民窟或中央公园里发现任何身患重病的无家可归的爱尔兰移民，就会将其遣送到鹿岛隔离，防止霍乱和斑疹伤寒扩散。有些人还在移民船上，还没踏上美国的陆地，就被直接移送过去，成了岛上的一座无名冢。他们想在美洲开始新生活的希望，就在快要到达新世界时轰然破灭。鹿岛也是无家无室的新英格兰人的无名墓场。

整个 20 世纪，鹿岛都是这座城市的绝症病人、贫民、弃儿和神经病人的归宿，尤其当他们出身于少数族群时，更免不了流落此岛。就在这片写满人类苦难的土地上，19 世纪 40 年代，监狱破土而出，不断壮大；而后日渐衰败，来到 20 世纪末，走向终点。

鹿岛监狱建成之初，霍桑如此回溯全波士顿的第一所监狱："新殖民地的开拓者们，不管原先想建立什么样的充满美德和幸福的乌托邦，总要划出一块未经开垦的地来当墓地，再划出一块来盖监狱，这两样在开辟之初都是必不可少的。"监狱和墓地，证明了乌托邦之虚妄，而鹿岛两者兼备。

最初，人们将它视为一座美丽却被诅咒的小岛——原是大自然的庇护所，却沦为囚禁人类的牢笼。庇护与囚禁之间的拉锯，贯穿于其整个历史的始末。这个地方究竟是庇护了它的居民，远离人间险恶，还是禁锢了危险的居民，不去危害人间？

实际上，它是通往遗忘的一个小站，是无望之人的人间炼狱。鹿岛像是一座发现于古城门、桥洞和长亭废墟之中的中世纪监狱，原是通往某地的歇脚点，却迷失在荒芜中。几百年来，波士顿的边缘人就住在这个失落之地，将整座城市的美景尽收眼底，却永无立锥之地。

城里也有人望向这里。这座注定毁灭的小岛，在它黑暗的阴影下，也许还有悲伤不息的引力下，西尔维娅·普拉斯在温斯罗普的约翰逊街

---

① 菲力浦国王之战：指由印地安万帕诺亚部落酋长菲力浦王发起的反抗。

长大了，那是离岛最近的居民区。在那里，她的"风景不是大地，而是大地的尽头，如山峦般绵延起伏的大西洋波涛，冷冷的，咸咸的"。她所见到的风景，她反复使用的隐喻，是鹿岛。在诗歌《雪莉角》中，普拉斯描写了破败凋敝的邻居，那座监狱岛的困境，被"汹涌的海水"围困，被"肆虐的海浪"侵蚀，在"大海的冲刷"下，一点一点被蚕食，不复往日的风貌。

普拉斯于 1959 年写下《雪莉角》，那一年她和泰德·休斯去温斯罗普，到父亲的墓地祭拜。八岁那年，父亲的猝死成了她人生最大的创伤。直到这一天，她才终于敢去墓地看他。她在日记中写道，到了墓地的时候，她感觉自己"受到了欺骗"，那里的墓碑都很丑，坟墓挨得很近，"仿佛死人们脸贴着脸，睡在救济院里"。她恨不得"将他挖出来，只为证明他活过，而且真的死了"。她怀着向来古怪的好奇心想："他会离我多远呢？"

普拉斯那天心烦意乱，分不清东西南北，两人在镇上兜兜转转，绕了好几个小时。后来，他们走到鹿岛的大门口，一个狱警把两个诗人轰走了。

四年后，普拉斯在她的厨房里用煤气自杀了，她把她和孩子们之间的门窗全封死，就像《雪莉角》中描述的：她在温斯罗普家里的厨房中用"木板钉死的窗户"一样。老家的厨房是奶奶经常"把她的全麦面包和苹果派晾凉"的地方。

20 世纪 90 年代初，所有人撤离了鹿岛监狱，废弃的设施周围竖起了巨大的围栏。监狱建筑是这岛上最后的隔离者、寻求庇护者和囚犯。一支消除有害动物的小队来到岛上，消灭了尚存的大群啮齿动物。冬天的寒风从大洋上呼啸而至，吹进空荡荡的楼道，穿堂而过。然后，他们拆除了监狱。拆下的残砖断瓦，混着泥土，堆积成山。监狱成了最后一个被埋葬于鹿岛的无名孤魂。这个陡峭的人工山丘，横亘在大陆和垃圾场之间，勉强挡住了后者。今天，旧监狱只是一个坟丘。在考古学意义上，它是一个土墩墓，一个台形遗址。

这是纪念监狱的一种方式。

城市另一头的自由酒店，有着相似的历史轨迹。这是一家豪华四星级酒店：2007 年酒店开张时，打出了一句超前的广告词——"浪漫囚居"，用粗俗的奢华装扮罪恶的历史。酒店建筑的前身是查理街监狱。1851 年至 1991 年，等待判刑的拘留犯会先被关在这里，之后再移送鹿岛或其他监狱。这幢建筑"多姿多彩"的过去和"庄严肃穆"的风格是酒店公关人员精心策划的卖点，迎合上层中产阶级对所谓真实的地方特色的追求，即那种在高房价区随处可见的红砖房。

酒店将这段历史粉饰成高档却庸俗的艺术，从各种自以为高明的名字中就能看出：酒店的名字叫"自由"，餐厅的名字叫"囚室"，鸡尾酒吧的名字叫"不在场证明"，这些都保留着监狱牢房的痕迹。最后，这种媚俗的高档还可见于昂贵的附加产品。比如说，有一项鸡尾酒的附加品叫"钥匙"，这东西好到酒店为它专门开了场新闻发布会。

准确地说，"钥匙"在菜单上定价五百美元，为酒店"高雅"的顾客提供"让浪漫从酒吧延续到客房"的服务，包含以下"激发浪漫的用品"：

烛光房间，情调音乐

Booty Parlor 亲密套装（两个安全套、伴侣震动环、按摩油、润滑油）

丝质眼罩

墨西哥风情巧克力

摩顿布朗牙刷套装

下午一点退房

这样的"高趣味"服务是经常来图书馆的那些皮条客能设计出来的东西。15 世纪时，欧洲的小贵族与囚犯同住一座城堡。和他们一样，自由酒店的暴发户与这座城市最卑微的人，共享一个地方，共享一段历史。他们迫切渴望的是：将阶级差异变成高档奢侈品，凸显他们在某一（高大上）阶层的社会地位，与和自己毫不沾边的阶层（罪犯）拉开距离。对于自由酒店的顾客而言，镶着木板的"囚室"什么也不是，只是一个吃仅有四颗蘑菇沙拉的地方。

为了让这包罗万象的体验更加完善，酒店屈尊降贵地承担起守护此地的责任。酒店的发言人坚称，拆除这样一栋历史建筑是"可耻的"，他们"有责任铭记这段历史"，还指出将其重新投入使用，才是"绿色"之举。

一座曾经用于关押可怜虫、肮脏鬼和失败者的建筑，如果想让它长久地用下去，你可以而且必须将它拔高到古雅的历史建筑——如果它本身够"庄严肃穆"，那么它就是美丽的。这跟招来精品店和请公关公司一样简单。

将痛苦、暴力和心碎包装成资本家高档的庸俗艺术：这也是纪念监狱的一种方式。

监狱总能成为好的废墟。教堂、广场、剧院。哪怕废弃了，仍保留着往昔的壮丽，但要说是废墟，它们名副其实吗？一所监狱废弃了，就只余破败腐朽，这才是货真价实的废墟。当一所监狱使用的年头越来越长，年久失修，拥挤不堪，设施条件也越来越糟糕时，它反而更有监狱的样子。当粉饰过的墙墙皮剥落、漏水、发霉、腐朽，它反而露出了更真实的面目。等它迎来最终的衰败，它才真正实现了全部的潜能，成为彻头彻尾的监狱：一个垃圾场。也许反过来说"废墟是好监狱"更为贴切。

布鲁斯·伍德是负责鹿岛监狱拆除工程的项目经理，在拆除前的最后几天，他对《波士顿环球报》说："那个地方太臭了，又脏又乱，简直是个地牢。"也许他说的更对。

历史上，也曾有人将监狱和垃圾场同等对待，而且并不羞于承认。公元 1 世纪时，罗马人在城市中央的下水管道正上方修建了一所地牢。每当犯人死掉，或者说被处死后，狱卒只要打开活板门，将尸体扔进下水道就完事了。鹿岛作为监狱和垃圾场的绝佳地点，难道不是命运使然？我工作的监狱所在的南湾，以前是垃圾堆和焚化场，这只是巧合吗？监狱职员肯定知道监狱与垃圾的这层联系，否则不会直到现在都不肯喝监狱里的自来水。

尽管现在破败不堪、弃置不用，但监狱大楼在设计之初，都考虑了持久性。不管在哪个社会时代，监狱都是最结实的建筑。在考古发掘现场，它们常常是唯一完好的遗迹，或保存最好的遗迹。在这个意义上，

Running the Books

监狱中了自我纪念的魔咒，就像希腊神话中悲惨的提托诺斯 [1]，他们是自己的纪念碑，长生不灭，衰而不死。

时间太久远了，面目也就模糊了。有时，考古学家发现了一座坚固的古代建筑，但苦于面目全非，难以确定它是金库，还是监狱。财宝和囚犯是社会财产的两极，镇守的森严程度却是相同的。二者都极具价值，值得最高的关注。正因如此，才难以区分。

考古发掘中另一个容易与监狱混淆的是坟墓。监狱废墟很容易被误认为坟墓。这种混淆并非巧合，不是因为二者在结构上的相似性，而是这之外的东西，一种精神上的血亲。监禁的法律基础之一是"剥夺公权"：因为法院依法剥夺了其在社会上的一切公民权利，如投票权和契约权，所以一个被判处重罪的公民将视为民事行为上的死人。

在剥夺公权法问世之前，在世俗监狱出现之前，忏悔室早已存在于世，犯戒的僧人会被送进这里，面壁思过。历史上，一些僧人、贵妇或犯人为了逃避肉体上的酷刑，自愿终身囚禁在修道院内，然后举办葬礼。忏悔室就是活人墓，这不是比喻——囚禁其中的人永不得现身人间。它就是现代囚室的原型。

一所监狱留下的遗迹，哪怕被成功地辨别出是监狱，也不能带来更加清晰的答案，反而加深了监狱存在的根本矛盾。它的功能是实施"报复"，还是"回归"本善？是惩罚，还是改造？现代社会对监狱的争论，其实并无新意，古已有之；与其说是争论，不如说是谜团。这种矛盾被封印在它的遗迹中。它历久弥坚的遗迹，无言地述说着一个自相矛盾的故事：这里是惩戒之地，也是庇护之所；住过圣人，也住过罪人；是金库，也是下水道；是一个通往乌有之乡的驿站，也是一座活人墓。

鹿岛上悲惨的人类历史，如今几乎痕迹全无。除了有少数几件文物展示在警察工会俱乐部的活动室里，鹿岛监狱残存的唯一遗迹，是大门边维多利亚风格的岗亭。1959 年，普拉斯和休斯就是在那里被一名狱警

---

① 提托诺斯：特洛伊王子，女神奥罗拉爱上了他，请求宙斯让他长生不死，却忘了请求让他永葆青春，于是他成了一个年老体衰却喋喋不休的人。

赶走。埃斯特是普拉斯在其自传体小说《钟形罩》中的形象，她将这处岗亭幻想成一个欢乐的"小家"，这个意想不到的小家里会走出她未来的丈夫，她将与这个男人快乐地生活着，相夫教子，过着截然不同的生活。

普拉斯的埃斯特还有着其他自我安慰的幻想。在地铁里，她告诉一个陌生人，她要坐车去看望她的父亲，一个关在鹿岛的囚犯，而她的父亲与普拉斯的父亲一样，早已不在人世。也许这不是谎言，而是一个虚构的故事，只有自己才知道的真相。对埃斯特（普拉斯）而言，将父亲描绘成生活在岛上的幽灵犯人，这是合情合理的，甚至有些自我安慰。难怪普拉斯说，埃斯特在波涛中玩着自我毁灭的游戏。对她而言，鹿岛是介于生死之间的无人之境。

监狱仍然占据着这片领域。杰西卡并非我在监狱里遇到的唯一幽灵。当《波士顿环球报》发布年终的杀人案大盘点时，我看到了七个熟悉的名字，还有许多名字与我间隔不到两人[1]。来监狱工作之前，这份悲惨的年度名单上的人，我一个都不认识，也不知道有这么多人死于吸毒过量。来监狱工作之后，我每天都会与一个秘密的群体打交道——被死神打上烙印的囚犯。对那些人而言，监狱是进入坟墓前的"最后一站"。

晚上十一点过后，结束一天的废墟之旅，我回到了活生生的监狱。这个时间点过来，似乎有些不合时宜。但我想，这个地方永远不会关门，而且我有钥匙，为什么不来呢？我想要找一本书，这个时间只有监狱的图书馆是开着的。

看守大门的狱警通常都很讨人喜欢。按照监狱领导的说法，格兰姆斯是个"亲近群众"的人，也是少数持枪上岗的狱警之一（监狱内不允许携带武器）。他是禅宗信徒，每天都会在值勤的岗位上放一本来自东方的古代智慧宝典，白天负责指挥嘈杂的监狱交通。上晚班的狱警，则表现出不同的文化和入夜后监狱的另一种态度。正如普拉斯在《夜班》中写的，"无休止地做着琐碎的事 / 不知疲倦"。

---

[1] 根据"六度分隔理论"，你和任何一个陌生人之间所间隔的人不会超过五个，也就是说最多通过六个人，你就能认识任何一个陌生人。

关于在夜里不知疲倦地做着琐碎的事，萨利有自己的一套方法。他是个幽默的人，总有"新的笑话"等着我。那天晚上，我到监狱门口时，萨利脸上一丝笑容也没有。

"你听说了吗？出事了。"我走近时，他小声对我说。

这可不是我希望从一个狱警那里听到的招呼语。

"没听说。出什么事了？"我说。

"有人被捕了。"

"天哪！是谁？"

"一个有名的女演员。名叫瑞茜……什么的？"

"那汤匙①？"

"不！"他说，"是拿刀子。"他的脸上露出扭曲的笑容，喉咙里发出一声缺德的低笑，"你喜欢这笑话吗？"萨利说着在我背上用力拍了一下，"不是拿汤匙，是拿刀子捅的！"

在沾沾自喜地回味了好几遍自己的笑话，而且每重复一次就要大笑一次后，他终于办完了检查手续，放我进入了监狱。

尽管我已经有了心理准备，但这并没有减少深夜里的监狱给我带来的恐惧。走廊里安静得瘆人，月光在操场上投下扭曲的影子，通风井中传出令人心慌的闷响。我原本以为会有更吓人的，结果却没有，经过几次心理建设后，也就不那么害怕了。我走进位于 3 号楼的图书馆，按下电灯的开关，这是个小小的开关，却允许我去履行最绵薄的法律义务，即那句来自 19 世纪监狱的规定："应在白天为囚禁之人提供光明，让其每日清晨至少阅读一个时辰。"整个图书馆瞬间洒满了灰白的灯光，安静得异乎寻常。图书馆永远也不会寂寞，即使你希望它如此。几只受惊的老鼠沿着墙脚逃走，不知躲到哪个角落去了。在这个时候，我很乐于和它们同在一个屋檐下，而不是和人或鬼。

我穿过迷宫般的书架，走过传记类、地理类、政治类、历史类、小

---

① 那汤匙：美国女演员瑞茜，姓氏为"Witherspoon"（一般译为"威瑟斯普"），音同"with a spoon"（拿勺子），为保留原语幽默感，此处采取意译法。

说类。最后，来到了我的目的地：诗歌类。

在这一天里，我看到了鹿岛令人恐惧的空旷，看到了自由酒店更加令人恐惧的繁忙，突然对这个有血有肉的地方心存感激，古代的监狱可没有图书馆。

我来到放着普拉斯著作的书架。因为杰西卡的关系，我正考虑撤掉这个专架，永远撤掉。在我眼里，设立专架只有一个简单的用途，就是让流行作家的书更好找，方便读者。书好找，看书的人就多了，这是图书馆的信条。但我可能是在帮倒忙，为普拉斯设置专架，反而助长了囚犯对死亡的崇拜。身为监狱的图书管理员，服务于一群脆弱的特殊人群，或许我不仅有责任帮助他们找到想看的书，还要防止他们看某些书。

这个想法令我不安：我是什么人，竟可以决定别人可以看什么书？我的工作职责不是审查图书内容。然而，我明知专架上摆着一本她的诗集《埃里厄尔》，其中有一首叫《切指》的诗里写着："真刺激——/ 是我的手指头，不是洋葱头 / 几乎被一刀切没了 / 只剩铰链般的关节 / 只余一层皮…… / 我病了 / 吞了一粒药去杀死它 / 那薄薄的 / 如纸般的感觉……"还有一首叫《边缘》的诗里写着："这个女人完美了 / 她死去的 / 身体带着圆满的笑容。"我还能安然入睡吗？监狱里的审查官有权下架任何煽动暴力的图书，但《埃里厄尔》这样的书永远不会引起他们的注意。不能因为《埃里厄尔》是艺术，就觉得它不危险。相反地，它可能后患无穷。在我的图书馆里，有边缘性格的女人，有自残的女人，有自杀成瘾的女人。某一天，她们可能会将普拉斯视为上天派来的使者，指引她们走向自我毁灭的道路。也许我有责任不让她们看到这些诗，也许读过之后反而对她们有帮助，也许我应该在课上教这些诗，也许我不该瞎操心……我不知道怎么做才是对的。

我决定暂且不管这些问题，等到了上班时间再想。现在是下班时间，按理说已经闭馆了。此时的我，只是一个访客、一个读者，来这儿寻找方向，而不是指引方向。

我快速地翻阅普拉斯的传记，希望能找到她 1938 年飓风中的经历，那时她还和父母住在老家，每天推开窗户，就能看到鹿岛的监狱。她曾在

《雪莉角》中间接提起这次飓风，全家人都经历了飓风的肆虐。它无情地吹破父亲书房的窗户，整个房子浸泡在海水里。外面的船只漂到城市的另一头。一条鲨鱼躺在奶奶的花园里，像一夜之间突然破土的小树苗。

把书合上时，这个动作令我猛然想起，这个时间点为什么非来这里不可。我想看一个真实的图书馆，触摸一本真实的书，而不是网络上的虚拟物。方才我读的那本书，和馆内许多书一样，夹着一张字条。那是一只"风筝"，一只给我的"风筝"，如果我愿意这么想的话。翻开它的那一刻，我就知道这只"风筝"，将会放入我细心整理的监狱档案里，让档案慢慢地越积越高。我将它重新折好，放在我放档案的架子上，它的邻居有：过去的政府狱情报告、与鹿岛有关的报纸文章、19世纪的新英格兰旅游手册、自由酒店的豪华手册和新闻稿、各种各样的清单、一份1903年的国会监狱档案报告、越攒越多的"风筝"、一封写给弥赛亚的信、培训课上发的违禁品信息、一个囚犯自创的名叫"监狱寻宝"的填字游戏。

这天晚上，我看到的那张字条，是某人扔弃的一封信，是某个悲惨的普拉斯在馆内留下的残言破语：

亲爱的妈妈：
我的生活是

后面就没了。一句写了一半的话，没有宾语，没有结尾，没有落款；一段迷离的人生，没有穷尽，无语言说，不限结局；一封不曾寄出的信，写不尽无限空白，写不尽人生况味。这也是纪念监狱的一种方式。

DELIVERED

—— 下卷 ——

放飞的风筝

第三章 蒲公英玉米糊

　　一个周三的下午，太阳半掩在云层中。到了三点二十六分，弥赛亚拖着沉重的脚步，蓬头垢面地走进监狱图书馆，累得像一摊烂泥，整个人无精打采的，几乎没有人注意到他的出现。坐在前台后面的戴斯朝他打起了招呼："嗨，弥赛亚！你今天过得还好吗？"但可怜的家伙似乎没有听见。戴斯转过身朝我耸耸肩，接着继续看他的报纸去了。这人走到前台，像抓住救命的稻草一样死死地抓住台子，站在那儿迅速地打了半分钟的盹。弥赛亚，也就是查克，是关在 3-1 的犯人，一个没用的废物。现在回想起来，他拖着脚步离开前说了些话，其中有一句还真叫他给说对了。

　　"看见那边的家伙了吗？"他靠在前台对我说，"你会想认识那个家伙的。他叫 C.C.，人称'甜哥'。"

　　其实我知道那个人，只是远远地打过照面，谈不上认识。我见识过他大驾光临图书馆的派头。他会让小喽啰们，也就是那些图书馆的普通读者——地痞流氓、扒手小偷、毒贩子，还有只会虚张声势的孬种——先进来。想跟他称兄道弟，那些人还不够资格。只有等他们都进去了，他才会压轴登场，迈着闲散的步子，伴着三两年轻狱友，轻快地走进图书馆，相谈甚欢。这些才是他的门徒。他偶尔也会独自一人前来，沉浸在自己的思绪里，一脸浑然忘我的表情。

　　当他来到前台，会向戴斯、肥猫或我要一份交通地图。在监狱里借地图似乎有些奇怪，甚至有图谋不轨的嫌疑。毕竟这些人哪儿也去不了，只能待在这儿，要地图做什么？

　　但甜哥自有他的道理。他讲故事的时候喜欢有画面感，地图是他必不可少的辅助工具。他还喜欢全方位的视角，喜欢将故事放在大场景下，天南地北说一通，最后才指出地图上的一个芝麻小点，那里才是他的生活与这个大千世界的交汇点。

"就是这儿。"有一次，他指着华盛顿特区地图上的宾夕法尼亚大街对我说，"这就是我的地盘。哥们儿，只要你到了这地儿，随便找个人都能打听到我甜哥的名号。就在白宫边上，我统治着黑宫。"

当看到人们围过来时，他会后退一小步，给自己留出足够的空间去卖弄。他会刻意停顿一会儿，等听众们就位了，就露出微笑。

"关于甜哥这个人，有两点是你们不得不知道的。"他的演说开始了，"他是十恶不赦的大坏人，他的势力无处不在。"甜哥说起这种话来简直滔滔不绝，"在场的各位朋友，有谁知道'皮条客'在英语里的来源吗？"

全场鸦雀无声，无人知晓。

"它一半来源于教皇，一半来源于猩猩①。"

在念"皮条客"这个词时，甜哥总是故意将它拉长为"皮——条客"，这是南方人表示强调的独特口音，就像福音传教士在称呼"耶稣"时，非要将"耶"字拉得老长。他自称是"名震天下的皮——条客"，这点是否属实我无从考证，但他在监狱里的名气确实挺响亮的。他是肥猫的哥们儿，这说明他的道行很深，是监狱里的精英。

甜哥是佛得角②后裔，皮肤浅黑，三十出头。他有一头浅红色的头发，已经开始谢顶了。身材矮胖壮实，胳膊像泥瓦匠一般粗壮。他最得意的是自己的一双泰迪熊般的眼睛，还有绿黄色的瞳孔，不大但圆乎乎的，眼距很窄。和他的虎躯一比，他的脑袋显得很袖珍。他的一只胳膊上有着兔女郎的图案，和一朵带刺的玫瑰别扭地交叠在一起，似乎连文在哪儿都懒得去想，就随便文上去了。另一只胳膊上文着他的名字 C.C.，淳朴的两个字母，中间隔着正常的间距，没有别的多余的修饰。

怎样的人才会在自己身上文着自己的名字呢？通常人们会文上至爱之

---

① 皮条客的英文是 'pimp'，教皇的英文是 'pope'，黑猩猩的英文是 'chimp'，因而说皮条客由教皇和黑猩猩两个词组合而来。

② 佛得角：非洲国家，位于北大西洋的佛得角群岛上。

人的名字，或者自己最崇拜的神明。文上自己名字的人也是这么想的吗？
或许他们只是太没创意了才会这么干，但甜哥肯定不属于没创意的那类人。

当甜哥不表演的时候，他总是离人群远远的。有时他显得很低落，
瘫坐在椅子上，像个破产的百万富翁。大部分时间里，他忙来忙去的，
似乎在预谋着什么。我经常看见他一个人拿着地图，浑然忘我地研究着，
让人差点儿误以为他在琢磨着怎么越狱。不过，他不见得一点逃跑的念
头也没有。对于甜哥而言，地图不只是谋划未来出路的工具，还是能将
他带回到过去、带回到他失去的地盘的时光机。而他失去的正越来越多。
他的一生主要在街道、路口、巷弄和高速公路上叱咤风云，也是那些地
方将他送进了这座监狱。所以，他不可自拔地沉浸在地图里，那里有他
熟悉的昔日街头，干净而空旷，任由他主宰，他说什么就是什么。这正
是他的回忆录所需要的。

后来有一次，我在听他讲述自己的峥嵘岁月时，邀请他参加我的创
意写作课。

企鹅大片

当时，我正在为写作课招揽学生。虽然拉皮条的和嫖娼的是这门课
程的不二人选，而且这里到处都是这样的人才，但我还是走遍图书馆的
各个角落，四处物色学生。甜哥是在前台招募的。我在图书馆的机房和
其他角落也找到了几个。

图书馆后面有一个小房间，原是柯立芝的"办公室"，现在腾了出来，
所有犯人都能自由进出（但我还是在里面留了几本法律书，聊表纪念）。
有时，我们会在这间房间里播放电影，比如国家地理的自然影片、PBS
纪录片和各种故事片。《紫色姐妹花》或《真爱》是女狱友们爱看的电影，
而《根》则是男女都钟爱的。

不过，在直男狱友的圈子里最受欢迎的还是跟食肉动物有关的自然
纪录片。他们喜欢那种片名里带有"猎豹行动"或"毒蛇潜行"之类字
眼的片子。看腻了这类影片之后，他们会放龙卷风的电影，纯当调剂。

不过，比起龙卷风这种无形的杀手，他们还是更喜欢看得见的暴力场面，所以那些捕杀动物的野兽更能投其所好。

有些人会坐着认真看电影，有些人则会一心二用，比如下象棋或看法律书，只有当电影放到精彩的部分时，才会全神贯注地看着。有时，哪怕我待在图书馆的另一头，只要听见犯人们对着荧幕大喊"抓住它！抓住它！"我便知道狮子终于朝猎物扑过去了。

有一次，而且仅此一次，我听见一个犯人慈悲心大发，站在羚羊那一边大喊："跑！快跑！"接下来，当你听见其他犯人喊"狮子，让它们瞧瞧你的厉害"或"我说得没错吧"时，你就知道它已经无处可逃，只等着"羊入狮口"了。我曾向他们推荐《帝企鹅日记》，一部关于企鹅如何与困境搏斗的纪录片。它们行走数百英里将蛋产下，整个冬天由雄企鹅守护着蛋，抵挡严寒暴雪；而雌企鹅则一摇一摆地走到海水区域去捕鱼，接着再一摇一摇地走回来，为饥饿的亲人带回满满一肚子的食物。这一切悲壮而感人，但犯人们却一脸不屑。

"我们是成人了。"一个犯人不悦地低声吼了一句。

另一个脾气好点的犯人好声好气地对我说："阿维，企鹅太丑啦，没人愿意看的。"

我知道他为什么这么说。男人的审美观在此暴露无遗：狮子比企鹅更加野蛮凶残，野兽搏斗的场面也更加火爆刺激。尽管如此，我还是没有让步，坚持给他们放《帝企鹅日记》。反正他们无聊透顶，哪怕面对不感兴趣的电影也会坐下来看，甘之如饴。

第二天，一个年纪轻轻的犯人大摇大摆地走进图书馆，走路的姿势流里流气的，像是腿瘸了似的，我的许多流氓读者也喜欢这么走路。

"喂！"他一边走向前台，一边流里流气地向我打招呼，"你还有企鹅那片子吗？我们昨天还没看完呢。"

我愣怔了好一会儿才反应过来。接着，我笑着把 DVD 递给他。处理完日常事务后，我不经意地走到后面的房间，正好看见《帝企鹅日记》播放到令人期待的圆满大结尾：一只只企鹅宝宝破壳而出，无比壮观。坐在那儿观看的观众只有一个，正是向我借走这部电影的那位犯人。他正聚精会神地看着电影，在监狱发的本子上奋笔疾书。

"你喜欢写东西？"我在他身边坐下，问道。

他按下暂停键，朝我抬起头来，对我的出现似乎有些不满："只是记点笔记。"

"关于企鹅的？"

"是的。听着，我只有十分钟了，我得看完它。"

既然如此，我便开门见山，直奔主题。

"我开了一门写作课。"我说，"这课程很适合你，你应该来参加。"

"行。把我名字记上。"他专注地写着，头也不抬地说。

我瞥见了他在本子上写下的一句话，关于如何做人的一句话。

"你叫什么名字？"

"富兰克林·楚尼。"

"楚尼？"

"对。你叫什么？"

"阿维。"

"阿痿？"

"不对，是阿维。"

我和他握了握手，心想，我再也不想看见他了。

一月的第十五日

最近，莎士比亚月的进展不太顺利。

这并非毫无征兆，莎士比亚式的预言比比皆是。像往常一样，年轻的迪麦尼——刚刚蹲完小号出来——无心地扮演了一个说真话的角色，就像莎士比亚的悲剧《裘力斯·恺撒》里那个口无遮拦的修鞋匠一样，一介草民无心的揶揄，竟不幸一语成谶。

迪麦尼这人向来是"未见其人，先闻其声"，说话几乎不带逗号。一天下午，他一边喋喋不休地说着话，一边走进图书馆。

"你这个星期放什么片子？"

"一部改编自莎士比亚戏剧的电影。"说到这里我又有些自讨没趣地加了一句,"《麦克白》。"

迪麦尼一听,迅速地咧了咧嘴,像在拍快照似的。他那么笑的时候,真像个欠揍的兔崽子。

"你开玩笑的吧?"

"恐怕不是。"

"哦,老哥!这可是老掉牙的烂电影啊,老哥。"

"谋杀和复仇是什么时候开始变得老套了?而且它讲的可是历史上最厉害的一个大反派。你会喜欢这部电影的,迪麦尼。"

"莎士比亚太老了!"

"你想说的是老学院派?"我试图狡辩,可我知道自己听上去有多没底气。

"哥们儿那不是老而是无聊。"

"你知道莎士比亚笔下的人物也像我们这样,彼此称呼对方为'哥们儿'吗?"

"不知道,但我知道莎士比亚太烂了。"

他说的或多或少是图书馆里所有读者的共同心声。不幸的是,莎士比亚是一月份每个星期五上午举办的电影小组的主题。我早就料到会有人反对,所以我坚守立场,至少希望能有几个犯人头头支持,但是没有人响应我。我转过头去看肥猫,那个大块头只是坐在那里,无动于衷地叉着双臂,摇了摇头。

"不行,兄弟。"他说道,"这次我可帮不了你。这里没人想看一群英国男人穿着紧身裤,说着古英语,跳着华尔兹。算了吧,阿维。你不会是脑子进水了吧?"

"这可是莎士比亚啊!"我争辩道,"不要羞于承认,好的就是好的。这里每个练说唱的人,都恨不得自己能有莎士比亚的才华。"

但肥猫只是挥了挥手,不愿再听我说下去。我那套苦口婆心的教导,看来并不奏效。当然,他是对的。要让一群人喜欢上莎士比亚,这不仅需要时间,而且这个群体中有三十人,更是难上加难。我们给自己挖了个坑。

第一周简直糟透了。福里斯特无视我的请求，非要放 20 世纪 40 年代奥逊·威尔斯①导演的《麦克白》。这部片子既有穿着紧身裤的英国男人在舞厅里跳华尔兹的元素，又有着落伍的电影制作手法，简直必死无疑。片头黑白的演职员表刚出现在屏幕上，房间里就响起了不满的叹息声。我们的倒行逆施一无所获，反而让大家更加觉得，莎士比亚真的已经过时了。

那周晚些时候，迪麦尼走到我身边。"阿维，下周你最好放部好点的片子。"他警告我，"否则你会倒大霉的。"

第二周放映的是 2005 年的纪录片《囚禁中的莎士比亚》②，讲述了一群犯人排练《暴风雨》的过程，这部片子的反响稍好一些。这就是期待值被放得极低的好处。即使如此，片中到底还是有神经兮兮或娘娘腔的角色，让我的大多数囚犯观众十分反感。而且，片中最高大威猛的一个角色竟然是个强奸犯，这简直是一大败笔，尤其我们这里一个直言不讳的犯人恰巧是性罪犯。这太让他扫兴了，但至少这部电影是彩色的。我能看出有些观众喜欢这部电影，只是怯于承认。

迪麦尼仍旧无动于衷。如果我再多放一部老掉牙的莎士比亚电影会怎么样？他的警告已经变成了无声地摇头，还有晃动食指。他的意思再清楚不过：我马上就要倒大霉了。

但下个星期五，我们扳回一城。由劳伦斯·菲什伯恩③主演的《奥赛罗》正好集合了黑人、菲什伯恩、好莱坞的虚华以及粗野的性感等元素，所以效果出奇地好。甚至迪麦尼都承认，图书馆终于做对了事。但他的警告依然在耳：要是再放一次《麦克白》那样的片子，这部《奥赛罗》就算白放了，一切都会前功尽弃。

但我们的最后一部莎士比亚电影延续了这个好势头。回想起来，这本该让我有所警觉。在放完 1996 年巴兹·吕尔曼的电影《罗密欧与朱丽

---

① 奥逊·威尔斯：美国电影演员、导演、编剧，代表作有《公民凯恩》。

②《囚禁中的莎士比亚》：一部关于美国肯塔基州一所监狱的剧团排练莎士比亚戏剧《暴风雨》过程的纪录片。该剧团全部由犯人组成，并根据所犯罪行扮演剧中相应的角色。

③ 劳伦斯·菲什伯恩：美国电影演员，曾主演《黑色帝国》。

叶》（由莱昂纳多·迪卡普里奥和克莱尔·丹尼斯出演一对"现代都市世仇帮派的冤家和命运多舛的恋人"）之后，犯人们仍然坐着不动。通常电影一结束他们就会起身离开，甚至在快要结束的时候就迫不及待地走了，想赶在观影讨论开始之前离开图书馆。但那天不同，就连迪麦尼这种出了名的坐不住的人，那天也神奇地克服了他的多动症。

当天主持讨论的是一名年轻的专职教师，也是一名正在学习神学的学生，他叫詹姆斯。我在房间后排找了个座位，热切地等待犯人们发表观后感。电影的主题是帮派冲突下的暴力、爱情和忠诚，故事设定在美国大都市，虽然有些不太真实，但还是引起了这些人的共鸣。讨论如火如荼地展开了，每个角落都有人举手发言，每个人都发表了意见。浪漫主义者联手反对愤世嫉俗者，年轻狱友也统一战线，联合反对老一辈的犯人。观影讨论进展如此顺利，实属罕见。

我问他们如何看待服装对观影体验的影响，还给他们上了一堂简短的速成课，教他们什么是戏剧服装、如何用服装塑造角色身份、莎士比亚对身份混淆的独特爱好、制服和服装有何区别。对于笼罩在身着警服的狱警的阴影下，本身也穿着或深或浅的狱服的囚犯而言，这个话题和他们太相关了。许多人都是用帮派的颜色换来了监狱的颜色，心里都有话想要说。无数只手举起来，嗓门一个比一个大。我应接不暇，差点儿没注意到有一个人从我身边走过。

许多狱警白天会例行在图书馆外执勤，在过道里来来回回地巡逻，这个身穿制服的狱警就是其中之一。

这些狱警中有的是押送和应急反应队（SERT）的队员，一旦哪个牢房有人闹事，他们就会迅速出动，控制场面。没有任务的时候，他们就会坐着闲聊，谈论女人和爱国者橄榄球队，捏造工会不和的谣言。比起苦哈哈地看守监区的岗位，SERT 显然是更令人心仪的工作，许多 SERT 队员都是老狱警了，他们认为这是自己辛苦一辈子挣来的福利。

虽然大多数狱警身材还不错，但也有不少胖家伙。他们在警队的年头可以用腰围计算，他们今后的命运从食堂餐盘上摞着的香肠高度可见一斑。不少年轻健康的见习警察，最后会变成懒惰散漫、脑满肠肥的大胖子。在工会的推波助澜下，体能测试成了一次性的项目，只在入职的时候才做此要求，以后就不用再考核了。SERT 成员行动起来，就跟那帮启斯东警察[1]一样。一名曾是前海军陆战队士兵的年轻见习狱警对我说过，这帮 SERT 的家伙"号称是一群精英，但充其量就是搞笑精英"。

从我身边走过的就是 SERT 的一员，或者是 SERT 的友军。我虽然不能确定他的身份，却能从这人的发型和长相看出来他是个倒霉鬼，他那张极力想要突显男性雄威的脸轮番出现了三种表情：窃喜、便秘和空虚。

那天，他故意从我身边走过，却假装没看见我。他怎么会出现在图书馆？这实在太反常了。据我所知，他是很少来图书馆的。不过，突击检查的警察们倒是会时不时地像他这样神出鬼没，四处走来走去，收缴违禁品，刷存在感。我不经意地瞥见他走过的身影，很快又将注意力转向课堂，帮助维护秩序。

那位狱警既不拿正眼打量犯人，也不跟他们说话，只是消失在了图书馆的书架后面。不一会儿，他又出现了，按着原路走回来，再次从我身边经过，径直朝门口走去，依旧无视我的存在。

但就在这时，一股奇怪的味道飘了出来。

气味一开始很淡，很快就变得越来越浓。几秒钟内，所有的人都闻到了。一股腥臭的硫黄味充斥着整座图书馆，不是一点点。那些原本举着手的犯人，此时已经顾不上提问或发言，纷纷用狱服捂住口鼻，有些则将头埋在两膝之间。迪麦尼猛地从座位上跳起来，仿佛刚从噩梦中惊醒。

"哥们儿，这里怎么臭得跟茅坑一样？"他说道，好像这味道还不够明显似的。

"有人放屁了吧？"一个老犯人无奈地叹了一口气，"太臭了！"

课堂瞬间乱作一团。原本井然有序的讨论，却在最后一刻功亏一篑。有几个犯人逃命似的跑出了图书馆，留下来的那几个则趁乱干起了肮脏的勾当：将字条或其他违禁品塞进他们最喜欢的藏匿点。我刚阻止一个

---

[1] 启斯东警察：1912 至 1917 年间美国启斯东电影公司系列滑稽默片中的一群愚蠢无能的警察。

试图顺走图书馆报纸的犯人，就无奈地看见另一个犯人拿着两份杂志溜走了。在图书馆的另一头，一个犯人迅速地将某样东西偷偷递给了另一个犯人。那个整堂课都缠着我，求我借他打印机用的犯人，这下总算如愿以偿了。犯人们一窝蜂地跑到层层书架之间，拥进后面的计算机房，什么捣蛋事儿都干尽了。他们去那儿可不是为了继续讨论《罗密欧与朱丽叶》的。

我试图弄明白到底发生了什么事。难不成是那个狱警在我们上课期间走进图书馆，放了个巨大的催泪弹？显然，这是我遇到过的最糟糕和最悲催的事了。难道他这么大的一个人了，在上课期间晃进图书馆就是为了干这事儿？如果这是真的，那也太疯狂了。

与此同时，图书馆前台那儿有犯人馆员在大声叫嚷。一小拨图书馆的常客聚在那儿，这些犯人都快要气疯了，有些直嚷嚷着一定要揪出肇事者。

"这狗王八最好小心他的屁股。"

"他最好祈祷别在外面撞上我。"

"不对！"一个留着爆炸头的小个子说，"就该在课上做了他，哥们儿！"

"这里就是这样。"肥猫翻着一本《汽车与司机》杂志说，"习惯了就好。"

"在这种地方做这事儿，这是大不敬。"另一个犯人说。

接着戴斯发话了："让我告诉你这是什么，这是赤裸裸的羞辱！人家往你头上拉屎呢，你还指望我们一声不吭？没门儿！"

我从图书馆的大窗户向外望去，就在过道里，一群警察试图掩盖他们的窃笑，假装若无其事。奇怪的是，他们并不打算进入图书馆，帮助我们恢复秩序。

"谁能解释下这是怎么回事儿？"我问犯人们。

和往常一样，肥猫一眼就看穿了这种把戏。他继续看着杂志，头也不抬地说："进来的那个家伙带了一瓶你在外面也能买得到的臭屁喷雾，接下来的剧情你都知道了。"

"你看见了？"我问道。

"是的，哥们儿。他们昨天也这么干了，在福里斯特值班的时候，当时 3-3 的人都在这里，一下子全跑光了，和今天一样。"

一边，是幸灾乐祸的狱警；另一边，是火冒三丈的犯人；夹在中间的，是我。我是这个地方的负责人，也要为这里出现的混乱负责。如果我不能控制这个局面，我在这里就会变得无足轻重，而且我还要设法保住犯人和狱警双方的颜面。在监狱这样血气方刚的地方，面子很重要。当下的情况虽然荒谬，但图书馆、图书馆的使命和它的监护人（我）却受到了公开的不尊重。如果我不能恢复公众对图书馆的敬意，树立起一些威信，就会有人不断地亵渎这里。如果狱警不愿意保护这个地方，那就让我来守护它。唐·阿马托的精神再一次降临于我，我就是图书馆的治安官。

我走进过道，极力保持镇静。在满是犯人和狱警的走廊里，我一眼锁定了那位肇事的狱警。他和三两同事正坐在岗亭边上的长椅上歇息。一看见我走过来，他们立马停止了聊天，试图克制自己得意的笑容。

碍于手头上没有证据，我极力不去正面指控他，而是问他刚才在图书馆里做了什么。他的脸色变了又变——从空虚，到便秘，到窃喜——但他始终不敢对上我的目光。

"我去找一本体育书。"他说，"福里斯特让我们去借的。"

这种苍白无力的辩解，还有这几位狱警特别别扭的行为举止，正是我所需的证据。他去的不是体育类读物的区域，他也不是去那里找书的。他别有用心地走进两排书架之间，在那里待了不到十秒钟。接下来发生了什么，就像肥猫说的，我已经知道了。每个人都知道。

"好的。"我说，"就在你进出的时候，图书馆里出现了一股令人恶心的臭味，对此你有何解释？这两件事之间没有任何关联吗？"

"那个臭味已经持续好几天了，跟我可一点儿关系也没有，小伙子。"

现在，他反倒恶狠狠地瞪着我，嘴唇紧紧地抿成一条线。我只是叹了口气。

"你说的不是实话，你我心知肚明。"我说道。

"难不成你每天都在那里？"他怒吼了一句。

他的言下之意是，我不过是一个偶尔过来的大学生志愿者——这是我一直没能摆脱的形象。这时，他突然站起身来，挺着胸朝我走过来。

"是的！"我提高了嗓门回他，暗自希望不要破音，努力不在一个被训练过如何制服暴徒的人面前退缩。

"我是这里的全职员工，每天都在这里上班，和你一个部门的。我也是工会的成员。虽然你不曾看见过我，但我每天都会在这里看见你。那里——"我边说边指着图书馆，"是我的岗位，也是我的职责。现在的问题是，在我课上到一半的时候，你为什么走进我的地方，把一切都破坏了？"

"你给我听好了！你他……"他大声咆哮着，差点儿破口大骂，却又及时收住了，"你知道你在哪里吗？这里不是昆西公共图书馆，你看清楚了吗？这里是监狱。我有警徽。我想做什么就做什么，想去哪儿就去哪儿，不用你来告诉我。"

他看向他的伙伴，希望他们能给他助威，而他们则爱莫能助地看着别处。这番愚蠢至极的言论让所有人都"佩服"到无语的地步。我绞尽脑汁地想，他那句关于警徽的台词，到底是从史蒂文·西格尔①的哪一部电影里剽窃来的。这个瘪着嘴且有警徽的家伙又开始语出惊人了。

"你没有任何权力命令我应该去哪里，应该什么时候去，你听明白了吗？"他继续吼叫着，"你的上司是谁？"

"我的上司是谁？"我说着笑了起来，"那么，你的上司又是谁？我似乎没有向你解释的义务。"

我达到了我的目的：向所有坏人、犯人和狱警传达一个信息，那就是我不是逆来顺受的人。我要让他们知道，如果他们敢再给我捣乱，或者妨碍我的工作，我会让他们的日子也不好过。以后，在我的地盘上挑事之前，这位丘兹维特警官也许会三思而后行，毕竟没人想主动去招惹一只炸药桶。人若犯我，我必犯人。这就是我图书馆治安官的信条。

不到五分钟，就有人叫我到帕蒂的办公室。我知道整天在过道晃荡的狱警多年来一直在骚扰教育处。我沾沾自喜，心想这下我可以提一些免费的建议。

---

① 史蒂文·西格尔：美国电影演员。

"这些人被我们抓了个现行。"我告诉帕蒂，"现在你有足够的理由禁止这些家伙来骚扰教育处。"

她从电脑后面瞪了我一眼。

"赶快写报告。"她说。

我迅速地写下事情的来龙去脉，还核实了内容。《波士顿环球报》的编辑看了，也会对我竖起大拇指。当我用教育处公用的打印机打印时，一位老教师把我叫进了他的办公室。这位教师是在波士顿多尔切斯特区长大的爱尔兰后裔，与不少狱警交好。他后来辞去了教职，加入了狱警的队伍。他关上房门，看上去很严肃。

"这次谈话只有你知我知。"他对我说。

"这是当然。"我说道，兀自沉浸在报纸记者的想象中，"我不会照你说的去做的。我知道你是一番好心，我也很感谢你的建议：你以为我反应过度了……"

他打断我："听着，你完全有权利提交这份报告。那个家伙是出格了。但你要知道，如果你把报告交上去，就会惹得一身腥。那些家伙是抱团的，他们会让你吃不了兜着走。"

他的建议是出于好意，但他说的那些我早就有所耳闻。

"我早就惹得一身腥了，这话一点儿也不夸张，那些家伙早就开始有事没事地找我麻烦。事情就是这么开始的。"

我告诉他，我并不想把那家伙推上风口浪尖，而且也乐于不提交这份报告。但是，万一他恶人先告状，这可就由不得我选了。这是规矩。

我义正词严地说："无论如何，是他的恶劣行为，还有他的同谋的包庇，造成了这次事件。"

那位老师大笑一声，扬起大掌做了一个打住的手势。

"行了，行了。"他微笑着说道，"别放心上。以后凡事小心点。"

卖星星的企业家

就丘兹维特警官一事，很多人向我提出他们的意见。有一位年纪稍长的神秘犯人，他的看法没有什么独到之处，却引起了我对这个人的注意。我以前从未见过他，但就在丘兹维特事件发生的翌日，我看见他靠着图书馆的前台，心照不宣地看着我。

"先生，需要帮忙吗？"我问道。

这显然是一句非常滑稽的话。他拍着台面，笑得前仰后翻。

"先生，需要帮忙吗？"他开心地重复了一遍我的话，"我会记住这句话的。好一个为监狱客户服务！我真想雇你。"

我大概看上去很沮丧，因为他接着说："哎，小大人，你太严肃了。你是学生吗？"

"不，我……"

"我是，而且我什么都学。宏观的、微观的、宇宙、植物、神学，你随便说个什么，我都有所涉猎。"

"为什么我从未在图书馆见过你？"

他嗤笑了一声，说："我可是个大忙人，而且你这里没有我要的书，我得自己去买，然后捐给你们。我不是居功自傲，不过事实确实如此，就在此地，就在你眼皮底下。相信我，这里有很多你不知道的事情。话说回来，你是爱尔兰人？"

"不是，我是犹太人。"

"Redstu Yiddish?[①]"他试探性地说了一句犹太人的意第绪语。

我试图掩饰惊讶，随即用希伯来语做了回答。

"没错。"我说着，又切换回英语，"你怎么会说意第绪语？"

"啊，老弟，我认识一些犹太人。"他告诉我，"我以前做过地上泳池[②]的生意。这门生意几乎由犹太人垄断，我想你大概听说过。"

我表示我从未听闻过此事。

"真的？"他惊讶地问，"你真是货真价实的犹太人？"

他告诉我，经营地上泳池生意的不是普通的犹太教徒，而是正宗的

---

① 意为：你会说意第绪语吗？

② 地上泳池：一种可拆卸的家用嬉水池。

犹太人，一小撮希伯来人。他倒不是有心去学这个，只是他正好亲眼见识了一些犹太人的活动。他们欢迎他加入犹太教，邀请他去他们家中，参加逾越节家宴。为了证明所言不虚，他背诵了一段《哈加达》里的故事："mah nishtanah ha-layla ha-zeh①，对吧？"

我问他怎么会做起地上泳池这门生意。

"我不做地上泳池。"他回答道。

我们互相盯了对方好长一段时间。

"我也不做清洗地毯、修复汽车剐痕或卖星星的生意。我只是经营。你懂了吗？我是个企业家。我原来是个撬保险箱的窃贼。我认识一些在仓库工作的朋友。他们会关掉仓库的警报器，好让我晚上潜入仓库。我撬完保险箱出来后，便和我的朋友们去吃牛排大餐，把钱分掉。有一天，我给某个家伙擦车上的剐痕，这故事说来话长，总之当时我对自己说：'也许我可以倒腾一些修复汽车剐痕的产品来卖。'老弟，你明白吗？我那时一下子醒悟过来，意识到我之前做的都是错事。这就是我总是很紧张的原因，我没有发挥我的潜力，没有做我在这个世界上该做的事。我应该为我的弟兄们带来欢乐。"

他说自己叫阿隆索，要我叫他阿隆就好。我有太多问题想问他，却不知从何问起，便从最简单的开始。

"你刚才还提到卖星星？"我问。

他告诉我，卖星星就像卖花一样，两者有着相似的商业模式。人们会在特殊的日子里买星星作为礼物，如生日啦，周年纪念日啦，诸如此类的。大多数都是周而复始的日子，如母亲节或情人节这类节日。卖花和卖星星最大的区别是，人们一般不会为同一个人买两次星星，这意味着后者的交易量要少些。好在他向我保证，这门买卖几乎不会封顶，只需要投入极其微薄的初始资本，比不停地购买寿命极短的进口花卉要划算得多。他告诉我，星星有着几十亿年的展示寿命，还有源源不断的货源，而且是免费的。在这无穷无尽的供应中，竞争是难以限制的，必定

---

① 意为：今夜有何变化？

会有无数商人趋之若鹜。但是，这个概念当前还很新颖，所以竞争并不激烈，他能够垄断一小块市场。

我打断他，问他到底在说些什么。

"我正要说到重点呢，年轻人。"他说道，"你很急吗？"

实际上，当班的狱警已经开始烦躁不安了，这预示着图书馆的阅览时间只剩五分钟了。但我发现，阿隆从不着急。

如果你给阿隆二十五美元——只是他的竞争对手价格的一半——他就卖给你一颗星星，还会让你为那颗星星取个名字，通常是"甲和乙永远在一起""永远怀念丙"或"亲爱的丁"之类的。他将名字写进花名册里，然后给它们注册版权，这个名字便"供奉在法律的殿堂"里了。接下来，他会寄给你一份证书，一份标明你的星星位置（当然也会被注明它的新名称）的星图，还有与这颗星星有关的各种信息。例如：在什么时间和地点可以在空中看到它，它是什么时候被人们发现的，它简单的自然史，它处于生命周期的哪个阶段，哪些行星围绕它旋转。只要给他四十五美元，他就可以卖你一对双子星，对情侣、双胞胎和终身好友很有吸引力。他还卖行星和卫星。他告诉我，孩子们可喜欢行星了；月亮则是"标新立异"的情侣们所钟爱的。

他说："买一颗星星，就像有一个刺青，但是星星更长久，永久地镌刻在法律里和星空中，而且便宜多了。这是个好买卖，兄弟。你是个慧眼识珠的犹太人，只要看一眼就知道这是好买卖。"

我问他天文学家是否承认这些新名字。这是个无心的问题，我没有别的意思。

"不。"他嗤之以鼻地说，"他们不承认，可我又不是为了他们才做这些。再说了，我的顾客才不在乎科学家们叫它什么，他们和那些有个博士头衔的傻帽儿一样，有权给天上的星星取名字。天空又不是专属于科学界的，没人拥有天空。也许美国拥有地球的卫星，因为他们登上过月球，在那里插了一面该死的旗子，但也仅此而已。除非你亲自踏上那个未经开发的地方，否则你不能声称拥有它。我看过法律的，老弟。哪怕是我们的法律，对那里也没有任何管辖权。这样想吧，假设一个拥有高度发达文明的外星星球无意中'发现'了地球，这能代表他们拥有地球吗？"

我以为这是一句反问，但显然不是。他瞪着我，说："是这样的吗？"

"不。"我说道，"我想不是的。"

他接着又说了一两分钟，谈到真正的企业家精神如何与民主相关。星星属于每个人，属于人民，而不属于政府。地上泳池同样也关乎民主，关乎美国梦。每个人都有权拥有泳池，这不是富人的特权。他问我，是否觉得将泳池视为一种权利有些奇怪。接着，他又自问自答地说，不奇怪。这就牵扯到基本生物学，我们其实是海洋生物的一员，真正的两栖动物，每天都要在水里泡上一段时间。当我们"实现这种水陆两栖潜力时"，就会更舒坦、更幸福、更健康。他告诉我，他也懂点历史。他知道美国的人权理论是以自然科学为基础的。难道只有富人才配享有实现全部两栖潜力的自然权利吗？或者说，难道不是每个人都应该有权买得起价格合理的泳池吗（通过十三个月无息分期付款）？这不就是美国的伟大之处吗？

这回，我已经做好了充分的回答准备。

"你说得太对了！"我脱口而出。

我就像柏拉图对话中的愚人，总是没完没了地用"可不是吗？"和"正是如此！"这样的话，来回答"苏格拉底"那些令人费解的长篇大论。

此时，外面的狱警恨不得将阿隆拖出图书馆。他转过身对狱警云淡风轻地说："我马上就过来，朋友。"

我告诉阿隆他应该来参加我的写作课。他对我挤了挤眼，消失在门外。

后来，阿隆只来上了几节课，没有坚持多久。他对我布置的作文一点兴趣也没有。经过几次漫不经心的敷衍后，他上课时带来了一张打印好的纸，上面提前准备好的政治宣言，包含政治学、经济学、科学、宗教和伦理学的各种话语，大多数内容让人不知所言，甚至让班上其他人大为光火。

阿隆对马克思主义有着强烈的兴趣，一想到他对资本主义的浪漫情怀，我就觉得这很自相矛盾。经过几堂课和主题演讲之后，要么是江郎才尽了，要么就是觉察到听众们越来越不耐烦了，他不再来上课，也不再来图书馆了。但这并不是我最后一次见到企业家阿隆。

皮条客的回忆录

玩双关语是甜哥保持乐观的方式。他到图书馆来"谈天说地",来"交谈和闲聊"。一个词语的新用法,会为你打开一个新的世界,发挥自我创造的能力。自从到监狱工作后,我知道了一个皮条客的真正财富其实是耍嘴皮子,只要你勤加练习,有朝一日学成了,谁也无法剥夺它。图书馆就是练习的好地方。如果甜哥变得烦躁了——貌似他经常烦躁——他就会编出一些双关语和打油诗,在前台显摆。

在与另一个皮条客争论时,他抛出的一段话让他大获全胜。他说:"恕我直言,你我之间的差距在于,你这人是不可理喻的,而我则是不可言喻的。鉴于你可能书读得不多,不认识这个成语,让我来好好给你解释下。'不可言喻'就是'难以用言语形容'。"

甜哥在法律上的问题越来越多,但他的信心也在与日俱增。

有一天,他突然大放厥词:"在新的千禧年,大家一定会机会多多!"他指的是中彩票的机会(我不忍心告诉他,我们已经进入新的千禧年好久了)。

他第一次压低嗓音找我说话时,谈的内容就跟千禧年有关。他不知道如何操作电脑,这让他很难为情。

"我还活在 20 世纪。"他说自己更喜欢用打字机,顺便承认自己落伍了。我告诉他,我本人充其量是个 19 世纪的老古董。之后,我们开始聊起天来。他问我是否了解写作和出版。我表示自己略知一二。他打量了一下周围,凑到我耳边小声地说:"我有一样好东西。"

"太棒了!"我说道,"我这儿就缺好东西。"

他刚完成一本书的大部分手稿。他说已经收到一家出版社的来信,大有出版的希望。这勾起了我的兴趣。他说他正忙着将这本书打出来,而且要符合投稿指南的格式要求。这意味着要将几百页书稿录入到 Word 文档里,可谓是一项浩大的工程,但他每分钟只能打八到九个单词,急需"打手"相助。他说他很可能还需要一个编辑，我主动提出要来帮他。

"也许需要。"他说道。

不久前，我刚把一个年代久远的软盘捐给图书馆。我跑回前台后面的办公室，找到了那张盘，里面还存储着我在经学院期间写的关于《托拉》的论文。我把旧文件导出来，为甜哥的皮条客回忆录腾出空间。我在盘上写上他的域名，将它放在我的办公室供他使用。我还记得入职培训时，培训师曾经说过：软盘很容易做成纤细但极其锋利的刀刃，属于一级违禁品。

"肥猫说你够哥们儿。"当我把软盘拿出来交给他时，甜哥对我说。他似乎在试图让自己相信这一点。

在监狱里听到这类话，让我没理由地有点儿紧张。它们可以暗指任何事情，从愿意帮助某个人申请学校，到帮助他们犯下双重谋杀罪，但我还是欣然接受恭维。我们握了握手。甜哥和我现在算是一条绳子上的蚂蚱了。我注意到一个狱警站在门口，正将这一幕记录下来。

接下来，甜哥每天都会出现在图书馆里，手里拿着一个破损的信封，用胶带勉强封住，被他拿来当文件袋用，里头露出一堆手写的纸张。他在信封上工整地写上"法律材料"几个字，希望这样子能够蒙混过关，让他的著作在常规和突击检查时不被没收。

我发现他已经能够通过写作挣钱了。有一群犯人经常利用图书馆的资源，为自己牟取物质上的利益，他就是其中之一。他们使用我们的微软出版程序，制作了大量空白的贺卡，上面写着诸如"多么漂亮的妹子！"或"欢迎再来！"之类的话。犯人们经常将这些卡片折起来，夹在图书馆的书里。

犯人也会索要多份我们提供的填词或找词游戏，把多余的卖出去，或者试图骗我帮他们复印一些奇怪的文件，表面上看着像法律文书，实际上却是什么"爱情法庭判决书"，其中掺杂着"被告有权享受明显挑逗的爱抚，直到她无法承受为止"的描述。这些在监狱里可都是热门的节日大礼。

其他犯人会偷图书、杂志、纸张、书签，甚至木椅靠背上匕首大小的木片。任何没被钉死的东西都是他们下手的目标，随后都会流向活跃的监狱黑市。每逢有什么重大体育赛事尘埃落定，我都要特别警惕那些小偷和拉皮条的，因为那时监狱里到处都是急于偿还赌债的犯人。我通常会制止他们从事这些非法交易，但我允许甜哥从事他的事业。

他手头紧时，会写一些诗卖给其他犯人。这个时候，我会假装没看见，任由他复印那些诗歌。我知道，这需要一定的技巧和创造力，并不是简单地剽窃（剽窃也并不一定总是因为缺乏技巧或创造力）。

他的一些诗歌是以节日为题材的，尤其以母亲节居多，其他的则是些一般的牢狱诗或爱情诗。有些犯人因为太懒，或者不知道怎么将想法变为文字，便想找些诗歌寄给朋友或敌人。于是，甜哥便这么经营起了一家带有监狱印记的公司。支付一美元或等价之物，可以向甜哥买到这样一首诗：

坐牢

监狱的夜晚孤苦难熬，

明知无人挂念，

却期盼有人来信。

那些你以为是朋友的人，

只有他们是你的希冀，

可你明知无人会寄，

却还是期盼有人来信。

终日坐着无所事事，

只能胡思乱想，谁究竟是谁。

你发现人心如铁石，

你明白你形只影单。

你期盼着永不可能出现的人来探视，

那些早已忘却你容颜的真朋好友。

你感叹时间过得如此缓慢，

祈祷得到答复，可答复只是一声"不"。

我要高昂着头度过时光，

因我知道，你不会一帆风顺，也不会立马死去。

我终有重获自由的那一天，

那时轮到我在你需要时将你忘记。

甜哥还出售了这首诗的另一版本，结尾相对温和些：

那时你将看到我会怎么做。

甜哥的有些诗是非卖品。这些诗的风格更为简洁：

眼中已空无一物

麝香味却还萦绕在鼻间

呼吸是时间的亲密纪念

尽情奔跑吧，紧握着

一朵肆意摇曳的花

诗歌对于甜哥而言只是一门副业，无论是在商业上还是艺术上，他的主要计划是写《一个皮条客的回忆录：甜哥的真实生活》。我建议他将书名改为《浪子与荡妇》，后来才知道这书名已经被人捷足先登了，不过甜哥更喜欢《一个皮条客的回忆录》的简洁有力。

甜哥几乎每天都会来图书馆，和我谈论他的书稿，或者漫谈人生。渐渐地，我们之间建立起了一种融洽的关系。在我们最初的几次见面里，甜哥正纠结于如何给他的自传开篇立题。最后，他开玩笑似的拿定了主意。

"我要用一些皮条客的猛料亮瞎他们的狗眼。你明白我的意思吗？我要先抛出一些十恶不赦的事，接着在他们想要破口大骂前笔锋急转，倒回到过去，从头讲起，从我还是一个可爱的小男孩时讲起。"

我觉得这是一个不错的主意，迫不及待地想要一睹为快。在此之前，我只能拿甜哥的一些不太走心的作品来聊以慰藉了。

第 69 号命令

逮捕令

涉案嫌疑人 _____，其芳心已属于本人，且已失去对其心智之控制能力，特对其下达此逮捕令。我依法通知你，当我从头到脚吻你之时，你有权保持沉默。你也有权，在做爱之前，得到一张结婚证。你在做爱时说出或喊出的任何话，都将会用于在"爱情"法庭上控告你的证据。

缺席审判

敬启被告知者，本文件一经签署立即生效，不再另行通知。此法律文件需要你的签名，本文件一旦遗失不再补办，你将被迫声明此案为全身心、无限制、无拘束的投入和满足。这将带来对你性感身体的进一步的情色行为。这些行为可包括：舔抿、鞭挞、亲吻，直至你失去意识。在未来的时间里，我将用各种难以想象的做爱方式让你飘飘欲仙。如果你不情愿，我将不得不实施强迫手段。

判决

你的刑期已根据相关各方的最大利益做出判决。本庭判定你犯有"一级爱情罪"。爱情之性质要求最重之刑期。据此判处你与我终身为伴，不得取保、假释或减刑。你将在名为"我的怀抱"的最高安全级别的监狱服刑。

你的申诉

不服 _____ 日期 _____

服罪 _____ 日期 _____

一条叫保罗的狗

　　我的新一轮写作课上有七个犯人。他们是甜哥、年轻的迪麦尼、杰森、外号"狗屎"的罗伯、要求大家叫他"左撇子"的弗兰克（但这个请求无人理会）、一个神秘兮兮的拉美裔中年男子费尔南多，以及最后一刻才加入的楚尼——那个看《帝企鹅日记》时疯狂做笔记的家伙。

　　我一走进教室——其实是图书馆后面的一间大储藏室，就意识到弗兰克会是个麻烦精。他已经自顾自地聊开来，渐渐变成无休无止地自说自话。他一张嘴就会让你恐慌，心想他八成要说个没完。你若想和他说上话，就必须强行打断他。

　　然而，没人想跟他说话，也没人想听他说话。甚至在课堂开始之前，教室里就弥漫着一种显而易见的麻木感。弗兰克的眼睛是浅绿色的，脸色是饮酒后的紫红色，活像面无表情的巴兹·奥尔德林[①]。他就是一个大孩子，任何时候都是兴高采烈的。

　　"你相信上帝吗？"我一进教室他就这么问我。我还没来得及回答，也还没来得及落座，他就放下这个问题，转而说道："嗨，其实你我信不信并不重要，对不对？上帝始终是存在的，哪怕你或我或其他人或那边的杰森不信。不是说你真的不信，杰森，我只是举个例子。我为我的教会做了一个复活节的视频，其实是在复活节过后不久做的，关于人们为什么要相信上帝。我希望我可以放给你们看。内容很简单，就是我坐在我姐夫的店铺里，对着一台摄像机讲述耶稣，讲述上帝如何拯救了我的生命，等等。不过我不能在这里放，因为它太长了，而且全是我自编自导的。有机会的话，你一定要看看。我的神父说它真不错。但他不得不这么说，不是吗？我的老婆？嘻，她可不信。她十七岁时，兄弟就自杀了。如果你觉得十七岁还算孩子的话，那么当时的她还只是个孩子。可我不这么认为，我认为孩子应该从十四岁开始工作。总而言之，她从来不用自杀这个词，

───────────

① 巴兹·奥尔德林：美国宇航员。1994 年 7 月 20 日和尼尔·阿姆斯特朗等一起搭乘"阿波罗"十一号飞船登上月球。

但她又不在这儿，我们说说也无妨，是吧？自从他自杀后，她就再也不相信上帝了。你知道吗，我能感受到她的痛苦，谁会感觉不到呢？但我不去、不能也不会试图去理解，上帝为什么要让她的兄弟结束自己的生命。既然上帝是存在的，他就是存在的，不是吗？哪怕某个家伙开枪打爆了自己的脑袋，哪怕这个家伙是你的亲兄弟，也改变不了这个既定的事实。另外，我不想让你对我的老婆有什么误解。她是个好女人，非常忠诚。相信我，我知道的，无论有多少困难与坎坷，她都对我不离不弃。我们养过一条狗，后来被车撞了。那是一条杂种狗，不过我觉得它更像某种搜救犬。我老婆可喜欢保罗·纽曼[①]了，所以管它叫保罗。坦白说，如果她喜欢别的男人，我一点儿也不介意，这是人之常情嘛，我不也喜欢很多别的女人吗？相信我，喜欢我的女人也不少，有些长得还挺标致的。但我信任她，你知道的。而且，上帝保佑她，她也信任我。哎，说回到保罗那条命苦的狗，一辆 SUV 撞了它，把它撞得半身不遂……"

"兄弟，你当我们是白痴吗？"甜哥生气地扬起头，低声地嘟囔着。

"不是的，等会儿。"弗兰克陷入了沉思，"哦，我想起来了……它是被撞得四肢瘫痪了。你知道的，相当于全身都瘫痪了，只剩下头还能动。再等会儿，也许它的头也瘫痪了。这可能吗？时间太久了，我都记不清了。哦，还有我妻子，在我被抓进来之前不久，她和我就分手了。不管怎样，那狗动不了了，只能躺着。即使是条狗，也可以把这个叫作'四肢瘫痪'吧？"

我必须让弗兰克闭嘴，否则今天这节课就完蛋了，而且很可能会彻底完蛋。

一旦我让弗兰克安静下来，并成功地吸引了其他人的注意力，我们的课就正儿八经地开始了。轮到我口若悬河地向这些家伙讲述写作，告诉他们这是一门纯粹的写作课程，而不像其他监狱写作课那样，通常带有一丝改造的目的。我不想提升他们的道德，也没兴趣听他们在修身养性上有何进步，他们不用向我汇报这些。我就想讲些写作技巧，仅此而已。

---

① 保罗·纽曼：美国电影演员。

我布置的作文题目不偏不倚，证明我没有欺骗他们。我让他们向一个不熟悉波士顿的读者描写这里所有人都熟知的一个地方——波士顿南站。

"南站！"弗兰克说，"那是我第一次见到电灯的地方。"

在他继续高谈阔论之前，我先发制人地制止他："少说废话，快写。"

大家开始写起来了。不到几秒钟，迪麦尼就扔下铅笔，不耐烦地嚷嚷道："哥们儿，这是什么破题目，也太无聊了吧？"

我告诉他接着写，闭嘴别说话。

他写了个字又开始念叨了："我不想写这无聊的玩意儿。我们什么时候开始学写情诗啊？我要给我的女朋友写几首。"

楚尼说话了："哥们儿，这东西要是好玩可就奇了怪了。"

这对我倒是个新鲜事。

"但你要努力把它写得生动刺激。"他解释说。

"没错。"我说，"谢谢你，楚尼。"

"不用谢。"他满意地笑了。

弗兰克将纸揉成一团扔进纸篓里，说："我不知道原来你想要生动刺激的，那我可得重写了。"

突然，楚尼站起来说："还有一件事。哥们儿，你要先学好怎么拿笔。"

他走向迪麦尼，打算亲自教他怎么拿笔。

"哎，楚尼。"我说道，"快坐回去。别碰他。"

在监狱里不能碰别人，除非你想挑事，这是监狱里的基本法则。我注意到，坐在另一边的狗屎握紧了他的铅笔。我最不想在我的课堂上看见的，就是打架。

但楚尼置若罔闻。他抓住迪麦尼写字的手，将他的手指按在正确的位置上，说："没关系的。这个小家伙从小和我一起长大的。我平时都叫他小表弟。"

确实，当楚尼固执地伸出手时，迪麦尼表现得就像一个逆来顺受的小表弟，脸上挂着一副闷闷不乐的表情。

"这样就对了，臭小子。"楚尼说着，拍了拍他的背。

大伙儿继续安静地写作业。我注意到，迪麦尼费力地按照楚尼教的方法握着笔。我还注意到了别的事。一个人的坐姿和写字的方式，会暴露出许多东西。

至今一言不发的费尔南多是一个长着圆脑袋的怪人，留着灯罩般的胡须，面无表情，霸道地噘着嘴。他坐得直挺挺的，就像一块熨衣板，果断地在监狱发的活页纸上写着天主教风格的花哨字体，仿佛在起草停战协议。他就像一个已经被废黜但心怀不甘的南美独裁者——说不定他还真是。

我基本能肯定，狗屎并非刚硬之人。那双恳求的眼睛，是他脸上唯一不变的特征。他迅速地变幻着几种表情，像川剧变脸似的，从担忧变成绝望，从自我嘲讽变成自我鞭笞，整个人给人的印象就是焦虑不安、优柔寡断。他手里的铅笔不停地动着，从不离开纸，写到哪儿橡皮擦就擦到哪儿，而且擦得十分用力，刻意以此表达他的情绪。

弗兰克写字时比说话时安静多了。当然标点符号也用得更多。我注意到他不擅长使用书面语。或许这对每个人都是件好事。

甜哥似乎有些走神，每分钟只写一两个字。这可是一个每天在牢房里一丝不苟地手写几十页文字的家伙。他是写累了。我深刻地感受到他不想待在这里，他的报名是出于对我的礼貌。但是，他一旦动起笔来就停不下来，像是地震仪不知疲倦地记录着远方的地震曲线。

然后是楚尼。楚尼看上去像是个观察家。他仰望着天空，等待着词汇从对流层掉下来，摆好架势随时准备接住它们，以免掉到地上摔个粉碎。因为这里没有窗户，也没有企鹅电影可看，所以他就死死地盯着天花板。他摆出两种截然不同的姿势：先是一动不动地坐着，双肘放在桌上，十指交叉，祷告似的低着头，铅笔放在纸上；然后，像是接收到来自上天的回应，他会拿起铅笔，抬起头盯着天花板。他经常锁着眉头，偶尔用寥寥数笔将上帝给他的回应誊写到纸上。

我也好奇地盯着天花板，想看看是否能看见他所看见的东西，却只见到一个年久的水渍，深褐色的痕迹在慢慢地扩大。

过了二十分钟，狱警晃了过来，靠在书架上，指了指他的手表。我收起作业，每个人都含糊地道了声谢谢。我收起铅笔，然后数了数。七个人，七支笔。所有潜在的凶器都如数收了回来。这是监狱里衡量一堂课成功与否的标尺。

那天晚上，我批阅了他们的课堂作业。狗屁的文章里到处是错误的开头和韵脚，以及抄来的抒情诗、牵强附会的比喻和近乎抒情的补白。一个人可以在二十五分钟内，在一张无辜的白纸上写出这么触目惊心的东西，真叫人难以置信。不过，他对一个试图赶上，最终却没赶上火车的人的描述还是挺感人的。我想这次作文的主题是适合他的。

楚尼的文章很短，却意外地引人入胜，他写了在火车站见到的陌生人（他承认包括自己在内）。迪麦尼则平铺直叙地描述物理空间，从地板写到了天花板。费尔南多的作文没有任何逻辑可言，他似乎没明白文章的要求是什么，也有可能是他英语水平的问题。甜哥简洁地描述了一个他在那里邂逅的伤心汉。而弗兰克，直奔"生动刺激"而去，写了一个节奏紧凑的惊悚故事，讲述了一个列车劫匪和一群警察在高峰时段展开激烈的枪战（结局见了血）。据他所说，这是"基于真实事件改编的"，但并没有说明故事原型是什么。杰森没有完成他的作业，他擦掉了在纸上写下的一两个句子，画上了帮派的涂鸦。

我对这个开端颇为心满意足。

长官召见

我接到回话，丘兹维特警官提交了他的事件报告。他适当地忽略了他用化学武器攻击图书馆的细节。我随即向我的上司帕蒂提交了我的报告。她将它交给了她的上司。几小时后，我接到电话，通知我副监狱长杰弗里·马林和杰克·奎因要找我谈话。

马林和奎因两人作风迥异。领导都擅长一个唱红脸、一个唱白脸的伎俩。马林是一位资深副监狱长，曾做过律师。他为人幽默，聪明理智，不屑争吵：这人唱的是红脸。而奎因则是另一种人，有点儿自命不凡的架势，趾高气扬，六英尺高，剃着光头，充满阳刚之气。他当过大学女子篮球队的教练，在监狱的管理层里资历相对较浅。他变脸就跟翻书一样：前一秒还讨人喜欢，下一秒就变得咄咄逼人。

我跟着奎因走进马林的办公室。我感到里面有某种陌生的东西。我随即恍然大悟，那是阳光。这间位于操场边上的一层办公室，此时居然充满了阳光。这个位置可真好，算是一个观看犯人篮球比赛的场边豪华包厢。我刚走进办公室，就听到背后砰的关门声。一个懒洋洋的声音，带着波士顿人温和的口吻，在我身前响起。

"谢谢你过来，阿维。"说话的是马林，他就这么突然地出现在我面前，"我们会严肃对待此事。"他色厉内荏地说。我转过身去看他。

马林站在办公桌后面，穿着新英格兰爱国者队的套衫，里面是白色的衬衫和领带。两天后，爱国者队将要参加重要的季后赛。橄榄球队套衫和他严肃的警察口吻几乎让我忍俊不禁。但是此次见面十分郑重，为表尊重，我忍住了笑。

奎因叉起了双臂。"这次差一点就引起暴乱。"他突然发话。

一开始，我听不出他在对我还是对马林说话。但是，他很生气这一点倒是显而易见的。看来他是在责怪我，对我颇有怨言。

"所以我们才要彻查此事。"马林说道，在办公桌后坐下。

两人像在指挥作战似的，沉默地听取汇报，一句话也不多说。我很好奇他们平时说话就这样，还是说只是为了我好才这样。他们似乎想给我一种错觉，就是我在偷听他们的对话。我多希望我能变成蒸汽，从门缝中钻出去。

马林看了看表，匆匆地写下些什么，然后看着奎因："我们应该检查他的衣柜。"这话半是提议，半是命令。

奎因咬紧牙关，更加激进地说："我们应该检查所有人的衣柜。"

我看向马林，想知道他对这种野蛮行径将会做何反应。我一直很好奇，这些人有多少次行动是真正统一战线的，又有多少次其实是充满内讧的。但马林没有任何反应，也没有表示他是否听见了这句话。这算是一种默许吗？他又埋头写了一会儿，然后再次抬起头。

"这次事件差一点在监狱里引发暴乱。"他接过奎因早先的话往下说，"这将会是我们处理此事的重要考虑因素。"显然，马林现在是在对我说话，"你知道事情的起因经过吗？"

"知道。"我说道。我确实知道，整件事太荒唐了，犯人完全有理由生气。

但我仍然有些惊讶于他们"会严肃对待此事"，因为这不过是一起"臭屁喷雾事件"，而且马林和奎因等监狱领导也得维护他们的战略同盟——他们怎么可能会想要卷入工会会员之间的小打小闹呢？

"好了。"马林说着，靠在椅背上，"我们已经看过报告了，但还是请你把事情经过再描述一遍。"

报告上写没写这事儿？我琢磨着。我不想问他们，怕让他们起疑心。但我也没什么可隐瞒的。

我告诉他们发生的所有事，包括一些超出我报告范围的小事。"而且这件事已经发生过一回了。"我倾了倾身子说，"前一天，有人在福里斯特上班时也使了同样的伎俩。"

马林和奎因交换了一下目光，点了点头，我在警匪片里看到过这样的动作。它的意思是：逮着凶手了。

我顿时信心倍增，靠在椅背上提出了一个小小的建议："我认为他下周应该到我们的课堂上来，亲自向犯人道歉。"

两位副监狱长又交换了一个心照不宣的眼神。

"绝对不行。"奎因否决道，而马林则含糊地说，这会危及这位警员之类的话。

我已经想到了这个结果，即使我知道他们会对我的建议不以为然，但我还是要说。我知道这里的规矩。员工，尤其是狱警，是不能向犯人道歉的，这会削弱我们的权威。

奎因转换了话题。他问我为什么会出现在那里，他们想知道更多人的名字。他们一边快速地翻动警察的照片，一边问我："这人当时在吗？这个人呢……还有这个呢？"我顿时有了一种不好的预感，他们似乎是想借机整治某些人。

尽管还有其他警员参与了恶作剧，但我并没有在报告里提及他们。我不想让这颗雪球越滚越大。但是，当奎因直截了当地问我，是否还有别人在场时，我还是说了实情。我没有特意指控任何警员，哪怕是丘兹维特也没有，但也不会特意为任何人打掩护。何况有些问题是躲不过去的。比如说，在那里值班的狱警当时在哪里？保护图书馆是谁的职责？我的回答是：他就站在那里，幸灾乐祸地看着事情发生。

我倒宁愿不再提起这件事。但实际上管理层似乎要严肃处理，就像穿着橄榄球队套衫的马林承诺的那样。我被叫去与监狱的秘密警察 SID 谈话。在一个没有窗户的小屋里，一台固定在三脚架上的摄像机正对着我，两个调查员详细地盘问了我一个多小时，其间只休息过一次，喝了点水。其中一个调查员是个矮小亲切的意大利裔美国人，喜欢跟人聊天；他的同伴不苟言笑，看上去城府颇深，话虽不多，问的问题都很犀利。他们还详细地向我询问福里斯特、个别狱警和犯人的情况。

就在我停下来喝水的时候，摄像机暂时关闭了。那个意大利裔的调查员凑到我耳边，小声地透露："当我第一次看见放在桌上的这些报告时，我心想，'难道要让我花时间来调查一瓶臭屁喷雾？我们还有更要紧的事呢。'但当我开始查看这些报告时，我又想，'这些家伙将未经许可的危险物品带到监狱里来，光这项就已经是重罪了，而且竟然还想捏造事实？这些家伙当真想玩火？行啊，那我们就奉陪到底。'

"一些狱警当真以为，他们在这里可以为所欲为。你明白我的意思吗？"

我感觉他是在下套，趁我放松戒备时让我上钩，从我这里套出更多的消息，或让我说出对某个狱警的偏见。我只是微笑了下，礼貌地点点头。到这个时候，整件事变得更可笑了。

游戏结束

这个故事发生在曼哈顿。一个名叫甜哥的年轻皮条客，喜怒无常，急于成名，开着一辆坐满妓女的汽车。副驾驶座空着，留给他性交易小队的队长，他最信任的妓女，她是这批妓女中的头牌，有权坐在前面。

接她上车后，他开始怂恿女人们互相较劲，攀比夜晚的收入。没有最多，只有更多。队长带回来的钞票最多，这完全在预料之中。在臭骂别的妓女一顿之后，甜哥将她吹捧为闪耀的榜样，借此证明他并非彻头彻尾的坏人。他欣赏并褒奖工作杰出的人。这给了刚出道的妓女努力的目标，同时也向她们灌输了一种没用的人毫无价值的思想。

甜哥作为这个故事的叙述者，正在预测读者的敏感度。他解释说，妓女是需要被骂的，如果你不骂她，她就不尊重你，也不相信你能保护她，最后就会离开你，去别处寻找保护。女人们叫他老爹，而他也不负众望，成了一个满嘴脏话的恶父。甜哥靠着对女人的谩骂建立了一套等级制度，他让队长掌权，就像公司里的中层经理，成为他的女性盟友，有如左右手般重要。

甜哥强调，一个优秀的皮条客必须对女人了如指掌，这样才能控制她们。他要能够敏锐地洞悉女性的心理，即有一种慧眼识珠的直觉，天生就能理解女人的思维，而且心思细腻。

读到这里，我请他稍作解释。他想了一会儿，说道："你听说过'情商'吗？"

我点点头。

"最好的皮条客情商都很高，这可不是我在瞎说。"他接着说，"甜哥在这方面是有些真本事的。"

甜哥有个理论，他声称皮条客的嘴皮子是最厉害的。他让我想想马尔科姆·艾克斯。他说："你好好想想这个人。一个像马尔科姆这样的人，怎样才能打动人心，而且是打动一大群人呢？没错，他天赋异禀，而且从监狱的书本上学到了许多知识。但他是从哪儿获得的勇气，又是从哪儿获得成功的能力呢？看着马尔科姆演讲的旧带子，看他穿着裁剪考究的传教士衬衫和领带站在台上演讲，我就会在心里感叹：这家伙真是个天生的皮条客！"

周围的犯人对这个论断做出了不同的反应。

后来，他又大加解释了一番。"就这么说吧。"他说，"我正在看一本关于爵士乐的书，写书的说很多最厉害的音乐家都受过古典音乐的熏陶，如莫扎特，对吧？马尔科姆也是这样，他那口才就是从街头练出来的。哥们儿，你要知道这可是一项古老的技艺。早在古埃及的时候，就有一群疯狂的皮条客，穿着托加袍，招摇撞骗。它不是一天两天就能被发明出来的。一旦他掌握了这项技艺，接受古典的训练，汲取所有知识，他就可以掌控世界了。"

甜哥说的话里，有些是千真万确的。马尔科姆·艾克斯在自传中写道，当时监狱里的一个良师益友向他展示"如何用文字……赢得尊重"，使得他最终脱胎换骨。甜哥也恪守此道。正是这一信仰，让他的行为有了可信度。他尊重文字，因为文字使他得到尊重。

根据甜哥对大众心理的广泛涉猎，这正是情商的用武之地。他的理论是，最强大的男人使用的都是女人的语言。他解释道，对于一个男人而言，使用男人的语言易如反掌，但如果他知道如何打动女人，他就是王者。我注意到甜哥的字很秀气。更准确地说，他会像七年级的女孩子那样，精心地将"i's"写得卷曲圆润。

作为叙事者，甜哥善于揣摩听众的喜好。当他发现，他喋喋不休地描写皮条客生活中的某个夜晚会让我反感到不想再读下去时，就会立马改弦更张。就像他之前所承诺的："在他们破口大骂前笔锋急转，倒回到过去，从头讲起。"

甜哥在十岁之前是个快乐的孩子。他母亲来自阿拉巴马的塔斯基吉，父亲曾是美国空降兵，后来经营了一家生意兴隆的保洁公司，一家人住在波士顿马特潘区，过着幸福的中产阶级生活。家里有父亲、母亲、甜哥、两个哥哥和一条狗。全家福里的甜哥还是个小男孩，开心地奔跑玩耍，搂抱着妈妈。

一天，甜哥回到家里，突然看见一地的玻璃碎片，哥哥们都很难过。母亲发现了父亲的婚外情，或者像甜哥说的，对那个"巧言令色的年轻狐狸精"大发雷霆，砸碎了家里的所有窗户。那些窗户后来再也没有修复过。一个家庭就这么支离破碎了。甜哥的父亲离家出走，家里的顶梁柱没了。

甜哥十岁时进入了犯罪和暴力的世界，从此踏上了一条不归路。他的母亲搬到了罗克斯贝里的廉租房，年幼的小马尔科姆也曾住在那附近，长成了一个骗子和皮条客，后来才蜕变为人尽皆知的马尔科姆·艾克斯。

甜哥写到，这次搬家不仅是换了个地方，还是经济阶层上的急剧下降，让他从安逸小康的中产阶级一下子坠入了贫困的深渊。那时是 20 世纪 80 年代初期，年轻的甜哥突然住进了这个城市萧条颓败的一隅：满是垃圾的街道，空荡荡的停车场，喷满涂鸦的墙壁，猖獗的犯罪，肆虐的流浪汉、枪支、帮派、瘾君子，破烂的出租房，满目疮痍的社区。去上学的路上，他要跨过横七竖八地昏睡在楼道和街道上的陌生人。

十年的种族冲突，导致波士顿一直处于两极分化的状态。黑白两界没人敢擅自越过楚河汉界，闯入到对方的地盘。用甜哥的话说，如果有人敢这么做，"肯定会被揍到屁股开花"。毒品买卖、艾滋病传染、自动武器交易，这些穷凶极恶之事，都很稀松平常。

最坏的事其实发生在家里。因为丈夫的出走，还有一夜之间一贫如洗，甜哥的母亲不堪重负，经常拿孩子出气。当母亲不在家，去外面做清洁工时，甜哥就会一个人留在家中，在新环境里晃荡。不久，他就遇到了麻烦。

下午放学回到家后，我闲着没事就会在楼道里，听当地流氓从女人聊到抢劫。这是我接触到街头吹牛的第一课，我的楼道便是这一切开始的地方。

我一般会坐在楼道里，听着这些激动人心的故事，看那些流氓卷着大麻，装填子弹，挠挠裤裆，在说话的时候，吸几下鼻子。这些都令我无比着迷。

甜哥忍受不了母亲的打骂，接连逃跑了好几次。她会雇当地的流氓把他找回来，接着无情地毒打他一顿。有一次，她抄起手边的东西就往他身上打，电线、椅子和落地灯，打得他遍体鳞伤，打得他逃离了这个家，从此再也没有回去过。他会躲在破旧的房子里，躲在楼梯间和屋顶上，躲在废弃的车子里。他躺在冰冷的地板上，盯着空白的天花板，一边咒骂他的母亲，一边希望她心生怜惜，将他带回家。

他反复地做一个可怕的梦：一条黑色的疯狗一直追着他，而他的腿如灌铅般沉重得迈不开。他一直没法摆脱那条狗。

有一天，转机出现了。

我躺在地板上睡着了，开始梦见一条大黑狗追我，突然我被冷醒了，浑身发抖，冷汗直流。我抬头望去，看见一个人站在我跟前，背对着太阳，头顶上光芒万丈，刺得我一时之间睁不开眼。

等我终于缓了过来，发现一个高挑的美丽女子站在我身边，脸上挂着灿烂的微笑。我以为我是在做梦，而她是从天降临的天使，要带我离开这痛苦而悲惨的生活。我伸出手臂，以便让她像电影里演的那样拉起我的手，带我飞向天空。

她蹲下来，抱起我问道："嗨，小男孩，你为什么睡在过道里？"

她一说话，我就明白她是个活人。

我轻声回答道："因为如果我回家，我妈妈会打我。"

"她为什么会这样？"

"我不知道。她很坏，我恨她。"

我们坐在过道肮脏的地板上说了一会儿话。她就住在我待着的那一层楼，从房子后面的过道走出去扔垃圾时，无意间看见了我。她将我带到她的公寓，给了我一些热乎乎的东西吃。她叫雪莉，和她的男人奥蒂斯住在这个干净的两居室公寓里。

雪莉二十六岁，个子高挑，褐色皮肤，身材苗条，一头和黛安娜·罗斯一样漂亮的长发，如瀑布般倾泻而下，垂到后背。她是一个妓女，奥蒂斯是她的皮条客，两人都吸食海洛因。

奥蒂斯有二百六十磅重，是个长得酷似黑猩猩的黑鬼，也是我见过的嘴皮子最溜、穿着最时髦的家伙。奥蒂斯一眼就看上了我，把我当作他的亲生儿子。他告诉我，只要我帮忙倒垃圾，做点其他家务活，就可以和他们住在一起。我不介意住在这里，因为我不想回家挨打。于是，我留了下来，生活得也很开心。他们让我感受到了被疼爱的滋味。

雪莉每晚都要出门站街，早晨会带着大把的钞票回来，把它们扔在客厅的桌上，然后去冲澡。那是她每天早晨的习惯。

奥蒂斯经常把我叫到客厅里帮他数钱，还跟我说："小黑鬼，没有比妓女更挣钱的了。"

奥蒂斯有两辆凯迪拉克，一部摩托车。我从没见过这么多钱。那个时候，在我眼里奥蒂斯是这个世界上最富有的黑人。后来我才知道，奥蒂斯只是这场游戏中的小喽啰，赚的不过是一个皮条客通过兜售女人身体所得的零头。当时的我只有十二岁，对拉皮条还一无所知，更不要说性了。我以为男人们是因为她太美了，才会拉她上车，心甘情愿地给她钱。

后来像许多父亲般的人物一样，奥蒂斯身上有着十分矛盾的品质：他既是甜哥学习的榜样，也是甜哥引以为戒的反面教材。首先，他这个人八面玲珑，混得风生水起，曾领着甜哥在商业街招摇过市，在城南一家豪华的糖果屋夜总会炫富；可他也是个可怜的瘾君子，会把甜哥留在车里，跑去老窝注射毒品。奥蒂斯认为将孩子留在车里，那些蠢蠢欲动的飞车贼就不敢轻举妄动。两个小时后他回来了，他因为注射毒品引发不适，吐了自己一身，浑身散发着恶臭，像吃了一盆屎似的。抛开凯迪拉克不说，奥蒂斯就是个可怜虫。

甜哥描述了一系列这样的人物：具有致命弱点的楷模。这些人才华横溢、精力充沛、坚持原则，但结局都是穷困潦倒、身无分文、吸毒成瘾。最糟的是他们无权无势，对人点头哈腰。皮条客最终会因缺德事做多了而得到报应，接着糟践自己的身体。他发誓自己永远不会重蹈他们的覆辙。可他们是接纳他的恩人，在他落难时收留他，给予他关爱，给予他教诲。他必须对他们忠诚，他的命运已经和他们绑在一起，难以分割。

接着，他讲述了一些女人，从虐待他的母亲，到圣女般的妓女雪莉。这两个女人是甜哥的世界里的南北两极。

早期的扒窃和贩毒生涯并不能满足甜哥的野心，这一点也不足为奇。他从来不碰毒品和枪，而且志不在此。他真正的人生志向是当皮条客。这不仅是谋生之道，也是处世之道，还能得到别人的认同。就像老是喜欢说些大众心理学术语的甜哥所说的那样：因其成就而受人尊重。

----------- 鹿岛 -----------

我想教授如何描写大自然的写作计划遇到了一点挫折。我发现一些

犯人学生几乎没有去过偏僻的山林、荒无人烟的海滩、寸草不生的沙漠、一望无垠的大海。他们几乎没有抬头看过群星璀璨的夜空，银河在他们眼中还不如一块糖。有人告诉我，大自然让他们觉得无聊，因为它似乎离他们很遥远。

我决定向他们展示，每个人其实都接触过大自然，毕竟他们就生活在自然界中，人类城市也是自然界的一部分，和蜂窝或蚁穴并无不同。所以，我强迫他们写下自己在城市中对大自然的观察。

他们对这项作业的反应一如既往地有趣。

甜哥用了最枯燥无味的语言，去描述城市里的大自然。他自小在穷街陋巷长大，所以他的描述十分中肯。

城市里的自然界是残酷的。

如果你带着照相机，去拍一部都市版的《国家地理》，就会发现它其实跟丛林生活没什么两样，只是多了汽车、灯光、香烟和阿玛尼。除此之外，其他所有东西都是一样的。弱肉强食，智者生存，最聪明的人活得像国王，但是江山代有才人出，总会有更年轻聪明的人出现，总会有更穷凶极恶的亡命之徒出现。请别曲解我的意思。总有一些时刻，世间万物美得不可方物。长夜之后的早晨，你会惊喜地看见一只鸟儿飞上云霄，或者看见洁白的雪花飘落在地上，还没被路人踩脏。

城市里的自然界并不美丽，美丽的总是那些叫人意外的东西，大多是小孩的玩意儿。事实上，人类早已变得不对劲，心里滋生出了不同于其他动物的东西，那个东西就是邪恶。这才是人类最致命的缺陷。让我给你举个例子。一只母熊会不择手段地保护它的幼崽，为了它去杀死别的动物。人类的母亲也会这样，但是偶尔也会袖手旁观。有时，人类母亲会将自己的欲望看得比孩子重要，甚至会伤害孩子，对他拳打脚踢，任他自生自灭。这就是邪恶。只有人类会犯下这种恶。

如果你真的想谈论城市里的自然，那就这么想吧。像大自然界，城市从不睡觉。有些动物昼出夜伏，有些动物昼伏夜出。昼伏夜出的动物更危险。这就是城市和丛林的生活。这样的生活会一直持续下去。丛林二十四小时开放，而城市也是如此。

弗兰克描写的是他的狗——保罗，内容很怪异，却十分感人。为了论证他对"城市里的大自然"这一题目的理解，弗兰克在文中写道："女人生产也是自然的一部分，尽管它发生的地点是医院。我的女人和我不能生孩子，所以我们领养了保罗。保罗是我们的狗，也是我们的孩子。"

那条狗生来只有三条腿，所以当那辆白色的 SUV 呼啸而来时，它根本闪躲不及。它差点儿就一命呜呼，动物医院的人说它没救了，应该让它安乐死，但是弗兰克的妻子特蕾西拒绝了。等到那条狗的伤情稳定后，它被确诊为瘫痪。兽医坚持让它安乐死，特蕾西再次拒绝了。她将狗带回了家。

弗兰克也承认她的反应很奇怪，但他坚持认为这条狗能活下来是个奇迹。特蕾西已经失去了太多，所以不愿意让这条狗离她而去。弗兰克将咖啡桌改成一张小床，装上四个轮子。如此一来，他们就可以推着那条受伤的狗，从这个房间推到另一个房间。当他们做香肠火腿炖豆时，它在边上；当他们看《人人都爱雷蒙德》时，它在边上；当他们和朋友打牌时，它也在边上——躺在临时改造的轮椅床里，始终直勾勾地盯着前方。

弗兰克担心那只狗会有心理创伤。他本人经历过越战的创伤，不希望可怜的保罗一直沉浸在那场事故中。特蕾西会坐在瘫痪的狗旁边，一坐就是好几个小时，轻轻地拍着它，小声地在它耳边说些私密话。

在这个既感人又怪诞的故事里，弗兰克在结尾处说，这就是大自然，因为狗和人都是大自然的一部分，一个母亲对孩子的爱也是——虽然这个母亲是人类，而她的孩子是一条生病了的狗。这与甜哥对人类母亲的批判性观点形成了鲜明的对比。

离下课只剩一两分钟了，我决定将他们写的东西收上来，剩下的文章下节课再读。迪麦尼突然举起了手。他每次举手都会让我很高兴。他是班上唯一这样做而且经常这样做的人，无论我说过多少次不用举手。不过，要是哪天他真的不举手了，我反倒会很失落吧。

"请讲，迪麦尼。"我说。

"楚尼想读他的文章，你应该给他个表现的机会。"

楚尼似乎对这位多管闲事的年轻朋友有些恼怒，但没有反驳。

"好的，可以。"我说，"但要读快点。"

楚尼照做不误，他读得飞快。我还没完全听懂他读的内容，就被外面指着表的警察扰得分了心。我虽然根本没听进去，但还是告诉他写得不错，接着收好笔记本和铅笔。

到了后来，我才有机会真正看到这篇作文。我坐电梯去塔楼送书时，趁机读了他的文章，结果差点儿忘了下电梯。

十岁的某个早晨，我起得很早。我不知道为什么。也许我睡了一晚上，已经睡饱了，所以太阳刚出来我就起床了。我向窗外望去，你猜我看见了什么？一只鹿在马路对面吃草！而且吃得浑然忘我。然后一辆垃圾车吓着了它。它跑上街道又停住。然后又跑开了。我不知道你会怎么想，但这样的事不是每天都能遇到的。我这一生中从未见过鹿，尤其是在一个到处都是碎玻璃的城市，道路两边停满了汽车。即使是在那个懵懂的年纪里，我也知道那是一件特别的事。像一种征兆或其他的。至今，我仍在琢磨它从哪里来的，又去了哪里。我不知道是否还有别人看见它。

接下来，我知道你八成会叫我把我所见之物写下来，因为你总是这样。

读到这里，我忍不住笑了。

没有太多可讲的，但它在我脑海里清晰得如同昨天才刚发生。我记得它走动的样子，既像是跳，又像是跑。我以前从未见过。我记得太阳升到蔚蓝的天空，射出万丈金光。我记得它有一双黑黑的大眼睛。我记得它有一条白色的小尾巴，一晃一晃地消失在城市里。

作家甜哥

甜哥退出了我的写作班。他有别的事要做。我没有挽留他。他是一个充满男子气概的人，自学成才，认真地想要"提高自己的尊严"。他从来不会羞于告诉大家，曾经有一个监狱心理医生让他照镜子，描述他在镜子里看到的自己。他的回答是：一个秃头矮子。这样一个坦荡荡的男人，我怎么狠得下心来记恨他？

他勤勉地耕耘着他的书。有一次，我要在图书馆举办一场诗歌朗诵会，便鼓励他从自己尚未完成的那本书中选取某个段落在会上朗读。他神气活现地走到房间前面，在朗读前装模作样地说，他的书"写的全是热血街头的事"，接着吹嘘"我最近收到几个出版社的出书邀请"。后面这句话当然完全是谎话，而前面那句"写的全是热血街头事"也有待商榷，肯定会引起听众的争议。

他朗读的段落是对童年心理创伤的回忆，内容是关于一位出租车司机被殴打和抢劫的事，是他第一次亲身目击到的暴力。后来，在一次聊天中，他表示自己很后悔在其他犯人面前朗读这段过去，这让他焦虑不安，因为它暴露了他的许多弱点。有意思的是，他的书中明明有那么多内容，他偏偏挑中了这一段。

他不顾一切地想成名，想得到他人的尊重，所以撒了一个谎，说他收到了一份很不错的出书协议。他试图给自己塑造出一个成功作家的新角色，但这并不容易。他解释说，皮条客就像一个蹒跚学步的孩子，"永远顽强地学习如何正确地走路和说话"，迷恋于掌握其中的技巧。现在的他就是在尝试学习新的走路和说话的方法。

他真的很努力，努力地写作、修改、编辑、整稿，笔耕不辍。而且他的写作环境是十分恶劣的，这使得他的写作过程异常艰难。他如饥似渴地学习新的词汇和写作技巧，还和我讨论怎么做好编辑和修订。

一天，甜哥问我："这本书有什么大的缺点吗？"我想了一会儿，说他需要把女性人物塑造得更立体丰满，当前的许多描述只会让读者认为他是在利用和虐待妇女。我仔细留意他对这个评价的反应，发现他听得很认真。我向他建议，给读者讲故事的最好的办法是表现出他理解妓女们的想法，而不只是把她们当作妓女看待。

几天之后，他一言不发地把修改过的几个章节扔在图书馆的前台上。

这次，他不仅描述了每个妓女的体貌特征，描述了他和她们在哪儿相遇，还增加了每个妓女的人生轨迹。那些曾经塑造了他的生活的力量，也塑造了她们的生活。

甜哥无意中改写了他的故事，他笔下的自己不再只是一帮女人的头目，而女人们也不再只是一群胸大无脑的白痴。他和他的妓女是同病相怜之人，在俗世中摸爬滚打，艰难求生。有时他利用她们，有时她们利用他，而在大多数时间里，他们狼狈为奸，只是为了活下去，为了远离是非。

过了不久，甜哥告诉我，他决定不再叫他故事里的女人"母狗"，我一听笑了。

"你心软了？"我问他。

不过，这种转变是合理的。当故事中的女性变成一个个立体人物时，用这个词称呼她们是极其不恰当的。他笔下的人物现在有了复杂的人性，他的语言也要跟上。在修改后的书稿中，只有书中的人物及书中的甜哥才会说"母狗"这个词，作为故事叙述者的甜哥从来不用这个词。现在，甜哥对作家和皮条客各自的语言有了明确的界定。当我们坐在图书馆的电脑前，在囚犯们敬佩有加的目光下认真地讨论"母狗"和"鸡"这两个词语的文学价值时，甜哥进步飞快。他的故事人物有了个性鲜明的差别，这似乎让他很是满意。

在实现更加真实的故事叙述手法后，毫不夸张地说，他改变了自己的人生故事。故事的叙述者甜哥和主人公甜哥都一样真实。哪一个才是现实生活中的甜哥？我已经无法确定，而我怀疑他自己也确定不了。

如同他经常强调的，皮条客不仅是一种职业，也是一种身份。如果真是如此，那么要想将"他是什么人"以及"他是干什么的"分割开来，确实不太容易。

分享图书

肥猫与甜哥不同，他看上去是一个很好剖析的人。他给我的印象是一个成熟的人，不会迫切地想要证明自己。他喜欢小孩和动物。有一次，福里斯特为了给干净点的书腾出地方，将一堆破烂的平装书扔掉了。当时，他一脸怜惜地看着那些书，给我留下了很深的印象。当福里斯特喊他过去帮忙时，肥猫摇摇头，笑着拒绝了。

"不，不。"他说道，"哥们儿，我不会扔书。"

"为什么？"我问。

"在我长大的地方，书是不能扔的，一辈子也不能扔。嗯，就是这个道理。"

他笑着，一边回忆过去，一边摇着头。也许他多少意识到自己有些迷信，却仍固执地相信着年少时读过的神话，恪守着不可扔书的禁忌，信奉着书是神圣之物。

我明白他的意思。我也曾悄悄地逃避这项工作，害怕将书扔进垃圾堆里。和肥猫一样，这与我的成长经历密切相关。这种观念像一颗种子似的埋在我心底，它来源于我父母的家，那里犹如一座拥有厨房和卧室的图书馆，后来变成了一所犹太经学院，在我心里生根发芽，最后在1995年夏天长出了果实。

那时候的我成了一个宗教狂热分子。狂热到什么程度呢？鉴于我本就出身于一个犹太教正统派的家庭，起点如此之高便足以说明一切了。我家从克利夫兰搬到波士顿是促成这一转变的导火线。

在荒漠般的克利夫兰，我是一个初出茅庐的不良少年。虽然我在念犹太经学院，同学都是些富有的犹太孩子，但我的邻居朋友可不是。我的哥们儿不是年轻的街头阿飞，就是立志要成为街头阿飞的有志青年（我属于后者）。我左右手投篮都很准，加上神乎其技的胯下运球本事，让我能够和他们玩到一块儿，尽管我是一个戴着圆顶小帽的犹太正统派孩子。在学校里，我学习《托拉》和《塔木德》；在小区里，我偷东西，打群架，听硬核说唱，谈论毒品，参与各种通常不是什么好事的活动。

后来，我父亲被聘为哈佛犹太人社区的负责人，带着全家搬到了波士顿。我住进了一个更加安静的社区，转入了一所更加严苛的学校，为我的街头小阿飞生涯画下了句点。到了新的犹太高中，即布鲁克莱恩的迈蒙尼德①学校，我与班上的三好学生格格不入，只好将我少年阿飞的愤怒，转化为深入学习《托拉》的动力。

在人生的这个岔口，我为什么会走向《塔木德》，而不是成为纵火犯？这恐怕要经过多年的治疗，才能找到我的病因。也许是经学院里那种竞争激烈、男性独霸的氛围吸引了我。就像肥猫本人注意到的那样，在某些方面上，犹太教的正统派与组织严密的帮派惊人地类似，身为一个志向远大的阿飞，很有可能我早已无意识地认识到了这一点。当时，我们班上有人认为迈蒙尼德学校早八晚六的课程对于一个严谨的学者而言还不够严苛。这个人就是我。于是，我迫切地放弃了暑假，报名去以色列西岸定居点埃弗拉特的经学院学习《托拉》。那是高中二年级的暑假。

西岸《托拉》夏令营是狂热分子的仙境，是我梦寐以求的圣地。巴鲁赫·兰纳是创办和主持经学院的拉比，一个极具魅力的胖子。他以冒犯式喜剧演员出言不逊的风格去解读《塔木德》，精辟而疯狂。我很欣赏他能够用粗鄙的布鲁克林街头语去阐述博大精深的犹太教义，将两者巧妙地合二为一。我最后一次听人提起兰纳时，他已经在新泽西的监狱里蹲了七个年头了。他因娈童被判刑九年。过去三十年里，他的罪孽在正统派的圈子里已是公开的秘密。兰纳拉比喜欢这样描述经学院的日程："早餐是七点，午餐是十二点，晚餐是六点，学习时间是几点呢？早餐、午餐和晚餐之外的所有时间。"像娱乐、睡觉和基本的卫生整理是胆小懦弱的人才需要的奢侈活动。这真是虔信者的天堂啊！

我喜欢阅读《托拉》时那种灵魂上的震撼感，喜欢那些缜密严谨的律法论辩，那些神奇而又发人深省的故事；我还喜欢研读古籍，倾听它们原始而神秘的语言。每天早晨 醒来，脑海里就会自动响起幸存者乐队②的《老虎的眼睛》，接着昂首阔步地走向"知识的殿堂"——自修学习室，像一个参加冠军争夺赛的拳击手走向拳击台。我已准备好在知识的赛场上干趴对手，或者被对手干趴，无论是哪一种结局，我都将心满意足。

---

① 迈蒙尼德（1135—1204）：犹太教法学家、哲学家和科学家。
② 幸存者乐队：美国20世纪80年代著名的摇滚乐队。

学习室从不关门，我便驻扎在了那里。那是一个巨大的房间，一排排书架和桌子上摞满了层层叠叠的书，随时都有被压垮的危险。每个人在书桌前都有一个指定的座位，是你堆放自己的书、与你的学习伙伴一起研修、每天进行三次祈祷以及打瞌睡的地方。每个学生都有一整套足以堆满整张桌子的《塔木德》（六卷集）、全套《希伯来圣经》、全套《迈蒙尼德法典》（两大卷），以及希伯来语和阿拉姆语词典。除此之外，桌上还会有其他你喜爱的中世纪和现代注本，以及各种关于犹太律法的书籍。如果你喜欢怪力乱神，你可以看关于哈希德教派或卡巴拉教的书。如果你脑子不灵光，你可以看"励志的"当代文本。当然了，只要能让你在宗教中找到喜悦，读什么书都可以。

我在一本带五个标签页的三孔活页笔记本上，秘密地开始了我的伟大著作：逐节评注《圣经》，从创世记到编年史。为了继承《圣经》注释家的伟大传统，尽管我的希伯来语只有六年级的水平，我依然义无反顾地用希伯来语写下我的注解。

学习室的窗户可以俯瞰西岸阶梯状的朱迪亚丘陵，《白鲸》的作者麦尔维尔曾将这片风景描述为"陈年奶酪"。灿烂耀眼的阳光普照中东，到了下午四点钟左右，仿佛是神明的嘉奖，炎热的暑气逐渐散去，怡人的微风习习吹来，在每个人的书本上留下一层细沙。这是圣沙。从那儿往北走十分钟是伯利恒，那里埋葬着犹太女族长拉结；走二十分钟，是耶路撒冷；往南走十分钟是希伯伦，那里埋葬着亚当、夏娃、亚伯拉罕和他的妻子撒拉。下一座山头上有一个军营，从我在埃弗拉特的经学院开车过去只要三分钟。我的父亲曾在那里接受过以色列国防军的战斗训练，那里是我的祖先与上帝沟通的地方，现在轮到我了。

当时的政局比往常更为动荡，《奥斯陆和平协议》开始生效，埃弗拉特的犹太定居者以及以色列全国上下的同胞都愤怒不已，他们的目标是伊扎克·拉宾，光是听到他的名字就能暴跳如雷。他们每天都在游行示威，和军队发生激烈冲突。即使足不出户，坐在学习室里，我也能听到外面的人群在高声呼喊："拉宾是卖国贼！以色列的领土岌岌可危！拉宾是纳粹！"每到凌晨四点，全镇的居民就会被喇叭声吵醒："起来吧，起来吧，埃弗拉特的居民！快去里蒙山参加游行吧！"为了执行和平协议的内容，军队企图拆毁定居者的哨所，专挑夜深人静的时候执行任务。定居者不能让他们得逞。

那个暑假，我刚来到经学院，迎接我的是宿舍的前一任住户留下的一个礼物，他是那年在经学院学习的一名以色列高中生。他在我床上放了一本崭新的《英雄巴录》①，这是一部关于巴录·戈尔斯坦的传记，此人是一个臭名昭著的犹太定居者，一年前闯入希伯伦马路上的亚伯拉罕清真寺，开枪打死了二十九名穆斯林，受伤者超过一百五十人。他的恶行引发了又一轮暴乱。

在经学院里，我和其他来自以色列的学生曾围绕着"纯理论性"的《塔木德》里的律法依据，就如何暴力地推翻一个放弃圣地的领导者，展开冰冷无情的分析和辩论。两个多月后，一个从经学院毕业的学生，名叫伊戈尔·埃米尔，将会成功暗杀拉宾总理，然后在法庭上骄傲地引用我们曾在课堂辩论中使用过的论据。

虽然我知道这些话在道德上应受到谴责，但我还是对我的经学院和拉比们深怀感激之情：他们是我的导师，我的精神导师。

在那个下午，我的困惑达到了极点。吃过午饭后，我和两个朋友到外头散步，走到了定居点外围的一个有趣的洞穴群。那是些阴冷潮湿的洞穴，几千年来当地人一直喜欢躲在里面避暑。

正当我们兴高采烈、神清气爽地从洞穴的另一头钻出去时，五个巴勒斯坦男孩冷不丁地出现在我们面前，把我们给吓蒙了。我看了看我的朋友，他们也看了看我。我们一致转头，盯着那几个阿拉伯男孩，他们也同样盯着我们。他们穿着牛仔裤和 T 恤，其中一个穿的是阿迪达斯的 T 恤，而我的一个朋友则穿着印有拉宾头像的 T 恤，拉宾头上还戴着阿拉伯头巾。我们不经意间闯入了某个巴勒斯坦农民的地盘。他们是农民的儿子，本来好端端地躺在自己的田里睡午觉，却不知从哪里冒出来几个敌方的毛头小子，扣着汤碗大小的圆顶小帽，穿着具有挑衅意味的右

---

① 该书名曾在《圣经》诗文中出现过，此处为一语双关。

翼衣服，衣摆处坠着几条流苏，扰了他们的清梦。

这些孩子有多强悍，我们早就有所耳闻。他们是面对全副武装的以色列士兵都面无惧色的孩子，是巴勒斯坦起义者的童子军。他们英勇顽强，而我们不一样，只会窝在郊区的宫殿里，吹着凉快的空调风，玩探险类电子游戏。一见到他们，我们吓得连屁都不敢放。

"快告诉他们，我们是美国人。"一个朋友在我耳边小声地嘀咕，他一定以为在耶路撒冷出生的我，仍然保留着一些与阿拉伯人交流的神秘力量。

我抬头望了一眼坐落在山丘上的埃弗拉特的室外篮球场，它安全地躲在护栏网和武装哨所后面，在阳光下熠熠生辉。

作为向来艺高人胆大的孩子王，我小声地说："哥们儿，准备跑吧。我数到三……"

这时，另一个孩子摩西毅然地站了出来。

"看我的。"他说道。

我的心一沉。亲爱的上帝——看我的？这是什么意思？

还没等我想清楚各种可能发生的后果，比我大几岁的摩西就已经抬起脚，朝那几个阿拉伯孩子走过去。他走得很慢，手掌心向上，表示他没有恶意。阿拉伯人的孩子交换了一下眼神，身体警惕地绷紧了一些。

摩西放下他的背包，拿出一本破烂的《托拉》，这是《民数记》[1]，附有中世纪的评注。一个经学院的好学生是不会将要学的书放在家里的。他走向阿拉伯孩子的头儿，将书翻开来，指了指书，指了指天空，微笑着说："安拉。"他指了指那个男孩，指了指自己，又指了指翻开的书，然后又说，"安拉……易卜拉欣。"

那个阿拉伯男孩似乎有些困惑。不明就里的人不只他一个。

"他究竟要干什么？"我纳闷地想，"他难道不能说说迈克尔·乔丹，或者某个励志人物，为什么要提一个更可能引发分歧的人物？"

但他坚持如此。他将书合上，递给那个男孩。那个男孩接过它。摩

---

①《民数记》:《希伯来圣经》的第四卷。

西示意这是个礼物。对方露出了笑容。所有人都松了一口气。那几个阿拉伯男孩也笑了。我们也跟着傻兮兮地笑了，接着火速逃离现场。在我们返回埃弗拉特，前往经学院参加下午祷告的路上，谁也不敢说话。

后来，我们再也没有提起那天发生过的事。将书作为礼物固然是灵机一动，也是万不得已的下下策，因为对于一个虔诚的犹太人而言，我们犯了大忌。简而言之，这是对上帝的亵渎。一本书只要带着上帝的名讳，它就是神圣之物：每次合上它，或者不小心将它掉在地上时，都要亲吻它；当它破旧到难以修复时，要厚葬它。我们曾被教导过，犹太人宁死也不能让书被亵渎。然而，为求自保，我们却拱手相让，将它交给了敌人，眼睁睁地看着一个阿拉伯人拿着我们的圣书，却无能为力。对此，我们所有人都羞愧难当。

若干年后，当我终于离开了正统派社区，蓦然回首往事时，却有了截然不同的看法。那时我才明白，摩西不仅机智而且聪明，我们应该为他的所作所为感到骄傲。为了生活在这片土地上的所有人民，亚伯拉罕创立了一个共同的宗教。那天，就在同一片土地上，就在某个洞穴边上，他的交战已久的两支后裔，搬出了他和真主的名讳，实现了真正的和平。这才是《圣经》的精神，这才是神圣之举，而不是亵渎圣物（讥讽的是，在背弃宗教之后，我才终于顿悟了这一点）。我们从小被教导将对方狭隘地归为可怜、可疑和可恨的异端，被教导将对方与我们同龄的孩子视为敌人，而摩西却走上了截然相反的一条道路，他知道书的神圣之处在于分享。

和约旦河西岸一样，分享图书在监狱里是大忌。和那里势不两立的氛围一样，有人说监狱里不应该允许这样的行为存在，一些监狱职员也认为这样做不好。哪怕到了监狱外，我也经常听到一些人直言不讳地说，他们不愿把纳税人的钱花在为罪犯建设漂亮的图书馆上。

我可以理解他们的心情，正如我可以理解儿时的我们将圣书交给敌人时的悲哀。要做到那一步，意味着要跨越一条真实的界限。当年我们勇敢地跨越了两个民族的界限，如今我们管理着一座为囚犯而设的图书馆，可我们从中得到了什么？很有可能什么也得不到。但是，如果我们不这么做，或者说连尝试都不愿意的话，危害反而会更大。

蹲小号的肥猫

一天下午，我听说肥猫把 3-2 的某个囚犯暴打了一顿。他平时是个心平气和的人，而且对书百般呵护。这事儿在我听来有些蹊跷，便想去一探究竟。可传到我耳边时，他已经被狱警制服了，铐上手铐被关进小号里。这次斗殴太骇人了，肥猫和一个比他小的犯人合伙殴打了另一个囚犯，抓着他的脸往栏杆上撞，压在水泥地面上狂砸。

我不敢相信他会做出这样的事来。他是一个安静地坐着阅读《国家地理》杂志的人，一个腿脚有毛病、连路都快走不动的人。最令我百思不得其解的是：一个连书本都不忍心伤害的人，怎么会如此残暴地伤害一个同胞呢？至少在我认识的"素食者"当中，没有人会这样做。

我知道肥猫对暴力一定不陌生，但这只是理论上的推测罢了。就他出现在图书馆的时间里，我不曾从他身上见到任何一丝暴力的倾向，反而见到了许多非暴力的倾向。他总说要洗心革面，不玩"那种游戏"了。我一直对他的话深信不疑。

接下来的几天，我一直不断地思考着，究竟发生了什么事，才会让一个人性情大变。我无法想象他发狂到失控的样子。难道说，我一直以来都被他给迷惑了？我是否忽视了什么重要的细节？他的心平气和难道只是表面的假象？

没有了他，图书馆变得不太一样了。在他消失的这段时间里，他的存在感反而更强了。他的渊博知识、他的安静平和以及他在日常工作中扮演的角色，都变得难以忽视。

我决定借职务之便，到禁闭室去看他。这是我这职务的特权之一：接触单独禁闭的犯人。当班的狱警看到我似乎有了片刻的迟疑，但马上就恢复了平日里的漠不关心。我被放进去了。而且我过来这里，确实有要事在身。肥猫有图书馆读者需要的大量关键信息：他有一些法律案件的资料，还有他帮别的犯人起草的文书。当然了，我去那里最主要的目的是弄清楚事情的来龙去脉。

他被关在小号里，每天单独关押二十三个小时，因此牢门始终紧锁着，我只能透过铁门上的送餐窗口和他说话。他一见是我来了，不好意思地笑了。

"现在你知道我被关禁闭是什么样子了。"他说。

我们速战速决地谈完正事。他告诉我，他为谁查阅了哪些判例法，填写了哪些表，查到了哪些信息。然后，我写了一个字条，按在砖头般大小的玻璃窗口上："出什么事了？"

里头突然没了动静。我往里面张望。肥猫个头儿不小，但是不知怎的，被送进暗无天日的禁闭室里，他突然显得十分单薄，满脸胡须，疲惫不堪。他一边挠着乱蓬蓬的胡子，一边环顾四壁和天花板，眼神乱飘，不肯直视我。我想，他可能是在琢磨着该如何不伤自尊地回答我，这可就太见外了。

当他终于开口时，声音轻得近乎耳语。我听不清他说什么，便叫他写下来。他摇摇头，让我把耳朵贴在门上。我赶紧贴了上去。

"那个男的。"他做了个开枪的手势，接着轻声说，"我姐。"

大约一个月后，肥猫神通广大地从禁闭室里出来了。他一走进图书馆，便受到馆员和读者们如同英雄般的热烈欢迎。当他走进来时，大家都鼓起了掌，还有人起立。肥猫露出天使般的笑容，向众人挥手致意。

"怎么样，肥猫？"一个囚犯问。

"哥们儿，我感觉好极了！"他大声地说着，一拳捶在前台的台子上。

"孩子，我跨过了那道坎儿。现在我出来了，体重只有三百一十九磅，瘦了二十磅。你知道吗？在里头，我有大把的时间去思考，去厘清我的思绪。现在，我把一切都想清楚了。"

他看上去确实精神焕发，这样的情况我以前也见过。在禁闭室里关得太久，确实会让人精神崩溃，生不如死。但如果时间相对短些，反而会让一些犯人头脑清醒。对这些人而言，这很可能是他们多年来难得享受到的第一次独处和安静。曾在一个超大型的监狱服过刑，而且一天被关在牢房里二十三个小时的船叔告诉我，他宁愿被单独关起来，也不想整天处在无休止的吵闹和暴力中。

等到四周安静下来后，我向肥猫询问事情的经过。我直白地告诉他，如果他继续用暴力来解决问题，没有守法的商人会想和他来往。如果他真想做一个遵纪守法的人，就必须克制住暴力的冲动。

他不想就此事继续讨论下去。

"听着。"他对我说，"我不想再走老路了，这是认真的。我早就厌倦了这一切。"他向身后挥了一下手，既是指这座监狱，也是指令他沦落至此的过去，"可你要明白一点，哥们儿。那些让人蛋疼的事情，永远也不会离你而去。那个人开枪打死了我姐。那是我姐啊！你知道这意味着什么吗？换作是你，如果有一天这家伙出现在你面前，你会怎么做……"

"可你不能让这事儿拖你后腿。总有其他的解决方法。"我争辩说，"这样下去不就没完没了吗……"

他摇摇头。这事儿没有讨论的余地。

"哥们儿，我做不到。有些事你不懂。你可以改变你的未来，却改变不了你的出身。我必须保护我的家人。"

话题就此打住。

我不断地想起肥猫，想起他连一本简陋的纸皮书都不肯亵渎，却能将一个人打得满脸开花。对于他而言，这两件事一点儿也不矛盾：忠诚与书都是圣物，需要被精心呵护。我还在经学院的时候，拉比曾告诫我们，不可将书视为一件物品，而要将它当作一个可爱的生命，尊重它，爱惜它。当你看完一本《塔木德》时，你要念一句日常的祷告词："我们还会重新将你拾起，而你也会重新回到我们身边；我们还将继续把你品读，而你也会继续熏陶着我们；我们不会将你遗弃，而你也不会遗弃我们。"这是每个人向书许下的郑重承诺。

对肥猫而言，忠诚就是一切：对书的忠诚，对家人的忠诚。他绝不会抛弃它，尤其是在它受到伤害时。

丘兹维特回来了

一周后，我在图书馆外见到了丘兹维特警官，他正在那儿晃悠。早前，我听说他被调去监区执勤，但不知出于什么原因，他又被允许在我的地盘附近活动了。

显然，他并没有受到任何实质性的处分。我倒无所谓，从一开始我就不想声张，更不想把事情搞大。我只是好奇，既然管理层说了会"严肃对待"，那么此事后来是怎么处理的。

"上次的图书馆事件，后来是怎么处理的？"有一天，我碰巧在操场上遇见副监狱长奎因，便向他询问此事，"我看到那个人回来了，这让人有些意外。"

奎因绷紧了肩膀，感觉随时都会冲上来揪住我的脖子。

"我想炒了他，还想炒了更多人。"奎因说，"可惜证据不足。"

"这可把我给搞糊涂了。"我说，"我是说处分显然是有的，因为布拉德就被处罚了，就是那天在图书馆当班的狱警。那位警官本人不曾否认他去过图书馆的事实，尽管他隐瞒了自己在那里做了什么。基本上，他算是承认了事情发生时他就在现场。将这些细节联系在一起很困难吗？"

"这件事完全是让犯人的证词给搅黄的。"奎因告诉我，"他们都指认是弗莱厄蒂干的。"

弗莱厄蒂？

我顿时无语了，心里徒然升起一阵悲凉。这比那罐臭屁还要臭，还要不好笑。三个被分开来问话的犯人，全都不约而同地指认了同一个错误的人，这种巧合也太明显了。这几个犯人明明知道谁才是罪魁祸首，却纷纷栽赃给一个当天连图书馆都没进过的警官。是什么让这些犯人做出如此一致的伪证？这只能自个儿想象了。唯一清楚的是，案件的报告疑点重重，自相矛盾，于是就被否决了。

工会也脱不了干系。我听说，曾有一个狱警强奸了监狱里的多名女囚犯并致使她们怀孕，事迹败露之后被判了刑，可当时帮他放风的那位警官至今却依然在职。工会的职责就是不让他们的会员被开除，而他们非常重视这项职责。

但有谁能保护我不被报复呢？有谁能防止一个恼羞成怒的狱警捏造

一份报告，说我在图书馆的办公桌上向犯人出售奥施康定[①]？任何一个狱警都可以轻易地诬赖我，说我曾帮助某个犯人处理凶器，就像那个米勒老师做过的（或许他根本没做过）。只要有人成心想陷害我，什么证据都可以偷偷地塞进我的办公桌里。而我字字属实的那份报告，写得跟毕业答辩论文似的，却还不如我的大学毕业证书的纸值钱。

这些想法令我忐忑不安，尤其丘兹维特现在有了充分的动机报复我，因为我曾让他在大庭广众下丢脸，还害他差点儿丢了饭碗。我有一种预感，我和丘兹维特一定还会有交集的。

---------------- **痞子大厨** ----------------

我走进图书馆后面的教室准备上课，却惊讶地发现迪麦尼已经到了。他乖乖地坐在那里，笔记本摊开来放在桌上，手上拿着一支监狱发的软铅笔，另有两支小心地排放在桌子的边儿上，准备好了要上课。真是太阳打西边出来了。

迪麦尼设法在禁闭期间偷溜了出来，穿过"捕鼠器"的耳目，早早地来到教室坐定。"捕鼠器"是他给自己所在牢房的岗亭取的绰号。按照监狱的说法，这属于情节较轻的脱逃罪。

我从来没见他如此求知若渴过。这周的主题是"爱情"，也是他最初选择加入这门课程的动机。他已经耐心地等了两个月才等来今天这堂课，这有可能是他这一生最有耐心的一次等待。

如果他在爱情写作上也能有他今天冒险来上课的这股执着劲儿，那么我相信他一定会写得不错。从我的角度来看，碰到这么一个以为"我要在心灵深处与你做爱"就是情诗的家伙，想要教会他写诗简直是痴人说梦。随便一句话都要比这更有诗情画意。不过，至少他在努力。

今天的他就像一束专注的激光。我一走进教室，他就迫不及待地举起手，害我忍不住笑了。

---

① 奥施康定：一种强力止痛药，可致严重上瘾。

"拜托，迪麦尼。"我说，"你不需要举手。还没开始上课呢。"

"哦。"他说。

"你是不是有话想说？"

"是的。"他说道，"我们今天要写爱情是吗？"

"是，和爱情相关的话题。"

迪麦尼两眼放光地说："我现在就可以开工了！"

说完，他开始奋笔疾书。他急匆匆地写着，加上不会握笔的老毛病，不一会儿手上的软笔就飞了出去，掉到地上。可他一刻也不耽搁，抓起备用的笔继续写。

其他犯人陆陆续续地走进来了。和往常一样，楚尼是最后一个到的。今天他假瘸的走路姿势越发夸张了。他大摇大摆地走到教室的前面，拿起一支油性笔，写上：

今日主题：爱情

授课大师：楚尼·富兰克林博士

我找了个座位坐下，说："好吧，亲爱的教授，让我们听听您有何高见。"

向来外向的他开始了长篇大论："咳，以下就是我要讲的。你们知道，妹子各有各的姿势和大小，所以你必须灵活地把自己弯折成各种姿势……"

"谢谢楚尼的分享。"我说，"请你坐下吧。"

楚尼沮丧地坐下，嘴上却还倔强地说："说真的，哥们儿。我一定会让你们好好见识见识我对爱情的看法和观点，你们等着。"

"我们必当翘首以盼。"我应付道。

不过，我必须承认楚尼的情诗或许是后面的二十分钟里写得最好的了。轮到他朗读的时候，他从座位上站了起来，夸张地朗诵起一份巧克力饼干的配料表，这是他从一袋雀巢巧克力饼干的包装袋背面读到的。

"什么鬼？"迪麦尼难以置信地大笑，"这是啥破烂玩意儿？"

楚尼淡定地坐了下来："小伙子，你根本不懂爱情吧？"

迪麦尼看上去有些窘迫，因为他突然意识到，自己确实不懂。

"相信我，小伙子。"楚尼接着说，"你给老婆一张小卡片，上面写着'这代表我有多爱你'，然后紧接着抄上那份配料表。正当她在读小卡片的时候，你趁机端出为她做好的饼干，放在精美的碟子上，配上鲜花之类的鬼东西。你等着瞧吧，她一定会很惊喜的。"

迪麦尼郑重其事地点点头。

楚尼毫不谦虚地认为，他的情诗是全班最好的，再加上这是他的发言时间，他便宣布自己的人生目标是做一名电视烹饪节目的主持人。他甚至给自己的节目起好了名字，就叫"痞子大厨——与你的美食主持人楚尼·富兰克林分享人间美味"。他发誓，总有一天他会请我们所有人去他的餐厅，到时戴着厉害的厨师帽的楚尼大厨将会请我们吃大餐。

弗兰克适时地问了一句，会不会请他去。

"当然！"楚尼回答，"你和你老婆都请。但不能带狗。"

楚尼的计划

过了几天，在一个监狱里外都萧瑟的寒冬午后，我处理完一拨可怕的犯人请求，偷偷地瞥见楚尼在图书馆前台的末尾耐心地等候着。他面前摆着一份《波士顿环球报》，而他正心不在焉地随意浏览着。一个年轻的犯人突然出现在他身后，紧挨着他的身子，在他耳边说着些什么。楚尼轻轻地点头，既不张嘴说话，脸上也没有流露出任何表情。然后，那个年轻的犯人走了。

这个小小的插曲给了我一种怪异的感觉。突然间，我觉得自己并不了解楚尼，也许永远也了解不了。

他读报时心不在焉的样子，让我当下就明白他是来找我的。我一空闲下来，就打了个手势让他过来。

"那天我说的话是认真的。"他说道。

我不明白他指的是哪句话。

"我想当一个……"他看了一下四周，然后压低声音接着说，"哥们儿，我想当一名厨师，我想有自己的电视节目。我是认真的。"

他确实是认真的。他热切地看着我，用几乎是乞求的眼光在叫我相信他的话。其实，他根本不需要求我，我就已经相信他是认真的了。当然了，他的野心是挺大的，但并非不可能实现。而且，他其实挺聪明的，懂得投机取巧。他给自己创造了市场，然后抓住了这个大好机会：一个前科犯的厨艺展示。他长得英俊，聪明幽默，喜欢美食，正是这个节目的不二人选。他确实可以搞个节目，为什么不可以？他甚至可以创办自己的番茄酱或别的食物的品牌，名字就叫"痞子大厨"（品牌的名字可能需要改下，也可能不用改，谁知道呢）。如果这个计划行不通，他至少可以去餐厅当厨师。

他将一张纸放在前台上摊开，最上面工整地写着"计划"两个字，中间是一长串多得吓人的方框，每个方框里都写着几个字：假释、工地打工、工商学位、烹饪学校、电视台实习、妈妈、儿子、银行、贷款、兄弟……大约有三十个方框，用循环箭头联系起来，像作战地图似的。最下面最更加复杂的颜色各异的图例，用于解释整个眼花缭乱的流程图。

"算了。"见我一头雾水，他说，"先不提它了。"

他的言行举止有一种奇怪的急迫感，让人以为他要赶在天亮前完成并执行这个计划。比如说，他说话很急，他把那张纸收起来时也很急，差点儿把它给撕坏了。

再过几个月他就会出狱。他打算先在建筑工地上干一阵子，挣点钱偿还债务，支付孩子的赡养费，大致能够自给自足。他已经有了高中的同等学历证书。很快地，他会去做点小生意，开始上烹饪班。接着，他可能会去邮件收发室实习或工作，或者去任何可以让他进入电视台的地方。他可能会去表演班进修，会继续提升自己在烹饪界的地位。他会去做一切需要做的事，只为实现心中的目标：主持自己的烹饪节目。

"用五到十年的时间。"他说这话时，语气听上去像在说自己的服刑期。

他有许许多多的问题，问我是否能帮忙解答，或者帮他找到答案。

我同意了。这听上去是个值得图书馆支持的项目。

于是乎，他抛出了第一个问题：怎样才能完成最后一步？意思是：一个人在积累了相应学历和履历之后，怎么才能真正地开办起自己的节目？当下的我只能这样回答。

"答案很简单。"我说，"你得去做了才能知道。"

这个回答无法令他满意，但完全符合他的计划。我告诉他，他必须运用自己的想象力去想象怎么实现它，而且要向过来人取经。我告诉他，他要运用自己在课堂上向大家描绘一幅场景时所用到的想象力：

他是一个电视台的实习生，拥有烹饪证书。他是一个专门跑腿打杂的新人，但也是团队中值得信赖、勤奋用功的一员。在时机成熟时，他拿出某个东西，去向制片人进谏。如果那东西有价值，对方就会采用（我特意向他指出，制片人采用他的点子，只是因为对自己有利，不是因为好善乐施）。如果这个东西播出了，他的履历里就可以加上"电视编导"的头衔。事业就此起步。

最后，我总结道："我想说的是，你不可能现在就把每件事都弄得一清二楚，但是你要用想象让自己置身其中，当那扇叫作机会的大门开启时，你就是站在最前排的人，你会牢牢地抓住那个机会。哪怕失败了也没关系，至少你获得了很好的经验，然后你可以回去做个厨师，自己开一家餐厅，或者做点别的也行。总之，一定要有一个好的备用计划，你说对不对？"

"你说得对。"他这么回答，用笔记了下来，"你说得很对。"

我告诉他要坚持自己的计划，并给我列一张清单，让我知道图书馆可以为他做些什么，帮助他实现目标。他说他马上就写，十分钟内给我清单。

"还有一件事。"楚尼对我说，"不要把我的计划告诉任何人。"

我向他保证绝不泄露出去，虽说这在监狱里是一种危险的承诺。

"哥们儿，我告诉你是因为我相信你。"他说，"阿维，这里多的是见不得别人好的人。"

我向他再次郑重地保证。

于是他坐了下来，开始写起一串冗长的清单。他写字的时候还是那样，保持着我在第一堂写作课上见识过的姿势：先是将笔平放在桌上，接着仰望天花板沉思，等待着文字从天而降。不一会儿，它们就到了。他提笔快速写下：

一、学位课程（商业管理以及烹饪）

二、案底问题

三、电视台工作：如何找到这样的工作？

四、菜谱

五、更多的菜谱

六、如何撰写履历和商业计划

七、贷款信息

八、食谱

当狱警走进来通知我们阅览时间结束时，楚尼把纸折起来，小声地对我说："以后讨论这件事时，我们就称它为'痞大'——痞子大厨。"

当狱警带他出去时，我冲他摇了摇头。

"不行，别这样叫。"我固执地说，坚持我不用代号的一贯原则。

蒲公英玉米糊

我为楚尼专门创建了一份档案，不断地往里头添加新的信息。档案里有商业管理和烹饪培训课程的申请表，有经济援助和银行贷款的文件，有商业计划的信息，有开店许可申请的资料，有纳税表的模板，还有美国烹饪学院和其他烹饪学校的资料，尤其是那些特别注明不排斥刑满释放人员的学校。当我试图帮助一个犯人谋求合法的谋生之路时，总会深刻地认识到一个有前科的人在社会上多么举步维艰。例如：因为有过犯罪记录，楚尼无法申请联邦政府的助学贷款。

我还放了一些电视节目评论、传记、维基百科词条以及电视烹饪名人的访谈节目。当然，我也收集了不少菜谱。我知道他喜欢意大利菜，所以我收集了大厨乔瓦尼·斯卡平的菜谱，他也是在美国烹饪学院任教的老师。我还让其他囚犯馆员帮忙在图书馆里物色烹饪类的图书。

"阿维，你是不是有女人了？"肥猫问。

"果然逃不过你的火眼金睛。"我说。

我撒了一个无伤大雅的小谎。只要这些家伙以为找书是为了取悦女人，他们就会更加殷勤地帮我找。在监狱图书馆里找烹饪书感觉很奇怪，但这里本来就是个怪地方。经过了一番孜孜不倦的求索后，馆员们终于找到了两本这样的书，一本被分在了艺术类读物区域，另一本被划分到了小说类读物区域。

"用上好的酱汁，做一道好菜吧。"皮兹递给我一本西南菜系烹饪书，别有深意地给我提了一个建议。

"为什么？"

他咧着嘴笑道："吃到最后，你可以用勺子舀酱汁直接喂她，让她欲罢不能。"

他一边发出呻吟的声音，一边猥琐地比画着，让我后悔问了那句话。他还建议我穿一件"柔软顺滑的上衣，让她们忍不住想摸你"。

第二天，当楚尼来图书馆时，我把烹饪书和一沓文件资料放在台子上，推过去给他。他的脸一下子亮了起来，抓起我的手激动地摇晃着。

"兄弟，太谢谢你了！"他说道，"这对我太有用了！我会祈祷上帝保佑你的。"

他看上去是由衷地感动，这倒是让我很意外。他快速地浏览内容，不时大声地朗读某个段落。看得出来，他十分兴奋。

"'衣着规范'。"他读着我给他的斯卡平厨师的意大利餐厅的信息，"'请穿着正装或乡村俱乐部便装（有领衬衫、裙装或斜纹布裤）。牛仔裤及运动鞋不得入内。'我就喜欢这样的，哥们儿！你应该让人家知道，穿什么衣服才能到你店里吃饭。牛仔裤及运动鞋不得入内。"他模仿英国人的口音说，"朋友，这真是个好主意啊。"

他又抓起我的手，来了一套鲁布·戈德堡[①]式的握手，再一次向我表示感谢。

我问他为什么会对烹饪感兴趣。他说他一直为母亲做饭，而且母亲还要靠他做饭给弟弟妹妹吃。他告诉我，当自己"在家工作"时，这是他卖毒品的委婉说法，他会坐在电视机前看烹饪节目，一看就是好几个小时（我能想象他一边将可卡因分装成小袋，一边看着电视里的《赤足女爵》[②]，桌上放着上了子弹的手枪，等待买家的电话）。即使到了监狱，他也时不时能看到一些烹饪节目，尤其是当值班的狱警是一个喜欢美食的吃货时。

几天后，楚尼又来到图书馆，说着一些神秘莫测的词语，有些念起来还很拗口，如硬头鳟配芦笋、陈香醋和红菊苣、烤野鸭腿配百里香、蒲公英玉米糊。他尤其爱说那道菜品：蒲公英玉米糊。楚尼将菜单记在脑子里，按照传统的意大利餐区分不同的上菜顺序，学习如何配对调料。

我告诉他，我有个怎么做柠檬鸡的好菜谱。他骄傲地评价说，这道菜与新鲜的罗勒或迷迭香、土豆干和橄榄油真是绝配。我同意他的说法。我问他是否尝过新鲜的罗勒、迷迭香、土豆干或橄榄油。他说没尝过。除此之外，芦笋、陈香醋和红菊苣他也没尝过。至于蒲公英玉米糊嘛，大多数人都一脸茫然。

他渴望进军美食界，却只能靠配对菜名来学习烹饪。他从书上学到"香醋"和"芦笋"这两个词很般配，尽管他从没吃过这两个东西；还学到迷迭香与柠檬鸡是绝配，尽管他承认哪怕不小心误入迷迭香丛，他也不一定能认出来那些草就是迷迭香。

我开始在图书馆的各个角落发现一些散落着的菜谱或菜谱散页，我知道它们的来路。楚尼狂热地追逐着自己的宏图大志。他甚至"尝试"创作自己的菜谱，依旧是瞎子摸象般地把两个词语拼在一起，全然不知

---

① 鲁布·戈德堡（1883—1970）：美国著名漫画家，因创作鲁布·戈德堡机械系列漫画而出名。"鲁布·戈德堡"现已成为"将简单的事情复杂化"的代名词。

②《赤足女爵》：美国一档电视烹饪节目。

它们实际上为何物。这些食材由音节和声音制成，而不是由味道和气味组成。这是一种诗意的学习烹饪的方法，而这只是一个开端。

-------------------- **"饲养员"** --------------------

　　我想过给楚尼带一些基本的香草和香料，让他从新鲜的罗勒、迷迭香和百里香开始学习辨识食材，但我很快就打消了这个念头。我可以想象得出丘兹维特警官的报告会是什么内容：

　　长官，今天下午两点五十分，我亲眼看见本监狱的图书馆馆员交给0506891号犯人富兰克林一个未做标记的塑料袋，里头装着绿色的叶状物品。一手交钱，一手交货后，他们握了握手，那是帮派特有的握法。

　　接着，他会买通三个犯人，指证我在图书馆里卖给他们奥施康定，把药藏在一本中空的詹姆斯·帕特森小说里，转交给他们。不到晚饭时间，我就会被扣上手铐押走。

　　这并不是我无中生有。我的一个叫麦克·卢索的同事说过，监狱里只有两类人：一类是"饲养员"，一类是"非饲养员"。这背后的猫腻，卢索知道得一清二楚。他在转去当监狱计算机老师之前是个狱警，当时的他就是一个"饲养员"。"饲养员"是监狱里一种秘密的亚文化，指的是那些为囚犯非法携带食物的工作人员。有些人也许一直都在做，有些人也许整整三十年只做过一次。违禁的人不在少数，背后的动机也各有不同。

　　至于卢索，他违禁的理由很现实。对狱警而言，不给犯人捎东西是因为他是一名正直的警察，给犯人捎东西是为了图方便。如果用一包烟之类的小东西就能换来和平，何乐而不为呢？他告诉我，在他当狱警的时候，大伙儿只把"规定"当"建议"看待。

　　"现在时代不一样了。哪怕是屁大点事儿，他们也能让你吃不完兜着走。"

　　虽然卢索偷偷给犯人捎吃的是出于实用主义，更是纪律松弛纵容出来的，但也有其他一些因素在里头。他对囚犯一视同仁。正如他告诉我的，大多数犯人"只不过是普通人"。卢索是一名退役的海军，他总是把囚犯叫作"那帮人"，称呼他班上的那些囚犯时就说"我班上那帮人"。他告诉我，他没必要和那帮人作对。

"我不知道他们各自经历过怎样的人生。"他说，"所以我不想随便评判他人。"

卢索对"饲养员"亦不做评判。"当你看到一个男人这样讨要吃的，你一定也会觉得他很可怜，不是吗？"

肯定如此。而且我知道，这不仅会让你觉得囚犯可怜，也会让你觉得自己是个坏蛋。有一次，一个狱警在塔楼的电梯里对我说，他为自己是一名狱警而骄傲，因为他将坏人与社会隔绝开来。"总得有人做这事儿，不是吗？"但这并不妨碍他在那二十年里几乎每周去一次教堂，跪着向上帝忏悔他所谓的"将一个同类囚禁在笼子里的罪孽"。

那些不去教堂忏悔的人，也许还包括一小部分这么做的人，他们将"投饲"当作一次小小的象征性的忏悔。这种轻微的违纪行为能让人良心稍微好受些，能让人暂时抛开狱警这个身份，做一回悲悯的普通人，即使这有悖于狱警的职责。

在监狱里，善良几乎是违法的。成文的监狱管理条例不仅禁止监狱职员向囚犯出售任何东西，还禁止他们与囚犯分享任何东西，不管是多小的东西都不行。正是因为这项规定，才使得一所允许图书外借的监狱图书馆成了如此具有变革性的一个概念。在一所监狱里，资源如此紧张，规定如此严格，以至于任何既有物品或服务都被炒到高价。每样东西都能变成待售的商品，每样东西都能拿来交易。有价值的物品竟然可以免费交换，如图书馆的图书杂志或读者服务，这在监狱里才是异端思想。在愤世嫉俗者眼里，这种想法简直荒唐可笑。有时他们确实是对的：免费的图书馆服务经常被人用于非法牟利。我曾听说有犯人将《达·芬奇密码》之类的热门读物借出去，转身就把阅读权拍卖给其他狱友。

即使是出于善意的赠礼也是违法的。杰西卡曾为了安抚同室的狱友，将一条丝带送给她。从狱方的角度来讲，这条丝带属于违禁品。正因为这样，一次细微之举才有了非凡的意义。杰西卡这样做，实际上有点儿铤而走险。

在这种资源匮乏和缺乏信任的环境中，"饲养员"很容易陷入麻烦。一旦捎了什么东西进来，你立马就成了监狱黑市的一员，没有余地可言。大部分违禁品都是职员带进来的，包括毒品。作为"饲养员"，你陷入了一名公务员在守法与堕落之间的灰色地带。也许你只是给了犯人一个三明治，可真正的问题在于，你明知公务员的行为准则是什么，却还是明知故犯。你败坏了一名忠诚的公务员的信誉，而你最大的罪过在于：你让你的老板在他的老板面前抬不起头。

"饲养员"都是监狱里的边缘人，我最多只在旁人的闲言碎语中听说过他们。曾经有一个和尚，出于恻隐之心，来到监狱当老师。他是一个说话下流的监狱老教师，却有着强烈的母爱冲动，天生就难以拒绝那些向他讨要食物的人。还有人向我小声地说，有些人那么做只是为了从违禁中寻找刺激感。

为了伊利亚的生日，我也破了一回戒。从我第一天到这里起，他就是我囚犯馆员团队中不可或缺的一员。近来我注意到他似乎十分低落。他会在图书馆里闷闷不乐地走来走去，一言不发地连续整理图书好几个小时。聊天的时候，似乎光是张开嘴就能让他痛苦不堪。他常常有气无力地说："我不知道，我真的不知道。"他告诉我，他觉得自己已经八十岁了，其实他才四十出头。他很孤单。

伊利亚曾对我说，当他还生活在街头的时候，曾到一家咖啡馆买过一个巧克力纸杯蛋糕，然后坐在公园的长椅上。那一刻，他是无忧无虑的。他生日那天，我给他买了一个巧克力纸杯蛋糕。为了这一善意的举动，我在心里天人交战了三百回。从我买下这个该死的蛋糕一直到伊利亚来上班的这段时间里，我无数次想把它吞进自己的肚子里，假装这件事从未发生过。最终，我还是决定送给他。

其他犯人离开后，在图书馆后面的储藏室里，我走到他身边。我焦虑不安地告诉他，我为他的生日准备了一样小东西。说完，我拿出那个蛋糕，迅速地递给他。于是，我正式地将一样违禁品交给一个犯人，一样在监狱里能以三倍价格卖出的违禁品。这让我不由得紧张起来，却又为自己的紧张而愧疚。紧接着，一想到一个蛋糕就让我如此坐立难安，我便觉得自己真蠢。

他用他那愁苦却又诚挚的眼睛看着我，用一个寡言之人的方式向我表达感谢。然后他坐了下来，在桌上铺开一张餐巾吃了起来。我就站在旁边。这毕竟是一个孤独之人的生日，而我能做的至少是陪伴。除此之外，我还有一个自私的动机：我不想让他把它带出图书馆，暴露我的罪行。不过，站在他边上看着他吃，才是更让人煎熬的。

他用一种非常亲密的方式享受这个蛋糕，几乎要上升到肉欲的境界。对一个被剥夺一切的囚犯而言，来自外界的巧克力纸杯蛋糕不仅仅是一个蛋糕，它满足的是渴望。

实际上，这种说法不太准确，满足渴望的应该是我。而此时，我像个偷窥狂似的盯着他看。这让我不禁联想到，监狱职员化身为"饲养员"，也许有着其他更隐晦的动机：用这种行为来寻求刺激，和囚犯大玩肉体角力。满足一个无助犯人的口腹之欲，似乎有些近乎变态。监狱里有着绝对且极度的权力不平等，犯人几乎没有隐私可言，很容易就陷入虐待的关系中。纯良的动机是几乎不可能的。

施虐与被虐的想象，是构成一座监狱的骨血。在我偶然看见的一张字条上，一名女犯向一名男犯描述她内心的幻想：他穿着狱警的制服，出现在她的牢房里，厉声命令她跪下；她死死地盯着他的靴子，一开始抵死不从，后来他就使用各种手段，逼她就范。

在现实生活中，当囚犯和狱警有被监控摄像头逮住的风险时，监狱的桃色事件就有了不一样的色彩。有一名职员确实被抓到了，不过与众所周知的办公室恋情相比，其香艳程度还是大为逊色。那是一个已婚已育的文职人员，被发现和一名年轻男犯在储藏室里行苟且之事；另一个女狱警因为与男犯们过分亲密而被炒鱿鱼。这两个是少有的被处分的。

我和伊利亚在储藏室里偷偷摸摸的。我真正的罪过不是给了他违禁的食物，而是没有给他独自享用美味的空间。

当他吃到一半时，我祝他生日快乐，祝他一年比一年好。说完，我走了出去，将身后的玻璃门带上，让他享有最起码的隐私。

自由世界

上完漫长的晚班，我回到自由的世界已经将近晚上十点了。我沿着马萨诸塞州大街走向汽车站，突然听见并看见一个人在唐恩都乐店里拍打着玻璃窗，试图引起我的注意。一开始我没认出那人是谁，当他摘下墨镜，露出一双小巧而惺忪的眼——肿得几乎睁不开，我才认出他来：那双眼睛属于一个图书馆的老常客，一个叫安东尼的皮条客，绰号"蚂蚁"。他喜欢看西班牙王室历史和《汽车与司机》杂志。

在街上认出一个重返社会的犯人实属不易。虽然我在监狱里外都是一个样儿，但是出狱的犯人却不是。在新的环境里，在新的灯光照耀下，一个身穿便服、佩戴首饰的前科犯完全变了一个人，通常会展示出截然不同的面貌和姿态。有时你会见到他喝得醉醺醺的，甚至刚嗑了药，正处在兴奋的状态（倒不是说我在监狱里就没见过喝醉的囚犯）。恢复自由之身的他与你曾经熟悉的那个囚犯只有一张脸是相似的，仿佛变成了你记忆中那个人的孪生兄弟，而且大多是邪恶的。

尤其是当他刻意打扮过，就像蚂蚁这样穿着一身亮眼的白色：潇洒的粉边防汗带，搭配相同风格的腰带；一个巨大的仿钻耳钉，粗框的女式 DKNY 墨镜；带有领扣的鳄鱼短袖上衣，大咧咧地解开两颗纽扣；下半身是与之相配的及膝短裤，脚上踩着一双一尘不染的白色乐福鞋，里面没穿袜子。蚂蚁手上戴着一副艳丽的红黄相间的棒球手套，手腕上松松垮垮地戴着一只宝格丽手表或者高仿品，留着颓废文艺青年的胡子，老派地叼着一管烟嘴儿，插着一根廉价的菲利斯雪茄，没有点上火。

简而言之，他是当代美国皮条客青睐有加的贫民窟或预备学校打扮风的典型代表，甜哥将这种口味归结为皮条客对所有经典事物的追求。

这类不期而遇是常事，我几乎可以凭借在街头上碰到的假释犯人和出狱犯人的数量，来计算我在监狱里工作了多长时间。在去监狱工作之前，我一个也没碰到过；去监狱工作几个月之后，我偶尔会碰到一两个；一年之后，这几乎成了家常便饭。曾经连续好几天，我几乎每走一步就能遇见一个，这让我的朋友讶异极了。在市中心的电影院或者地铁里，经常会有长得一脸凶神恶煞的流氓突然满脸笑容地朝我打招呼，接着我们俩会像好久不见的老朋友一样寒暄起来。

蚂蚁像马术师一样将一只手套捏在手里，示意我进店里和他坐坐，这有违监狱工作的不成文规定。我的老板帕蒂告诉我，她总结出了一套如何向前科犯礼貌地打完招呼就走的话术。换作是她，她绝不会和这个人坐在一起。但我想到的是：这有什么大不了的，我可以吃个甜甜圈，这不违法吧？

"最近混得好吗？"蚂蚁边打招呼，边给了我一个流氓间的热烈拥抱。我迅速地扫了一眼四周，确定没有任何监狱同事在场。每当一个人开始疑神疑鬼地观察是否有告密者时，总会有一些不太好的征兆落入眼中。店里其他几个人向我们投来了警觉的目光。

"你怎么样，鸹哥？"我回答着。我实在忍不住想笑。他大晚上的戴着一副女性墨镜，时尚品位实在是高，勇气可嘉。

"就是继续蹦跶呗。你明白我的意思吗？"他说话时，嘴里的烟嘴一抖一抖的。我们走到他的桌前坐下，他拿出一张餐巾纸，擦去桌上的面包屑。我注意到他面前有两大杯咖啡。我想，也许是长夜寂寞吧。

"我懂你的意思。"多亏了甜哥的扫盲，我对他传授给我的皮条客知识很是自信，"蹦跶就是别停下的意思。"

"了不得啊，你这个管书的，我真就是这个意思。"他说着，凑过身子用拳头捶了我一下。我又憋不住了。这是漫长的一天，皮条客的玩笑几乎是我工作中唯一的快乐源泉。上班的时候，我从不放任自己沉浸在这种欢乐中，但是在外头我有一条普适性的原则：在唐恩都乐里，一切皆有可能。

就在那时，我才意识到第二杯咖啡是给谁点的。一个浓妆艳抹的苗条女人踩着细高跟从洗手间出来，她盘着一个复杂的高发髻，穿着一袭深紫色的交叉挂脖迷你裙，隐形的胸垫托高她的小胸脯，显得丰满挺立。

"阿维？"她突然停住脚步，诧异地喊出我的名字，差点儿摔倒。

"这下坏了。"我在心里苦思冥想，"这位"熟人"是谁啊？"

我心里尴尬极了，表面上却不动声色，想要故作正常地打量她的脸，不让她发现我是想透过她的五官，去辨认她是谁。理想是丰满的，现实却很骨感，我只是呵呵地傻笑着，掩饰我的尴尬。

"你还记得我吗？"她迅速地瞥了蚂蚁一眼，开口问我。蚂蚁带着一脸假笑，用牙齿咬着烟嘴。

"我当然记得你啦……"我心虚地说道，接着就在电光石火之间，我想起来了，"我们在图书馆里见过。"

我回忆起了当年她还在图书馆的样子，二十岁还不到，过大的狱服穿在身上，让她更显娇小。她喜欢看艺术类的图书，经常抱着一两本这样的书，躲在图书馆的书架之间阅读。几个月前，图书馆里流行起了弗里达·卡罗[①]的画，她当时积极参与了相关活动。当我问她最喜欢卡罗的哪一幅画时，她马上翻到《水给了我什么》，从浴者的视角看着一只满满的浴缸，缸壁上则是两只涂着指甲油的脚，水面上浮动着各种玩具般大小的意象：两个女人躺在一块海绵上漂流着；帝国大厦从一座火山口喷涌而出，一条钢索，各种动植物。

她为什么钟情于这幅画呢？

"我不知道。"她回答，"可我就是喜欢它。"

这也许是我们在图书馆两次简短交谈中的一次。

"哦。"她现在在唐恩都乐店里，瘫坐在椅子上，一只手托着脸，说，"阿维，你不应该来这里。你来这里干什么？"

"不要用这副样子跟男人说话。"蚂蚁平静地提醒她。

我瞪了他一眼。

"我在学，我发誓我在学。"她对我说，"我正在参加一个课程，我要做对的事。"

我不知如何回应她，可蚂蚁知道。

---

① 弗里达·卡罗（1907—1954）：墨西哥女画家，代表作《底特律的流产》。

"臭婊子，闭上你的臭嘴。"

他说得很轻柔，像是润物细无声的雨丝，我差点儿就错过了他话里的意思。一个皮条客知道如何在公共场合不动声色地训斥妓女，甚至不激起任何的涟漪。这是他们专业技能的一部分。

"嗨，冷静点。"我说道。

我竭力克制自己，才没冲他发火，也没对她说，她可以去做对的事，社会上处处有关心和帮助。她还是个孩子，不应该放弃上学，还是会有人相信她的，等等。总而言之，就是一堆她应该从自己信任的人那儿听到的良言。

但我想，这话如果在这儿说出来，肯定会适得其反。她会因害他丢脸而被骂，事后也许会挨一顿打。我想对他俩任何一个人说的话只会激怒蚂蚁，置她于危险之中，甚至殃及自身。这里不是监狱，而是现实世界。蚂蚁是她的老鸨，而我只不过是个穿着卡其布衣的瘦猴子，什么也做不了。如果我插手了，最好的结果就是没有结果，最坏的结果就是小命不保。

蚂蚁冷静地命令他的婊子去给我买个甜甜圈，我还来不及拒绝，她就转身走开了。他向我打听了几个犯人，我说他们过得还不错，几乎是有问必答。整场对话让我很是郁闷。他想从我这儿得到什么？他为什么请我进来？

当然，答案只会让我更郁闷：他为什么不能请我进来？我已经回应他了，用"鸨哥"来回敬他，还对他那身街头装扮顶礼膜拜。这会儿，我怎么能突然说翻脸就翻脸了？我生气只是因为我认识那个女孩吗？如果不认识我就不生气了吗？

我见识过这样的男男女女，我听说过他们的故事。但只有当我真正牵扯其中，亲眼看见他们穿着普通人的衣服站在一块儿，我才真正懂了。皮条客的语言将我划分到对立面。这件事涉及的是虐待和剥削一个吸毒的女人。如果我放任不管，从某种意义上，我就成了共犯。

只要回想她的话，我就无法心存侥幸。"我在学。"她说这话时几乎快哭了。她对我说的是一个绝望的借口：她在参加一个课程，要做"对的事"。她为什么要对我如此防备呢？她从未对我谈过任何课程，任何要去做的对的事，任何诸如此类的只言片语。找我帮忙查课程和写申请的囚犯多如牛毛，多到我根本记不住。也许她对我说过，只是我不记得了。

但我是否记得并不重要，重要的是她记得。因为我是监狱的职员，她显然将我视为她的犯人改造工作中的相关人物，不管那项改造工作需要什么。然而此时此地，我却和她的老鸨坐在一起谈笑风生。她听见我喊他"鸨哥"了吗？她听见我和他互开的那些玩笑了吗？

即便去了监狱工作，我也没能摆脱美国文化中滥用"拉皮条的"和"鸡"这类秽语的坏习惯。而这一次，我们说的就是那个意思，而不是玩笑似的戏谑之语。

"你不应该来这里。"当她看见我时，她是这么说的。她说得对。

-------- 一丘之貉 --------

唐恩都乐的遭遇，令我认真地反思起甜哥这个人。我会不会看错了这个坏事做尽的人物？表面上看，我知道他想干什么，而且他也亲口告诉过我。可我真的看穿了他背后的目的了吗？

甜哥宣称拉皮条是门艺术，一门伟大的男性艺术，一门人人都追求的艺术。这番理论经过他的妙笔得到了验证。他那蛊惑人心的不烂之舌，他的自我表现和口头表达能力，充分地证明了他的论点：他是一个高超的诱骗者，光用语言就能塑造世界。

枪是给那些不善言辞的人用的，他不需要动用武力，或者用他自己的说法是"我不需要史密斯威森[1]，我有梅利安韦伯斯特[2]"。这话让人不知作何评价，而且当时我也没多想，只觉得好笑，仅此而已。

在其他人面前，我见过他把牛吹得走火入魔的样子。我见过他沉溺于"圆滑精明的话术"而不可自拔，那是皮条客行业的圈套，被他自己给写进了回忆录里，作为如何识破骗局的几大信号。他这人聪明归聪明，

---

[1] 史密斯威森：指美国最大的手枪军械制造商史密斯威森公司。

[2] 梅利安韦伯斯特：指梅利安公司编纂的韦氏词典。

但当他用力过猛时，就会险些违背自己的初衷。

"一个真正的皮条客总是低调的，时刻保持低姿态。"有一次，我听他这么说。其实，他在向别人阐明这一条的时候，也已经违反了这个原则。

一想到这些，我的心就往下沉。我会不会被甜哥这个人给蒙蔽了双眼，心甘情愿地相信他的故事，乃至他这个人？

有时，我有工作要处理，无法及时修改他的稿件，他会因此发火，用拳头捶打前台的台子，然后开始来回踱步，像是在极力克制自己不要一拳击穿墙壁，或者揍趴某人。见他在那儿发脾气，我竟然隐约有点儿内疚，仿佛我有愧于他。这令我十分错愕，事实上，我一直尽心尽力地帮他，而且分文不收，甚至不惜违反我的职责。曾经坐在他车后排的那些妓女，当她们没能挣到令他满意的数额时，她们的心里有多沮丧，这时我完全能够感同身受了。这个想法让我忐忑不安。我不得不悲哀地问自己：甜哥是否也把我当"鸡"对待？

我看见他在图书馆里，给年轻向上的皮条客们答疑解惑，鼓励他们，引导他们，向他们传授如何在精神上操控一个人，就像他刚出道时那些老司机们教他的那样。

我回味着他那如音乐般悦耳的全名："C. C. 太·甜"，他的朋友经常简称他为"甜哥"或者"糖哥"，他的魅力是毋庸置疑的。中间名里的那个"太"字，虽短但别有深意。也许这个字除了"过头"和"过分"的含义外，还有其他的寓意。

在我认识甜哥和其他常来图书馆的读者前，我从未与拉皮条的有过接触。我对皮条客仅有的认识来自于电影，或者在大学化装舞会上遇到的身穿阻特装①、头戴长羽毛帽子的"皮条客"和"鸡"，这些舞会不过是给这帮精英阶层出身的孩子一个穿着奇装异服的机会，喝醉到能够来一段艳福。但甜哥的生活不是聚会。

我是不是被甜哥这个人给蒙蔽了双眼？既然有了这样的疑虑，我决

---

① 阻特装：20 世纪 40 年代流行于爵士音乐迷等类人中的上衣过膝、宽肩、裤肥大而裤口狭窄的服装。

定上谷歌搜索这个人。我没有上谷歌搜犯人的习惯，通常是出于特殊的原因，我才会这样做。比如说，在聘用某个囚犯当馆员前，我也许会谷歌一下，看看他是否有生吞活吃任何监狱馆员的前科。与甜哥共事这么久，我从未想过要调查他，这或许说明了我并不想知道真相。有过那晚唐恩都乐店的经历后，第二天早晨我迅速地在谷歌上搜索了一下。

《波士顿环球报》上写道："昨天，三名波士顿人被指控拐骗女性，据称他们在伍斯特县诱拐两名年轻女子，逼迫她们在波士顿'战区'卖淫，并没收其收入。"

另一份最近的报道说："来自罗克斯贝里的三十五岁男子查尔斯·贾维斯昨天在位于马萨诸塞州昆西的速八汽车旅馆被捕，当时正与一个十四岁的少女在一起，该少女一天前离家出走。贾姓男子被指控强奸、拐骗和诱骗少女卖淫三项罪名。"

强奸、拐骗和诱骗未成年人卖淫！一个还在上初中的女学生！我震惊得差点儿从椅子上摔下来。一想到他和这个女孩在汽车旅馆里的画面，我就感到一阵恶心，这比我昨晚在唐恩都乐看见的还要严重。这是世界上最恶劣的罪行之一，就连最坏的罪犯也会谴责它。

或许我更应该感到恶心的是，我怎么会如此轻率地接受了这个家伙？几个月来，这个人一直大言不惭地对我说，他是个拉皮条的。我一直不以为然，现在却突然为之震怒，还要厉声谴责他是个……皮条客？我有什么脸面这么做？是我不对，是我故意忽视了一个真正的"皮条客"究竟意味着什么。

他刻意粉饰了一些关键的细节。他假装忘了给我看书中的某些章节，告诉我还没写好。这也许是实话，也许他只是不想让我知道整个故事。尽管如此，错误依然出在我身上，是我允许自己越陷越深。

我的上司大概不会对我的表现感到满意，如果哪天我被审查了估计也不会站在我这边。他们才不会为了一件小事丢掉自己的饭碗，而且也会劝我不要这么傻。

我毕竟是个领薪水的公务员，是政府部门的一颗小螺丝钉，是媒体持续监督的对象。一个天真的哈佛毕业生和前《波士顿环球报》记者，利用上班时间和纳税人的钱，偷偷地帮助一个一辈子以拉皮条为生的犯了重罪的人出版一本"大揭秘"的书（那些专门揭发丑闻的记者很可能会这样评价甜哥的自传），一定会被《波士顿先驱报》这样的小报津津乐道。他们也许会说："一个人民公仆为什么要帮助这个囚犯？这样的人就应该老死在监狱里。"更要命的是，他们说的也许是对的。

与此同时，我也暗自有些担心甜哥会出卖我，向我的上司或报社搬弄是非，把整件事说成卑鄙无耻的勾当。在与他合作编辑的过程中，我一直是牺牲自我、让他凌驾于我之上的那方。人生走到这步田地，除了手稿以外，他没什么可失去的了，可我却会失去工作、名声和尊严。如果他被逼急了，也许会拿此事来羞辱我，或者勒索我。我不由自主地幻想着小报的标题：《愤怒的父母：图书管理员利用纳税人的钱助强暴未成年少女的强奸犯书写自传！》文章将会附上我的监狱证件照，剃着寸头，一脸困惑地咧着嘴，照片下方写着"我觉得这是一本好书"的小标题。这种可怕的臆想吓得我彻夜未眠。

我一句解释的话也没说，便从甜哥身边走开了。我要对他说什么呢？对他说对不起，我现在才发现原来你是个人渣？我是否该给亲爱的礼仪小姐①写封信，问她如何不失礼节地与一个拉皮条的朋友绝交？

自从对他及我自己感到失望和愤怒之后，我开始站到了中间派的立场——明哲自保，并采取躲人的战术。他叫"太甜"，我叫"太忙"。我突然忙得没时间坐下来和他说话，没时间校对和录入他的文字。我需要和他保持一些距离，而他很快地也对我有所警惕，即使是在日常的礼尚往来中，也毫不掩饰他对我的怨恨。他知道我知道了。

老鹰飞回的季节

这是老鹰的季节。那只鹰盘踞在高高的屋檐上，睥睨着监狱的大操

---

① 礼仪小姐：礼仪作家朱迪斯·马丁的笔名，从 1978 年起在各大报开设《礼仪小姐》专栏，致力于研究和推广人际交往中的礼仪问题。

场，监视着一切。监狱里流传着许多关于这只鹰的传说。很多人对它心存敬畏，包括犯人和员工。有些人则把它当作一种祥兆，一个"灵物"，甚至认为它可能是某个囚犯的灵魂，绕着自己的牢笼盘旋，不肯离去。

图书馆里自然也是众说纷纭。有人说这只红尾鹰是看中了监狱里多得吓人的老鼠；有人说它在这里筑了巢，虽然没人见过传说中的巢在哪儿；还有人说政府想要清除这一濒危物种，碍于法律不敢明目张胆地动手，就将它的巢挪到了监狱，顺便吓一吓囚犯，开个残忍的玩笑。反对者则认为它是一只塑料做的假老鹰，像稻草人一样的，搁在那儿吓唬鸽子的（而它也完美地完成了任务），可大多数人都亲眼见它动过，有些人还曾见它展翅高飞，站起来比人还要魁梧。那么，这个说法可就站不住脚跟了。

大多数时间里，那只鹰只是蹲坐在上头，冷眼旁观下面的人间戏剧。

楚尼的版权

老鹰飞回的那个季节，楚尼和我待在图书馆后面的教室里，一起写烹饪学校的申请信。突然，他生气地扔掉软笔。脑海里有太多杂音，令他无法集中思绪。我问他怎么了，他叹了口气。

"有个家伙被关进了3-1。"他告诉我，"我是在街头认识那个浑蛋的。前一阵子他做了一些很对不起我兄弟的事。"

近来，我越来越优柔寡断，难以决定哪些是该知道的，哪些是不该知道的。楚尼此时说的这事儿，我一点也不想知道，便决定不过问。

"这是个浑蛋，而且还是个告密者，我这么说是有证据的。他进了3-1，还敢好意思笑，你就知道肯定要出幺蛾子了。这都是套路，你懂吗？他也知道的，所以一见到我立马就不笑了，我很肯定。"

"后来呢？"

"没了。"楚尼说着，又捡起监狱用的软笔，开始看他的申请。

楚尼告诉我，他"憋住了火"，不会对这家伙动手。他确实很想报仇，而且觉得有责任为他的朋友报仇。但他不想蹲小号，被打残送进医院，或再一次惹上官司。他还要忙着申请学校，忙着学习菜谱，忙着为他的电视节目主持做准备，他不想偏离自己的长远计划。而他的计划中，没有卷入帮派纷争这一项。

我表扬了他的成熟稳重。

"不是那样的。"他一脸肯定地告诉我，"这架迟早会开打的。哥们儿，该来的总是会来，该解决的总是要解决。世事难料，仇人就在你身边。"

这话与肥猫从禁闭室里出来后对我说的惊人地相似。楚尼说，碰到这种情况，暴力是不可避免的。他想要避免暴力，却又坚信暴力不可避免，甚至可能会冷不防地发生，让他始料不及。他拖得越久，就会给仇人越多先发制人的机会。他的隐忍会被认为是软弱，甚至会被认为他已经向警察通风报信了。哪怕是请求狱方将他与这个人关在不同的牢房，也会害他自己被打上告密者的烙印。不管怎么做，都只会让事态恶化下去。

他原本想做件傻事，这样就能被拽走，关进小号里。想了又想，他还是放弃了。一方面，他的仇人很容易就一眼看穿他的雕虫小技。另一方面，被关进去后他不能继续写他的申请信了。

"那你有什么打算？"我问。

他还是言简意赅地说："没有。"

他又开始修改起申请信来。过了一会儿，他豁然开朗了起来。他写完了自己的第一份菜谱。他拿起其中一张纸来，给我看他写下的菜谱，警告我不准抄写或复印。他需要保护他的创作，于是我在纸张的右下角写上了他的名字和一个版权标记。

"我想把这个弄在我的胸口上。"他指着那个版权符号说，"从此我就是版权，我要专注在我的事业上。"

后来，我在穿过操场去员工餐厅的路上，停下脚步抬头寻找那只鼎鼎大名的红尾鹰。那只身披棕白相间以及铁锈红羽衣的猛禽，一动不动地蛰伏在上方，让我一时没注意到它。它高高地盘踞于操场上方的栖息处，用比人类锐利的鹰眼注视着一切。放哨的不只有它一个。狱警们站在操场边上，一边龇牙闲嗑，一边盯着男犯人们；塔楼里的女囚亦是，一边龇牙闲嗑，一边打量着男犯人们。

那只鹰端坐着，眼睛睁得圆圆的，一眨不眨，像是一个收起羽翼陷入冥思的神灵，以静止安详的姿态，独立于这个躁动不安的世界。突然间，我觉得那些说它像稻草人的或许没错，它只不过是一个用来吓跑鸽子的塑料玩具而已。正当我这么想着，它突然动了，张开一侧宽大有力的翅膀，如帝王般威严，羽毛一根根舒展开来，接着缓缓地收上，像魔术师般鞠躬谢幕。就在那一瞬间，它白色的腹部在我眼前一闪而过。即便站在下面的操场上，我也能看见它如液压缸般强健有力的腿，一对硕大的黄色鹰爪勾起来，透露出令人恐惧的狰狞，让我不寒而栗。

阻止海浪

音乐声响起。那是格蕾蒂丝·奈特和果核乐队演唱的一首老歌，舒缓而神圣，让老一辈的听了宾至如归，小一辈的听了重温经典。现场流动着轻松愉快的氛围。楚尼身穿干净挺括的衬衫和细条纹裤（也许是乡村俱乐部风格的便装）进场，微笑着向为他欢呼鼓掌的现场观众挥手致意。那是在城里的一间公寓里，阳光照满整个房间，透过窗就能看见由摩天大楼绘成的天际线。

欢迎参加由楚尼·富兰克林主持的"都市烹饪"节目（他放弃了"痞子大厨"这个名称）。

他一边系上围裙，挽起两只袖子，一边和可爱的助手调侃。她说了几个关于女儿的好笑段子，那是一个两岁的女娃娃，和她一样可爱蛮横。观众就喜欢听人唠家常。助手是个黑人，邻家女孩的那种类型，也有可能是个说单口相声的。她有点儿胆量，敢打趣楚尼。

"看看这个大名鼎鼎的大厨。"她对观众说，"连怎么穿围裙都不知道。"

楚尼张嘴想反驳，却说不出话来，笑着供认不讳，逗得观众咯咯直笑。

在与助手你一言我一语地说了几句当天介绍的菜肴后，他直接面对镜头，搓着双手，说："好了，我们开始吧……"

楚尼告诉我，他之所以喜欢这个幻想，是因为当它实现时，他的儿子应该十岁到十五岁了。他将站在舞台的侧面，观看他拍摄节目。

"哥们儿，你能想象吗？"楚尼说，"想象你长大以后，看着自己老爸站在摄像机前面？这简直酷毙了。"

他和我聊了几句儿子。有一次，他和四岁的儿子去康涅狄格州的海边玩。他的儿子会慢慢地靠近海水，小心翼翼地凑过身去，好奇地盯着海水看。当浪花温柔地卷上沙滩时，又会害怕得尖叫，转身拼命地跑。接着小男孩突然停下，转过身来面朝大海蹲下，身体像要往后倾。过了一会儿楚尼才明白，这孩子严阵以待地蹲在那儿，是想阻止海浪爬上滩头。

楚尼试图向他解释，海水卷着浪花涌上沙滩是正常的，不会有什么坏事发生，小海浪都是这么调皮的。可小男孩对这个答案并不满意，他坐在父亲的怀抱里，对着大海皱起眉头。楚尼至今不明白，他为什么想要阻止海浪上岸。是害怕海浪伤害他或爸妈吗？或许冥冥之中有什么让他感到不安。也许他从大海的咆哮声中，听见了海浪正在吞噬土地，感受到了一股侵蚀和改变的力量。楚尼告诉我，这些都只是无从确定的猜测，而他唯一确定的是，当危险来临的时候，这个小家伙会勇敢地挺身而出。

楚尼满脸笑容地对我说："哥们儿，勇气是与生俱来的，而不是教出来的。"

犁式瑜伽

一名狱警走进健身房时，我正在做一个极不标准的瑜伽动作。犁式需要背部朝下躺在地面上，用肩部保持身体的平衡，双腿伸直并拢，慢慢地抬起来，直至伸过头顶，脚趾碰到地面。当然了，以上这些只是纸上谈兵。

如果做得对的话，你的双腿是伸展的，我就差得远了。对大部分人而言，这个动作看着很搞笑，而且奇痛无比。对个别人而言，这个体式可就有点儿暧昧了。从那位狱警脸上的表情，你可以很明显地看出，他属于后一种人。

在这种场合，我该如何为自己辩解？我要不要告诉他，这真的是一个标准的瑜伽动作？我要不要按照维基百科的说法，告诉他印度教的沙克蒂①或神圣的性欲冲动被"尊为女神，她的双腿高举过头顶，直至与至高无上的湿婆神相结合。修炼者（即在下我）将会沉浸在深度冥想和永恒幸福中"。有没有什么办法能够澄清一切，但又不会让人觉得我是在给自己找一个委婉的说辞？连我自己都无法拍胸脯保证，它真的完全没有那个意思。

被人看见这羞耻的体式真是倒霉，偏偏还发生在这种非常时期。近来，我在同事关系上碰到了麻烦。我激怒了一帮狱警，还差点儿让丘兹维特丢了饭碗。谁能想到这帮狱警里会有一个人来练习举重，正好撞见我也在健身房里——虽然我穿着上班的衣服，衬衫的纽扣却是解开的——在他面前摆出印度同性恋或自慰式的动作。

这真是讽刺。我之所以跑到健身房，有一部分原因是与狱警不和。他们怀着恶意的目光让我忐忑不安，诱发了我背部肌肉紧张性疼痛的毛病。有人建议我去练瑜伽。我以前对瑜伽不以为然，这个词听上去像是由酸奶和芬达②组合而成，任何自尊自爱的美国人都不应该跟这两样致胖食物暧昧不清。但我当时真是太不舒服了，只好急病乱投医。于是，我出现在了监狱员工的健身房里，和一个对我只有鄙夷的狱警狭路相逢，当时我的脸正不偏不倚地埋在裤裆里。

我费了好大力气，也没能把自己摆正。事实证明，一旦你把自己扭摆成犁式，想恢复原来的姿势简直难如登天，而且还得把脸往裤裆里用力顶一下，才能借力把腿放下来。我吃力地把头扭出来，双脚着地，蹦了起来。

"只是伸展下身体。"我一边把手臂伸到脑后伸展两下，一边此地无银三百两地说。他沉默地整理杠铃片，没有理会我说的话，也没有理会我这个人的存在。那天他推举的重量一百七十五磅，我不知道我现在能

---

① 沙克蒂：印度教性力女神。

② 酸奶的英文为"yogurt"，芬达的英文为"Fonda"，组合起来即为瑜伽"yoga"。

举多少，毕竟我已经很久不练这个了。

我信心十足地走到卧推器旁，先装上一百磅的杠铃片，然后装上二十磅，再追加一个二十磅的和一个十磅的。我坐了下来，准备举起这足够体面的一百五十磅的卧推器。毕竟，一个男人要能够举起自己的体重才像话。

我双手握住冰冷的杠铃杠，双眼紧盯着墙上挂着的海报，上面是一群靠类固醇堆砌出来的肌肉男，我的目光对上他们嗜血的眼神。哪怕在五米开外，我都能看见他们油光锃亮的身体上，每根青筋都格外清晰。他们不只是海报，而是监狱里的风景。这些大块头开心吗？是哪个家伙贴的这些海报？他的梦想是什么？来这儿健身的狱警会喜欢看一群猛男穿着短到屁股的紧身短裤大秀肌肉吗？

我深吸一口气，接着吐出一些来，正好够我微微移动一下杠铃。我一鼓作气将所有重量举起，试图将它推离我的身体。这时，我的背吃痛地提出抗议，我的手臂不听使唤地发抖。这太意气用事了！我来健身房锻炼，本就是因为背上有伤，万一伤上加伤可就惨了，而只是为了和一个狱警较劲，太不值得了。

我叹了口气，将杠铃重重地放回原处，发出"哐当"的巨响。

从墙上的镜子里，我瞥见那个狱警轻蔑地冷笑了一下。我扣好衬衫扣子，下班走人。

恼羞成怒

我感到我似乎要像提防犯人一样提防着狱警。我成了一场秘密骚扰行动的目标，或者至少是整个行动发起的借口。整我的方法有很多种。首先，我听说狱警们在例行检查中，比以往更频繁地没收囚犯们从图书馆借阅的书，将它们扔进垃圾桶里。囚犯馆员经常莫名其妙地被押回牢房，害我人手十分紧张。

然后，已经连续两天没有学生来上我的写作课了。当我向当值的狱警打听情况时，他给我看了一份通知，上面写着我的课取消了。究竟是谁发的通知？他不知道。通知上当然不会有签名。

第二周，我的课好不容易恢复正常，却有一个从未见过的狱警在外面，他走过来接着直接站在门口，全程紧盯着我们，让原本好好的一堂课不欢而散。其他教师也报告了同样的情况，大家都小声地议论道，这些狱警正在无所不用其极地找教务处的碴儿，同时还要让每个人都不好过。

这些狱警急于栽赃我，结果确实让他们得逞了。一天下午，图书馆正在放映《Ali G 个人秀》[1]，讲的是一个小丑般的嘻哈主持人专门喜欢挖苦一本正经的嘉宾。一段由萨莎·科恩扮演的阿里模仿与树性交的三秒长的镜头，成了他们指控图书馆使用"不当"内容的证据。尽管监狱领导对此并未小题大做，但我还是被警告要更加审慎地监督图书馆的东西。当我说这是一部讽刺剧时，却被冷冰冰地警告"不要争辩"。那些狱警又一次找到办法破坏我的课，让我吃黄牌。

这些恶作剧开始扰得我不得安宁。仅在一周之内，我就被关在电梯里两次，第二次还害我错过了上课时间。这种事以前也曾发生在别人身上。当我被困二十分钟，维修人员才姗姗来迟，远比正常的时间要久，我不得不怀疑这是中控室的某个狱警在整我。每当有一个或一组狱警进入图书馆，例行地查缴违禁品时，我都惴惴不安地紧盯着他们，唯恐他们偷偷地栽赃陷害我，或者做出任何让我难堪的事。我不知该信任谁。

这些小打小闹不是大问题，我担心这些只是前奏，更过分的还在后头。我担心有一天我会坐在 SID 的审讯室里，解释为什么狱警会在我的办公桌里搜出毒品，为什么有三个犯人会一口咬定海洛因或奥施康定是向我买的。除此之外，我的背痛害我彻夜难眠，我快要崩溃了。

最后的挑衅发生在周五早晨。那天，我刚到图书馆接班，赫然看见我的办公桌上放着一份刚打印好的报告。写这份报告的正是丘兹维特本人，他指控我肆意地向犯人提供诸如圆珠笔、铅笔和油性笔之类的违禁品，这些物品可以倒卖，也可以改造成刀具或文身用品，我明知故犯。

_____

①《Ali G 个人秀》：一档英国讽刺性电视剧。

在报告中，我被描述为"图书馆里那个长着金头发的矮小瘦弱的男同事"。

与出售毒品相比，这个指控要轻得多，这让我松了一口气，却还是十分气愤。他是在警告我吗？是想向我证明，他有的是办法折磨我，却不受任何处分？还是说，这只是我的被害妄想症发作了？最让我生气的是，他说我是"图书馆里那个长着金头发的矮小瘦弱的男同事"，这不是变相地在说，我是一个藏匿在书架之间的营养不良的小矮精吗？我受够了。我快气炸了。

背疼让我一晚未眠，整个人火药味很重。现在是七点四十分，离图书馆接待第一批犯人还有二十分钟，来不及吃早餐了：看来我必须为没吃上早餐这事儿去报仇了。

精神有些错乱的我，开始在桌面上翻来翻去，寻找便条贴。都是些粉红色的，这个颜色不好，我需要稳重点的，比如黄色！对，干净、职业的黄色便条贴再合适不过了。我的大脑飞转起来。我又找到了一些，但依然是粉红色的，还是整整半打。我在心里咒了一句。唐纳德·拉姆斯菲尔德[1] 曾说过："你要用你现有的军队去打仗，而不是你希望以后拥有的那种。"于是，我在粉红色的便条贴上迅速地写上我的大名，然后像个神经病似的把它描粗了一些，又描粗了一些，接着在名字底下画了三道线，然后从本子上撕下这张纸。这下子，我能听见自己笑得像一个哥布林[2]。我用力地推开图书馆的门，气势汹汹地去找丘兹维特！那厮正站在过道里，端着早晨喝的咖啡。天助我也！我大步流星地朝他走去。

我说："下次再打我的小报告，别忘了加上我的名字。"

我一边这么说着，一边将写着我名字的便条贴到他胳膊上。不幸的是，便条粘不上，死活都粘不上，这令它的戏剧效果大打折扣。我只好尴尬地将条子贴在他的塑料杯上，像个老母亲给孩子贴创可贴，动作里充满了亲昵和关爱。

---

[1] 唐纳德·拉姆斯菲尔德：1932 年出生于芝加哥，美国前国防部长。

[2] 哥布林：西方传说中的丑妖怪，有着暗绿色皮肤，是矮小且难看的红眼睛小矮人，个性贪婪又卑劣，狡猾且善于诈欺。

"你说什么？"他满脸问号地说。

我有时说话会有点儿口齿不清，尤其是在早上。精神错乱的时候就会更严重，好在这不经常发生。我懊恼地想，我来之前应该先练习一下，才不会像现在这样把台词念砸了。恢复镇定后，我像戏剧专业的新生一样字正腔圆地又说了一遍。

"我说：'下次再打我的小报告，至少别把我的名字写错了。'"

我指着贴在他的咖啡杯上的那张随时会掉下来的粉红色便条，上面潦草地写着我的名字。他恶狠狠地瞪着我。

我重拾信心，乘胜追击道："顺便说一句，我不'矮'，我和你一样高。"

丘兹维特果然虚心受教，不出半分钟他又写了一份报告，我又一次被叫去见副监狱长。这次，我被叫到了唱白脸的奎因副监狱长的办公室，那里没有窗户。坐在一旁的不是唱红脸的马林副监狱长，而是斯文的莫里森警官。

难道莫里森，这个身手矫健、衣冠楚楚的绅士，不是一个德高望重的警官吗？他修长的脸、忧郁的眼睛、优雅的胡须和挺括的白色警服，配得上一匹高贵的骑兵骏马。他在场的理由，表面上是他当时当值，作为证人出席，但我强烈地感觉到，他是来看热闹的。他跷着二郎腿，像外交官似的小啜一口茶，嘴角咧得开开的，毫不掩饰他的窃喜。而奎因则一如既往地绷着一张严厉的脸。

我坐下后，他开口道："看看这个。"

是丘兹维特写的关于便条的报告，报告上的字写得大而圆润，对事件的描述出奇地扣人心弦，却都是虚构的。由于我失去理智的挑衅，丘兹维特确实采纳了我的便条，在报告上写上了我的全名。他声称我推了他，而且推了两次（还描述了许多细节）。我还噼里啪啦地诅咒他全家，他引用了一堆我当时骂他的话，却与他平时骂人的话出奇地相似。故事的高潮部分是，我发誓一定会报此血海深仇。这荒诞不经的想象真是让我忍俊不禁，虽然我是故事里的"肇事者"。他将我说的关于我们一样高的俏皮话曲解为一种委婉的恐吓，报告里的我说："别以为我不敢这么做，我们个头儿一样高。"

和往常的套路一样，他说出了几个囚犯的名字，他们是亲眼看见我动粗的目击者。据我所知，这三个犯人当时没有一个是在场的。

"你恐吓他了？"奎因问道。

"没有。"我极力憋着笑说，"看看我，杰克。我已经好几个月没去健身房了。我背疼。你还不了解我这个人吗？你觉得我是那种到处恐吓别人，尤其是自己同事的人吗？他在撒谎，他还会一直撒谎下去，直到有人拆穿他为止。"

莫里森警长收起窃喜的表情，开口说话了。

"你差点儿就摊上大事了，你知道吗？"他说，"他没打你是你运气好。"

"他没打我是他运气好才对。"我反驳。

这话可把他给逗乐了。他笑着又啜了一口茶。

"你攻击他了？"奎因问。

"是的，用一张致命的便条。"

"严肃点。你对他动手了？"

"什么叫动手？"我反问。

"你碰他了吗？"

"好吧，我碰了。"我不情愿地承认道，"我只是把便条贴他身上，难不成这就把他胳膊给扭了？我不知道原来他这么娇弱。一开始他说我是个瘦不拉几的矮子，这会儿我倒变成了有能耐恐吓他的人了？"

"那么，你就是承认对他动手了。"

"我只承认我在报告里写的：我用便条轻轻地碰了他一下，完全不构成身体上的威胁。我觉得这整件事就是……"

"我不能容许这所监狱里的任何一个员工对另一个员工动手。"

我看着奎因，他看着我。莫里森警长默默地饮尽手里的茶。我知道，一脸便秘的丘兹维特警官这回狠狠地将了我一军。

我被停薪停职一个礼拜。丘兹维特的同伙们迫不及待地想知道我的处分是什么。他们请求我的工会老板查理透露一点儿消息。他拒绝了他们的请求，自告奋勇地跑到副监狱长办公室领取处分通知，不让狱警们有机会羞辱我。一个获释的犯人劫走了我四十三美元，不到一个半月，一个狱警又从我这里劫走比那还要多的钱。而这次，我只能怪自己。

──────────── **刀子的知识** ────────────

在公园被抢劫的那个晚上，我回到家后给我的女朋友友凯拉打了电话，打算告诉她当晚发生的事。被一个你认识的人抢劫，这可不是每天都能碰上的好事。我脱去外衣，一边从深深的口袋里拿出手机，一边在脑子里编纂这个故事，组织里面的滑稽元素。我会告诉她，我被人抢劫，是对我付钱看《蠢蛋搞怪秀2》的惩罚。我这是罪有应得。这件事不用任何渲染，就是一场滑稽大戏。而那句"我还欠你两本书"就足以笑翻全场。

电话铃声响了几下后，凯拉终于接起电话。她的声音听上去很疲惫，我想是在医学院的第一年让她给累惨了。

"我给你讲个很搞笑的事。"我说，"我被人抢了，不过我人没事。起因经过是这样的……"

"什么？"她的声音里透着一种绝望的恐惧，一种仿佛跌进深渊里的恐惧。我本该注意到这一点，见好就收的，可我没有。

"我知道这听起来很可怕。"我说，"但是请你相信我，这事儿其实很好笑。"

还没等我说到劫匪认出我是监狱图书馆里管书的那个臭家伙，我就听见了她喉咙哽住的声音，她似乎难过了起来。

"你真哭啦？"我说道，"这只是个好笑的故事而已。"

当我说到刀子时，她开始哭了起来。

"看来这一段不好笑。"我自顾自地说。

她一个人在远方的房间里，开始难过地抽泣起来。那时已过午夜，那是她最难熬的一年，也是我们最难熬的一年。我听见她对着自己说："上帝啊上帝，我该怎么办？"我试图安慰她，却无济于事。

她喃喃地念着："我不知道……我不知道……"那声音听着像是一只受伤的野兽发出的呻吟，而她就是一只受伤的野兽。

"其实啥事儿也没发生。"我说，"嗨，宝贝。我真的没事，一根头发也没少。我就在这里，和你说着话呢。"

眼泪让她几乎说不出话来。她吸了一口气。

"万一你出事了我该怎么办？没有你我该怎么办？"

她的这句话让我的心狠狠揪紧，让我无言以对。我从未见她如此难过。

这在夜深人静里突然喷涌而出的真情实感，还有那句突如其来的"没有你我该怎么办"，令我措手不及，毫无准备。这句被无数情歌唱滥的深情告白，通过最真挚的情感吐露出来，竟令人如此动容。

这在当时对我们有着特殊的意义。几个月前，她去费城上医学院，开始人生新的历程。过去我们一直幸福地同居在一起，这段距离却为我们的关系带来了严峻的考验。这是一次短暂的别离，还是我们各奔东西的开端？分居两地不是长久之计，我们必须对这段关系做出决定。

选择之一是结婚，至少这是许多家人朋友给我的忠告。但我始终觉得格劳乔·马克斯[①]说得没错："婚姻是一个庞大的机构。有谁愿意生活在一个机构中？"更何况我已经在一家机构里上班了。除此之外，我唯一听进去的婚姻指导来自数月前，来自一个出乎意料的人：杰西卡。

那是监狱里一个诡异的夜晚，夕阳像一个忸怩的小姑娘迟迟不肯离去，在夜空的画盘上残留着如茶水般纯净淡黄的余晖。监狱里面也有些奇怪而反常，就像是有人打开了潘多拉的盒子，所有人瞬间陷入疯魔的状态。前一天晚上，一名女囚犯火急火燎地冲进图书馆，离前台还有一米多远呢，就像一头凶猛的山猫似的纵身一跃，跳到台子上，冲着跌破眼镜的旁观者弓起脖子，从台子这头爬到那头，差点儿咬伤一个勇敢的试图阻止她往前的馆员，然后又扑向我放在前台后面、一米五开外的报

---

① 格劳乔·马克斯（1890—1977）：美国电影演员。

刊架。我原以为把它摆远点，能让它远离坏人的视线，看来是我太少不经事了。不过，她这一扑落空了，而且差距还不小。她失手后，便一边满地打滚，一边失控地傻笑。

第二天夜里，图书馆很安静，安静得十分反常。突然，不知是珍妮·杰克逊[1]的 *You Want This* 还是 *Throb* 的歌声，打破了这种安静。音乐声震耳欲聋，根本听不清放的是什么歌。五个坏女人（在监狱里坏才是美）组成了一个时髦女子团体，霸占了后面的机房，把它变成私人夜总会，还配了保安。她们安排了一个马屁精守在门口，那是一个大块头女人，她坚信这一次只要讨得她们的欢心，自己就有机会进入坏女人的行列。五个靓女不知从哪里找到了一盘连我都不知道的有些年头的音乐录像带，开起了她们的怀旧舞会。

我火速赶到现场，在门口与那个大块头保安对峙。我认出她就是最近那个因为故意割伤自己、被扣上镣铐从牢房里哭着拖出来的犯人。她本想将我轰走，想了想还是识趣地放我进去了。

那几个跳舞的女人已经将狱服变成了夜总会的装扮：裤腿高高挽起，裤头则往下拉，上衣往上卷，露出小蛮腰来。她们正在比试舞技，像脱衣舞女一样围着想象中的钢管扭动腰肢。后来，我听说这五个人里有三个原本就是脱衣舞女（除此之外，还做些别的兼职）。其中一个女犯告诉我，她过去干过和莫妮卡·莱温斯基[2]一样的活儿，在私人聚会上跳脱衣舞。她一边这么说着，一边将上衣越撸越高。这意味着，有一个长得和莫妮卡·莱温斯基有点儿像的女囚，马上就要在我的图书馆里大跳脱衣舞了。要是我对此稍显心动，这个女人马上就会大叫："我要把这破衣服给撕了！"站在两侧的其他女人纷纷露出崇拜的目光，有的已经在远远地"身"援她了。

先前我大喊了几次，她们都没听见。等到时机出现的那一刻，我穿过她们肆意扭动的身躯，老鹰扑小鸡似的扑向那台老旧的录像机，手指

---

[1] 珍妮·杰克逊：美国歌手，曾获格莱美奖，是迈克尔·杰克逊的妹妹。

[2] 莫妮卡·莱温斯基：与比尔·克林顿有染的白宫雇员。

正好够到了停止键。我不知道现在的图书管理学院教不教一些突击战术，反正当年我在学校里是没有这个学习的荣幸。

本着坦诚的态度，我必须承认，过去我曾私下允许犯人在图书馆里跳过几次舞。前任监狱图书馆馆长唐·阿马托要是知道了肯定会掐死我，我的老板也会把我骂得狗血淋头，可我还是于心不忍。既然允许给这些人播放音乐，却又要求他们安静地坐着不动，压制躁动的舞魂。这不是既残忍又违背常理吗？反正我是坐不住的，也许这证明我不适合当图书管理员吧。即便如此，这场"别开生面"的舞会还是太过分了。我对这群人的全体处罚是，今晚不准再播放任何录像。

这群酷酷的妓女又聚在了一起，围在前台想要向我实施报复。她们要求了解我的人生。我告诉她们整理好狱服。

"少来这一套，阿维。"其中一个叉着双臂，一副咄咄逼人的架势，裸着的腰部文着一株绿色的三叶草，娇俏而显眼，正好从她的内裤上面露了出来。我吓了一跳，我以前没有见过这个女人，但她居然知道我的名字，还知道正确的发音。更吓人的是，我能看见她丁字裤系带处的文身。

"我知道你还没结婚。"她说道，"但你是不是找了个可爱的大学生当女朋友，还是其他之类的小女友呀？"

"这都能被你给猜中，阿尔比。"另一个女人附和道，"你把老婆藏在后边了？"她伸长脖子朝我身后的办公室张望。

真是一群可怜的女人，只能在监狱里打趣一个图书馆馆员的爱情，间接地体验生活的滋味。你也许是一个无家可归的瘾君子，你也许被判处了一百二十五年刑期，可那都不是人生最低谷的时期，这才是真正的低谷。

"把你的狱服穿好。"我严肃地对三叶草女人说，努力将目光放在她脖子以上的地方，"你是想给我添乱吗？"

"有可能。"她说道，将手放在臀部的三叶草文身上，"除非你向我们坦白。"

我正在被一个厚颜无耻的妓女威胁，想想都有点儿不可思议。就在分心的一刹那，也就是一眨眼的工夫，我不由自主地向下瞥了一眼。

"臭小子，你往哪儿看呢？"她狡黠地笑着，这个女人是个老手，精于捕捉男人的目光，"你喜欢那样的？"

我迅速地移开目光，目不斜视地盯着图书馆外的岗亭。狱警马龙的魂早被勾走了，确切地说他的魂是被一个可爱的波士顿大学志愿者勾走了，两人正愉快地聊着天。马龙拿出对讲机来，向她介绍它的各种功能，还让她凑近了仔细观察。

这时，我注意到杰西卡正向前台走来。这可是位稀客啊！我只见她来过前台一次，朝一群叽叽喳喳说个不停的犯人翻了个白眼，旋即就走开了。起初她给我的印象是冷漠孤僻的，后来经过多次接触，证实这个印象果然不假。但那天晚上她过来前台时，看见我被一个文着三叶草的女人耍得团团转，居然破天荒地露出了笑容。我们的对话显然引起了她的兴趣，因为她不请自来地加入了我们的聊天群。

"哎，阿维。"杰西卡站在前台问，"你喜欢小女生那一类的？"

这伙人白天电视看太多了，这会儿开始学着电视机里"哇哦"地瞎起哄。

另一个坏女人对我摇头晃脑地说："你不想让她这样对你？快老实交代，现在就说。"

这几个女人这会儿完全统一战线，千方百计地想要摧毁我的男性自尊。

三叶草女人尖声尖气地说："我知道你喜欢的是小女生。"

也许我是日子过得太无聊了，也许我就是一个喜欢迎合女性观众的傻子，我还是配合她们继续演了下去。

"我不喜欢小女生。"我说道，"我喜欢活泼真实的美国女人。"

这群女人立马爆发出一阵欢呼声。话刚说出口，我就后悔了。三叶草女人狐疑地打量着我。

"说详细点！"后面有一个沙哑的嗓音小声地说。

"不行，不能再多说了。"我说道。

"别扫了大家的兴，小伙子。"那个大块头女保安接着问，"你有女人了吗？"

我一再行使这些女人非常熟悉的第五修正案权利，四两拨千斤地把问题打回去。眼看着实在撬不开我的嘴，这些女人开始采用迂回战术，跟我讲起人生大道理。因为对我的生活一无所知，她们开始围绕着我提出一些或对或错的假设，怂恿我去纠正它们，然后基于这些假设做进一步的评论。她们很有可能是从警察那里学会了这种战术。

"别遮遮掩掩的了，我们知道你有个小女友。"有人说。

"你一定要娶她。"一个妓女对我说，"你要是不娶她，你就是个孬种。哎，我不是真的在骂你，我只是在假设，你别可生气啊。"

"我没生气。"我说道。

"说得不错。"三叶草女人难得严肃地点点头。

让我吃惊的是，她们的观点与我的家人，甚至拉比是一样的，只是用词略有不同罢了。

但我们之间的相同点也就仅限于此。接下来的几分钟里，全是那个三叶草女人的个人脱口秀。她自称是个演员和高级妓女，对婚姻有三条信念：第一，不结婚的男人是孬种；第二，不搞婚外恋的男人是孬种；第三，将前面两件事混为一谈的男人是孬种。

按照她的理论，如果你向一个女人求婚，并且做到了一个好丈夫或好父亲该做的，这个女人顶多只会爱你。只有当你有些捞偏门的门路时，她才会崇拜你，如诈骗（当然了，当妻子的才不想知道你的小偏门到底是什么……）。周围的人纷纷点头，表示同意。

一个女人补充道："嗯，总算说到点儿上了。"

"这可不是件易事。"她们告诉我，"大部分男人都没有这么大的能耐。真相就是这么残酷，可你不是想知道真相吗？这就是真相。"

我不记得我有问她们要过任何真相。

"阿维，这对于你而言太难了，任重而道远啊。"杰西卡说道。

"我觉得他做不到。"那个女保安适时地补了一刀。

"还有一件事。"三叶草女人接着说，"你最好知道怎么讨女人欢心。你知道怎么讨女人欢心吗？如果你不知道的话，那个女孩儿迟早会离开你的，相信我。"

　　我又做了一个鬼脸，瞥了一眼狱警的岗亭，马龙的女朋友早就走了，他现在正盯着天花板发呆，对讲机孤零零地躺在台子上。

　　"还有就是……"三叶草女人还在锲而不舍地说着，她似乎有的是这类警句良言能拿出来说。我赶紧打起十二分精神。

　　"约会之夜！你要是和你的女人玩什么约会之夜 ①，你就是个脑子被门夹了的幼稚鬼。"

　　我想也许是我面露疑色，否则她不会接着问我："你知道什么是'约会之夜'吗？我想你不知道。"

　　我告诉她，字面意思我还是理解的。

　　"我在说些什么，这里的姑娘们全都心知肚明。"三叶草说。

　　"那些已婚男人成天来找我，我说的是一些常客，律师和商人之类的臭男人，有的说不定跟你是同一所大学的。他们成天来找我，有时又神秘兮兮地说，下周六晚上不能过来了。为什么呢？"她模仿着男人的腔调讥讽道，"因为那天是约会之夜。你是想笑死我吗？"

　　她的朋友们高声数落着，表示强烈认同。

　　"嗨，咱明人不说暗话。那些臭男人真正的约会之夜是和我一起过的，或者是和外面某个他们正在追求的小狐狸精。事实本来就是这样的，你才不会和你该死的妻子约会，窝囊废才会这么做。"

　　"你对他们说过这些吗？"我问道。

　　"当然不会。"她说道，脸上多了一丝血色。"我不会对客人说这些。除非我知道他喜欢找骂，那我就会告诉他我是怎么想的。"

　　你可以把这个三叶草女人的言论当作站街女的冷嘲热讽，不去理会她的疯言疯语。没错，她看待问题的角度也许是扭曲的，但是你很难去反驳她的观点。而她的客人，还有客人各自的妻子，这些人看待问题的角度也是扭曲的。至少她的看法不是虚构出来的，这个女人在婚姻的战

---

① 约会之夜：指每周固定的会友或外出吃饭的夜晚，许多结婚多年的夫妻以此增强婚姻关系。

壕里出生入死，完全有资格谈论这个话题。

而且坦白地讲，我同意约会之夜以及它所代表的整个"幸福婚姻"的行业确实有些不好的成分在里面。每个崇尚婚姻的人似乎都同意，幸福的婚姻需要两人共同"辛勤地经营"。美国人已经工作得够卖力了，在婚姻里却被叮嘱要更加卖力，没完没了。谁真的愿意一回到家，就踏入婚姻的坟墓里，继续卖力地上夜班？现代婚姻需要如此辛苦地维系，是否因为婚姻这种古老的机制，早已过时，几近破灭？奥普拉①有许多与婚姻有关的空洞套话，经常为如何防止婚姻关系冷却出谋划策，还建议大家勇敢地走出自己的内心，去外面看看。这让人忍不住想，大家为何不采用奥普拉本人真正的做法，从一开始就避免步入婚姻的泥沼呢？为什么非要将一段十分美好的恋爱关系，变成鸡飞狗跳的婚姻？

在图书馆里的谈话结束之后，或者说是在我强制解散那伙女人之后，杰西卡默默地走到我正在整理图书的角落。我觉察到她有话要说，也许与她儿子的处境有关，在某种程度上可能是吧。

"我刚才琢磨了一会儿。"她说，"你肯定有女朋友了，对不对？"

"是的。"我说道。我了解并信任她，所以不想对她有所隐瞒。

"你对她是认真的吗？"

"是的。"

"那为什么不结婚？"她问道。

我开始讲起了一些高度抽象的文学批判理论。她打断了我奥普拉式的空洞学说。

"行了。"她说，"到了非做出决定不可的那一天，你要记住我现在对你说的话：它很重要。"

我耸了耸肩："我不明白……"

她说："是啊，你不明白。你不明白失去十分重要的东西会是什么感觉。但我知道。这就是我为什么告诉你这句话的原因。"

我不想争辩。

---

① 奥普拉：美国著名脱口秀节目主持人。

"我告诉你这句话，是因为我知道你会听进去的。你做任何事都很认真，但就是太认真了。我知道，我能看出来。所以，你千万要仔细听好了，一字不落地听进去：它很重要！你要发誓，你会认真地对待它。别听信我牢房里那些鼠目寸光的臭婊子说的话。将它写在纸上，在虚线上签上你的名字。在你的家人和上帝面前郑重地承诺……"

"好的，我听进去了。"我敷衍地说。

"我是认真的，阿维。"她说道，"看看我，看着这个穿着狱服的女人。你是不是在想，你凭什么听我的？没错，我知道的都是些无足轻重的小事，但唯独这一件除外。"

几个月后她死了，撕烂了给她儿子的信和画，扔弃在垃圾桶里。她没有留下任何为人称道的事迹，也没有留下任何振聋发聩的锦言妙语，只有一句意味不明的"它很重要"。这是她打破沉默，留给世人的唯一告诫。也许她迫切地想把这句话告诉我，是因为她知道她再也没有机会将它或其他东西传达给她儿子。也许我是唯一一个从她那儿得到了一丝智慧的人。

但她想通过那句话表达什么？什么东西很重要？为什么很重要？我当时没问。老实说，我也不想知道。

被抢的那晚，凯拉的感情如油井般喷发，而背后是我们沉重的关系问题。这些都令我无法入睡。我为什么会想在深夜里给千里之外孤身一人的她打电话，告诉她发生在我身上的那个"搞笑的"故事呢？

也许是出于男人的骄傲。我不能向她承认我当时心里害怕极了，而且处境十分危险。我甚至不敢向自己承认这一点。是她真诚流露的感情唤醒了我的所有感官，让我一下子看清了那天晚上究竟发生了什么。我碰到的是一个持械的歹徒，说不定刚嗑过药，脑子不清醒。这人犯有前科，手里拿着刀，不仅占据上风，还有袭击我的绝佳动机。不难想象，这个人也许会突然心血来潮，趁机报复一下囚禁过他的监狱的员工。我很有可能被打伤或捅死。但是，我还是决定向前看，用幽默来排解这次狼狈的遭遇，不去想我去监狱工作的决定很可能会要了我的命。我的

"命"。

当我神志清醒地躺在床上时，眼前突然浮现出那个劫匪的刀，还有它贴在肌肤时的冰冷感。刀子本身没有生命，可它背后的力量是有的。他人的意志我无法探知，这个意志背后有何动机我也无从得知。一个陌生人就能决定我的生死。那把刀给了我恐惧之外的领悟，那种失去一切的悲伤。一旦那个男人在一念之间做出了某个万劫不复的决定，我将会失去一切，失去我的性命，失去爱我的人。

这就是杰西卡说的，"它很重要"。有些事情不是我们能掌控的，有些决定不是我们能左右的，甚至是一些至关重要的决定。对于那些我们能掌控的，杰西卡早已给出了建议——在虚线上签下你的名字，将它写在纸上，发个誓，念出来。她说的不是现代的婚姻理论，而是人类最为原始的缱绻。我们需要保护自己最娇弱的财富，将爱情诉诸文字，将文字写在纸上，大声念出来，妥善保管。

这是谁也抢不走的东西，哪怕是持刀的歹徒也不行。这是杰西卡在临死前试图为她的儿子完成的，却没能做到。如同她曾经对我说的，"你不知道，但我知道"。生活让她明白什么是刀子。她试图将这个知识传给我，但只有亲眼见识过那把刀子，我才明白为什么"它很重要"。

我原本只想将它粉饰成一个笑话讲给凯拉听，并未掺杂任何真情实感在里头，反倒是冲动地给她打电话时的那个我更忠于自己的情感。虽然我不知道该说些什么，但我本能地就想到要打给谁。可她不一样。她从来不会羞于表达她的脆弱。这就是我为什么爱她，为什么拿起电话打给她的原因。

我打开床头的灯，在一张纸上潦草地写下："听杰西卡的话。"然后将纸折起来，夹在一本书里。直到那时，我才安然入睡。

我和楚尼没能在监狱里道别，这在监狱里是常有的事：每个人的出现和消失都是毫无预兆的。有的犯人可能以为自己会在一周或一个月后被放出去，没想到隔天早晨五点就有人来敲门，通知他赶紧收拾行李走人。来去全凭外面那些身份不明的警察的心情，而这些警察通常是乐于将犯人还有无足轻重的小人物一直关着，让他们在监狱里老死。

或许已经预料到自己有朝一日会突然离开，楚尼写了一张字条，用商业信函的正式格式打印出来，请和他同住一室的狱友送到图书馆。

亲爱的阿维：

下次再写信给你时，我应该会有好消息的。不知道将会是什么，但肯定是好消息。我很快会去建筑工地或别的地方工作，还会开始申请学校。我已经做好了充分的计划。祝福我吧！我只想对你说："谢谢你，谢谢你，谢谢你！"附上我的菜谱。别抄袭我的设计，否则我要你好看。

在信末，他签上了自己的大名：楚尼·富兰克林 © 2006

我一直期盼着楚尼的消息。严冬的某一天，我终于盼来了他的消息。当时我正与囚犯馆员一起将图书录入新数据库，方便读者检索信息。福里斯特命令皮茨去整理同性恋图书架位，以惩罚皮茨叫他"矮胖子"，并且当着十几个犯人的面大声吆喝着："臭小子，快给我站到跑步机 ① 上去，马上干活儿！"犯人们和我都对福里斯特创意十足的惩罚方式感到好笑，不过通过这种怪招数，犯人馆员们倒是很快就接受了新设的同性恋图书区。

当初我们宣布要增设这一图书区，曾被他们坚决反对过，说这有损图书馆的声誉。其实他们是在担心这会有损自己在其他囚犯心中的地位。

"哥们儿，你是想害我吗？"奥德姆在他短暂的工作期间曾向我苦苦哀求过。没过几天他就被辞退了，因为他不仅懒得无可救药，而且连字母表都背不全。

当皮茨小心翼翼地拿起同性恋图书，哀伤地念着《了不起的好基友：你的酷儿 ② 文化基本指南》和《鸟言鸟语》之类的书名，让肥猫将它们输入数据库时，大伙儿全都兴奋不已地起哄。每个人，包括我在内，都十

---

① 跑步机：早期的跑步机是惩罚囚犯的刑具，他们用力踩动辐条以带动巨大的桨轮，用于抽水、粉碎谷物或者驱动磨坊。

② 酷儿：特指性少数群体和行为古怪之人。

分享受这种场面。

戴斯从机房走出来，拍了拍我的肩膀。

"有件事我一直想告诉你。"他低声说道，"你那个 3-1 的朋友，那个一直在积极申请学校的家伙，他被人开枪打死了。"

我当时正对着皮茨大笑，心情无比愉悦，没听清戴斯的话。

"什么？"我仍旧笑着问他。

他又说了一遍。

"《我欲为同》。"我听见皮茨念道，囚犯们又爆发出新一轮的大笑。

这时，我才真正地听清了他的话。他被人开枪打死了。楚尼被人开枪打死了！

"你第一次说这话的时候，我就听见了。"我说道。

"我很难过，阿维。这天底下到处都是坑。"

"他死了吗？"

"死了。"

皮茨还在哀声念着《酷儿理论导读》，引起了更多的嘲笑声。

"什么鬼？这年头连怪胎都有理论了？"

犯人们粗俗嘹亮的笑声突然令我莫名地大为光火。我告诉皮茨别干了，然后躲进了我的办公室。

第四章 放飞的风筝

在监狱里，哭可以有千百种理由。

每个囚犯锒铛入狱时都会哭，这基本上已经是一种入狱仪式。戴斯说，如果有人告诉你，他刚进来的时候没哭，那这人一定是个不要脸的大骗子。他说这话的时候，站在旁边的三个犯人连连点头，其中一个还毫不隐瞒地说，他入狱第一天紧张得难以呼吸。到了晚上，一听见门闩被插上的声音，他就惊恐得开始踱步，拍打着门板，大声哭喊。

"那是一种很难解释的感觉。"他说，"倒不是说我想出去，我只是希望不要锁门。我从来没被锁在房间里过，一想到门锁上了我就会崩溃。"和他同室的狱友是个老头子，对他很是同情。"他只是对我说，到床上去吧，孩子。尽管哭出来，没什么不好意思的。哭吧，哭着哭着，你就习惯了。于是，我就哭了。"

在那之后，他就正式加入"哭泣的囚犯"俱乐部了。

有的人因无聊而哭。一个女囚摸着自己的良心说，这绝对发生过。

有的人为了助眠而哭。"白天你可以不去想那堆破事。"一个女囚告诉我，"你可以专心地做你的事，假装一切都很正常。但是到了晚上，你一躺在床上就会开始想很多。"唯一能够阻止自己胡思乱想，以及迅速地睡着的方法，就是痛快地大哭一场。她笑着说，她养成了和她女儿一样的坏习惯，"我不哭就睡不着"。

有的人为了庆祝节日而哭。"每到圣诞节、复活节或生日这些日子，我就会哭。"杰西卡曾经这么对我说。她觉得即使有一天出狱了，到了节日她还是会哭，"这个地方把人的泪腺训练得太发达了。"

有的人只是假哭。监狱生活里有的是能让你拿下奥斯卡影帝、影后奖的时刻。一些犯人早已磨炼出了炉火纯青的演技，随时随地都能哭出来，而且收放自如，一到关键场合就哭得那叫一个惨，如在法庭上，在社工的办公室里，在狱警面前，在假释委员会面前，在监狱图书馆管理员面前。一个曾被其中一个戏精骗过的管教员专门跑到图书馆来，向我讲述她的故事。她说："我干这行很久了，不是那么好骗的，可道高一尺，魔高一丈啊！"

那什么才是高超的假哭呢？据那位老师分析，一个专业的假哭行家会：

一、眼泪哗哗直流，而不是捂住脸呜咽，却不掉泪珠子。

二、从不做过犹不及的事，比如呜咽或号哭。

三、不仅泫然欲泣，而且要假装"忍住不哭"，直到最后再也忍不住，眼泪决堤。这才是学院①喜欢的。

为了替假哭辩护，为人十分八卦的玛莎解释说，她平时一直发乎情地真哭，只不过当时没人在场罢了。所以当她假哭时，其实是在向那些没能在第一现场看见她真哭的人演示"她当时是如何哭的"。她的眼泪不是赝品，而是复制品。

"一旦我开始哭，"她说，"我就是真哭，满含真情实感的那种。"

"但是……"我反问她一句，"你哭是为了从别人那儿得到点什么，对吗？"

"算是吧。"她退让了一步。

有的人一到下雨天就哭。一个多愁善感的女囚诚恳地告诉我："好像除了哭以外，也没啥事可做了。"

有的人会坐在自己的办公室里哭。当戴斯把楚尼的死讯告诉我之后，我就坐在我的办公桌前写了一封邮件，准备发给我以前在《波士顿环球报》的讣闻编辑。不知道为什么，听见楚尼的死讯后，我的第一反应就

---

① 学院：指美国电影艺术与科学学院。

是写讣闻。

"我想向您推荐一个人的讣闻，这是一个有故事的人，也是一个与众不同的人。"邮件的开头是这样的，我将邮件存入草稿箱。

后来，到了晚餐时间，我打电话给那位编辑，向他美言了一番。他没有立即答复。我听见一阵敲击键盘的声音，接着听见他嘟囔道："哦，哼。"他礼貌地拒绝了这个讣闻。

"我们好像已经发过一篇关于这个故事的文章了。"他说。

他读着标题，说他记得这篇文章："一名当地男子中枪身亡，具体细节不详，遗留下一个五岁的儿子，警方正在调查。"

我也看过这篇报道。

编辑停顿了一下，努力憋出几句寒暄话。

"嗯，监狱那边，怎么样？"他礼貌性地问道，语气里带着一丝嘲讽。

"挺好的。"我说着，突然后悔打这个电话了。

"在那里见过什么怪事吗？"

还没等我回答，他就说要接一个紧急电话，我赶紧如释重负地说了声再见。

挂上电话后，我用谷歌浏览器搜索"楚尼"，居然找到了两条结果，其实内容是一样的。一个是登在波士顿警察局网站的凶杀案公告，一个是登在《波士顿环球报》上的文章。"我们已经发过一篇关于这个故事的文章了。"编辑刚才这么对我说。我琢磨着他的用词——这个故事。这到底是一个什么故事？是楚尼的故事吗？对一个冷冰冰、务实的报纸编辑而言，答案是显而易见的。《波士顿环球报》的读者想要看的是这个人被杀的故事，而不是这个人的生平。也许对一个编辑来说，这才是真正英明的决定。

在为《波士顿环球报》写讣闻时，我总是试图把主人公自己的声音写进去。我会去看他或她的文字——信件、小说、论文、图书、诗歌——并在我的文章中引用。不知道为什么，一个最近才去世的人，他的所思所想总会有一种独特的属性。他的言论马上就会变得珍贵起来，而且常常被赋予不同的意义。楚尼写给我的最后一个"风筝"亦是如此："下次再给你写信时，我应该会有好消息的。不知道将会是什么，但肯定是好消息。"

我看着悲伤的谷歌搜索界面：两条结果，一个故事。一个故事，一个关于谋杀的故事，也许就是他的故事。除此之外，再无其他。

我站起身来，做了我平时最讨厌做的事——锁上图书馆的门。我出于本能地这么做，也许是为了抗议，一次小小的罢工。接着我又关掉其他东西。在我的办公室里，我默默地关上灯，锁上门，退出谷歌搜索界面，关闭刺眼的显示器。然后，我闭上眼睛，加入了一个古老的俱乐部：那些在监狱的黑暗角落里独自哭泣的人。

------------------------------ **刻在墙上的故事** ------------------------------

周五一早，我到监狱上早班，腋下夹着一本泰德·康诺弗的《监狱菜鸟：看守新新监狱》。我在旧书店一见到它，就知道它在图书馆里会大受欢迎。以新闻记者为业的康诺弗在书中讲述了他在新新监狱[①]当狱警时的见闻。当我穿过安检通道、长廊和操场时，擦肩而过的狱警对这本书纷纷做出不同的反应。有的冲我笑笑，有的朝我眨眨眼，有的则竖起大拇指，不止一个狱警想跟我借书。有些狱警一脸不屑地看着我，这几个狱警向来看我不顺眼，我也就没去在意他们到底是对书有意见，还是对我有意见。

当我停下脚步，准备打开图书馆的门时，我看到"愤怒的七兄弟"中的一员正在打量这本书。我借机狗腿地将书递上去，缓解一下我们长期的敌对关系。

"这书说的是一个警察在新监狱一年的故事。"我说，"据说写得不错。想看吗？如果你想看的话，我可以借给你。"

他嫌弃地看了我一眼，说："我干吗要看这种鬼书？"

我走进黑黢黢的图书馆，按下日光灯的开关，让灯光洒满房间，琢

---

① 新新监狱：纽约州看守最严的监狱。

磨着他的观点。一个狱警干吗要去读那些自己司空见惯的事情，那些二十年来每天都让他上火的事情？看人脸色，整天挨骂，被人使绊子，休息时间总是不够，当着这个城市的公务员，却生活得处处捉襟见肘。这是他最不爱看的故事。

但我怀疑，也有不少狱警正是因此才会对这本书感兴趣。对于他们而言，说出他们的故事才是重点。对于许多波士顿南湾的警察来说，故事的主角是理查德·德沃尔警察，也就是他们身边的同事。大伙儿都亲密地喊他里奇。

三月底的一个晚上，里奇去处理一起酒吧斗殴。那事儿发生在查尔斯顿的沙利文酒吧，当时刚过午夜。一个最近才被放出来的叫弗朗西斯·朗格（人称"飞毛腿"）的家伙喝醉了，正在酒吧里闹事，并骚扰一个酒保，而酒保正好是里奇的朋友。他们请朗格离开。里奇接受过专业的训练，知道怎么对付这些暴力的混蛋，他向那家伙发出最后通牒，然后将他押向门口。到了酒吧外面，朗格突然发飙，两人很快扭成一团。朗格拔出刀子，划伤了里奇的脸，还反复捅了他好几刀，最后落荒而逃。里奇跟跄地走回到酒吧，接着被送到麻省总医院。凌晨一点钟刚过，他就死了。第二天，警察在一个地下室的水管下面抓住了朗格。

看到里奇被人捅死后，我立即联想到了我遇到的那名持刀劫匪，警察们也都联想到了各自的相似经历。

一名老警官向我这样高度地概括全书："里奇是个警察，杀他的那个畜生是个囚犯。照我看来，这与他们是否穿制服无关。这个故事的本质就是：一个好人碰上一个人渣。"

也许两人曾在监狱里结下梁子，才导致了这次致命的流血事件。不管是或不是，事情不会有任何改变。对他们而言，里奇是个好警察，他做得对；朗格是个一无是处的犯人，为了一点小事就残忍地杀害他人。里奇是有原则的，而朗格没有。这是毫无争议的。

警察是一项充满危险而且收入微薄的工作，经常受到来自社会的抨击和轻视，以至于有些警察不愿意告知陌生人自己的职业，只说是在"市里或州里工作"。对于警察而言，这起凶杀案意义重大。一种受害者的愤感深植于他们职业身份的核心。他们出生入死，维护正义，差点儿连命都没了，得到的只是社会的轻视。这世道太不公平了。

在朗格被判处纽约州最重的终身监禁且不得保释后，挤满法庭的里奇亲友和上百名警察同事爆发出欢呼声和掌声。在被允许发言后，据说戴着眼镜的朗格满脸笑容地说："我的下场还是比里奇好。"即使是杀人犯，说出这样的话也是很过分的，也有可能是这个人疯了。这句天理不容的话接着引出了《波士顿先驱报》头版上那句扎刺眼的标题：心理扭曲的恶毒凶手当庭嘲笑受害者家属。

一个愤怒的警察对我说："这真是要求使用死刑的绝佳请愿广告。我的意思是，这家伙就是个魔鬼。我后背都凉了，不开玩笑。"

《波士顿先驱报》上登载了一张照片，一位不当班的狱警从法庭的座位上跳了起来，挥舞拳头庆祝这个终身监禁的判决。即使所有人都沉浸在法庭做出了公正判决的喜悦中，但没有一个警察能够忘记凶手的言下之意。

"我的下场还是比里奇好。"换句话说，终身监禁总比死了要好。一些警察认为，这句话是对他们的公然挑衅。

一个狱警在监狱的餐厅里对我说，如果朗格天真地以为他的命运好过死刑，那么他很快就会意识到自己大错特错。"你放心吧，监狱里的警察一定会让他生不如死。"我们排队打饭时他告诉我，"我认识那里的哥们儿，他们都盼望着能亲自收拾这猖狂的小子。"

监狱为里奇举办了隆重的追思会，设在兼做礼堂的犯人探视大厅。几个月前，全体监狱职员在此被严厉警告，不要犯下和管教员米勒一样的错误，即不要帮助囚犯处理武器。在会上，我们被教导要珍惜我们证件卡上的两个名字：我们自己的和警长的。

前来参加里奇监狱追思会的人佩戴着令人眼花缭乱的各种警徽，探视大厅挤满了当地政要。市里的政客穿着大甩卖时买来的服装，州里的官员则穿着进口的。各种点心、果盘、蔬菜沙拉配牧场沙拉酱、便宜的奶酪粒、饼干、巧克力坚果蛋糕、咖啡都放在桌上，供人随意取用。还请来了仪仗队，以及工会领导、市和州各级警察机构代表。监狱的看守穿着制服，有几个人正在和他们说话。从说话人脸上凝重的表情，你可以猜出他们是里奇的家属。

这让我联想到了楚尼的"追思会"，发生在几个月前的图书馆诗歌朗诵活动中。因为不能参加葬礼，这些畅所欲言的活动经常成为犯人怀念故人和亲友的即兴发挥的舞台。迪麦尼站起身来，声泪俱下地为发小楚尼致悼词。"兄弟，我们知道你有个伟大的梦想。"他说，"我们都知道你再也没有机会去实现它了。每个人在这个世界上都会有一两件未了的心愿。兄弟，我知道你在天堂，我知道你能听见我说的话。我发誓，我一定会悔过自新，做一个更好的人，因为你为我树立了榜样。我发誓要用上天赐予我的生命完成你的事业。我一定会实现这些誓言。"最后，他颤抖地举起他的稿子说，"我要把它贴在墙上，永不忘记。"他朗诵了一首楚尼喜欢的诗歌作为结束，一首我们曾在课上读过的诗。

在正式的监狱讲台上，一个狱警讲述了为什么里奇是监狱医务室的不二人选。那里一直是他坚守的岗位，他总有办法安抚某些吓坏了的犯人。他和她相处和睦，她只信任他。他能够赢得她的信任，是因为他与她说话时，总能将心比心。

在整个探视大厅里，狱警同事们都纷纷点头。能够发表自己的意见，并且被这么多人理解，对他们而言是少有的机会。这成了监狱里永久流传的故事，直接被固定在了监狱的墙上。医务室外的铭牌上写着："此医护场所用于纪念理查德·T.德沃尔警官。"然后，还附上安德鲁·杰克逊[①]的一句名言："一个人若有勇气，可抵千军万马。"

在结束语中，发言者对新铭牌做出了他的解释。一个警察深入险境，处理纷争，就像里奇那天晚上在沙利文酒吧所做的，这没什么好夸耀的，因为这是他的工作，他的职责。但如果能在监狱这种环境里依然保有同情心，那才是真正的勇士。

---

① 安德鲁·杰克逊（1767—1845）：美国第七任总统。

给甜哥的序

我回想起甜哥的问题。对于犯下和甜哥同样罪行的囚犯要保有同情心，真的需要莫大的勇气。而我具备不了这种勇气，甚至有时想要逃避。

有一阵子，我为我们两人之间的熟络感到不安。我们已经建立了和睦且有效的工作关系。我逐渐熟悉他的故事、他的怪癖，以及那些能够引起共鸣的事。我帮他找来了一张小丑鱼尼莫①的照片，这样他才能为五岁的儿子设计生日贺卡。我太了解他的人生了，这反倒让我无法轻易地忽视他。即便他犯下了一些肮脏的罪行，我依然希望他能够心想事成。老实说，就因为他犯过那些错，我才更希望他心想事成，毕竟他比大多数人更需要一个美满的人生。

我还是一如既往地支持他去改进。他的书确实吸引人，至少我读过的那部分是这样的。他有宝贵的人生故事要讲，所以意志十分坚定地决定要写完这本书。我不想让他觉得我是在动摇他的决心，可我不知道该怎么做，才能既不把事情搞砸，又能让他明白我的困惑。

一开始，甜哥似乎进展得不错，起了个好头。我看见他开设了一个文学小作坊，像个经理似的双臂交叉地站着。两个留着辫子头的年轻菜鸟同时为他打字，每人负责打不同的章节。不久，他就在编辑上遇到了困难。他不去修改和重写故事的内容，反而忙于细枝末节。比如说，选择花哨的字体，设计书本的封面（除了地图还是地图）。这些都是外行人才会关注的，完全是在浪费作者的时间。

最后是软盘的事让我改变了主意。自从我们关系变僵后，他拒绝使用我放在办公室里做备份之用的软盘。他现在用的是一张违禁的软盘，藏在他的法律文件袋里，我对这种私藏违禁品的行为睁一只眼闭一只眼。让我不安的是，他的全部心血就保存在这么一张软盘里，这太不保险了。我求他让我做个备份，但他却拒绝了。这完全是自尊心在作祟。

在这件事上，他做得真的太过分了。虽然甜哥有许多臭毛病，也做

———————

① 尼莫：电影《海底总动员》的主人公小丑鱼。

过许多恶劣的坏事，但他是发自内心地想要讲述自己的故事。这是合法，也是值得去做的事。这不是记"流水账"，而是严肃地讲述他的人生。似乎讲述那些故事，就能弥补过去。哪怕弥补不了，也许我也有义务帮助他去尝试。

评判他的过去不是我的工作，而是检察官、法官和陪审团的工作。如果他想做些有创造性的事，那么我的出手相助必须在法律允许的范围内——或许也是我的职责所在。毕竟，就像那位"伟大"的丘兹维特警官说的，这里不是昆西公共图书馆，而是监狱里的图书馆，一个专门为坏蛋办的图书馆。要说这份工作有任何美好之处，恐怕就是给甜哥这样的人一次机会，让他们去做正确的事，并且把它做得漂亮。当然，这也是在告诉他们，只要他们愿意，除了作奸犯科以外，他们还可以做别的事。但是到了真正付诸实践的时候，这远比口头上说的要难得多，也复杂得多。

初次相遇时，我问他为什么对写作有如此大的热情，他不假思索地给出了回答。

"要听真话？"他凑近我小声地说，"因为我无家可归。"

这不是皮条客时常挂在嘴边的套话，而是他的真心话。他之所以小声地说，是因为不想让其他囚犯听见。对于甜哥而言，写作不是一项业余爱好，而是十分严肃的事业。我决定采取行动，去做入职培训时老师告诫过我决不能在监狱里做的事：向一个犯人道歉。我道完歉后，甜哥依然无动于衷，直到我主动提出给他的书作序。在我们关系搞僵之前，他一直央求我为他作序——尽管他从来也分不清序和跋之间的区别。这个序是我为了践行里奇警官式的监狱勇气所跨出的一小步，将把我的名字永远地镌刻在甜哥的著作上。

过了一周，当我把写好的序交给他时，他的脸上瞬间乐开了花，那可真是一篇充满溢美之词的短评啊！他当时激动得像是要翻过前台，跳过来拥抱我一样。我没有预料到他会是这种反应。他大声地读着，一遍又一遍，读了又读。

"谢谢你，兄弟。"他说。

我注意到他说此话时，那真诚流露的谢意。他似乎变了一个人，没有平时的花言巧语，只有朴实无华的寥寥数语。

"小事而已。"我说，而且这真不是什么大事。获取人们青睐的那条道路，本来就是用华而不实的推荐信铺垫而成的。我自己就是这么一路走过来的，区区一篇序真的算不上什么。再说了，我写的短评能起到什么实际作用呢？能给他带来什么结果呢？

"不，兄弟。它对我真的很重要。我要给我妈看。"

这句话倒是引起了我的注意。在遭遇那么多不幸之后，在犯下许多苛虐和罪孽之后（不管是别人加诸他的，还是他加诸别人的），在街头行骗多年、无家可归、最后沦落到终身监禁之后，他的这一生浓缩成了一个简单朴实的诉求——一篇好的书评。这也许会是他的第一篇书评，甚至是最后一篇。对别人撒谎，说已经有出版社向他发出邀约，迫切地想出名，动不动就装出男子汉的气概，这一切只不过是一个有点儿秃头的矮小男人为获得母亲的认同而做出的努力罢了。他依然是那个躺在廉租房的阴暗过道上的男孩，期盼着母亲会出现，温柔地领他回家。

监狱操场的灯光：酷儿理论

在监狱里谈论弃儿会令人诧异。囚犯都是生活在社会边缘的人，从文字意义上看，他们都是弃儿。监狱相当于一个封闭的小型社会，这里既然有了主流的人群，也就会有边缘人，弃儿中的弃儿。

凯蒂是一个最明显的例子。她是 3-2 最有个性的妞儿，也是 3-2 唯一的妞儿。但准确地说，"她"不是"妞儿"。但她是 3-2 的一分子，会将裤子潇洒地卷到脚踝，和晒成棕褐色的狱友们一起大摇大摆地走进图书馆，直直地走向前台，将开遮住脸庞的密发，露出一个疲倦的微笑。

一见到她，犯人馆员们就直打哆嗦，连旁人都能轻易地感觉到，他们有多惊恐。满脸络腮胡子的泰德是一个皈依伊斯兰教的年轻人，他交叉着双臂，敢怒不敢言地瞪着她；斯蒂克斯垂下眼，瞪着地面，咯咯地偷笑；皮茨像在瞻仰大天使加百利的圣光，不由自主地往后退；常来图书馆的舍菲尔德下意识地傻笑，这明显是向人示好的表情，却又挺直了腰杆子，将胸脯挺得鼓鼓的，摆出一副足以吓走一头山狮的架势；和往常一样，肥猫将脸埋在汽车杂志里，不住地摇头。这不是在表示不满，尽管他确实有些不满，而是在表示此事与他无关。

戴斯是唯一一个文明礼貌的囚犯馆员。

"请问你需要什么？"他面带笑容地问她。

后来戴斯向我解释了他的态度。

"哥们儿，老子可是七十年代在纽约四十二街 ① 摸爬打滚过来的，什么妖孽没见过？"他自鸣得意地说，墨镜的边缘闪着光。

我一直对戴斯能看见什么或者看不见什么很好奇。他总是戴着墨镜，而且说话时目光涣散，那神态简直就是一个瞎子。有时我会很纳闷地想，他其实就是个瞎子吧？而最让我纳闷的是，他上哪儿搞到的墨镜？

"那真是一段疯狂的岁月啊！"戴斯继续说道，"在我看来，那时的纽约才是纽约。但是，小老弟，我要告诉你，我在那街头碰到的最厉害的人，有一些就是异装癖者。这里的年轻人根本没见过世面，我才不怕说真话呢。"

囚犯们在对待凯蒂的问题上，似乎存在着代沟。讽刺的是，老一辈反而更开明。船叔也是，从不大惊小怪。

"我在监狱里见到的最心狠手辣的坏蛋，就是那些妖里妖气的酷儿。"他对我说，"那些人就是狠，明白吗？我在堪萨斯州的莱文沃斯监狱里认识一个阴阳怪气的人，我这会儿敢无所顾忌地说他阴阳怪气，但你要是不小心在他面前说错话，嘣！他会把你的肠子都挖出来。我对他们只有尊重，不敢有任何不敬。"

船叔告诉我，全波士顿南湾最心狠手辣的坏蛋就是个酷儿，有朝一日他会向我介绍那位大神的。第二周，布莱恩出现在图书馆。他也是个有趣的人。按他自己毫不谦虚的说法，还有他独特的口音，他是个"充"明绝顶的天才。鉴于他那不可一世的腔调，还有一时失足误入歧途的好

---

① 纽约四十二街：纽约最著名的红灯区，又称"罪恶区"。

男孩人设，他就是马特·达蒙①饰演的爱尔兰裔波士顿男孩，因为受过心灵上的创伤，所以蛮横跋扈。布莱恩的父亲经常向他讲一些自私的警察贪污的故事，因为他自己就是个腐败的州警。他的父亲长得像绿巨人浩克，个头儿将近两米高，身材壮实魁梧，还有一双巨大无比的手掌，是个连监狱恶霸也不敢招惹的狠角色。

布莱恩是个半公开的同性恋。他站在图书馆前台，一脸贼笑地告诉我，他曾撞见几个像"我这样儿"的狱警。当他说这话时，周围的犯人纷纷竖起耳朵。

"也许我该小心点说话。"他这么对我说，却没有任何收敛，反而渐渐抬高嗓门，"你知道，我这人从不藏着掖着，但也不是四处宣扬的大嘴巴。何况，这里还有那么多无知的浑蛋。"

关于这句话的字面意思，周围的囚犯全都心领神会：一个赤裸裸的威胁。泰德老实地放下交叉的双臂，收起脸上的怒容；皮茨不再一个劲儿往后退；斯蒂克斯也收起了脸上的傻笑。每个人都佯装什么也没听见，对此布莱恩轻蔑地笑了笑。

凯蒂没有布莱恩那么狠戾，至少这不是她的人设，但这不代表她是好惹的。她不是个心狠手辣的酷儿，却是个复古念旧的娘娘。

作为一个娘娘，她对皇室情有独钟。图书馆有一小套丛书，是关于已故王妃戴安娜的。她如痴如醉地品读那几本书，从中满足自己的皇室梦。每隔几天，她就会向我讲述她读到的一些皇室秘辛：童话般的求婚、神圣的世纪婚礼、圣洁、背叛、殉情……

关于戴安娜王妃的书，图书馆只有三本，还全被凯蒂看完了。为了满足她未来几周的阅读需求，我拿出历史上另外几位女皇的书，像烫手山芋一样扔给她，如苏格兰的玛丽女王、埃及的克利欧佩特拉、西班牙的伊莎贝拉……可凯蒂认为这些人和戴安娜不一样。所以她只要戴安娜的书，她要看更多关于戴安娜的书。

我努力去找更多可能激发她阅读兴趣的书，可唯一能找到的是雪

---

① 马特·达蒙：美国电影演员，主演《心灵捕手》和《火星救援》等。

莉·麦克莱恩[1]的一本自传。当我把这本书递给她时，她只是看了我一眼，说："老天爷，你在逗我吗？"说完，她稍微收敛了一下，故作真诚地对我说，"我是说，你可真是个热心的小伙子，但请别给我这样的书。"

她转身去拿一堆妇女杂志，然后走到书桌前，坐在两个帮派男子边上。她将头发拨到身后，开始翻阅起来。那两人迅速交换了一下眼神，接着继续默默地看自己的书。

"没人跟我说话。"她曾向我坦白道，"一句话也不跟我说。但我想我应该要高兴才对，因为我才不想知道他们在想什么。"

和大多数囚犯不同，凯蒂的问题从来不是与人发生正面冲突，而是极端的孤独，如同被关在监狱中的监狱。

关于"牢中牢"，这里还有一个更直接的版本。

一天晚上，大约十点，我下班后又多逗留了一个钟头，正好让我撞见了那盛况。当我走出 3 号楼的时候，恰好看见一批犯人列队站在监狱操场上，身穿灰色的狱服。在监狱工作了一年多，我一次顶多只能遇到一个穿灰色狱服的犯人。这还是我头一遭一下子看到六个，肩并肩地排成一行。这群人似乎有些焦躁，我不由得停下脚步，好奇地打量他们。

他们看上去有些焦虑。在明亮的球场灯光下，有的瞪大了眼，有的两眼圆睁，有的眼睛一眨不眨，有的像见了鬼似的，有的不安地搓着手。大多数人是站着的，猫着腰缩起身子，仿佛自己一丝不挂，无处躲藏；有几个用手臂遮挡着脸，或者把头缩进狱服的领子里，像只缩头乌龟；有几个自言自语，傻笑，窃笑，抽搐。站在这条队伍尾巴上的，是一个身材矮小且绷着脸的秃头男人，腋下夹着一颗篮球，像一个古怪的长句子结尾处的句号。

我对这个监区早已有所耳闻。他们都是保护性监区（简称"保监区"）的囚犯：酷儿、告密者、精神病人和恋童癖。他们是监狱里的怪胎，弃儿中的弃儿，酷儿中的酷儿。虽然这里全是囚犯，但也有主流和非主流

---

[1] 雪莉·麦克莱恩：美国电影演员、歌手、舞蹈家和作家。

之分。他们才是主流囚犯眼中真正的罪犯。这些人，有的是自愿与其他人分开关押，但大多数都不是出于自愿。只是为了每个人的安全着想。如果凯蒂和布莱恩觉得自己受到人身威胁，也可以选择转移到这个监区。

保监区的犯人很少从塔楼五层的监区出来。普通犯人见到保监区的怪物，就像见到神一般的人物。有一次，一个保监区犯人获准来图书馆。只要他一过来，其他犯人都需要撤离，但他们全都故意拖拖拉拉地，只为了看一眼传说中的灰色生物。事后，他们会用唾沫星子将我淹死：他长什么样子？他说什么了吗？他看起来凶吗？他是个什么样的人？他碰你了吗？他真的是个怪物吗？

事实上，那天我遇到的穿灰狱服的人可暴躁了。他来图书馆是要查些法律资料。复印完十几份案例和法规后，他告诉我："我要把原告钉死。"他万分小心地拿出一份文件，并吩咐我去复印一份。他告诉我，这份文件将会帮他打赢官司，证据确凿地证明"蜥蜴大帝"早已降临地球，并且在中情局的协助下，神不知鬼不觉地推翻了美国联邦政府。

我飞快地扫了一眼那张从网上打印出来的劳什子，讲的确实是那么一回事儿。我问他这个东西如何能帮助他打赢官司。他叹了一口气，愤怒地瞪了我一眼，好像我是他见过的最无可救药的智障。"因为如果操控宪法和政府的是一只蜥蜴，他们就没有司法权来审判我。"尽管他得到的情报是错误的，但这逻辑完美得无懈可击。

现在他们就在这里，灰蒙蒙的一排，站在偌大的操场上，暴露在众人眼中。一场好戏的帷幕就这么拉开了。他们摩拳擦掌，准备进行一场自1972年奥运会美苏男篮争霸以来最为激烈的篮球赛。仿佛是精心策划的一样，在耀眼的球场灯光下，这群男人站到了舞台的中央。

我朝身后满是窗户的高墙望去，朝关着女囚的塔楼望去。出于习惯，我的目光总会先落在十一层，落在杰西卡凝视儿子的那扇窗户上。杰西卡的窗，其实是一扇教室里的窗，现在黑着灯。它属于白天的世界，只在上班时间才会亮着。而现在是晚上，它已经下班了。

犯人牢房的窗口都亮着灯，每个窗玻璃上都映着两三道影子。透过低楼层的窗户，你可以看见囚犯们在那儿指指点点，嬉笑怒骂着，好奇地打量他们。几分钟内，消息就传遍了整座监狱。关在朝向操场这头的牢房里的囚犯，无论男女全都凑到了窗前，就连过道里也人满为患；关在对面房间里的犯人，稍后也会从别人口中听到整场赛事的解说。操场上的保监区囚犯，一抬眼就能看见别人在围观、讨论、评价和嘲笑他们。

这就是一座监狱建筑的怪异之处。在意大利的那不勒斯附近，有一座建于18世纪末的圣斯泰法诺监狱。那是一座多层建筑，形如一个巨大的马掌，借鉴了那个年代的剧场建筑。这反映了当时一个普遍的现象：监狱的设计要求提供最佳的观赏视野，从安全性的角度来讲，这无可厚非，同时也意外地为它带来了观赏现场戏剧表演的绝佳效果。

就像现在这样，整个监狱共襄盛事，这是十分罕见的。犯人们集体观看一场在耀眼的灯光下上演的监狱怪人秀，身为场边观众的他们或许会觉得，跟他们相比自己还算正常。

当这场令人尴尬的篮球赛开赛时，我沿着球场边界线往前走。最后一次回头望去时，我看到的是3-1的窗口，几个犯人笑得前仰后合。杰西卡从不会像他们那样。窗边的凝望是她自己一个人的沉湎，将自己牢牢地锁在自己的孤独深渊里。保监区怪人秀却是另一回事儿，它是所有囚犯的狂欢，是他们少数几次看着窗外，却庆幸自己不在外面，而是在里面。

身为监狱里的酷儿，布莱恩和凯蒂可以选择参加这场舞台秀，或者安静地充当观众。

第二天，我决定把一本戴安娜王妃的传记和还有几本更直白的同性恋书籍放在显眼的位置。我的朋友兼同事玛丽·贝丝告诉过我，一个关在1-2-1的犯人曾在点名时间里用毛巾当裙子，模仿约瑟芬·贝克[①]眨巴着眼，风情万种地嘟着嘴，在犯人和狱警面前婀娜多姿地走来走去，差点儿笑翻天。

后来，当这个年轻人来图书馆时，我告诉他，他的古怪行径已经传得人尽皆知，还问他是不是演员。

---

① 约瑟芬·贝克：美国黑人舞蹈家、歌唱家，全球首个黑人超级女明星。

"哥们儿，你太抬举我了。那只是个玩笑而已，我只是想给大家找点乐子。"他笑着说。

他对我特意摆出来的书不感兴趣，借了一本封面有些破旧的斯蒂芬·金的《闪灵》，朝我眨眨眼，走开了。

狭窄之地

我遇到的最古怪的人，与这里最格格不入的人，是一个我最熟悉的人。第一次见到乔什·施雷伯是在图书馆的三点三十分时间段。那天下午潮湿多云，图书馆里放着《超人 II》，希望能借此吸引更多犯人过来。

当时，我一眼就注意到了人群中的他。他长得文质彬彬，谦和有礼，举止优雅。如果我的外婆在现场，一定会赞不绝口地夸他是"谦谦君子"。他看上去二十出头，干干净净的，喜欢和人交谈。他长得年轻帅气，留着一头微卷的褐色短发，带着一副塑料框眼镜。让我想起了我在经学院和正统派夏令营里遇到的那些男孩。事实上，他与我在布鲁克莱恩高中认识的一个男孩长得极其相似，像到让我怀疑他们也许是亲戚。像乔什·施雷伯这样的人，在图书馆里可不是天天都能碰到的，他勾起了我的好奇心。

电影时间结束后，犯人陆续来到前台取证件。这时，我按捺不住了。

"嘿！"我瞥了一眼他的证件问，"你知道'超人'真正的意思吗？"

他笑着摇了摇头。

"它是两个从克利夫兰来的犹太孩子创造出来的。它想讲的是，有时即使是一个瘦得皮包骨、神经兮兮、戴着眼镜的男人，也能成为一个大英雄。施雷伯同学，你同意我的说法吗？"我边问边将证件递给他。

"是的。我同意。"

这实在不是推心置腹的好时机，我泄露了他的秘密。我不该当着其他犯人的面说这些，这让他尴尬地咧了咧嘴。

玛丽·贝丝是犯人回归社会项目的工作人员，办公室就在施雷伯的监区。事后，我问她："1-2-1 的那个犹太孩子是什么身份？"

　　她一听就知道我问的是谁，简单地告诉了我他的背景。他住在波士顿的西郊，曾经加入一些小团伙，吸食海洛因。被关进来的罪名是偷窃和入室盗窃——都是些抢钱买毒品的瘾君子经常会受到的指控。一个月后，他就会卷铺盖走人，也就是很快会得到假释，回在街头上自生自灭，没有人会整天盯着他，也没有中途之家或戒毒所会收留他。

　　她告诉我，他是个善良的孩子，和每个人都处得很好，甚至有点儿好过头了。他极力地想要讨好别人，殷勤地执行着每个命令。到了收风的点儿，他从不在外多逗留一秒，也从不惹是生非。他温顺听话，与众不同，不拉帮结派，也没有盟友。一个狱警发现了这一点，便想利用它。

　　这个狱警当着其他犯人的面，给了施雷伯一个当他小跟班的"殊荣"。这意味着，他要去做一些本是狱警该做的事。例如：他需要叫犯人出来，甚至协助执行防范禁闭。这令施雷伯进退两难。他没有胆量拒绝那个狱警，可如果执行了这些特殊的命令，就会被囚犯们疯狂地打压欺负。

　　那个监室的白人囚犯本来就对他爱理不理的。那些称不上是朋友的人，平时总是叫他"犹太佬"，时刻提醒着他的地位。他不是一个彻头彻尾的软柿子，更不是来自市中心的意大利或爱尔兰裔的狠角色。他就像一个住在这里的客人，处处谨言慎行。现在，因为这个小跟班的新身份，大家会名正言顺地疏离他，让他置身于险境。大家会开始觉得，他不仅是一个犹太小跟班，还是个爱打小报告的人。

　　这是施雷伯最不想要的结果。他会被殴打或捅刀子，一旦回到街头甚至会吃子弹。他的担心不是没有道理。没过多久，一个犯人就对他表现出了敌意。他不得不与其他犯人分开，以免被人殴打。在他的"仇敌名单"上——官方的叫法是"隔离名单"——列了五个人。这个数字简直高得吓人。

　　我很为施雷伯担心，他需要一些盟友。后来我再去 1-2-1 时，顺道去看了他。在图书馆以外的地方看到我，似乎让他很惊讶。我向他做了自我介绍。

　　"我听说你有个兄弟。"我低声说。

他笑了，说："是的。"

我告诉他我的背景，我出身于正统派家庭，上过以色列的经学院。另外我还告诉他，跟爱尔兰和意大利人搞好关系准没错。如果他想的话，哪天可以去图书馆走走，和大家说说话。我还向他行了犹太人的碰肘礼："不要有压力。"

我们约好了再见面。他似乎是真的想来图书馆，虽然他习惯性地要去讨好他人。可惜还没找到机会，他就出狱了。就在他昂首阔步地走向自由时，我正好路过监狱的前厅。他穿着便装——一件套头衫、一条牛仔裤和一件黑皮夹克。我们聊了几句，并祝他好运。就在这时，接他的人来了。

我认识那个家伙，他原来在1-2-1待过，一个经常从图书馆偷报纸的瘾君子。大家经常拿他偷报纸这事儿取笑他（我可不觉得这好笑）。在前厅里，他咧着没牙的嘴，打趣地问我："嘿，阿维！给我带《里维尔报》了吗？"

"嘿，海斯柯克！你还是老样子。"我回答说。

我现在总算明白了，不管施雷伯信誓旦旦地对玛丽和回归社会项目的导师说了什么，他依旧会和1-2-1结识的老朋友鬼混。他是个庆祝出狱的人渣。我真想将他摇醒，却只是凑近他说："乔什，别交坏朋友，这是你唯一的出路。幸运的话，只是重新回到这鬼地方。不幸的话，你迟早会害死自己。"

刚开始干这份工作时，我绝不会直白地向犯人说这种话。但在这个节骨眼儿上，我觉得自己不仅有资格说这话，也有责任去点醒他。我变成了一个严父般的监狱导师。他垂下头看着地板。但仅此而已。他和海斯柯克一起走进了黑暗。

施雷伯是幸运的。一个月后，他又回到了监狱。老实说，我挺惊讶的，我原以为他会更早回来。那个星期我去找他，还安排了一次见面。他说想学犹太经文，一上来就问了一个问题。

"犹太传统为什么要求居丧者在居丧 ① （shiva）期间用布头盖住家里的镜子？"

一个随口一提的问题，却是个有趣的问题。作为经学院学生兼讣闻作者，我觉得自己特别有资格回答这个问题。这是个奇怪的风俗，而且没有显而易见的答案。我告诉他，普通老百姓一直对镜子里的镜像有着根深蒂固的恐惧，尤其是在办丧事的房子里，那里本来就已经有鬼魂出没，镜子只会加深这种恐惧。

但还有一个更直接的心理原因：居丧者的注意力将从尘世转向他们的思想、他们的回忆、他们的灵魂和他们的生死轮回。他们在居丧期内不问俗事，所有的俗务都由朋友打理。那七天里，他们遁入心灵的庙宇，不去关心头发是否整齐，屁股是否太大。

逾越节快到的时候，他问了我一些关于逾越节家宴的东西。我告诉他，如果想要理解出埃及对犹太人的意义，就必须知道"埃及"这个词的含义。在希伯来语中，"埃及"被称为"Mitzrayim"，拉比们照常一语双关地解释，即"狭窄之地 ②"（meitzar）。它不是一个具体存在于铁器时代的国家，也不是一个真实发生过或凭空杜撰的历史事件，而是一种信念。

"你明白我的意思吗？"我告诉乔什，"你心中的狭窄之地是什么，你自己应该很清楚。它窄到难以穿行，甚至难如登天，却并非完全做不到。"

乔什告诉我，从孩童时代开始，他就对公元 2 世纪的阿齐瓦拉比 ③ 的传说深信不疑，尤其是关于伟大的拉比英勇殉教的故事。

这让我震惊不已。我不是心理医生，但当一个被关在监狱里的瘾君子告诉你，他所崇拜的英雄是个正直的圣贤，你就会像我一样陷入沉思。这个圣贤被逮捕入狱，还惨遭剥皮（用烧红的烙铁一层一层地将皮肤烫下来）。在一个即使惨遭酷刑也绝不背弃上帝的人身上，乔什看到了

---

① 居丧：在服丧期满之前停止娱乐和交际，表示哀悼。

② 狭窄之地：影射圣经中通往天堂的窄门。

③ 阿齐瓦拉比：犹太教圣贤，曾带领犹太人夺回耶路撒冷，后惨遭罗马人杀害。

什么？

　　一个人如果有阿齐瓦情结，也许是他打算或是希望快点死去的迹象。再联想到他关于镜子的问题，他在想什么简直太明显了。这是一个年仅二十九岁的男人，却在仔细地思考自己即将到来的死亡。

　　施雷伯的事真让我揪心。我有一种想要密切关注他的强烈冲动，却又因此深感内疚。凭什么施雷伯应该获得比其他犯人更多的同情？在所有犯人当中，他已经算幸运的了。虽然深陷毒瘾的沼泽，但他有亲爱的家人在关心他，他经常谈起他们。他有人生学习的榜样，也曾有过安稳的生活。他不像许多其他犯人，是流落街头的孤儿。

　　可我就是做不到。我们年龄相仿，她的姐姐和我的姐姐拥有同一个特别的希伯来名字。他和我一样在市郊社区里长大，有着一样的志向。那些口音、幽默、文化背景和小烦恼，都是我十分熟悉的。

　　但乔什身上还有别的问题让我有所顾虑。大约两年前，我在朋友的婚礼上偶遇布卢门撒尔拉比，便半开玩笑地向先知咨询去监狱工作的事情。当时我突然想到，许多先知也曾是罪犯或阶下囚，或者曾和罪犯们打过交道。看来冥冥之中，天意早有安排。

　　现在我忍不住去想，这与我对乔什莫名地感到熟悉是否有关。那些踏入犯人国度的先知以身犯险不是为了去寻找犯人心中尚存的人性。他们不会像好莱坞电影那样抬高囚犯，将他们刻画成"和我们一样的人"，从而安慰自己。他们是去揭发人类当中真正的败类，揭发一个更加黑暗的真相：我们和他们一样。当先知们逾规越矩后，他们才发现那个世界看起来是如此熟悉，和所谓的正直社会是如此相似。

　　这不就是那天晚上隐藏在监狱操场怪人秀背后令人不安的真相吗？当保监区的囚犯暴露在无所遁形的灯光下，监狱的主流犯人观赏着那些被排斥的边缘犯人，得到的不仅是残酷的快感，还有自以为是的优越感，感觉自己没那么卑微。哪怕是犯人，也会想方设法地排挤自己的同类。当我看着乔什，看着他的脸、他的生活，我无法轻易地置身事外。

　　乔什告诉我，他曾是个典型的"犹太好孩子"。每个人都喜欢他，社区里的每个太太都想将女儿嫁给他。"我是个十分抢手的女婿。"他微笑着说，可他有一个见不得人的小爱好。在大学里初尝海洛因后，他就一发不可收拾地爱上了它。有段时间，他过着双面人的生活。

他说："一开始，我是个积极向上的大学生，和一个既漂亮又优秀的女孩约会。"

起初，她不知道乔什吸毒。直到某天晚上，乔什他露馅了，彻底露馅了。在约会时，他借口说要去一下洗手间，想去偷偷地打上一针。当他回到座位时，那个女孩瞪大了眼盯着他，像见到鬼似的。她的表情将他吓坏了，让他至今回想起来仍心有余悸。被人撞见，事迹败露，这就是他的噩梦。他低下头，看见血正从被针扎过的地方往下流，而他的胳膊就搁在餐桌上。

那天晚上，他失去的不仅是那个女孩。那种前所未有的耻辱感，将他一下子抛进了危机的深渊。"从那一刻起，一切都变了。"乔什告诉我。

从那以后，他不再把自己当作施雷伯家的乔什，不再把自己当作任何人的儿子、孙子、朋友或邻居。

他说："从我决定吸毒的那一刻起，我就不再是这个社区的一分子。我让每个人都失望，我不再是他们以为的那个我。这才是我，真正的我。我不是乔什，我是瘾君子！从我做出那个决定的那一刻起，我就玩完了，彻底变成了另一个人。我从相对正常的生活，流落到了市中心的废弃建筑。阿维，就在一周之内，天翻地覆。"

他开始哭泣。

"乔什。"我说，"没错，那是你的决定。但是，请你回忆一遍你刚才说的话：那是你做出的决定。这说明你有能力去做决定。那么，你现在一样有能力做别的决定。"

我不知道这话是否有用，或者只是一句傻话。

乔什突然挺直了身板，脸上堆起一个瘆人的假笑。

"嗨！"他换上欢快活泼的口气说，"你看过昨天弗兰克纳的采访吗？"他指的是红袜队的经理特里·弗兰克纳。

"呃，还没看。"我回答道，"他说什么了？"

"啊，哥们儿。"他说，"这太逗了。"

他开始兴奋地讲起红袜队内丧心病狂的恶作剧。他的脸上一直挂着笑容，各种逸事和笑话轮番上阵，时不时添油加醋，在故事中加入他的评语。很快，他又对我讲起他曾经认识的一个疯女人……他滔滔不绝地讲啊讲，满嘴跑火车，直到跑到十万八千里外，完全偏离原先的话题。他显然不愿谈论他的情况，也许还觉得我是在说教——或许他是对的。

那天，他成功地打断了我们的谈话。在离开图书馆时，他告诉我他很抱歉突然转变话题，还是用那么奇怪的方式，他愿意改天继续"这场谈话"。

"真的？"我说，"如果你不想，就不用勉强，也不用道歉。"

我不擅长做那种严父般的督导。我打算暂时将它搁置一边，让我们两人都冷静一下。但这次他很坚持。

"不，我是认真的，我是真的想继续，你会是我在这里的拉比。"他说这话的时候，还故意眨了一下眼。

老实说，这句奉承的话让我胃里一阵翻涌。我这辈子最不想成为的就是拉比。他知道这一点，因为我告诉过他，所以他才故意这样说，小小地报复我将他弄哭。

我站在通往监狱大门的安检通道，准备去父母家中参加逾越节家宴。我在那儿站了一会儿，回想着拉比曾讲过的关于这个节日的话："当你向他人讲述犹太人离开埃及的故事时，你必须有一种你亲身参与了这次旅程的感觉，仿佛它真真切切地发生在你身上。"以色列人逃离埃及的故事不一定属实，可我的家人一直以深信不疑的方式去讲述它。

乔什坐在楼上的牢房里，不会向他的家人讲述这个故事。他还在做思想上的拉锯，还在考虑是否能够走出自己的"狭窄之地"，活下去向别人讲述这个故事。

我遇到过许多反思人生的囚犯，反思过后也决定了该如何面对它们。有些人选择让它们随风而去，就像杰西卡。而楚尼则坚定地决定，要重写自己的未来，只是这个决定最终不幸地被别人扼杀了。甜哥和乔什一样，此时正坐在自己的牢房里，忙于撰写他的史记，一页又一页。

我等待着监狱大门打开，我似乎总在等待它打开。哪怕在这里工作了将近两年，我仍对这简单粗暴的监禁装置心生畏惧。这个隔离了囚禁与自由的东西，其实并没有任何复杂之处。它基本上就是一个开关，加上一个老旧的铁门，打开的时候会嗡嗡作响，关上的时候会发出沉闷的巨响，和电影里演的一样。即便在监狱里度过了这些年头，每天走回到前厅，我都会有一种如释重负的感觉，一种重获自由的小确幸——从未消失过。

监狱前厅当晚空荡荡的，基本上没什么人。我迅速地从萨利身边走过，没有和他多说话，不到一个小时就吃上了家宴。

那天晚上

楚尼坐在后座，他十七岁的弟弟大流士坐在副驾驶座。大流士的女朋友在开车。那是波士顿二月底的一个晚上，刚过九点半。罗克斯贝里，街道冰冷——冷到雪都不肯下。他们要靠边停一下。楚尼需要给第二天的午饭买些东西。因为他最近刚开始在工地上打工。

他们慢慢地开到一家位于枫叶街和华盛顿街街角的杂货店门口，这里离他们母亲位于沃顿街的家不到半英里，楚尼当时就寄住在那儿。他们停下车，楚尼跑进店里。大流士下车和站在店外的几个女孩搭讪，而他的女朋友则留在车里打电话。当楚尼出来时，看见几个年轻人在附近徘徊，来者不善地瞪着他的弟弟。

楚尼就站在街对面的有利位置，首先察觉到情况不对。这里虽然离他们家只有几个街区，却是死对头帮派的地盘。局势越来越紧张。正在这时，大流士注意到了那些人。他挺起胸回瞪他们。双方起了口角。楚尼跑向他的弟弟，一把抓住他的胳膊，拽着他往车门走。他回头对几个瞪着眼的年轻人说："冷静点，哥们儿。我们马上就走。"

大流士不情愿地钻进前座，楚尼坐在后排，摔上了门。接下来的一瞬间，四件事同时上演：楚尼大叫着要大流士的女友快开车，车轮发出尖锐的响声，一颗子弹"咻"地出膛了，车窗玻璃碎了。

枪声被喧嚣和骚动淹没了，就像一小撮毒药投入了饮料里，瞬时融化了。汽车直奔枫叶街而去。大流士回头去看那伙人是否跟在后面。接下来是砭骨的惊恐。他目瞪口呆。

——哦，天哪！哦，天哪！哦，天哪！完了，完了，完了，完了！

——怎么了？怎么了？他的女友问。

他没法回答。他说不出话来。他喘不上气来。他动弹不了。大流士的女友瞥了一眼后视镜。

——哦，天哪！她尖叫起来，打了个急转弯，急忙将车停在离枫叶街有几个街区的地方——拿撒勒浸礼宗教堂对面。

楚尼重重地躺在后座上，座椅靠背浸满了血。子弹从后方射进他的脑袋，几乎像处死刑一样狠准，他大概不知道是什么击中了他。两个年轻人在前座惊慌失措。女孩不是波士顿人，不知道去医院的路。大流士完全吓傻了，没法思考或说话，也没法眨眼或呼吸，好不容易才按下911。他们等待着，歇斯底里，痛哭流涕。楚尼死在了汽车的后座上，而车就停在教堂边上。

要做的事

我最后一次看见甜哥时，他的笑容一闪而逝。从走进图书馆那一刻起，他就引起了大家的注意。当他走近前台时，我近距离地瞥了他一眼。他一反常态地不修边幅，头发乱糟糟地翘着，没有梳理过，而且长得有点儿长了，胡子稀稀疏疏的。

"嗨。"他简短地打了声招呼，看上去很疲惫。

他跟我握了握手，而我则做贼心虚地瞥了一下四周，这完全是出于本能。他直奔主题。

"今天不能再偷懒了。"他说，"我得干活儿了。"

他独自站在前台边上，摇了摇头，抿着嘴说："他们欺负我，哥们儿。"他用手指轻轻敲着台子。

但就在那一瞬间，他的焦虑毫无理由地自行消失了。他笑着挺直了身板，这是他开始自我表演的前奏，这点绝对错不了。他朝着空气挥了一记空拳，接着是嘴上的炮弹。

"他们欺负皮条客！"他控诉道。

甜哥开始了他的表演，他环顾四周，看看是否有人注意到了他微妙的措辞，然而四周一个人也没有。

他又稍微加大了火力："狗娘养的狗欺负狗皮条客！ [①]"

仍然没人听见他的话，但他不在乎。甜哥渴望有一大群簇拥着他的观众。但是在非常时期，他也满足于孤芳自赏。

这会儿，他重新变回正经的样子，又说了一遍："我有很多正事要做。"

我以为他的意思是要查很多法律文件，但结果他还是在说自己的书稿。我早该猜到这一点，他痴迷的不是法律辩护书，而是故事辩护书，他的自白书。在一个由律师、法官和狱警主宰的世界里，在一个充斥着羞辱性新闻报道的世界里，他的故事由那些对他嗤之以鼻的人说了算。尽管四面楚歌，腹背受敌，他依然挣扎着，想为自己的故事讲述另一个版本。

"阿维，今天在法庭上没有一个人是向着我的。"

"你害怕了？"我问。这在监狱里不是个好问题，却是我能问他的最好的问题。

"怎么可能，哥们儿。"他耸了耸肩，看着别处说，"没事，没啥大不了的，就当人生是一出折子戏。"

我没再追问下去，只是押了他的证件，递给他一个墨盒。

重建监狱图书馆

命令是从上层直接下达的。教务处想翻新图书馆，整个地方都要清空，所有书都要装箱运走，所有书架都要拆卸，所有桌椅和电脑都要搬走。整个区域将被拆除，一点一点地拆，全部拆完了才会开始翻修。最后，

---

① 原文为 "bitches be pinchin' a pimp"，压头韵。此处为甜哥在卖弄口才。

图书馆还会铺设新地毯。

我从原本的图书管理员变成"拆迁大队长",负责这些肮脏烦琐又让人恼火的工作。

但是,翻新的命令早该下了。地毯早已破烂不堪,在将近十五年的岁月里,在数千个小时里,来来往往的读者从它身上来了又去,去了又来,令它早已不复往日的光彩,随处可见污渍和垢斑。有些地方磨成了烂布条,像被狗啃过似的,用胶带勉强粘在一起。整块地毯散发着烂苹果的恶臭,就像戴斯说的,这地毯"腐烂"了。

而且这会给人一种图书馆不受重视的感觉,十分影响阅读的积极性。在监狱里,但凡看着破败寒碜的地方,涂鸦就会越来越多,这是疏于管理的标志,而且有损监狱的公关形象(只要政治家和其他官员莅临考察,图书馆就是他们的必去之地)。

整个翻新工程开工时,我原以为只要一两天就能完工,结果先是花了两个半星期(用于和工会的人扯皮),接着翻修又用了五天。

几个狱警在认清谁才是整个工程的指挥官后——有一个还因争权不成发了一点小脾气,这项工作才得以开展。一开始,真正在工作的只有图书馆的五个囚犯馆员,再加上我和福里斯特。一个多小时后,工作量之大就明显地暴露出来,负责的狱警让我们招募更多人手。

我一直不愿意使用囚犯劳动力,我觉得这太卑鄙了,会让我感觉自己在奴役他人。为我工作的馆员多少能拿点儿津贴,虽然不多。但这种翻修工作并不给任何付出劳动的囚犯报酬。当我向一个狱警朋友提及此事时,他说:"你听说过罪犯向社会'偿还他们的债务'吗?这些家伙就应该工作。工作对他们有好处。这里没人亏欠他们什么。他们才是有亏欠的人。"当我继续表达我的疑虑时,他接着说:"你看,这些家伙干了坏事。你要给他们机会,去赢回信任。你给他们工作,如果他们做好了,就能骄傲地走出这个地方,说'我没有虚掷光阴'。这种自豪感,没人能剥夺。"

结果是,犯人们争相报名。社工和狱警纷纷跑来我的办公室,向我推荐他们喜欢的囚犯，一些曾是他们小区邻居的犯人，一些他们支持的犯人，一些他们不知怎的欠了人情的犯人。在图书馆机房磋商一天多后，我们有了一支十个人的翻修大队。随着翻修需求的扩大，人数又增加了。

一开始，图书从书架上撤下来后，就被堆放在图书馆一小块铺着油毡的地上。这里一共有两万多册图书，我们试图按大致的顺序排放它们。但当这项艰巨的任务进行到一半时，我们又被告知图书馆墙面还需重新粉刷，于是这些书就不能堆放在地板上了。之前做的完全白做了，我们还得再花一两天的工夫，重新将每本书装进箱子里，依然是按照大致的顺序打包装箱。我们被淹没在书海里，每当又有一排书架被放倒到地上，书潮就汹涌地朝我们扑来，像是有人在大坝上打了一个洞。人们在书堆里跌跌撞撞地走来走去。

终于把所有书都弄走以后，接下来就是要对付每个有天花板那么高的书架了。每块隔板都要用螺丝刀拧松，然后放到别的地方去，接着再小心翼翼地将钢铁的框架放倒在地上。十五个人要齐心协力地将这些重得吓人的钢板放到地上，拧开固定的螺丝，将它们拖到外头去，或者直接叠在一起。由于监狱里有着严苛的作息时间，再加上一级禁闭防范的阻碍（监区暴力所致），这项工作断断续续地干了好几天。

拆卸钢制书架需要十分细致的集体协作，这项工作要求十分细心，还要精心组织策划，否则肯定会有人受伤。事实上，有一个犯人就因沟通不当，被一根正在缓缓下放的钢梁狠狠地砸中了肩膀，差点儿就砸到了脑袋。当他被砸得摔倒在地时，有几个人毫不理智地松开手，冲过去想要帮他，剩下我们几个死命地抓住重得让人怀疑人生的书架，差点儿就脱手了。幸好我们坚持住了，否则每个人都会遭殃，尤其是正好躺在下面的那个。

这次事故只是一次偶发事件，目的在于提醒每个人：大队长在这次协调工作上真是居功至伟啊！

我们的大队长斯维尼是一个矮墩墩但身体结实的秃头男，喜欢咧着一边的嘴笑，露出他嚼着的两片口香糖。他不是那种站在边上看囚犯累死累活的狱警监工，他会卷起袖子跟着大家一起干。当他干得满头大汗时他会脱得只剩一件背心，叫其他犯人也和他一样，把衣服脱了。犯人们都很敬重他。

当特别辛苦的一天就要结束时，我们会坐在一地狼藉里，天南地北胡侃一通。这个时候通常只剩下五个囚犯、三个狱警，还有我，如果有谁恰好走进来，很可能会分不清谁是员工、谁是囚犯，不仅是因为我们全都脱掉了外衣，穿着大同小异的白色背心和工裤，更是因为大伙儿在工作场所随意地靠在彼此身上，亲密无间地交谈着，仿佛相识多年的老友。这群人勾肩搭背的，显然不成体统。要是副监狱长突然驾到，狱警们肯定会立马跳起来纠正自己的姿势，站得笔挺挺的。

点名时间一到，犯人们便离开了。狱警们热烈地讨论起午餐，一个人建议我们"从员工通道"为犯人打午饭，虽然不是什么米其林四星美食，但肯定比犯人们吃的好得多。斯维尼嘴上附和着，其他狱警离开后，他走过来悄悄对我说："收工的时候，你可能会想犒劳一下这些家伙，但是买一些小零嘴就够了，如炸鸡块或炸薯条之类的，并且确保他们在这里吃掉，千万不要传出去。"斯维尼是个"饲养员"，这我并不惊讶；他暗示别人也做这事儿，这我也丝毫不意外。他人很善良，同时也不傻。

不久后，图书馆翻修好了。过后没几天，一个曾经一起干活儿的犯人路过这里，对我说："哥们儿，真希望我们还在这里干活儿，就像上个礼拜那样，气氛完全不一样。"他说得没错，在图书馆翻修期间，监狱生活似乎不再严格得令人窒息。那个时候，监狱似乎变成了剧院，狱服似乎变成了戏服。监狱这座剧院的拆卸重建，似乎也是囚犯这部剧本的推翻重写，你可以随心所欲地拿其他故事来填充，短暂而美妙。

而现在，图书馆翻修好了，工程结束了，食物也都（秘密地）分享完了。狱服变回了原样，剧院变回了监狱，所有人回归原本的角色，各司其职。一两周后，那新鲜的油漆味将会消失无踪。人们会忘记这里经过大的整修，只会感觉这个地方看起来不一样了。其实，是比以前好太多了，好得仿佛这个地方从不曾肮脏破旧过。

加入伊利亚

图书馆前台后 面的嬉笑打闹还是一如既往地生动精彩。我的馆员团队有了一些人事上的变动，柯立芝被转移到另一所监狱，皮茨出狱了，斯蒂克斯也出去了。戴斯、泰德、约翰和其他人成了监狱囚犯纠纷的牺牲品，被吊销了囚犯馆员资格。犯人馆员团队仍由肥猫负责，他虽然在3-2 有过一次暴力行为，但还是重新获得了图书馆的工作。他保持着安静的管理作风，静静地坐着看他的杂志，但不管图书馆里发生了什么事，都逃不过他那双半睁半闭的眼。

在全新的馆员阵容中，有两名新成员彼此如胶似漆，组成了一个家庭喜剧团：老奸巨猾的老司机船叔及最新加入的涅奎斯特——一个年轻的笑话高手。这真是个奇怪的组合。船叔是个白发苍苍的爱尔兰或意大利流氓，有可能是个隐居江湖多年的杀手，大腿挨过联邦调查局（FBI）特工的多颗子弹，有一颗至今仍未取出，所以腿是麻痹的，走路需要拄着拐杖。在这个双人组合里，他负责说些尖酸刻薄的快人快语。

涅奎斯特是个长着娃娃脸的二十岁黑人，眼睛里闪烁着狡黠的光，还有一种恬不知耻的乐天精神。他善于模仿犯人和监狱的员工，连船叔也自叹不如。他们的双簧经常把大家逗得捧腹大笑。

老实说，他们的日常表演十分逗趣，只是很多时候会吵得人不得安宁。他们之间的感情很快就上升到扰人清静的师徒关系。涅奎斯特会捧着小脸坐在边上，如痴如醉地听着船叔回忆过去，历数他抢过哪些银行，在帮派干过什么坏事，和人称"机关枪"的冬山帮前头目史蒂夫·弗雷米以及詹姆斯·巴尔杰有过什么过节。巴尔杰是 FBI 全球十大通缉要犯，船叔却像在聊邻家的小弟一样，亲切地喊他"吉米"。

我开始讨厌起这些噪声来。

我颇为不满地遁入书架之间，却在那里看见了整个团队中最让人猜不透的成员——伊利亚。他正在安静地摆放图书。一开始，他对我的到来似乎有些不满，但其实只是惊讶。他不好意思地笑了笑，叹了口气问："终于受不了那些家伙啦？"

他的语气里有一丝挫败，好像他等了近两年，才终于等到我开窍，加入他的行列。

透过书架之间的缝隙，我还能看见另一头的涅奎斯特。他正佝偻着腰，哆嗦着身子，拄着船叔的拐杖，迈着慢得磨人的步伐，颤颤巍巍地走着，做作地一瘸一拐。他猥亵地将裤管卷得老高，把狱服的下摆塞进裤子里，戴着船叔的厚眼镜，不正经地架在鼻头上。

"我走不动了，我要吃药。我的药在哪儿，我看不见。"我听见他在说。令我惊讶的是，从他模仿船叔沙哑的波士顿老烟鬼的噪声里，我听出了一丝犹太老人的口音，"我的膀胱要爆炸了。"

他的观众全都咯咯地笑起来，包括此时什么也看不见的船叔。

"你这该死的臭小子！"船叔半是赞许地怒骂道。

我将手伸进伊利亚身边的书箱里，准备和他一起整理书架。

"你想看看我的孩子吗？"伊利亚问，声音一如既往地小。

他亮出被翻旧了的四岁女儿的照片，接着飞快地放回胸前的口袋里，脸上露出了笑容。我们继续安静地理着箱子里的书。我问他，为什么会有"四十"这个绰号，这令他停顿了许久。我想，我问错问题了。

"这是一个老酒鬼的名字。"他沉默良久后说，"你听说过四十盎司①的典故吧？但我不喜欢这个绰号，我正在努力将它从我脑海中抹去，但它确实是我的绰号。"

我们继续排书整架。从眼角的余光，我瞥见了他安静工作的模样。他会从箱子里拿出一本书，用狱服的衣角或者一小张纸巾擦去书皮上的灰尘。那一方小纸巾被他像手帕一样精心地折好，插在上衣的口袋里。有时，他也会对着书轻轻地吹，吹掉上面的灰尘，然后眯起眼打量封面，仔细地读出书名，核对数据库打印出来的书单。接下来，他会根据杜威十进图书分类法，用双手虔诚地托住书，将它稳稳当当地放在属于它的位置。他会将这几本刚放上去的书摆齐，让它们安全又舒服地住在新家。最后，他会掸一掸隔壁书上的灰，再核对一遍它们的顺序和分类号。完

---

① 四十盎司：北美一些国家瓶装酒的标准含量。

成一整套仪式后，他便接着拿起下一本书，从头来一遍。

这个人已经不能光用细腻来形容了。他对待这些书时，充满了呵护。我不禁回想起自己从远处偷偷观察他的时候，有时只是站在外面监视他的工作。那些时间全部加起来，少说也有好几百个小时了吧？在我所有关于他的记忆中，他一直如僧人般六根清净地重复着这项仪式，日复一日。

"靠，你这个该死的牙买加臭小子！"我听见船叔在房间的另一头说，"你他妈的为什么不坐上香蕉船，滚回你该死的岛上？"

我看见涅奎斯特，像盲人一样摸着船叔的脸，说："你在说什么，小伙子？我听不见，我的裤子湿透了。"

更多的哄笑声传来。

我不满地低咒了一句："牙买加来的臭小子！"

这时，我看见伊利亚像是被吓到了，忽然如惊弓之鸟般惶恐。他心有余悸地闭上眼，摇了一会儿头。然后，他整理好心绪，重新开始工作，将一本书放到架子上。我突然觉得十分愧对他。多年来，外头那些戏谑声不绝于耳，一直在扰乱他内心脆弱的平衡，而我居然纵容他们在图书馆里胡作非为，大声喧哗。

我为此向他道歉，他朝我转过头来，咧嘴一笑。

"哦，没关系的。"他耸耸肩，撒了一个善意的谎言，一个双方都不愿意捅破的谎言。最后，他又说了一句，"但还是谢谢你。"

我们继续默默地整理图书。我不敢打破他那与世无争的节奏。他本就不愿与人交谈，才会隐遁在书架之间。我将满腹的疑问抛之脑后，搞定一箱书，又搬来另一箱。这是一个看不到尽头的工作，是古老的犹太笑话里的那个等待弥赛亚到来的"铁饭碗"。伊利亚似乎并不为此苦恼；相反地，他乐在其中。

在监狱里，时间有它自己特殊的意义。"除了时间我一无所有"，这是伊利亚和其他人的口头禅。在监狱这个语境下，这句话的意思是："老子在蹲大牢呢，无事令我操劳。"它经常以嘲讽的语气说出来，表示自己两袖空空，穷得只剩下时间了。尽管一个人在监狱里有着数不完的时间，却无法拥有时间赋予的任何附加价值。在谈论时间时，大部分囚犯就像被困在汪洋大海上的悲催水手：水，到处是水，一滴都不能喝的水。你有着数之不尽的时间，可它没有养分，没有季节，没有假日，没有轮回。而且，无法分享。

当操场上积雪了，说明冬天来了；当你的狱友身上发臭了，说明夏天来了。除此之外，再无他意。雪来了，不代表你可以和孩子一起玩雪橇，一起去外面滑雪，一起在雪地上踢球，一起去参加圣诞节音乐会。雪就是雪，仅此而已。

要说监狱里真有什么季节，恐怕就只有赌季了。当美国职业橄榄球的超级碗投注日即将截止时，它就是冬天；当美国大学体育总会篮球联赛开始时，春天来了，它们就是监狱里的圣诞节和复活节。夹在这两个节日之间的，就只有暗无天日的淡季，没有任何值得全监狱庆祝或分享的日子。时间是私人之物，最终都会奔向同一个日子：一个人的刑满之期。每个人都有自己的一本末日日历，那上面只有一个重大日子，那就是"末日[①]"——监狱生涯的尽头。

对那些在图书馆工作的人而言，这是一个非常实在的问题。当你在假日前下班时，一个好心的社工会提醒你不要对犯人们说"圣诞快乐"。正如她说的，这话不会让囚犯产生任何共鸣，只会"像一记毒辣的耳光"打在他们脸上。在监狱里，季节最好无声无息，无痕无迹。节日甚至周末前的闭馆，常常会令人无比心酸。每当我离开时，见到的都是一张张可怜无助的脸孔，某些时节尤其如此。每到这时我才明白，图书馆对许多犯人究竟有多重要。

后来的几天里，我强制实施"图书馆内不许喧哗吵闹"的政策。我和伊利亚会一起整理书架，一整就是好几个小时，全程不说一句话。我听见了"安静"，听见了它的声音，就像我在外祖母的采访录音带里听到的那样。在图书馆里，你可以听见附近的水龙头被扭开，水哗啦啦往外

---

① 末日：此处指刑期的最后一天。

流的声音；听见电脑和其他电器吱吱响的声音；听见空气流过天花板的通风管道，发出"砰砰"和"嘶嘶"的闷响声；听见平常几乎听不见的声音，有时是从监狱远处传来的微弱呼喊。这些几不可闻的声音，混在被净化过的空气中，偷偷地钻进图书馆里来。这些声音令人心动，因为它们一直萦绕在你左右，但从未被听见。

上一次体会到真正的安静，还是参观完鹿岛和自由酒店后回到图书馆的那个深夜。就像那天晚上一样，此时图书馆的安静以一种崭新的方式让我重新认识了这个地方。

伊利亚经常使用"磨时间"这个词。我知道他的意思，监狱里的时间不值得庆祝，不值得怀念，不值得度过。监狱里的日子只能被消磨，一种磨谷子般的重复劳动，就像洗衣服或理书本。坐牢和磨时间是有区别的。现在我看出来了，伊利亚在这方面是个大师。

伊利亚每将一本图书放到书架上，都是在与监狱的命令抗争。他的动作里灌注了他与每个读者的小小互动，这是他为自己创造的。这些小动作证明了，他不是一个贴着囚犯编号的冰冷物体。他是一个人，一个缔造秩序的人。

他温柔而优雅地掸去书上的灰尘，将它们好好地排列整齐。伊利亚明白在这堆无限轮回循环的图书中，他究竟处于什么位置，所以他不急不躁，只是慢条斯理地整理着，从不在意何时才能完成。通过轻轻地拂去灰尘，将书本放在它该放的地方，他间接而体贴地帮助了那些找书的陌生人，甚至是敌人，而且做好事不留名。因为他的细致入微，那些找书之人将会轻易地找到自己想要的书。他利用图书馆，一箱一箱，一架一架，一本一本，拨乱反正。

他不是唯一一个在书中求索的人，每个进入图书馆的人都在寻找某样东西。就在书架之间，伊利亚找到了慰藉；杰西卡头上戴着纸花儿，坐在那儿画肖像画，赠予她焦虑的室友一条令人心安的丝带；唐恩都乐店里的年轻妓女坐在那儿，看着她的艺术书；楚尼汲取了灵感，创造了他的第一批菜谱。就在那里，就在书架之间，几百个囚犯曾驻足寻觅。

他们有的茫然无措，不知自己在寻找什么。

在沉默地整理图书时，我突然想起了初到图书馆的我也是如此，茫茫然地寻觅着，却不知在寻觅什么。

哪怕在这里工作了将近两年，我依然在思考我在这里的意义是什么，而这座图书馆的意义又是什么。以伊利亚为例子，他从不以他经手了多少书来计算日子。他从容不迫地做着馆员的工作，细心地对待每一本书，温柔地拂去书上的灰尘，仔细地核对每一本书的信息，小心地将它们放到架子上。我总是以为要有宏大的计划，才能建立起秩序，并且经常沉迷于此。伊利亚的沉默告诉我，秩序靠的不是伟大的计划，而是日常的细水长流。那些细致入微的工作，经过时光的反复锤炼，终于构成了井然的秩序。

在这之后的不久，我来到了鹿岛开满野花的山坡上，一边眺望着大西洋，一边吃着包着金枪鱼沙拉的芝麻面包圈。我正处于停薪停职的观察期，这是对我袭击丘兹维特警官的处分。虽然春寒料峭，大地上已经有了春意。波士顿港湾挤满了船，推搡着互不相让。远处就是大西洋，一片灰蒙蒙的海水，一望无垠。

我飞快地啃完手中的面包。小时候，为了摆脱我的犹太口音，我曾坐在一间无窗的房间里，被一个语言治疗师逼着不停地念"女孩"这个英文单词。也许是受到鹿岛这块阴森之地的影响，也许是儿时那段心灵创伤给我留下了很深的阴影，我突然想起了《启示录》。我想着，当灭世的大洪水汹涌而至时，哪个地方将会首当其冲地被淹没：是鹿岛，还是填海造出来的波士顿湾？

这真是一个愚蠢的问题，当然是鹿岛首先沉没，因为它就坐落在海湾的正中央。附近的赫尔镇的水位已经在逐年上升了，被淹没只是时间早晚的问题。我两三口吃完泡菜，背部在这时又剧烈地痛起来。我平躺在山坡上，摆出一种被称为"摊尸式"的瑜伽姿势，或者说毫无姿势可言，其实这是我唯一能胜任的姿势。

我想起了这座人造小山丘底下掩埋着一座 19 世纪的监狱，想起了从那个遥远的年代流传下来的关于图书馆馆员的残言断语："应在白天为囚禁之人提供光明，让其每日清晨可至少阅读一个时辰。"英文里的"提供"（provision）来源于拉丁语里的"展望"（foresight）。听着涛声，我想起了楚尼，想起了他的生命由一个五岁的男孩延续，由一篇关于他的谋杀案报道留存于世间。而此时此刻，伊利亚依旧在南湾监狱里，两耳不闻窗外事地排书理架。

在出狱前不久，麦克·皮茨曾给我看过他证件上的照片，一脸骄傲地对我说，在监狱里头待了几年，他变得更英俊了。

"我不再是以前的那个大胖子。"他告诉我，"我瘦下来了，还在这个图书馆里学到了许多知识。兄弟，我准备上路了。"

但是，一个夏日，在他出狱数月之后，他的照片出现在了《波士顿先驱报》上，肿得惨不忍睹。他成了一次可怕且失败的吸脂手术的受害者。

再说到伟大的柯立芝，他的照片出现在《波士顿环球报》上，站在马萨诸塞州最高法院的法庭上，身穿干净挺括的西装，打着领带。文章绘声绘色地描述了这个人的传奇故事，他为自己的案件辩护，还将法官骗得团团转。狡兔只有三窟，可他却有八窟。警察从他的八个窝藏点搜出了藏有被盗物品的"宝库"：信用卡、钱包、转锯、计算机……好一个猖狂的盗窃犯。尽管物证确凿，他一张巧舌就逼得法官将其判为无效。根据法庭记录，警察从他的宝库里还找到了一本"提高写作水平的书"。

一个一生混迹于街头的罪犯，却不断"援引一条晦涩难懂的州法，难住了几个被问话的辩护律师"，令专业的检察官节节败退，这让《环球报》的记者惊叹不已。就像柯立芝与我第一次见面时承诺的那样，他正计划着要比拿破仑更胜一筹，采用进攻者的姿态为自己辩护：他要求州政府支付 6.6 万美元，赔偿他损失的工资外加相当于一辆二手 SUV 的费用。不过，他还有其他一些案件待审，还有二十年的刑期在前面等着他。

我想起我的朋友尤尼，他发现自己的志向是做一个研究人类学的嬉皮士。在被录取为人类学博士生后，他终于可以实现自己的梦想，漫步于阿拉斯加的遥远山岭，全身光溜溜的，只着一条纱笼和一顶牛仔帽，入乡随俗地混入疯狂的拜月部落中，而且是以科学的名义。

那么，我的下一站是哪里？

我听着哗哗的海涛声，想起女诗人西尔维娅·普拉斯曾在这个小岛上，悲伤地凝视着潮起、潮落。我想象着几张字条从书中滑落，其中有一封不曾寄出的未完待续的信：

亲爱的妈妈，我的生活是

我想起了那张杰西卡没有送出去的字条，关于她如何将儿子遗弃在教堂，却在近二十年后在监狱里遇到他；我想起了楚尼的儿子曾试图吓退海浪；我想起了杰西卡沉默地坐在窗边，双手交叉放在膝上，从监狱塔楼上远远地望向窗外，做着一个母亲该做可她却不能做的事：看着她的儿子在操场上打球。哪怕只是看着，杰西卡也精心地打扮过，把漂亮的自己画进了肖像里，却永远不会把画送给他；我想起了伊利亚，想起他总是井然有序地将书摆到架子上。

阿马托留下的无法撕除的标语中，有一句是这么写的：

书不是信箱，书给人以光明。

我的呼吸跟随着海浪的节奏，涨涨落落，起起伏伏。突然之间，我下定了决心，要去做一件未完之事。

一个周日的直径

当我们通话时，楚尼的母亲马西娅·富兰克林在电话里哭了。我告诉她，我有东西要给她。她邀请我去她罗克斯贝里街上的家，楚尼死之前就住在那里。

那是个星期天，我却起了个大早。我们计划中午过后见面，为马西娅留出从教堂回家的时间。在见面之前，我开车短暂地在罗克斯贝里街转了一圈。对于楚尼这一生去过的地方,我只知道为数不多的几个——监狱、他母亲的家、他被人开枪打死的街角小店,还有几个他向我提过的地方。我对楚尼的认识,只与他计划的未来有关,而不是他生活过的街头。当我开车在他的小区里绕圈子时,我突然意识到自己对他在监狱外的生活一无所知,虽然我们说过许多话。

枪击现场位于克里普斯·阿特克斯广场对面,一条又窄又短的街道,其实更像一个停车场。1770 年,波士顿惨案在这里发生,有五个人被英军开枪打死,其中名气最大的一个人后来成了这条街道的名字。按照美国戏剧的套路,"谁先反抗谁先死",阿特克斯正好符合这一设定,是为了伟大革命而死的第一只出头鸟。阿特克斯其实是一个美国黑人,但街道附近的一幅巨大壁画没有根据史实,将他画成一个手无缚鸡之力的平民,而是将他画得双眼炯炯有神,手上持着带刺刀的滑膛枪,正准备投入一场虚构的战斗中,像英勇赴死的战士。

街道的另一头,大约一分钟车程的地方,就是戴尔街 72 号,马尔科姆·艾克斯小时候住过的地方。而反方向的街角,则是年轻的马丁·路德·金就读于波士顿大学神学院时住过的房子。这些街道上四处游荡着烈士的灵魂。

当楚尼的母亲在教堂祷告时,我决定默念我自己带来的经文。它不是来自《圣经》里的经典,而是以色列诗人亚胡达·阿米查的诗歌。我与写作班上的全体学生一起朗读过这首诗,迪麦尼在诗歌朗诵课上致完悼词后,也朗诵了它——《一颗炸弹的直径》:

> 炸弹的直径是三十厘米,
> 杀伤区的直径,
> 大约七米。
> 死四人,伤十一人。
> 以此为中心,形成一个外扩的
> 痛苦和时间的圆周,
> 包括两家医院、一处公墓。

那位年轻妇女，

被埋在了出生地，

距此地一百多公里，

稍微扩大了这圆周。

而那位在地中海某地，

哀悼她的孤独男子，

将全世界纳入这个圆周里。

我不能去算孤儿的哭叫。

因为那哭声直达上帝脚下，

并且传得更远，直至

没有尽头，也没有上帝。

这位诗人以冰冷的计量数字开头，描写突如其来的暴力死亡，这再合适不过了。当我们试图去理解杀死一个人有多罪恶时，这些数字给了我们可以轻易理解的具体客观的东西。正如诗歌结尾处说的，无论是在人类还是神明的国度，那种悲痛都是无法估量的。

当我开车在罗克斯贝里街上转悠时，我用我的里程表进行着粗略的测量。楚尼中弹的地方，离他和母亲的住所约 0.25 英里，在那里他曾见过一只鹿蹦跳着消失在城市深处；离他购买制作香蕉布丁原料的市场大约 1 英里；离最近的出售新鲜迷迭香的市场 3.5 英里；离他坐牢的地方不到 2 英里；离他的出生地大约 1.5 英里；离他上学的地方大约 1 英里。而他死去的地方，1 英里之外是大爱礼拜堂，此时他的母亲正在那里，为他的灵魂祈福；1 英里之外是罗克斯贝里社区学院，他正在申请那所学校的食品饮料制作专业，想要开始他的新人生；20 英里之外是他妹妹居住的韦斯利安静的郊区；70 英里外的是他五岁的儿子居住的康涅狄格镇，根据《波士顿环球报》对楚尼遇害案的报道，他的儿子当时问妈妈："为什么上帝要召走他？"

这个悲伤的圈子会蔓延到多远？我不知道。最终，它会像诗人说的"没有尽头"，也没有答案。

当我开上楚尼所住的街道时，我看了一眼放在我副驾驶座上的几张折起来的打印纸。这些都是楚尼的作品，现在变成了一只"风筝"。一封简短的信，写完后被遗弃在图书馆一个隐蔽的角落。我的工作职责要求我，必须果断地扔掉这些东西，可我乐于违抗我的职责。我截获过许多送错对象的字条，见过许多没有写完的信、没有寄出去的信，以及荒唐离谱的信。而这一封却是如此地完整，完整到不能再完整了。我想，我不能辜负它，我应该放飞它。这虽是一件小事，但至少我一定要将它送达。为楚尼的家人，尤其是为他的儿子，送去这最后的只言片语。因为在那之后，将是永恒的沉默。

书不是信箱——不对，它是。

这是我特别想刻在阿马托标语边上的一句话。

出于种种原因，我对马西娅的探访是不同寻常的。首先，我是一个年轻的白人，为了表示对马西娅的尊重，我精心打扮了一番。接着，我开着一辆借来的萨博，挂着坎布里奇市的车牌，行驶在帮派林立的腹地。我原本只想低调地过来，不引起任何人的注意和骚动。当我将车停好，走向马西娅住的公寓大楼时，我的幻想全破灭了。人们停下手中的活儿注视着我，一些人一脸不屑地看我，大部分人则是好奇地打量我。

有几个老人正在修一辆生锈的车。穿着连帽衫的年轻人，脖子上戴着叮叮当当的挂饰，脚上踩着白得刺眼的运动鞋，与满地垃圾的街道形成鲜明对照。在街角钉着三合板和画满涂鸦的烟酒店前，人们有的坐在门廊的台阶上，有的歪来斜去地靠在墙上。当我走向大楼时，他们全都齐刷刷地看过来。

整件事中最为怪异的部分，当属一个监狱职员访问一个前科犯的家。这不是什么常见的事。

马西娅打开电子门锁让我进入大楼，满脸笑容地迎接我。她穿着运动长裤，将裤脚扎进袜子里，套着一件特大号 T 恤衫，"波涛汹涌"的胸口上印着她儿子的照片、"安息吧"三个大字和他的生卒日期。这座小镇上有一些特别的店铺，专门给人定制纪念街头亡灵的用品。照片上的楚尼张开双臂，手心向上，摆出一个"来吧"的姿势，神气活现的。他的头高傲地微微仰起，露出一脸不可一世的硬汉表情。

这是我第一次看见楚尼穿着普通人的衣服，而不是监狱里的狱服，让我有点儿不习惯。照片上的他看着很不一样，但是更健康了。

马西娅的公寓不大但很整洁，百叶窗落了下来，屋里光线很昏暗，墙上挂着大大小小有框或无框的家庭照片和宗教箴言。旁边是一个小小的方镜，上面印着一头潜伏的黑豹。角落里有一只浑浊的鱼缸，发出咕噜咕噜的气泡声。客厅里的电视机开着，播放着黑人娱乐电视台的节目。稍后，马西娅带我去另一个房间，想找一些旧照片。我这才注意到，房子里的另一台电视机也开着。她一个人住在充斥着电视噪声的公寓里，也许这能为她赶走那头叫孤独的野兽吧。

她坐在一把安乐椅上，我坐在她对面的沙发上，她将电视的音量调小了些。电视上放着一些嘻哈音乐，穿着暴露的女人像妖怪一样，抚摸舔吻着自鸣得意的年轻男人。这样的画面不时地闪现，穿插在我们的谈话之间。

我拿出楚尼写的东西，那是他留在图书馆的"风筝"。她看了很长时间，眼里盈满泪水。她轻轻地将儿子的文字叠好，放在咖啡桌上。

"我要给它压层膜包好。"她说。

她告诉我，她儿子的死是天意。

她说："圣经早就告诉过我们，人终有一死，只是不知何时，不知何地。楚尼就是这样。"

楚尼写过一首很像俳句的小诗，我告诉她我相信那是一首宗教诗。她翻出来又看了一遍，一字一句地慢慢念着：

飞机在天空中翱翔，
我形只影单地，
站在周日早晨的操场。

"你为什么认为它是宗教诗？"她问道。

我告诉她，我给大家布置了一首三行小诗的作业，还规定了最后一行要写什么。我在黑板上潦草地写下我对最后一行的要求，那就是"周一早晨的操场"，特指监狱操场。我之所以建议用"周一早晨"，是因为星期一代表着令人烦闷的工作日又开始了。但是，周一早晨也是令监狱囚犯欣喜若狂的时刻，因为他们总算从周末漫长的禁闭中解放了。

但楚尼自作主张地将它改成"周日早晨"，这与星期一的意义全然不同。他将它改过来的时候我就注意到了，当时我还在心里琢磨着，它与安息日有没有关系。我本想问他，后来却忘了。

但它还有着更深的寓意。将这个孤独的安息日与天空结合在一起，暗示着一种精神上的冥思。飞机在天空中翱翔，那是一种自由，一种力量；而他被围于地面，孤单而安静地站在监狱的操场上，心中是一种强烈的哪儿也去不了的悲怆。这两幅画面形成了强烈的对比，也暗含着某种期盼。在他的计划背后，安静地燃烧着一道火焰。他从未提及这点，但我能从他的字里行间读出来。

楚尼的母亲告诉我，她欣慰的是儿子死在了一座教堂附近。

"也许那是他在这个世界上看到最后一样东西。"她说。

马西娅告诉我，楚尼小时候想当小丑，还让她在电话簿上帮他找小丑的工作，他喜欢逗身边的人开心。

他是五个孩子中的老二，是母亲的好帮手：做饭、打扫、哄弟妹睡觉。他做什么都很细致，不仅擦烤箱的外面，还会将它拆开来，彻底清洗干净。每当母亲在贝丝以色列医院里干完一天的活儿，他会确保母亲回到家里看到的是一个温馨整洁的家。

"当你回家时，你希望一切都井井有条，楚尼总能做到这样。甚至不用我告诉他，他就会自觉地做好，他知道该做什么。"

刑满出狱后，他开始在工地上打工。每天晚上入睡前，他都会为自己准备第二天的午餐。他会很仔细地做金枪鱼三明治，并且很仔细地包好。她告诉我，他将午饭的各道菜一起放在冰箱里，便于上班时直接拿起就走。

　　得知他死了以后，她从医院回到家中，打开了冰箱。他的午餐就摆在里头，还很新鲜，做得很细心，包得很精致，等待被他带走。她拿起来打量着。就在几个小时前，他才用他灵巧的手指，细心地把它们做好。

　　有些关于楚尼之死的问题我不忍心问，而他的母亲很可能根本不知道答案。楚尼是否认识凶手？这是过去的冲突导致的后果吗？是监狱恩怨的延续吗？有多少人目击了这场枪杀，却因害怕而不敢说，选择守口如瓶？

　　子弹本是冲着大流士去的吗？大流士是帮派成员吗？大流士是否在计划报仇？据我所知，他已经在计划了。而那个杀害楚尼的凶手，也许下周就会走进图书馆里，问我借一本好书。

　　几周之后，我又去了一次马西娅家，找她说说话，看了些旧照片，待了有一会儿，等我起身离开时，天色已经暗了。我走出公寓大楼，听到身后有人叫我。

　　"嗨，你是南湾的？"

　　我转过身，一个我不认识的人坐在台阶上，正瞪着我看。

　　"是的。"我说，"我不住在那里，我只是在那里工作。你见到我似乎不太高兴。"我企图表现出友善。他继续瞪着我。

　　"对了，我想起来了。"他说，"你是图书馆里的那个家伙。"

　　"是啊。你叫什么？"

　　他不屑地笑了，摇头不告诉我。即使天色有些暗了，我也能明显地感觉到，他在用挑衅的目光打量我。

　　"我记得你，你是那个不肯让我复印重要东西的家伙，你和其他人都一个德行。"

　　是的，现在我想起他是谁了。他在图书馆里大闹过一场，因为我阻止他准备一份重要的法律文件，起因是我不想让他复印六十页纸。图书馆规定，每个犯人每次复印不得超过十页，我会在合理范围内通融一点，所以我们的复印纸和墨粉总是不够用。

　　当我站在罗克斯贝里黑暗的街边，这个不知姓名的人开始控诉我在监狱里如何一再侵犯他的权利，如何不体谅他在那里遭到的虐待。他向我讲起监狱里一些人，既有犯人也有职员，他发誓只要在他的地盘上被他逮住，他一定要"干死"他们。

我想到如果我是其中之一，那麻烦可就大了。如果我出了什么事，警察们会毫无疑问地想，我为什么会在这个时间，到这种鬼地方来。这附近没有别人，只有我和这个好斗的前科犯，而且对方可能还喝了点酒。

我想转过身，直奔我的车而去，迅速离开这个鬼地方。但随后我想到了楚尼的遭遇，也许我突然转身而去会触犯到他，甚至给我带来杀身之祸。如果我不想冒险，那就尝试和他聊几句话。于是，我向他走近一步。

我向他道歉，并对他说："尽管这听起来很不靠谱，但我拒绝给你复印的唯一原因是我们缺纸。如果我把这些纸都给你，那别的人就没纸可用了。而且你知道那些没纸用的人会怎么说我吗？你阻挠我准备法律文件——他也没说错。我的工作是保证每个人都享用同等的资源。"

他继续瞪着我。

"是你选择成为那里的一分子。"他说，"哥们儿，你既然从那里获利，自然也要为它承担责任。而且你还跑到这座楼来……你来这里干吗？"

话题的走向令我不安。我想出了一个全身而退的策略：模仿电话推销员的话术。

"我理解你的批评。"我挂着职业的笑容说，"无论你相信我与否，我努力地要将我们的图书馆办成最好的。如果我做得不好，请告诉我如何改进，我欢迎你的批评。"

我向他伸出手。他厌恶地看着它，但还是握住它，比通常更使劲地握了一下。

"我要走了。"我说。

只有这句话是真的。

"但是非常感谢你的批评，我会不断努力地改进，提高图书馆的品质。"

"好吧。"他说。

"我叫阿维，姓施泰因贝格。"

"我叫麦克，姓大树。"他说着向一棵树望去。

这名字真有创意，我在心里这么想。

"很高兴遇见你，大树。"我说着朝我的车走去。

在回家的路上，我觉得自己像一个在午夜偷偷越境的偷渡犯。两辆警车开着警笛和警灯，从我旁边呼啸而过。

需要物色一些新的馆员了，我在心里想着。

当我开过楚尼中弹的街角时，我将车上的里程表归零。我想起楚尼最后的诗，它表达了对我们这个堕落世界以外的其他国度的期盼。我一边开车，一边回忆楚尼写的关于他儿子的诗，那首满是问号的诗。我决定将它背下：

你来自什么地方？
一个我不知道的地方，
一个充满爱的地方，
一个充满欢乐之光的地方。
你来自什么地方？
哪里有那样的地方？

到家时，我低头看了一眼。我住的地方，和楚尼中弹的街角，距离3.4英里。

跋

　　当我终于离开监狱时，我的背痛奇迹般地痊愈了。不久，我来到科普利广场，走向庄严神圣的波士顿公共图书馆。那是在五月底，城市的一些角落里还飘散着丁香的香气，能够盖过交通高峰时间段的各种难闻的气味。波士顿春天的花总是薄命，只有短短几个小时的花期，可那天却全都绽放了。

　　我想起了霍桑笔下写过的，开在波士顿第一座监狱边上的野玫瑰。他说："这让人不禁想象，当囚犯走进监狱的大门或是出来受刑的时候，它会对他们轻轻地吐露出芬芳和娇媚，向他们表示胸襟广阔的大自然，对他们永远保有怜悯，永远保有柔软。"他的监狱野玫瑰，让我联想到了关于监狱图书馆的一个很贴切的比喻：它是一份美丽的小礼物，无条件地赠予犯人。同为宿命论者的霍桑也曾说过："这份无条件赠予的美丽之物，这一朵野玫瑰（或图书），娇弱而矜贵，是一个纯粹的象征之物，也许仅此而已。"

　　上一次造访图书馆，还是在一个月前，我很怀念这个地方。我一步步走向波士顿最宏伟的大理石书厅。全美各地大大小小的公共图书馆都已关门，或者面临关门的命运；与此同时又有无数的监狱和监狱图书馆被建好，或即将竣工。这是美国人民三十多年来做出的选择。哪怕在自己的宿命论中说过，乌托邦式的新世界美梦将被建立更多监狱的迫切需求所打破，霍桑或许自己也没想到：美国会拥有世界上最庞大的司法系统，会有如此之多的监狱如雨后春笋般冒出来。美国人口占全世界人口的5%，囚犯人数占全世界的25%，几乎相当于美国一座城市的人口没有投票权。如果监狱如霍桑所说是"文明社会的黑色花朵"，他又将如何描述美国的现代刑罚制度呢？

幸好波士顿中央公共图书馆还在，而且和往常一样可爱。在馆内，我看到了一些读者，莫名地感到眼熟，仿佛看到了我在监狱里的那些读者。突然之间，不管是在监狱里，还是在自由的世界里，我意识到了所有的白天的图书馆都有一个共同点：它们是孤独者和边缘人的天堂。

这里有焦急烦躁的写作者，在写字板上写满他们的纷乱思绪；有精神分裂症者和强迫症患者；有阴谋论者坐在一堆书当中，仔细地写下一张又一张笔记，记录他们对历史的修正；有瘦骨嶙峋的女人，拿着放大镜一脸严肃地查阅大本巨著；有干净挺括的老克勒，戴着呢子软帽，系着领带（还有领带夹），缓慢地踱着步子。那件哈里斯粗花呢外套，也许他在约翰逊总统时期穿上还挺英俊帅气的，但现在已经松垮得快垂到他膝盖上了。图书馆里还有些其他人：一脸愠气的人、来打盹儿的人、胡子拉碴的怪人、拿着苹果电脑的研究生、看着邮件偷笑的图书馆馆员……

在主阅览室贝茨厅里，所有人都是平等的。在它壮观的五十英尺拱顶下，巨大的弧形窗户高高地镶嵌在墙上，似乎是想让所有人都能注意到它们，有意地提醒人们这满室的阳光来自天堂。一排排供读者阅览的长桌上，点缀着一盏盏绿色台灯，像一条由交通信号灯串起的长龙，偶尔将百老汇大街变成一条横贯曼哈顿的兜风胜地。

旁边有人动了一下。

"喂。"

我转过身后，看见一个人在喊我，带着一张笑脸和一个郑重的手势。这个人认识我，意味着他可能也是我认识的人。只是我一时没有认出他来，直到我又凑近了些。

"先生！"他欣喜若狂地小声喊我。我这才认出来，这人是那个卖地上泳池的阿隆，冬天的时候我们才在监狱图书馆见过。

我在他身边落座时，他说："你是不是忘记我了？我还记得你呢，监狱里的图书管理员先生。"

"我当然记得你啦！"我说，"我怎么可能会忘了呢？"

虽然我没有立马认出他来，但这是情有可原的。他将自己从头包到脚，像个神秘的男巫师，穿着一件白色的阿拉伯长袍，很是飘逸，而且一尘不染；脚上穿着同样干净的飞人乔丹运动鞋，而且还留起了胡子。我记得他曾告诉我，他只戴本届世界大赛冠军球队的帽子，是个喜欢任何与强大有关之物的男人——也许是因为有某种乐观主义在里头。正如他说的，他那天戴着一顶圣路易斯红雀队的新帽子。不过对于我这个真正的棒球迷而言，我更倾向于有忠诚度的乐观主义。

　　他头上戴着各种东西。红色卫衣的风帽套在红雀队帽子上面，帽子底下缠着一条白色丝制头巾，头巾底下又是一顶白色非洲圆帽，最后是一个跟 iPod 连接着的又肥又大的头戴式耳机。所以，他头上一共戴了五样东西。在我来之前，他一直在埋头阅读阿拉伯人的《古兰经》，而且不是直接看英译本，一本阿英词典就摆在边上。

　　他有条不紊地卸下头上的东西，因此耽搁了一点向我打招呼的时间——这过程倒是挺有趣的。他一层层地除去外衣，直至卸去他所有的伪装。他先摘下风衣帽子，接着是耳机和棒球帽子，那些是他的城市装束。现在，他只剩下紧裹着头的白色头巾，高贵地垂在他的右肩，搭配着一袭白色长袍。他像一把镶着宝石的匕首，而不是一名自豪的摩尔哨兵。接着，他将手指伸进头巾底下，将它取了下来，露出里面的圆帽。现在，他成了一个麦加朝圣者。

　　我打趣地说，我不知道他原来是一个虔诚的穆斯林。

　　"这还用问吗？"他反问我，"为什么我不能是穆斯林？"

　　和往常一样，我还是无法分辨，这究竟是幽默还是胡说八道。

　　"那么马克思呢？"我问道，"我记得你以前认为，所有宗教都是虚伪的，目的是要让老百姓……"

　　"扯淡吧！"他小声地说，"是个人总要有信仰的。"

　　我问他星星卖得怎么样了，还有他的地上泳池。他看上去有些坐立不安，我想他可能不卖了或者赔了，也有可能那些只是他在监狱里的胡言乱语而已。

　　"如果你想买的话……我可以给你弄一个。"他小声说，不知是指星星，还是地上泳池，还是两者皆有。我没深究。

　　我说："不用了，我该有的都有了。"

聊了一会儿监狱的情况后，我告诉他我有些担心乔什，还有其他一些我尝试联系的囚犯。他重新把自己的帽子戴上，一层又一层地把脑袋包好。我们一起晃悠着走出阅览室，他告诉我他还记得我在写作课上说过的笑话（我曾以笑话作为开场白），我向他的奉承表示感谢。

"哥们儿，我是说真的。"当我们拐了个弯走向大阶梯时，他说，"我把它们都写下来了，你说的那些玩笑话里，有些东西挺有深度的。"

我说："没错，笑话都是有深度的，我很高兴我俩看法一致。"

我们穿过凯旋门，经过一排廊柱和护墙，走入淡黄色的锡耶纳大理石拱廊，踏上长长的阶梯。伴随着埃斯库罗斯、维吉尔和柏拉图的壁画，我们拾级而下。他抓着我的胳膊，借此保持身体的平衡。然后，我们路过楼梯口的石狮雕像。图书馆确实需要狮子的保护，埃迪·格兰姆斯狱警曾告诉我："武器保护着笔。"

我继续对他说着我的烦心事，我不知道他是不是在听。我们穿过拱形的大门。自由地和一个前科犯走在一起，而且没有监视，没有行为约束，也没有安检，这让我有些不习惯。我们站在图书馆大楼的铁灯笼下，在温暖怡人的空气中，一股香气朝我们袭来，那是棉花糖还有汉堡的味道，混着公交车的气味，还有臭水沟的味道。这天是星期六。哪怕我早已放弃了那些传统，那天我还是决定去遵守安息日的可爱之处：走四十五分钟的路回家，一分钱也不能花。

就在我喋喋不休地说着我对监狱里那些犯人的担忧时，阿隆的视线越过科普利广场，眺望着三一教堂和它在约翰·汉考克大厦玻璃窗上的倒影。

终于，他出声打断了我。

"让我给你讲个好笑的。"他说，"这还是你讲给我听的，但我觉得你现在需要重温一下。"

他给我讲了那个笑话，几乎一字不差地重述出来。

一个商人向他的竞争对手买了一袋梅干。

我笑了。我知道这个笑话的结局。

他打开袋子后，发现梅干开始坏了。他回去找卖家，要求退钱，卖家拒不退款。两个男人去找拉比评理，让他来解决。

拉比来到一张桌前，坐在两个男人中间，将袋子里的梅干全倒出来。接着，他戴上眼镜，一言不发地开始尝起来梅子来，一颗一颗地仔细品尝，每尝一颗就摇一次头。

就这么过了一会儿，原告按捺不住地问："拉比大人，您怎么看？"

正要吃下最后一颗梅干的拉比，抬起头尖锐地说："你们这两个家伙为什么要浪费我的时间？你们把我当什么了，一个梅子专家吗？"

"好家伙，你还真把这些笑话都记下来了？"我说。

"我说过了，有些玩笑话是有深度的。"

"你觉得这个笑话想说什么？"

"我曾思考过。"他说，"让我来告诉你。它意味着，一个人这辈子不可能什么都知道。"

"真有意思。"我说，"我以为它说的是，一个饥饿的小偷冒充拉比去骗吃的。"

"你错了，哥们儿。你完全理解错了。"他似乎很是生气，"它说的是一个聪明人，可他不见得把聪明用对地方，不是吗？有些事你就是不知道，不是没日没夜地想，就能想通的。你也许上过拉比的学校，你也许是个伊玛目，可这不代表你对梅干有一星半点的了解。"

他一脸严肃地看着我，我们又往下走了几级台阶，而我决定接受他的解读。

到了人行道上，阿隆放开了我的手臂。直到他松开了手，我才意识到原来他一直紧紧地抓着我。他跟我以伊斯兰教礼节道别，我遵照着他的指导，互相轻吻对方的脸颊，大概做了五十次吧，少说也有四十次，一直到他觉得我做到位了，心满意足为止。然后，我们来了一个帮派式的拥抱，碰了碰拳头。最后，我们握了下手，就此别过。他上了车，而我则步行离开。

致 谢

感谢下面这些人，是他们给予了我必不可少的帮助，让此书得以诞生。

感谢史蒂夫·弗雷德曼、安妮塔·利菲尔、洛娜·欧文、杰德·佩尔、玛西·理查德森、萨莎·韦斯，感谢耐心又睿智的珍妮弗·莱昂斯，感谢我那聪明又敏锐的编辑罗内特·费尔德曼，感谢为本书辛勤付出的双日出版社的各位工作人员，还要感谢无可比拟的南·塔利斯。

感谢凯茜、查理、多蒂、福雷斯特、卡马乌、玛丽·贝丝、明、里克、尤尼，以及南湾的所有善心人。

感谢凯拉·尤尼特，你是我藏在石头后面的鸽子。感谢爸爸、妈妈还有阿登纳，感谢你们给予我的一切。

图书在版编目（CIP）数据

监狱里的图书馆 /(以) 阿维·施泰因贝格著 ; 张
玫瑰译. -- 成都 : 四川文艺出版社, 2021.1
ISBN 978-7-5411-5648-9

Ⅰ.①监… Ⅱ.①阿…②张… Ⅲ.①回忆录 – 以色
列 – 现代 Ⅳ.①I382.55

中国版本图书馆CIP数据核字(2020)第193144号

著作权合同登记号 图进字: 21-2020-364

Copyright © 2010 by Avi Steinberg

This edition arranged with The Jennifer Lyons Literary Agency, LLC

through Andrew Nurnberg Associates International Limited

JIANYU LI DE TUSHUGUAN

监狱里的图书馆

[以色列] 阿维·施泰因贝格 著

张玫瑰 译

出 品 人	张庆宁
出版统筹	刘运东
特约监制	刘思懿
责任编辑	叶竹君
特约策划	赵璧君
特约编辑	赵璧君 刘玉瑶
责任校对	汪 平
封面设计	兰 茹

出版发行　四川文艺出版社（成都市槐树街2号）
网　址　www.scwys.com
电　话　028-86259287（发行部）　028-86259303（编辑部）
传　真　028-86259306

邮购地址　成都市槐树街2号四川文艺出版社邮购部　610031
印　刷　三河市海新印务有限公司
成品尺寸　145mm×210mm　　开　本　32开
印　张　10　　　　　　　　字　数　285千字
版　次　2021年1月第一版　　印　次　2021年1月第一次印刷
书　号　ISBN 978-7-5411-5648-9
定　价　42.00元